HERI
QING CHANGYING

何日请长缨
搏击（下）

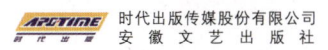

齐 橙◎著

时代出版传媒股份有限公司
安徽文艺出版社

作者简介：

　　齐橙，本名龚江辉，阅文集团大神作家，中国作家协会会员，北京师范大学经济与工商管理学院副教授，中国社会科学院工业经济研究所博士。代表作品《工业霸主》《材料帝国》《大国重工》《何日请长缨》等，其中《材料帝国》被国家新闻出版广电总局推介为2016年优秀网络文学原创作品，《大国重工》荣获第五届中国出版政府奖音像电子网络出版物奖（网络出版物）。作品《何日请长缨》入选"十四五"国家重点出版物出版专项规划，荣获第四届现实题材网络文学征文大赛特等奖，入选中国作家协会2020年网络文学重点作品扶持项目"庆祝中国共产党成立100周年"主题专项，荣获2020年第四届"网络文学+"大会·优秀网络文学IP，入选2020年度最具版权价值网络文学排行榜（现代类），入选2021年中宣部"建党百年"主题重点项目，并入选中国作家协会新时代文学攀登计划。

何日请长缨

搏击(下)

"十四五"国家重点出版物出版专项规划

齐 橙 著

时代出版传媒股份有限公司
安徽文艺出版社

图书在版编目（CIP）数据

何日请长缨.6,搏击.下/齐橙著.—合肥：安徽文艺出版社,2023.3

ISBN 978-7-5396-7679-1

Ⅰ.①何… Ⅱ.①齐… Ⅲ.①长篇小说－中国－当代 Ⅳ.①I247.5

中国国家版本馆 CIP 数据核字(2023)第 003396 号

何日请长缨·搏击（下）
HERI QING CHANGYING·BOJI(XIA)

出 版 人：姚　巍
策　　划：朱寒冬　　宋晓津
统　　筹：张妍妍　　成　怡　　宋晓津
责任编辑：王士宇　　黄　佳　　装帧设计：张诚鑫　　徐　睿

出版发行：安徽文艺出版社　　www.awpub.com
地　　址：合肥市翡翠路 1118 号　　邮政编码：230071
营 销 部：(0551)63533889
印　　制：安徽新华印刷股份有限公司　(0551)65859551

开本：700×1000　1/16　印张：154.75　字数：2450 千字
版次：2023 年 3 月第 1 版
印次：2023 年 3 月第 1 次印刷
定价：528.00 元(精装，全七册)

（如发现印装质量问题，影响阅读，请与出版社联系调换）
版权所有，侵权必究

目 录
CONTENTS

第四百一十四章　抱着不哭的孩子 / 001

第四百一十五章　再组织一次鉴定 / 005

第四百一十六章　不好说就是不好说 / 009

第四百一十七章　他是当真了 / 013

第四百一十八章　这种滋味不好吗 / 017

第四百一十九章　你们等得起吗 / 022

第四百二十章　攻守易位 / 026

第四百二十一章　这个小年轻真不得了 / 031

第四百二十二章　中国人是玩真的吗 / 036

第四百二十三章　错了可不怪我哟 / 040

第四百二十四章　我可不想猜东方的谜语 / 044

第四百二十五章　韩伟昌很直率 / 048

第四百二十六章　你们的销售人员都这么愚蠢吗 / 052

第四百二十七章　对你们这样的小公司 / 056

第四百二十八章　这是唐总的功劳 / 061

第四百二十九章　我能够做到守口如瓶 / 065

第四百三十章　你说的肯定不是我 / 069

第四百三十一章　居然会有这样的心机 / 073

第四百三十二章　尽量追求双赢 / 077

第四百三十三章　谁强谁弱 / 081

第四百三十四章　你有没有搞错 / 085

第四百三十五章　唐总的先见之明 / 090

第四百三十六章　弗罗洛夫是个好人 / 095

第四百三十七章　你接着给我编 / 099

第四百三十八章　好说好说 / 103

第四百三十九章　乘虚而入 / 107

第四百四十章　有些同志过于实诚了 / 110

第四百四十一章　这可真是一个死结 / 113

第四百四十二章　有情怀的人哪去了 / 117

第四百四十三章　这招够狠 / 121

第四百四十四章　我请他去吃烤鸭 / 125

第四百四十五章　你是怎么回答的 / 128

第四百四十六章　软件也是核心能力 / 131

第四百四十七章　图奥急眼了 / 136

第四百四十八章　我们具有这样的优势吗 / 140

第四百四十九章　用丰富的经验打败对手 / 145

第四百五十章　制胜法宝 / 149

第四百五十一章　不思进取肖教授 / 153

第四百五十二章　风景这边独好 / 157

第四百五十三章　你这牛皮吹得也太大了吧 / 161

第四百五十四章　老森是个二道贩子 / 165

第四百五十五章　弗格森会后悔的 / 169

第四百五十六章　这个包在我身上 / 173

第四百五十七章　消费市场上的新宠 / 177

第四百五十八章　那咱们就赌一把呗 / 181

第四百五十九章　你们不会是在唱双簧吧 / 185

第四百六十章　正说反说，都是你有理 / 189

第四百六十一章　你们能玩转这么复杂的设备？ / 193

第四百六十二章　我还是相信科学 / 197

第四百六十三章　实在是丢不起这个人啊 / 201

第四百六十四章　货比三家 / 206

第四百六十五章　最后的忠诚员工 / 210

第四百六十六章　何继安不会那么容易上当的 / 214

第四百六十七章　假作真时真亦假 / 219

第四百六十八章　莫静荣的最后通牒 / 223

第四百六十九章　唐子风的秘密武器 / 227

第四百七十章　我们就抓住这一条 / 231

第四百七十一章　你给我交个底吧 / 236

第四百七十二章　聪明反被聪明误／240

第四百七十三章　写到我们心坎里去了／244

第四百七十四章　首台（套）变成"手抬套"／248

第四百七十五章　找到一个拒绝的理由／252

第四百七十六章　有必要支持他们一下／256

第四百七十七章　没见过像他们这样不要脸的／260

第四百七十八章　不会是你们安排的托儿吧／264

第四百七十九章　我们临机吃不下去／269

第四百八十章　　凡尔赛高手唐子风／273

第四百八十一章　唐总有什么指示／277

第四百八十二章　我们应当认真考虑一下／281

第四百八十三章　这应当是你最好的选择／285

第四百八十四章　销售公司要成为开路先锋／289

第四百八十五章　走出一条属于我们自己的新路／293

第四百八十六章　一个纯粹的人／297

第四百八十七章　搅局者／301

第四百八十八章　我们并没有做错什么／305

第四百一十四章　抱着不哭的孩子

　　安全部门做事,向来讲究雷厉风行。曹炳年的电话打过去没多久,手下孙晓飞的汇报就来了,声称并未在狗眼论坛的数据库里找到那篇文章,也没有任何的删除记录。紧接着,曹炳年的另一名手下也赶到了人民大学,现场对齐木登的办公电脑进行了检查,居然也没找到这篇文章的浏览记录。
　　"这不可能!"齐木登一蹦三尺高,大声地说道,"我那天分明一上班打开电脑,进入论坛,就看到了那篇文章,怎么可能没有呢?"
　　"或许有一些其他的原因吧。"曹炳年微笑着说,"齐教授,你也不用着急。这样吧,因为这件事牵涉面比较广,可能需要麻烦你做一个笔录,主要是留一个资料下来,你看可以吗?"
　　"没问题。"齐木登很大度地说。
　　曹炳年留下自己的下属给齐木登做笔录,自己与钟旭先出了齐木登的办公室。来到外面,钟旭压低声音问道:"曹局,这个姓齐的,是不是有鬼?"
　　"他应当没事,"曹炳年说,"他说的应当都是真的。齐木登不懂工业,滕机那些事情,他是不可能编得出来的。如果不是唐子风派人向他透露了消息,那么他的消息来源就只可能是网络。"
　　"那么,会不会是唐子风派人向他透露了消息呢?"钟旭问。他内心觉得这个可能性才是最大的。
　　曹炳年摇摇头:"他们俩不是一路人,唐子风跟他没这个交情。"
　　钟旭道:"这不需要交情啊,唐子风只是利用他来达到自己那些不可告人的目的。这件事一出来,这个姓齐的也脱不了干系,唐子风这是一石二鸟,既坑了我们,也坑了姓齐的。"
　　曹炳年笑道:"正因为是这样,所以我才认为这不可能是唐子风派人给他透露的消息。你想想看,齐木登对唐子风也没好感,如果知道对方坑了自己,他能替唐子风保密吗？他现在一口咬定是在网上看到的消息，只字没提唐子风，可见他甚至连唐子风是谁都不知道。他只能是从网上得到了这些消息。"

"可是，狗眼上根本就查不到这个帖子，甚至连齐木登自己的电脑上也没有浏览记录，这就说明他说的事情完全没有根据啊。"钟旭说。

曹炳年说："很可能是他记错了吧。比如说，或许他不是在狗眼上看的，也不是在自己的电脑上看的。他有可能是到什么地方去开会的时候，偶然在别人的电脑上看到这样一条消息。这些教授日理万机，记忆上出现一点偏差，也是正常的嘛。"

"可是……"钟旭还想争辩一二。

曹炳年拍了拍他的肩膀，说："齐木登是从哪个网上看到了这些消息，并不重要。现在事情已经发生了，钟处长还是尽快考虑应对措施才是。至于查证据的事情，我们来办就可以了，这件事可能需要花一些时间来查，你们这边的事情可耽误不起。钟处长，你觉得是不是这样？"

"好吧。"钟旭无话可说了。查案这种事，只能落在安全部门身上，曹炳年明显是不想让他插手了，他再说什么又有何益呢？

齐木登的一篇文章，导致博泰公司停止向82厂出售精密铣床，直接影响到了军工生产，性质是很严重的。但齐木登文章里的内容大多数是真实的，只有关于滕机技术造假这一点属于谣言，但也很难追究他的责任。

曹炳年说得对，现在事情已经出了，追究齐木登的责任也没意义，重要的是要想办法补救，而这就是钟旭的任务了，他不能把时间浪费在齐木登的身上。

钟旭赶回单位去了。曹炳年看着他离开，这才掏出手机，拨通了唐子风的号码。

"唐总，高啊！"

电话一接通，曹炳年就来了这样一句。

"什么高？"唐子风却是吓了一跳。他正在京城的家里，跟儿子玩"举高高"的游戏，曹炳年说他高，让他有一种毛骨悚然的感觉，难道老曹在自己家里装了摄像头不成？

"曹局，你在哪呢？不会就在我家楼下吧？"唐子风忐忑地问道。

"我现在在人民大学。我刚从齐教授的办公室出来。唐总，你实在是高啊。"曹炳年说。

第四百一十四章 抱着不哭的孩子

"哦。"唐子风这才放心了。

"老曹,你说的话,我听不懂啊。"唐子风笑呵呵地回答道。他说听不懂,语气里却丝毫没有一点疑惑之意,这就属于"此地无银三百两"了。

曹炳年在电话这头会心地笑了。他刚才这话,多少有些试探唐子风的意思,而唐子风的回答,证明了他的猜想是正确的。

齐木登看到的那个帖子是真实存在的,但同时又不在狗眼论坛的数据库里。别人不明白这是怎么回事,曹炳年却是明白的。他知道,齐木登看到的,是有人专门为他准备的一个帖子,甚至连他当时看到的那个论坛页面也是高仿的,是专门为他量身定制的。

发送帖子的人,事先找到了齐木登所使用电脑的 IP 地址,在齐木登打开电脑之后,便向他定向推送了这样一个假页面,把需要借他的口说出去的内容传递给了他。齐木登看完这些消息,这个页面也就消失了,没有任何人能够找到它的踪迹。

给齐木登发送信息的那个人,甚至还很"体贴"地远程帮齐木登删掉了电脑上的浏览记录,所以曹炳年的手下什么也找不到。

曹炳年相信齐木登没有撒谎,而狗眼论坛的数据库和齐木登本人的电脑上都找不到痕迹,这就说明对方是一个高手,而且是刻意这样做的。有动机做这件事的人,唯有唐子风,而唐子风要找一个互联网高手,也是易如反掌的事情。

曹炳年知道,唐子风的妹妹唐子妍现在是国内一家大型电子商务网站的CEO,麾下高手如云。妹妹派一个手下帮哥哥在网上干点"偷鸡摸狗"的事,实在是太简单了。

其实,曹炳年还是猜错了。唐子风的确是让人给齐木登定向推送了一个页面,但干这件事的并不是唐子妍公司里的人,而是唐子风的铁杆小弟苏化。

曹炳年点出自己刚从齐木登那里出来,又夸唐子风"高",唐子风对此毫不惊讶,这就足以说明问题了。

唐子风没有向曹炳年隐瞒,曹炳年自然也不会去揭穿这件事。关于82厂与滕机的纠纷,曹炳年原先不知情,但在接手这次"泄密案"之后,也打听清楚了。从感情和理智上说,曹炳年都是更支持唐子风一方的,在可能的情况下,他愿意助唐子风一臂之力。

唐子风利用齐木登向博泰传递假消息,将了科工委一军,这算是正当防卫,曹炳年是赞成的。唐子风没有留下任何把柄，即便曹炳年已经猜出了真相，也仅限于猜测而已，拿不出证据来。

在这种情况下，科工委方面想发难也找不着由头。这是一个非常漂亮的局。

既然没有证据，曹炳年就尽可装糊涂，两不相帮好了。

"唐总，下一步你们打算怎么做？"曹炳年岔开话题，问道。

唐子风说："没打算怎么做啊。兵来将挡，水来土掩，见招拆招就是了。"

"唐总，你们的事，我大致了解一些，我是站在你们一边的。不过，82厂承担的也是重要的国防装备生产任务，如果耽误了生产，受影响的也是咱们的国家安全。所以，我想劝唐总一句，这件事，唐总最好还是见好就收，不要真闹大了。"曹炳年说。

唐子风说："谢谢曹局提醒。我们要的，也仅仅是一个说法而已。让我们亏了4000多万，一句话都不说，就想混过去，这件事我们肯定是不能接受的。至于说后续，曹局也别光盯着我们这一方，科工委那边的态度也非常重要。

"博泰断供，其实就是给了他们一记耳光，如果他们挨了耳光还不清醒，那这帮人就没救了，我也没办法。他们要想解决问题，就得拿出解决问题的诚意来。说句难听的，我现在是抱着不哭的孩子……"

"哇！"

唐子风说得正得意，手里的孩子一下子没抱好，直接就出溜到地上去了。刚满一岁的孩子，哪懂得老爸的什么雄才大略？哇的一声就哭开了，等于给了唐子风一记耳光。

"哈，唐总，话说太满了吧？"曹炳年在这头笑得打跌，"让你说不哭的孩子，这不，人家就哭开了！唐总，'小心驶得万年船''得意不宜再往'，这些都是古人的话，唐总可要记住哦。"

第四百一十五章 再组织一次鉴定

唐子风神清气爽,等着看热闹,82厂这边却已经是鸡飞狗跳、人仰马翻了。

一连几天,82厂的相关部门都在和博泰方面沟通,反复强调他们此前向博泰提交的资料并未造假,滕机刚刚通过鉴定的精密铣床也的确达到了国际同类设备的水平,82厂之所以放弃滕机而选择博泰,纯粹是出于对博泰公司百年商誉的信任,并无其他隐情。

关于齐木登的那篇文章,82厂也做了解释,说齐木登只是一位经济学教授,对工业生产并不了解,仅仅是道听途说,加上一些不合理的臆想,才写了这样一篇文章。关于文章中的观点,82厂是完全不赞成的,希望博泰公司也不要相信。

但信用这种事情,建立起来很难,毁掉却很容易。博泰公司对82厂产生了怀疑,这怀疑不是82厂进行一番解释就能够消除的。对于博泰公司来说,销售200台精密铣床自然是很重要的事情,但如果因此而违反了欧盟的规则,就有些得不偿失了。

经过几天的努力,博泰方面的态度终于有所松动。他们向82厂提出了一个要求:要恢复铣床的采购,82厂必须拿出充分的证据,证明这种铣床的禁运已经没有必要。

"这很容易。"范朝东把胸脯拍得山响,只可惜双方是通过电子邮件联系的,他的这番表现对方根本就看不到。

"我们可以再组织一次技术鉴定,请博泰公司派工程师过来。是骡子是马,拉出来遛一圈不就行了?"范朝东说。

"可是……"生产处处长姚锡元欲言又止。

"可是什么?请博泰派人过来,费用由咱们全包,这也是没办法的事情,谁让那个姓齐的瞎写呢!"

说起齐木登,范朝东就气不打一处来。

姚锡元苦笑道："范厂长，我不是说费用的问题。我是说，要再组织一次技术鉴定，还得滕机那边同意才行……"

"滕机为什么不同意？"范朝东也没过脑，一句话脱口而出，说完才怔住了。可不是吗？滕机那边，没准还真不好说话呢。

产品技术鉴定这种事情，生产厂家一向都是会支持的，因为只有通过了鉴定，厂家才能让产品定型并开始销售。以往，有些厂家为了让82厂采购他们的设备，非但会主动提出开展产品鉴定，还会负担82厂这边参与鉴定的人员的全部食宿支出，全程好吃好喝地伺候着，生怕有一点怠慢。

范朝东也正是因为有这样的经验，才觉得滕机没理由不同意再进行一次产品鉴定。可话一出口，他就反应过来了，这回的情况和过去还真不一样。82厂提出再进行一次产品鉴定，是为了向博泰证明滕机已经掌握了特种精密铣床的制造技术，而证明这一点，又是为了让博泰取消对中国的铣床禁运。

说得更直白一点，这次鉴定，滕机完全是为他人作嫁衣。滕机会不会答应这样做呢？

"这事，估计还得让科工委去请一趟机电总公司的谢总，如果谢总发了话，滕机也就不便拒绝了。我们这样做，也是为了国防事业，相信谢总是完全能够理解我们的。"范朝东说，语气里多少还是有一些不踏实。

上一次，82厂要求滕机帮助研制特种精密铣床，就是请谢天成当中间人。结果滕机把铣床研制出来了，82厂却爽约了，相当于把谢天成也给坑了。事后，滕机到处告状，谢天成也专门往科工委跑了两趟，向科工委的领导反映情况，并表示了强烈的不满。

因为谢天成占着理，科工委的领导不得不好言好语地安抚谢天成，还让钟旭给82厂带去了口头批评，大致是说82厂对这件事情的处置过于草率，造成了一些不良影响，要引以为戒、下不为例。

现在事情的余波还没过去，82厂又要请谢天成出面去给滕机打招呼，谢天成能答应吗？

事情到了这一步，范朝东也只能抱着死马当活马医的心态，向科工委打了报告，声称为了促成博泰方面取消对铣床禁运的决定，必须在滕机再进行一次产品技术鉴定，而且还要请德国人来参加。至于如何让滕机答应开展这次技术鉴定，那就麻烦科工委领导多费心了。

第四百一十五章　再组织一次鉴定

"上次的事情,极大地伤害了滕机全体干部职工的感情。现在你们提出再进行一次技术鉴定的要求,而且是为了说服德国人答应向你们销售精密铣床,这种话,我不好开口啊。"

面对上门来求助的范朝东和钟旭二人,谢天成语气冷淡地回答道。

"谢总,上次的事情,的确是我们的错,我们向您做深刻的检讨。不过,现在是火烧眉毛的时候,如果我们不能打消博泰方面的顾虑,他们就不会向我们销售精密铣床,这将影响我们按期向部队交付装备,后果是非常严重的。

"所以,我们还是请谢总看在国防建设的分上,给滕机打个招呼。其实滕机要做的事情也不多,就是把上次鉴定的机床拿出来再鉴定一次,需要的费用,我们可以全部承担。"钟旭低声下气地央求道。

谢天成皱着眉头说:"博泰不卖机床给你们,你们完全可以采购滕机的,毕竟滕机的产品也是经过了鉴定的,性能是完全合格的。从前你们说博泰的设备更好,效率更高,所以拒绝滕机的设备,我们也没啥可说的。现在博泰变卦了,你们回过头来买滕机的设备,不是顺理成章的事吗?"

"这个……"范朝东支吾起来了。

"谢总,滕机的机床的确是可以用的,但是和博泰的机床相比,还是有一些不足。我们主任的意思是,最好还是再争取一下,如果能够说服博泰向我们出售机床,对于保障军品的质量还是更好的……"钟旭说道。

"是这样……"谢天成也没法再推托了。范朝东和钟旭到机电总公司来之前,科工委的领导是给谢天成打过电话的,除了道歉之外,便是请谢天成以大局为重,务必要帮82厂这个忙。

"这样吧,我给滕机那边打个电话,把这个情况向他们说说。滕机的同志们对这件事意见很大,我也得先做做他们的工作才行。否则的话,万一到鉴定的时候,个别同志心情不愉快,搞出一点什么事情,不是更麻烦吗?你们说了,到时候是要请德国人参加的,万一发生一些不愉快的事情,那可是会影响咱们国家的国际形象的。"谢天成说。

这怎么就和国家的国际形象联系起来了?

范朝东和钟旭心里发苦,却又没法反驳。他们明白,谢天成并不是想说什么国际形象问题,而是暗示他们,如果滕机那边心存不满,是完全可能在鉴定会上搞些名堂的。

他们希望滕机能够在博泰公司的技术人员面前展示一下自己的实力,以证明滕机完全掌握了特种精密铣床的制造技术。但滕机方面却完全可以反其道而行之,故意把事情搞砸,让博泰觉得滕机的技术也不过如此,从而更加坚定向中国禁运机床的决心。

对谢天成,82厂可以请出科工委领导来说话,以谢天成的级别,也不至于拿原则问题置气。但滕机那边的情况就不同了,那些干部职工没有那么高的觉悟,万一有人做出一些不理智的事情,就算事后可以对他们进行处分,其造成的后果也是无法挽回的。

"那么,谢总,您看您准备什么时候向滕机打招呼?"钟旭问道。

"哎呀,这几天我比较忙,有好几个会……要不,下个星期吧?"谢天成说。

"不行啊!"范朝东都快哭了。

今天才星期一,推到下个星期,那可就是七天时间了。不对,谢天成只说是下个星期,也没说一定是下星期一吧?如果他的意思是下星期五,这可就是十几天时间了。

要说起来,一批设备的采购,是没那么快的,前前后后拖上一两年的情况也很常见。但范朝东知道一个词,叫"夜长梦多"。这里拖上十几天,别的地方再拖上十几天,一来二去,没准就拖上几个月了。厂里还急等着设备到位以便开始生产,他能拖得起吗?

更何况,重新进行技术鉴定的事情,也是他们好不容易才和博泰商量下来的,如果一次鉴定就拖个把月,博泰会接受吗?

"谢总,这件事很急啊,您看,您能不能在百忙之中抽时间打个电话,跟滕机那边说好就行。具体该怎么做,我们可以再去和滕机讨论,就不麻烦谢总您了。"范朝东说。

"哦,就是打个电话吗?"谢天成做出思考的样子,"如果光是打个电话,我怕滕机那边的同志想不通啊。要做通他们的工作,还是需要花一些时间的。这样吧,二位先回去,等我的消息,你们看如何?"

第四百一十六章 不好说就是不好说

谢天成的级别在那放着,范朝东和钟旭也没法硬逼着他打电话。在再三央求谢天成尽快与滕机联系之后,范、钟二人便起身告辞了。

送走二人,谢天成抄起电话,拨了唐子风的号码。电话一接通,他便没好气地说道:"唐总,看看你们惹出来的事情,现在人家又找到我头上了。你说说看吧,你们打算怎么办?"

关于借齐木登之手诱骗博泰取消机床出口一事,唐子风没有向谢天成、周衡等人明说,但事情一发生,老人们又岂能猜不出背后的主谋是谁?

安全部门只查到齐木登这里,后面的线索就断了。曹炳年向上级提交的调查报告称,齐木登很可能是看到了一些网上的零星消息,从而臆想出了滕机产品鉴定造假的结论。这样的事情,时下属实普遍,很难说是什么阴谋。

因为没法追究齐木登的造谣责任,所以这桩公案也就不了了之了。上级领导只是表示要向教育部打个招呼,让他们好好管管一些教授的嘴,除此之外,还真没啥可做的。

与上级领导不同,谢天成、周衡他们从一开始就不相信这个谣言是齐木登编出来的,他们虽然不清楚唐子风有什么办法能神不知鬼不觉地给齐木登洗脑,但他们坚信,这事绝对与唐子风脱不了干系。

正因为有这样的认识,所以谢天成才会一张嘴就说这是唐子风惹出来的事情,让唐子风自己去解决。

听到谢天成的话,唐子风也没为自己辩解,而是嬉皮笑脸地问道:"怎么,谢总,他们打算回过头来向滕机订货了?"

"订什么货!"谢天成说,"他们希望滕机再组织一次技术鉴定,请德国人过来做个见证,以证明我们的确掌握了精密铣床的制造技术,这样博泰就可以恢复向 82 厂出口铣床了。"

"有没有搞错?这些人的脸也太大了!"唐子风在电话那头就发火了。

谢天成过滤掉了唐子风的粗话,说道:"小唐,这件事情,科工委的领导也给我打了电话,希望我们能够从国防大局出发,配合82厂做好这件事。"

"那么,我们那4000万研发经费的事情呢?科工委领导有没有说怎么办?"

"他们表示非常抱歉。"

"然后呢?"

"然后……就没有然后了呀。"

"呵呵,看来德国人这一巴掌,还是扇得不够狠啊。"唐子风冷笑道,"到了这个时候,他们还没意识到自己错在哪里。"

"唉,也不能这样说吧。科工委领导给我打电话的时候,也说了这一次的教训很深刻,他们会深刻地反省。但关于铣床采购的事情,他们还是倾向于博泰,说到底,人家的技术还是更胜一筹啊。"谢天成说。

说实在的,对于这件事,谢天成也想说脏话,只是碍于自己的身份不便说。他让唐子风来处理这件事,也是觉得自己出面不合适。唐子风是个基层干部,又是年轻人,折腾得离经叛道一点也无所谓。如果是他谢天成去折腾,影响就不好了。

唐子风问:"那么,谢总,你的意思是什么呢?"

谢天成说:"我没什么意思,这件事从一开始就是你小唐在主导,我和周主任的态度是一致的,那就是不干预,由着你们去解决问题。"

"如果是这样,那就麻烦谢总跟他们说,我们不接受。"唐子风说。

"这个……恐怕不好这样直接回绝吧?"

"咦,你不是说你们不干预吗?"

"我没有干预啊,我只是……呃,给你一些提醒。"谢天成略有些尴尬。他嘴上说不干预,其实只是想逼着唐子风想办法。但如果唐子风想出来的办法不符合他的预期,他是不可能不干预的。

"既然是这样,那我们就认栽呗。他们说要再鉴定一次,我们就再鉴定一次,包他们满意就是了。"唐子风悻悻地说。

谢天成迟疑了几秒钟,然后说道:"这样也不好。既然有这样一个机会,咱们还是应当和他们谈谈条件的。这件事影响到的可不只是你们集团,如果这件事不能得到更圆满的解决,未来军地之间的合作,怕是要受到影响的。"

第四百一十六章 不好说就是不好说

唐子风笑了起来:"谢总,咱们不带这样耍赖的好不好？我说拒绝,你不同意;我说答应,你还是不同意;我说索性由你们领导说了算吧,你又假惺惺地说什么不干预。你和周主任这是当甲方当惯了吧?"

"什么甲方、乙方的？乱七八糟！我知道你小唐肯定有办法的,你就别在这里卖关子了。我告诉你,齐木登那件事,曹炳年是帮你捂下来了,但你想瞒过我和老周,还嫩了点。你如果再在这里叽叽歪歪的,信不信我们把你的老底给揭了?"谢天成威胁道。

"唉！"唐子风假意地叹着气,然后说道,"这样吧,谢总,你就跟范朝东说,这件事你已经跟我打过招呼了,下一步让他直接跟我谈。不过,你得向他透个风,就说我上次去82厂被怠慢了,心里老大不痛快。他要想让我们帮忙,先八碟八碗地给我补上一顿,否则免谈。"

"好吧……"谢天成答应了,放下电话,不禁摇了摇头。

声称自己被怠慢了,要人家八碟八碗地设宴赔礼,这种话也就唐子风会公开说出来,换作一个城府深一点的人,肯定会用一种更委婉的说法。

不过,委婉也罢,直白也罢,唐子风的要求还真不算过分。此前唐子风亲自去82厂交涉,范朝东找了个拙劣的借口不出来见他,只派了两个中层干部应付他,是很失礼的行为,唐子风不找回这个面子,以后也就别在外面混了。

唐子风去82厂的时候,82厂仗着能够从德国人那里买到设备,没把唐子风放在眼里,唐子风想发难,人家也不在乎。现在德国人变卦了,82厂要求滕机救场,主动权到了唐子风手上,他可就逮着机会了。

"我亲自去！不就是八碟八碗吗？我给他来个十六碟十六碗,看撑不死他！"

听到谢天成反馈回来的消息,范朝东气得七窍生烟,在发了一通脾气之后,恨恨地做出了决定。

听他说得这么悲壮,柯国强、宋雅静等人都是暗自叹气:早知今日,何必当初呢？你也别说什么亲自不亲自的,人家唐子风就是冲着你来的,你还能不亲自去吗？

宋雅静给唐子风的秘书熊凯打了电话,得知唐子风这些天都在京城,于是,范朝东便带着柯国强、宋雅静、姚锡元等人赶到了京城。他们在离唐子风家不远的地方找到一家档次颇高的馆子,范朝东让宋雅静去订了一个豪华包间,接着又给熊凯打电话，约唐子风过来赴宴。

"哎呀，你们怎么还专程跑到京城来了？这多不好意思啊。"

熊凯说话挺客气，好像双方不曾发生过什么一般。

"应该的，应该的。"宋雅静说，"熊秘书，你看，唐总晚上有空吗？"

"唐总嘛……"熊凯拖了个长腔，没有直接回答，而是问道，"宋主任，你们这边都有哪几位领导来了？"

"我们范厂长亲自来了。"

"哦，就他和你两个人吗？"

"不是，柯厂长和姚处长也来了。"

"哦，那还有呢？"

"还有……这就没有了呀。"

"哦，是这样啊。哎呀，宋主任，你看这事真不巧，唐总今天晚上约了清华大学机械系的一位教授，谈我们临机集团的多刀头深孔镗床的开发事项。这件事是早就说好的，我们唐总一贯非常尊重学者，不便因为你们这边的事情，就对那边爽约。所以呢……"熊凯的语气里透着为难的意思。

宋雅静的眉毛皱了起来，幸好隔着无线电波，对方看不到她的表情。她沉吟了一会，问道："那么，熊秘书，你看唐总这两天哪天有空呢？"

"这个……不好说。"熊凯答道。

"不好说是什么意思呢？"宋雅静追问道。企业领导都很忙，但再忙也是能够抽出时间来的。熊凯这样回答，明显就是不想和82厂见面的意思，这就值得玩味了。

熊凯说："不好说，呃，就是不好说吧。这是唐总的意思，我想宋主任应当能够理解的。要不，宋主任去向你们范厂长再请示一下，看看大家是不是换个别的方式见面呢？"

第四百一十七章　他是当真了

"他说什么？"

看到宋雅静脸色铁青地挂断电话，姚锡元在旁边小心翼翼地问道。范朝东和柯国强二人也在旁边看着，等宋雅静报告打电话的情况。

"熊凯说，唐总很忙，抽不出时间。"宋雅静说。

"抽不出时间？那他有没有说什么时候有时间？"柯国强问。

宋雅静说："我问了，熊凯说，唐子风什么时候有空，不好说。"

"不好说是什么意思？"柯国强问。

"这就是不愿意和我们见面的意思啊。"姚锡元说。大家都是有生活阅历的人，对于这种话里的潜台词，还能听不出来？

柯国强说："不至于吧，谢总说已经给他打过招呼了，是他自己主动提出要我们八碟八碗地给他摆宴席的。现在我们到了京城，也答应给他摆宴席道歉，他有什么理由不见咱们？"

"是啊，我们做到这一步，他如果再不见我们，可就是他理亏了。"宋雅静说，"我给熊凯打电话，他一开始还挺客气的，也不像是要耍弄我们的样子啊。"

"他说了些什么？我刚才听到你跟他说我们几个人的名字了。"柯国强问。

宋雅静说："他问我们来了哪些人，我说范厂长亲自来了，还有柯厂长和姚处长……"

"然后呢？"

"然后……然后他问还有谁，我说没有了，然后他……咦，我想起来了，好像他就是这个时候变得冷淡的，说唐子风有其他的安排，没法赴我们的约。"宋雅静有些后知后觉地说。

"难道唐子风还希望我们派谁去见他吗？"柯国强诧异地问道。

姚锡元想了一会儿，脸上的表情蓦然变得古怪起来。柯国强看出了他的异样,问道:"怎么,老姚,你想起什么了?"

姚锡元看了一直沉默不语的范朝东一眼,然后讷讷地说道:"我想起一件事,也不知道对不对。"

"你快说吧,别卖关子了。"柯国强说。

姚锡元说:"那天唐子风到82厂的时候,我和宋主任下楼接他。我照着范厂长交代的,说因为总公司的领导下来视察,厂领导都陪总公司领导去了,不能来迎接他。"

"这话也没错啊。"柯国强说。

"然后……"姚锡元卡住了,好一会才硬着头皮说道,"然后,我说范厂长说了,等总公司领导走了,他会带全体厂领导来给他……呃,给他接风。"

他的话里用了两个"他",前者指代的是范朝东,后者指代的是唐子风,这一点大家都是能够听懂的。至于说"接风",姚锡元的原话却不是这样,他说的是范朝东答应给唐子风摆酒谢罪。

摆酒谢罪这种话,也就是在客人面前说说,显得比较诚恳,当着自己人的面,尤其是范朝东也在场,姚锡元就不敢这样说了,说出来是会让范朝东不高兴的。

柯国强没有在意"接风"之类的说法,他皱了一下眉头,问道:"他是怎么说的呢?"

"他说……"姚锡元再次卡顿,这一回卡的时间比前面还长,直到柯国强都快忍不住了,姚锡元才说道,"他说,那就一言为定,到时候少了一位领导,他都不依。"

"他真是这样说的?"柯国强愕然道。

宋雅静点了点头,说:"听姚处长这样一说,我也想起来了,唐子风真的是这样说的。我当时还想,这个人怎么会这样,连句客套话都听不懂,还当真了呢?"

"这么说,他是当真了?"柯国强看着二人,问道。

"没准是……"宋雅静低声说。这个答案完全不是正常人的思维方式啊。

"简直是浑蛋!"范朝东猛地拍了一下桌子,骂道,"这姓唐的,简直就是一个王八蛋!"

"是啊,这也太……"姚锡元本能地想附和一句,话说到一半,又不知道该如何说了。他原本也不是一个强势的人,并不擅长骂人。更何况,这是两家企业

第四百一十七章 他是当真了

的领导在斗法,他一个小小的中层干部,能说个啥呢?

"我要去科工委告他!仗势欺人!小人得志!因私废公!简直是儿戏!胡闹!"范朝东大发雷霆,一口气给唐子风扣了若干顶不同款式的"帽子"。

其余三人都不敢吭声了,低着头,默默地听着范朝东咆哮。悟出熊凯回绝82厂邀请的真实原因之后,每个人心里都像是吞了一只苍蝇一样,可又偏偏一点办法都没有。

范朝东正在骂街,其他人也不好插嘴。可是骂街并不能解决问题。唐子风是吃准了82厂必须低头求他,所以才敢这样嚣张。到了这个时候,82厂真的敢跟他翻脸吗?

或许,激82厂与自己翻脸,才是唐子风的真实目的吧?这样一来,临机集团就可以向机电总公司交代了。

"老范,去科工委告状,恐怕行不通啊。"

好不容易等到范朝东停下来了,柯国强向他提醒道。

"怎么行不通?他现在的举动,哪里像一个大型国有企业的领导?这不简直就是街头的小混混吗?"范朝东说。

柯国强说:"这件事,起因在于我们当初冷落了唐子风,他当时向老姚和小宋撂下那句话,就是等着将咱们的军呢。咱们如果因为这个去找科工委告状,没准委里首先就得把咱们剋一顿。

"这件事,委里已经给咱们出了不少力了。现在唐子风这事,是咱们低低头就能解决的事情,如果咱们还要去找委里帮忙,委里领导会怎么想?就算委里领导对唐子风的印象坏了,对咱们又有什么好处?唐子风是机械部的人,不是咱们军工系统的人,咱们奈何不了他啊。"

"老柯,你是什么意思?"范朝东看着柯国强,问道。

柯国强说:"当今之计,就是先把唐子风哄好。他不是要排场吗?他不是要咱们厂领导一个不落地来给他敬酒吗?那咱们就成全他。咱们厂一共八位厂领导,让他们都到京城来。明天咱们订一个更大的包间,再请唐子风,让他高兴个够!"

范朝东黑着脸,好半晌才长长地呼了一口气出来,算是默许了柯国强的建议。

柯国强看着范朝东的神情,说道:"老范,我倒是觉得,唐子风如果因为这件

015

事而刁难我们，倒是一件好事。这说明这个人虚荣心太强，没什么城府。咱们只要给足他面子，他估计也就不再计较从前的事情了。"

"老实说，我还真担心遇到一个更成熟老练的人，脸上跟咱们笑嘻嘻的，笑里却藏着刀，指不定在什么时候就切咱们的一块肉下来，这才是最可怕的。"

"你说得也有理。"范朝东说。他当然也知道柯国强这些话只是为了给他找一个台阶。事已至此，仅仅因为与唐子风的意气之争又去找科工委出头，他也觉得没这个面子，还不如就向唐子风低头好了。

"小宋，你给家里打电话，让其他几位厂领导都把手里的事情放下，连夜坐车到京城来。另外，你再给熊凯打个电话，跟他说一下这个安排，听听他的口风。"范朝东交代道。

"明白！"宋雅静应道，她的那颗"少女心"早已伤痕累累了。

宋雅静没敢直接跟厂里的另外几位厂领导说是唐子风在故意刁难，只说范朝东觉得要让唐子风感受到82厂的诚意，所以要求所有的厂领导都来作陪。厂领导中有两位正在车间里组织生产，轻易抽不开身，但宋雅静还是逼着他们俩交代了工作，连夜坐着厂里的车进京来了。

在其余厂领导前往京城的时候，宋雅静又给熊凯打了电话，通知他说82厂的厂领导正在赶过来，大家都很想亲眼见一下唐总，请唐总务必赏光。

这一回，熊凯不再打马虎眼了，干脆利落地替唐子风应承下了第二天的晚宴。当然，他还得欲盖弥彰地解释一下为什么唐总突然又有时间了，这种鬼扯一样的解释，宋雅静连听的兴趣都没有。

第二天晚上，在约定的时间，唐子风带着熊凯来到了宋雅静订的饭店包间，见到了一脸严肃的范朝东，以及一众神情各异的82厂领导。

与大家想象的不同，取得了胜利的唐子风，脸上并没有什么骄傲之色，而是带着平静的神情。他与众人打着招呼，充分显示了什么叫作不卑不亢。

看到他的表情，柯国强心里咯噔一下。看来，自己和范朝东都低估了这个唐子风。这哪里是一个30刚出头的年轻人？分明就是一只修炼千年的老狐狸。

柯国强预感到，唐子风真正的杀招还没有使出来，想通过一顿饭就赢得唐子风的合作，只怕是过于乐观了。

第四百一十八章　这种滋味不好吗

"唐总,我们厂一共八位厂领导,都在这里了。现在你该满意了吧?"

范朝东走到唐子风面前,冷冷地说道。

虽然迫于压力,他不得不把厂领导都叫到京城来,满足唐子风的要求,但要让他再向唐子风点头哈腰地装热情,他是无论如何也做不到的。

唐子风去 82 厂,范朝东没有尽地主之谊,这是他理亏的地方,如果他不予以补救,大家都要指责他。现在他把全厂领导都叫过来了,给唐子风摆酒致歉,这是大家都看在眼里的事情,如果唐子风再挑刺,公论就该站在他这边,开始谴责唐子风了。

中国人做事,一向是要讲道理的,理直则气壮。范朝东觉得自己的气很壮了。

"一共是八位吗?"唐子风似乎没有察觉到范朝东的敌意,他嘻嘻笑着说道,"我数学不好,要不还是让我先数一下吧……"

说着,他果真抬起手指,开始点起数来,嘴里还念念有词:"一个,两个,三个……"

"唐子风! 你别欺人太甚了!"

唐子风的行为成功地激怒了范朝东,他顺手从桌上抄起一个碟子,狠狠地掼在了地上。

"啪"的一声脆响,碟子摔成了十几瓣,碎片飞出去老远。包间里的众人原本还在窃窃私语,此时全都停住了,把目光投向了这边。

"哟,你看,他急了。"唐子风毫无做错了事的歉疚感,依然是笑嘻嘻的。他向熊凯调侃了一句,又转回头来,看着范朝东说道:"范厂长,你这是何必呢? 你说你们的厂领导都到了,我过个数也没错吧? 你看你生这么大的气干什么?"

"唐总,咱们都是为了工作,就不必这样意气用事了吧?"应邀前来作为中间人的钟旭走过来说道。

　　唐子风要求82厂的厂领导必须全部到场,他才肯来赴宴,这种做法无疑是在羞辱82厂。但因为82厂有错在先,他这样做,也只能算是稍微过分了一点儿。但现在人家都到了,他居然还要当着人家的面数数,这就太跋扈了,也难怪范朝东要摔碟子,换成谁都受不了这个。

　　到了这个时候,钟旭觉得自己有话可说了,于是便站出来,代范朝东向唐子风提出了抗议。

　　唐子风看看范朝东,又看了看那些82厂的其他领导,见所有人都是一副义愤填膺的样子,这才淡淡一笑,问道:"怎么,范厂长,各位,觉得我没给你们面子?"

　　"你说呢?"范朝东黑着脸道,"唐厂长,我知道你年轻。听说你过去在机械部的时候,仗着自己年轻,装疯卖傻,还赢得了几位领导的喜欢。可你别在我老范面前玩这套,你好歹也是30多岁的人,你敢说你真的一点规矩都不懂?"

　　"规矩?什么规矩?"唐子风反问道,"你们觉得跑到京城来请我这样一个小年轻吃饭,是受委屈了,感觉到屈辱了。可人家博泰一个耳光接一个耳光地扇你们,你们怎么没觉得屈辱?你范厂长能耐大,敢在我这个小年轻面前摔碟子,你倒是在博泰面前摔一个给我看看!

　　"合着你们就是内战内行,外战外行。在中国人面前抖威风,见了德国人就装孙子,这就是你范厂长要教我的规矩?"

　　"你说什么!"范朝东大怒,抬手指着唐子风的鼻子,喝道,"你再说一遍试试!"

　　"范厂长,你先别激动!"钟旭赶紧拦在二人中间,生怕他们打起来。双方说不到一块儿,吵一架也无所谓,但如果动了手,事情就不好办了。

　　"唐厂长,你这话我就不赞成了。博泰变卦,也是有原因的,这不都是那个齐教授胡说八道导致的吗?范厂长他们也是为了工作,这才要请滕机出来帮忙,重新做一次技术鉴定,消除博泰方面的疑虑,你怎么能说是……呃,这样说是很不合适的。"

　　钟旭话到嘴边,"装孙子"三个字给咽回去了,这个说法太伤人了。

　　唐子风收起刚才的嘲讽表情,严肃地说:

第四百一十八章 这种滋味不好吗

"钟处长,博泰这一次变卦,你们还没有吸取教训吗?人家就是仗着有技术优势,赤裸裸地欺负我们。我们造不出来的设备,他们就禁运。什么时候我们造出来了,他们马上就取消禁运。

"这一回,仅仅因为一个传言,人家就敢把你折腾一遍,逼着你自证。或许范厂长他们是被外国人欺负惯了,也不觉得这事有什么屈辱。那好,我就让他们体会一下,啥叫受制于人。

"说句难听的,他们现在为了让滕机帮忙,在我唐子风面前受点委屈,丢的只是他们82厂的脸。可如果没有滕机研发出来的精密铣床,他们为了求博泰解禁,低三下四,丢的可就是十三亿中国人的脸了。

"我想问问钟处长,问问范厂长,是你们82厂那几千人的脸值钱,还是十三亿中国人的脸值钱?"

"这……"钟旭一下子就哑了,唐子风把这件事拔到这样一个高度,他还真没法反驳。

是啊,范朝东跑过来请唐子风吃顿饭,就觉得是受了莫大的屈辱。可博泰那边随便说一句禁运,82厂一群人就上蹿下跳,提出再进行一次产品鉴定,还要求德方派人过来监督,这难道不是一种屈辱吗?

在自己人面前丢脸,和在外国人面前丢脸,哪个更窝囊呢?

不得不说,在有些人心目中,向外国人低头,是无所谓的事情,因为他们一直都觉得外国人比自己高贵。但回到国内,见了自己的同胞,他们就要摆摆架子,亮一亮自己的级别,把面子看得比其他一切都重。

范朝东和钟旭等人,其实并不是那种崇洋媚外的人,相反,他们在平常也是经常把"为中国人争口气"之类的话挂在嘴边的。但到了实际行动中,他们就不自觉地随了大流,觉得求外国人是应该的,求自己人则显得没面子。

博泰出尔反尔,他们并不觉得是博泰的错。滕机追着他们要研发经费,他们反而觉得是无理取闹。

这是一种集体的无意识行为,没有人说破的时候,大家都察觉不到。现在唐子风一下子戳破了这层窗户纸,一屋子人都愕然了,随即便陷入了沉思。

"唐总,这也是没办法的事情吧。"柯国强最先打破了沉默,他讷讷地说道,"咱们国家底子薄,工业基础不如西方国家深厚,这是客观事实,不是我们喊几句口号就能够解决的。在现阶段,我们的确需要博泰的设备,所以虽然知道博泰的做法很无理,我们也只能忍着,是不是这样?"

"柯厂长打算忍到什么时候呢?"唐子风问。

"当然是……"柯国强下意识地想给出一个答案,说到一半却发现没法说下去了。

唐子风得理不饶人,侃侃而谈道:

"博泰此前为什么会取消铣床的禁运?就是因为我们滕机研发出了同等性能的铣床。我们要想抬起头来,就必须有自己的实力。

"你们是军工企业,你们生产出先进的武器装备,能够让中国在政治上挺直腰杆。我们是装备制造部门,我们研制出先进的机器设备,就可以让中国在经济上、技术上挺直腰杆,不惧怕别人的技术封锁。

"中国没有先进的武器不行,中国没有先进的铣床同样不行。你们的部门很重要,我们的部门同样重要。到了今天,你们各位还理解不了这一点吗?"

"唐总,我承认,你们也是非常重要的。这一次的事情,是我们考虑欠周,没有考虑到你们支出的研发费用问题。我想,我们可以吸取这一次的教训,在以后的合作中完善机制,避免再出现同样的事情。"钟旭硬着头皮说道。

唐子风把眉毛一挑,问道:"怎么,钟处长是说,这一次的事情就算了?"

"……"钟旭无语。

他的确是想说这一次的事情就算了,但被唐子风这样一问,他还能这样回答吗?

唐子风哈哈一笑:"钟处长,如果你们是这种态度,那今天这顿饭,咱们不吃也罢。说实在的,以临机集团的实力,区区几千万的研发费用,我们自己也能消化掉,我唐子风别的话不敢说,但我还真不差钱。

"你们如果觉得博泰这一次的耳光扇得不够狠,甚至觉得被博泰扇耳光是你们的荣幸,那你们就自己玩好了。离开我们装备制造业的支持,以后你们会有更多这种荣幸的。"

"唐总,你是什么意思?"钟旭问道。

唐子风说:"很简单,亡羊补牢,就这次的事情,把我们双方的合作机制建立起来。你们觉得博泰的设备比滕机的好,愿意选择博泰的设备,我们理解。但与此同时,滕机的研发绝对不能停。

"我们滕机研发的机床,就是你们的备胎。如果博泰敢断供,你们用滕机的设备照样可以生产,这就是你们和博泰叫板的底气。咱们两家应当联起手来,共同去抽德国人的耳光,看着博泰跪在地上求你们买设备,这种滋味不好吗?"

第四百一十九章　你们等得起吗

"唐总，你说得太好了！"

厂领导中，有人大喊了一声。

这几十年，军工企业受外国人的气可真不是一回两回了。

采购设备的时候，人家明确说最先进的设备不卖，卖给中国人的只能是落后好几代的，而且你爱买不买，人家端着架子，就知道你必须要低头。

设备采购回来，人家规定这里不许用，那里不许用，有些关键设备，甚至直接拿个玻璃房子锁着，钥匙在人家手里握着，你想用一回，得向人家提交申请，声明不会用于尖端国防装备制造，否则人家有权拒绝。

要知道，这可是你花钱买来的设备，而且就放在你自己的厂房里，可使用权却不是你的，世上的屈辱，还有比此更甚的吗？

这几年，国内的装备制造水平提高了，很多过去只能依赖进口的设备，也都有了国产替代产品。原来那些傲慢的外商，态度也明显缓和了许多，虽然还远未达到唐子风预言的求他们采购的程度，但相比过去的傲慢，简直有天壤之别。

早年，军工企业待遇差，流失了不少人。能够坚守下来的这些，都是把"报国"二字深刻在骨头里的，没有人比他们更期待在外国人面前扬眉吐气。

这一次82厂与滕机的纠纷，大多数人从部门利益出发，并没有深入琢磨滕机的诉求，也没有想这件事所带来的恶果。现在经唐子风一说，大家才反应过来。是啊，博泰能够答应向82厂出口铣床，不正是因为滕机造出了同类铣床吗？随后，博泰变卦，竟因为怀疑滕机的成果不实。

说到底，别人翻云覆雨，都是源于你没有实力。82厂抛弃了滕机这样一个同盟军，所以才会受到博泰的羞辱。如果有滕机给自己当坚强的后盾，哪怕它提供的设备并不如博泰的先进，也能逼着博泰低下它那高昂的头。

当然，大家能够迅速想通这一点，也是因为刚才唐子风成功地把大家给激怒了。挨一耳光也是有助于头脑清醒的,如果唐子风换一种方式来给大家讲这个道理,大家恐怕就没那么容易接受了。

听到下属为唐子风叫好,范朝东扭头看了喊话的人一眼,再回过头来的时候,眼神里的戾气已经全部消退了。下属能够想得通的道理,他这个当厂长的,也没有理由想不通。为了4000万的研发经费,他们不惜与滕机撕破脸,看来真是鼠目寸光。

在未来的设备采购中,82厂尽量地向滕机这边倾斜一点,来一个堤内损失堤外补,其实也是可以做到的,自己为什么要拒绝与滕机友好协商呢?

"唐总,你刚才说建立一个双方的合作机制,具体要怎么做,你能给我讲讲吗?"范朝东说道。

此言一出,包间里所有的人都觉得周围的气温似乎升高了几度,不复刚才那种冷飕飕的感觉了。

什么?范朝东居然能这样对唐子风说话,他不在乎唐子风的冒犯了?这是要和唐子风握手言和了吗?

唐子风自然也感觉到了范朝东的善意,他微微一笑,说道:"范厂长,还有钟处长,咱们坐下说吧。"

"对对,坐下说。我来之前,我们局长还专门叮嘱我,让我好好听取一下唐总的意见,以便于我们在未来改进工作。"钟旭连忙附和着。

他虽然是代表科工委来的,但这两边如果冲突起来,他一个小处长只怕是按不住的。现在见双方都有缓和的意思,他也就松了一口气。

众人分别落座,唐子风与范朝东自然是分别坐了上首的两个位置,钟旭则坐在范朝东的另一边,隔着范朝东与唐子风交谈。

"范厂长,钟处长,这一次82厂与滕机之间的事情,表面上看只是82厂爽约,给滕机造成了几千万元的经济损失。但从深层次分析,体现的是咱们一些部门对于核心装备国产化的战略意义缺乏足够的认识。

"国外对咱们的军工发展,一直都是持高度警惕态度的。这几年,西方国家的关注点没有放在中国身上,所以有些关键设备也对我们敞开了口子,据我所知,咱们的军工部门从国际市场上采购到了不少高端机床,极大地提高了军品生产的能力。"唐子风说。

钟旭点点头,说:"的确是这样,这两年,国外对我们的设备限制放松了不少,我们也抓紧时间采购了一大批精密加工设备。"

唐子风说:"这就是了。过去,国外对咱们禁运,所以军工部门对于我们这些地方机床企业,还是挺看重的……"

"唐总,其实我们现在也是非常看重地方机床企业的,军民一家嘛。"柯国强赔着笑脸表白道。

唐子风笑笑,也不去反驳,而是继续说道:"我们国家的机床工业水平,和国外还有一些差距。你们采购进来的许多机床,是我们目前还无法制造出来的,你们能够从国际市场上买到,倒是解决了大问题。"

"是啊是啊,我们也是考虑到国内的机床与国外还有一些差距,所以才谋求从国际市场获得这些机床。"钟旭说。

唐子风说:"但是,这样一来,就形成了一个隐患。你们的生产越来越多地依赖这些进口的高端机床,万一有一天国外突然对咱们断供,你们非但买不到新的机床,连原有机床的配件都无法获得,那你们的生产将如何维持下去呢?"

"过去,你们的设备水平低,生产的产品技术要求也低,国外想卡你们的脖子也卡不住。现在,你们被进口机床养刁了,一旦无法获得进口机床,恐怕要想回到原来的状态,也办不到了吧?"

"的确如此。"范朝东说,"就说这次我们请滕机研制特种精密铣床,就是因为我们的产品标准提高了,用原来的设备已经无法生产。我们其他的工艺环节,用的都是进口的高端机床,只有燃料舱内部精铣这个环节,因为与博泰没能谈下来,成了一个瓶颈,所以不得不请滕机帮忙。"

"这就对了。"唐子风说,"精密铣床这个环节,现在滕机已经突破了。博泰愿意卖,你们可以用博泰的。博泰如果不愿意卖,你们用滕机的设备也能解决问题。但是,你们其他的那些工艺环节,用的都是进口机床,而且国内完全没有替代品。如果有一天国外停止向咱们出口这种机床了,你们打算怎么办?"

"到时候,恐怕还得请地方上的同志来帮忙吧。"钟旭说道。

唐子风摇摇头,说:"那时候就来不及了。研制一种高端机床,有时候需要好几年的时间。你们使用的机床类型多样,如果有十几种、几十种高端机床都需要从头开始研制,就算把我们这些地方机床企业的力量全部用上,恐怕也得十年八年才能解决,你们等得起吗?"

"等不起。"钟旭老老实实地说,"如果出现这种情况,很可能就是国际形势发生了严峻的变化,那时候,我们的军品生产任务只会更重,那可是一天都等不了的。"

唐子风说:"所以,现在咱们需要考虑的,不是滕机那台精密铣床的问题,而是你们军工系统使用的所有进口设备的问题。趁着现在国际形势还没有变得严峻,咱们应当抓紧开展研发工作,确保每一种机床都有技术储备。当对方意识到我们有足够的技术储备时,也就不敢轻易地采取断供这样的方式了。"

柯国强说:"唐总说得对。这就有点像我们当年搞原子弹。我们没有这个东西的时候,美国人、苏联人都成天威胁要对我们做'外科手术'。等到我们有了,他们就闭嘴了。原子弹的作用,并不在于要真正地发射出去,而在于它带来的威慑。"

"钟处长,这件事,可就超出我们82厂的能力范围了,需要科工委通盘考虑才行。"范朝东对钟旭说道。

钟旭说:"没错,这的确是需要我们通盘考虑的事情,我会把唐总的意见带回去,向领导汇报。不过,范厂长,你们企业方面,最好也能够提出一些意见,比如刚才唐总说的国外断供的威胁,你们企业的感受是最深的。"

"就我的体会而言,这件事的确是刻不容缓了。"范朝东说,"其实,我们原来也是有这种危机感的,只是因为生产任务太重,天天都在忙,也顾不上考虑长远了。今天听唐总这样一说,我也是吓出了一身的冷汗。

"我们车间里一些承担着关键环节加工任务的进口设备,是要经常进行维护的。维护用的备件,国外对我们卡得很紧,每次提供的备件都只够这一次维护使用,不允许我们留下库存。

"如果有一天国外突然向我们发难,停止提供这些备件了,我们的设备最多运转一两个月就得趴窝,到时候,所有的生产都得停下来,后果不堪设想啊。"

第四百二十章　攻守易位

"为了避免出现这种情况，我们必须从现在开始，就把所有可能被卡脖子的环节都梳理一遍。有些环节，国产装备已经可以替代进口装备，只是性能略逊一筹，要建立起利用这些国产装备进行替代的预案。科工委应当出资帮助地方企业建立起一套生产体系，一旦国外对我们进行设备禁运，我们这些地方企业能够随时启动生产，用国产装备来替代那些进口装备。

"另外一些环节，目前国内技术与国外技术的差距还比较大，科工委也应当投入资金，与地方企业一起，开展技术攻关，用最快的速度突破一些关键技术，确保不会受制于人。

"这一次，滕机帮助82厂开发特种精密铣床，已经体现出了我们这些地方企业的技术实力，所以，我希望科工委能够把一些重要的攻关任务交给滕机。"

唐子风说着说着，便把话头引回到了滕机身上。

钟旭心念一动，问道："唐总，你的意思是说，希望科工委现在就能够把一些攻关任务交给滕机？"

"是的。"唐子风说，"我希望我们近期就可以签订几个重要的攻关项目合同，为了避免上次那样的疏忽，双方的责、权、利关系要用合同明确下来，而且第一笔款项也要尽快到位。"

"你说的第一笔款项，是多大金额呢？"

"至少4000万吧？"

"原来是这样……"

钟旭下意识地点了点头。大家都是聪明人，唐子风的意思已经说得很明白了，他岂能不懂？

滕机因为精密铣床的研发，向科工委要求4000万的研发经费。但因为这个项目事先并没有列出研发经费这个条目,双方默认通过设备采购来补偿研发支出。中间出了博泰这个变故之后,82厂决定从博泰采购铣床,滕机也就无法收回研发支出了。

滕机坚持认为,自己的研发费用是实实在在已经花出去的,82厂或者科工委方面必须支付。但科工委这边却苦于没有名目,无法拿出这笔钱,双方这才僵持起来。

因为没有名目而无法付款,这当然也是真的。但如果科工委方面对这件事情更加重视一些,补一个手续也是可以的。他们之所以没有这样做,说到底就是觉得事不关己,自己没有切肤之痛,谁又乐意多生一事呢?

现在,博泰变卦了,而唐子风又用这种羞辱人的方法,让82厂和科工委都感觉到了痛。他的一番说辞,也打动了范朝东和钟旭,两个人都已经有些松动,打算去为滕机争取一些项目补偿了。

唐子风现在出的主意,其实就是绕开了以往的旧账,让他们用一个新的名目来补偿滕机此前的支出。他让科工委与滕机签订一个新的技术研发合同,其中可以包括几项重要的"卡脖子"技术,然后在计算研发经费的时候,把此前欠滕机的那4000万也一并计算在内。

这样一来,滕机拿回了精密铣床的研发费用,自然就不再有意见了。而科工委这边,只是与地方企业开展了一项新的合作,丝毫不涉及此前的事情,也省去了尴尬以及可能被人揪辫子的风险,可谓皆大欢喜。

至于说科工委的领导是否会接受这个方案,那就取决于钟旭、范朝东他们如何汇报了。可以想象,唐子风这边也会请许昭坚、谢天成等人出面去游说。

唐子风说的建立备份机制的思路是正确的,科工委内部其实也一直有这个想法,只是还缺乏一个力量去推动一下。现在机会来了,钟旭略略思索了一下,便觉得这个方案得到批准的可能性是非常大的。

"唐总的意思是不是说,只有咱们双方签了合同,而且这4000万的研发经费到位了,你们才会配合我们做铣床的鉴定?"钟旭试探着问道。

"当然不是。"唐子风干脆地回答道。

"那么,唐总是答应马上进行下一次鉴定了?"钟旭有些惊喜的感觉。

他还真有点担心唐子风拿鉴定的事情作为要挟,声称不见兔子不撒鹰,那他就有些被动了。与滕机进行下一次合作的事情,要办不少手续,恐怕不是那么容易办下来的,可82厂这边等不起啊。

谁承想,唐子风给出的下一个回答,却让钟旭和范朝东几欲发火。

"我没答应再进行一次鉴定啊。滕机的精密铣床,上次已经鉴定过了,鉴定结果也是有法律效力的,为什么还要再鉴定?"唐子风睁着一双很萌的眼睛对众人问道。他这些天在家里哄娃,自己也变得越来越萌了。

"唐总,你不会是来消遣我们的吧?"范朝东的脸一下子就拉下去了。

刚才听你讲得慷慨激昂,我还被你感动了,以为你是和我们一边的。说了半天,你居然说不打算再做一次鉴定。如果不是求着你们再做一次鉴定,我带着全体厂领导到京城干吗来了?

唐子风嘻嘻一笑,说道:"范厂长,瞧你这话说的。你们的意思,不就是希望通过再做一次鉴定,让德国人相信我们掌握了这些技术,从而不再对我们禁运吗?要达到这个目的,完全没必要这样低三下四的,有更好的办法,为什么不用呢?"

"更好的办法?唐总的意思是什么?"范朝东问道。

唐子风说:"很简单啊,我刚才说了,科工委可以和滕机签订一个关键技术研发合同,咱们可以把这个签约仪式办得轰轰烈烈的。咱们公开对德国人说,你们博泰欺人太甚了,我很生气,后果很严重。

"我们已经决定了,这200台铣床,我们就从国内买了。非但这些铣床要从国内买,我们还要开发更多的技术,全面取代博泰的机床。科工委决定给滕机投100个亿,支持滕机研发50种全球最高端的机床,每一种都是冲着替代博泰机床去的。"

钟旭吓了一跳,连忙声明:"我们可没那么多钱!"

唐子风白了他一眼,说道:"号称嘛,当初曹操83万大军下江南,不也是号称吗?范厂长,你们现在就把风放出去,然后把我们滕机那台已经通过鉴定的机床拉到你们厂里去,不信博泰不着急。"

"这样行吗?"范朝东回头去看柯国强和姚锡元,向他们求证道。

老实说,唐子风的这个主意,还真让老范有点怦然心动。

重新组织一次鉴定,再请博泰的人过来见证,这件事怎么琢磨都让人不爽。如果能换个方式,让博泰的人自己急吼吼地跑过来求证,那就实现了攻守易位,自己这边的主动权就大得多了。

至于怎么让博泰的人知道这件事,范朝东是不担心的。82厂此前也买过博泰的一些机床,博泰在亚太区的售后服务中心三天两头要派人过来,找个机会让他们看到滕机的铣床,那是很容易的事情。

"我看行!"柯国强用力地点了一下头,"唐总的这个办法,比咱们求着博泰来看,要强得多。其实,就算咱们请滕机重新做了一次鉴定,博泰方面也完全可能不会派人过来,或者派人过来看过,仍然不肯取消对咱们的禁运,到那时候,咱们可就是拿热脸去贴人家的冷屁股,太窝囊了。

"唐总这个办法,化被动为主动。反正咱们也是要买一部分滕机铣床的,不如现在就先买回去,开动起来。博泰那边如果在意,自然会派人来看。如果他们不在意,那也无所谓,咱们就彻底死心了,就用滕机的铣床好了。"

"哈哈,这么说来,我们还得想办法让博泰不在意了。"唐子风笑着说。

柯国强赶紧赔上笑脸,说道:"唐总说笑了,我们肯定是会大力支持咱们地方企业开发先进机床的,但现在嘛……"

"玩笑玩笑,柯厂长不必紧张。"唐子风摆摆手说。82厂这帮人现在已经成了惊弓之鸟,开不起玩笑了,他还是别去撩他们为好。

"好,这事就这么定了。"钟旭做了一个总结。

唐子风的建议,他也是赞成的,具体的细节,他还需要请示自己的领导,现在也是定不下来的。唐子风已经表现出了合作态度,这就足够了,就算唐子风说的办法不可行,大家也可以想其他办法。

有句话咋说的?只要搞定唐子风,办法总比困难多。

"对对对,这件事就这么定了。哎呀,唐总今天可是给我们好好地上了一课,让我们受益匪浅。来来来,小宋,把酒都给满上,我要好好敬唐总几杯!"

范朝东意气风发地说。他其实是一个爽快人,遇到他看不顺眼的人,他会丝毫不留情面,但一旦化解了心中的块垒,他又会对对方推心置腹。

唐子风对于装备研发的想法,让范朝东心服口服。而唐子风随后出的以攻代守的方法,又让他觉得痛快,他一下子就把唐子风当成自己人了。

范朝东开了头,其他人自然就跟上了,一个个举着杯子,大声喊着:

"对对对,唐总的话,真是拨云见日,让我们深受启发,一会我一定要好好敬唐总几杯。"

"唉,真是自古英雄出少年啊,唐总不愧是青年才俊!"

"长江后浪推前浪啊,咱们这些人,真的该让路了!"
"生子当如唐子风啊!"
这不是占我便宜吗?唐子风深感无语。

第四百二十一章　这个小年轻真不得了

这顿饭,双方都喝得很尽兴。唐子风酒量一般,与对方的人都碰了一杯之后,其他的酒就都请秘书熊凯给挡了。82厂的人也不好过于放肆,敬了几轮酒之后,便在自己内部捉对厮杀起来,有几位厂领导喝得高了,口无遮拦地说了一些当讲不当讲的话,让范朝东颇为尴尬了一阵。

酒足饭饱,宋雅静出去了一趟,不一会就面有难色地回来了。她把嘴凑到范朝东的耳边轻轻嘀咕了几句,范朝东当即就瞪大了眼睛,看着唐子风,好半天不知道该怎么说才好。

"怎么,范厂长,有啥不对吗?"唐子风用筷子夹了一粒花生米扔进嘴里,咯吱咯吱地嚼着,笑着对范朝东问道。

"唐总,你这是什么意思?这不是打我们82厂的脸吗?"范朝东说道。

"什么打脸?"边上好几位厂领导都把目光转过来了。

范朝东看看大家,轻轻说道:"刚才小宋去结账,才知道,唐总已经把账给结了。"

"什么?"

众人都惊了,看向唐子风的眼神,分明就有些不对劲了。

唐子风微微一笑,对众人说道:"大家干吗这样看着我?咱们今天是两家企业在一起吃饭,你们是甲方,我们是乙方。乙方买单,难道不是天经地义的事情吗?就是不知道大家吃好喝好没有。小唐我年纪轻,经验少,如果有啥怠慢的地方,还请大家多担待。"

"唐总,您这话说的……"柯国强百感交集,心里对唐子风顿生了无数的崇拜。

今天这顿饭,起因是82厂对不起滕机,而唐子风去82厂理论的时候,又受了范朝东的冷遇,范朝东摆下这桌宴席,是来向唐子风赔礼的。

此前,唐子风让熊凯向宋雅静暗示,必须让82厂的厂领导悉数到场,他才会来赴宴。范朝东被唐子风捏住了痛脚,不得不照办,把全体厂领导都召到京城来了,可谓受了莫大的屈辱。

饭前的一场交流,双方达成了共识,算是把过去的矛盾给化解了。但台面上的事情解决了,大家面子上的事情并没有解决,82厂这一次是折了面子的,一群最年轻的也比唐子风大10岁的厂领导专程跑来向一个小年轻赔礼,这事搁在谁身上,都是难以释怀的。

让大家没有想到的是,此前逼着82厂摆酒的唐子风,居然会悄无声息地把账给结了。这样一来,这顿饭就变成了唐子风请82厂的领导们吃饭,所谓赔礼之类的事情,也就不存在了。大家跑了一趟京城,唐子风请大家吃了饭,大家还有什么可抱怨的呢?

这个小年轻真不得了!

这是在场的所有人心里涌上来的念头。

该强硬的时候,人家敢说少一个厂领导出席他就不来,到场了还当着大家的面点数,欺负人到了极点。可该妥协的时候,人家二话不说就先把账结了,卖给你一个天大的面子。

无论是82厂还是临机集团,都不差这顿饭钱。可由谁出钱,体现的是对对方的尊重。唐子风在占尽了道理的情况下,还给大家圆了面子,这份圆滑,是他们这些四五十岁的厂领导都自叹弗如的。

"唐总,你这个朋友,我老范交了!"范朝东拉起唐子风的手,由衷地说道。

唐子风笑道:"哈哈,那小唐我可就惶恐了。范厂长,您或许不知道,按辈分算,我可是得称您一声叔叔的。"

"这是从哪算起?"范朝东诧异道。

唐子风说:"楚天17所的肖总工,是我的岳父。他说他和您也挺熟的。"

"你原来是老肖的女婿啊!我和老肖,那也是多年的朋友了。不行不行,你得喊我一句叔叔才行。"范朝东嚷嚷道。

他这样说,可真不是为了占唐子风一个便宜,而是想用这种方法来与唐子风套一套近乎。

唐子风也带着同样的心思,笑着说道:"这可不行,刚才范厂长说了要和我交朋友,那我只能称范厂长一句范兄了。"

第四百二十一章 这个小年轻真不得了

"我不信你见了肖明也是叫肖兄。"

"还真叫过,老肖不介意的……"

"你狠!"

滕机与82厂握手言和,钟旭把唐子风的想法向领导进行了汇报。与此同时,许昭坚等一众老领导也积极呼吁,提出要尽快建立起装备的备份机制,避免在关键时候被西方国家卡脖子。

此事最终得到了中央的批准,一个由国防科工系统与地方装备制造主管部门联合组成的工作小组得以建立。这个工作小组的正式名称叫"装备制造2020工作领导小组",但私底下,大家都乐于使用由唐子风发明的说法:备胎小组。

"子风,你要搞这个备胎计划,怎么把我给扯上了?我和你妈妈在五朗城里买的新房子,还没住上几天,就被调到京城来了,我养的那些花,可都得枯死了。"

唐子风家的大客厅里,原楚天17所总工程师,也就是唐子风的岳父肖明一边逗着腻在他怀里的小外孙,一边对唐子风抱怨道。

备胎小组成立,下设了一个执行机构,即"装备制造2020工作领导小组办公室"。许昭坚被推举为办公室主任,其实就是要用他在军地两界的威望来协调各方关系。许昭坚今年已经快90岁高龄,虽说身体还很健康,但也不便做具体事务了。

办公室的具体事务,是由办公室的常务副主任来做的,这也是惯例了。关于常务副主任的人选,却出现了一些小麻烦。

科工委方面当然是希望找一个自己系统内的干部来当这个常务副主任,这样凡事可以多照顾一下本系统的利益。但这个工作机制毕竟是涉及军工和地方两方面的,军工系统里选出来的人,往往对地方的情况不够熟悉,在进行工作协调的时候,难免会有一些障碍。

最关键的是,参与这个工作的地方企业,是以原机械部二局下属的几十家国有大型机床企业为主的。这些机床企业中最大的那些,组成了一个名叫"机二〇"的组织,而这个组织的负责人,正是唐子风。

由唐子风作为地方企业的代表,科工委的领导心里非常不踏实。他们明白,寻常的军工系统干部,面对唐子风肯定要处下风的,没准三两句话就被唐子风给卖了。

最后，82厂厂长范朝东支了一招，说唐子风此人虽然厉害，却也不是没有人能够镇住他的。楚天17所的总工肖明是唐子风的岳父，唐子风再跋扈，也不敢跟自己的岳父对着干吧？如果调肖明过来担任这个常务副主任，就不用担心无法和地方企业搞好关系了。

就这样，科工委紧急下令，调肖明到京城工作。肖明在科工委挂了一个闲职，正式的工作就是备胎小组的常务副主任。

听到岳父的唠叨，唐子风赔着笑脸说道："爸，我这不也是为了让一家人团圆吗？文珺总在我面前叨叨，说您的岁数也大了，过不了几年就要退休，在17所也没啥事情做，还不如早点到京城来，大家可以热闹热闹。

"你看，彦奇都已经会走路了，多好玩啊。你和妈妈就不想多陪外孙子玩玩？"

"科工委调我到京城来，可不是让我来给你带孩子的，我是来工作的。"肖明假意地板起脸说。但他原本就不是那种会拿腔作调的人，想在女婿面前摆摆谱，却总有些画虎不成反类犬的感觉。

唐子风笑道："爸，你可别搞错了，科工委调你到京城来，恰恰就是让你来给我带孩子的。我算是看透了，科工委那帮人就是想利用你和我的关系，逼着我给他们干事，而且还是自带干粮的那种。"

肖明说："子风，你这个思想可不对，什么你们我们的，大家不都是为了国家的事情吗？你这次提出的备胎计划，科工委领导是非常赞同的，说你有战略眼光，可为帅才。但同时，科工委领导也跟我说了，你身上的本位主义思想是非常强的，有时候为了你们企业的自身利益，置军工生产大局于不顾。

"我可告诉你，在未来双方的合作中，如果出现这种事情，我是不会顾及你的面子的。该说的我就会说，该照着合同办事的，我绝对不会开口子。"

"老爷子，你就放心吧。"唐子风哭笑不得，"现在是我担心你们不按合同办事。借我一个胆子，我也不敢赖军工系统的账。我告诉你，许老、谢总他们，都已经跟我们这些机床企业的领导打过招呼了，说要一切为军工服务。我如果敢搞本位主义，用不着你收拾我，他们就会把我收拾得七荤八素。"

"这还差不多。"肖明脸上露出了笑容。说真的，他还真没信心能够制得住自己这个女婿。自从接到任命之后，他就一直在担心，万一女婿真的不顾大局，他该如何去和女婿交涉。

　　现在听说许昭坚他们都发了话,给女婿头上套了好几个金箍,他也就放心了。啥时候从许老那里讨一卷紧箍咒来,就不怕女婿翻天了。

第四百二十二章　中国人是玩真的吗

德国,博泰公司总部。

董事长沃登伯格拿着一份报告,眉头紧锁,对办公室里的几位下属问道:"你们觉得,中国人这一次的举动是真的,还是一次新的欺骗?"

"我感觉是真的。"销售总监肖尔特说道,"我们这一次的举动,极大地激怒了中方,他们已经放出风来,说不再与我们谈判,他们要自己蒸馒头了。"

"'蒸馒头'是什么意思?"技术总监劳瑟尔诧异地问道。

"大概就是要自己努力的意思吧。"肖尔特敷衍着答道。"不蒸馒头争口气"这样的汉语谐音哏,外国人是无论如何也理解不了的,不过基本的意思他倒是没有搞错。

"中国的几家主要媒体都刊发了重磅文章。他们声称这一次博泰先答应向中国出售特种精密铣床,随后又取消这个承诺,反映出中国的装备工业受制于人。中国的国家科工委与先前声称研发出了精密铣床的滕机公司签了一个总额近2亿欧元的合同,要求滕机公司在未来三年内,研制出7种关键设备。凑巧的是,这7种设备都是我们的主打产品。"肖尔特汇报道。

沃登伯格问:"这个消息的可信度有多高?"

肖尔特说:"我认为还是比较可信的。2亿欧元对于中国来说并不是一个很大的数字。他们所列出的这7种设备,目前都依赖国外,确切地说,就是依赖我们博泰公司。

"如果我们中断向中国提供这些设备的配件,那么中国人在无法得到替代设备的情况下,生产将无法继续进行。中国为了避免陷入这样的窘境,完全有可能不惜重金地要求他们的本土企业突破这些技术障碍。"

"用2亿欧元,研制这7种设备,中国人能够办到吗?"沃登伯格又把头转向了劳瑟尔。

"有可能的。"劳瑟尔老老实实地回答道,"中国人很刻苦,他们也很聪明,如果资金方面能够得到保证,他们应当能够解决这7种机床设计中的关键问题,拿出设计方案。"

"可是,你们技术部光是研制一种机床,就花费了公司2亿多欧元,这又怎么解释?"沃登伯格问。

"这完全不可比。"劳瑟尔狠狠地说,"中国的人工费用比我们低得多,他们的工程师月薪只有500欧元,而在咱们这里,一个清洁工的周薪都超过了500欧元。还有,他们的研究不需要从头开始,他们完全可以借鉴从我们这里买到的机床,只要细心地绕开专利壁垒就可以了。"

中国是一个有机床制造能力的国家,而且这些年制造水平迅速上升,仿造一台国外的精密机床已经不成问题。拦在中国人面前的,不外乎材料和工艺问题,因为这二者不是能够通过仿造的方法来破解的。

自家人知道自家事,博泰公司掌握的那些材料和工艺诀窍,听起来很玄,实际上也并不存在什么无法逾越的障碍。如果中国人发了狠,投入足够多的资金进行实验,他们完全有可能找到正确的方法,从而使材料和工艺不再成为瓶颈。

届时,中国人就真的不需要购买博泰的设备了。

如果仅仅是损失中国军工企业的那些订货,博泰还是可以承受的,虽说这也是一笔不菲的收入。博泰方面需要担心的,是中国机床企业在解决各种技术障碍的过程中,形成拥有自主知识产权的技术,进而生产出足以与博泰相媲美的机床产品,瓜分博泰的国际市场。

博泰生产的设备,性能和品质都是上乘的,唯一的缺点就是太贵。在没有竞争者的情况下,博泰的设备想卖多贵就能卖多贵。嫌贵你去买大白菜啊,100欧元能够买一大车,可它也不能用来生产零件不是?

一旦中国人掌握了同类技术,生产出了同类机床,哪怕品质上比博泰稍逊一筹,对博泰的市场冲击也是难以估量的。中国人控制成本的能力实在是太可怕了,任何产品只要中国人能造,其他国家的生产企业就只能关门大吉了。人家的销售价能够比你的成本还低一半,你跟他们怎么比?

"有什么办法能够让中国人放弃这种不必要的努力?"沃登伯格问道。他的问话也挺有意思,直接就称中国人的努力是不必要的,这其实就是在暗示答案了。

"必须马上恢复对中国的铣床销售。"肖尔特不假思索地说。

"这样一来,我们是不是就掉进中国人的陷阱了?"劳瑟尔提醒道。

沃登伯格说:"是啊,的确存在这样的风险。如果中国人只是虚张声势,目的就是诱骗咱们取消禁运,那咱们不就上当了吗?"

"可是,如果咱们不取消禁运,中国人完全可能假戏真做。"肖尔特说道,"他们的新型武器的生产需要使用我们的精密铣床,如果他们不能从我们这里获得这些铣床,他们将不得不自己进行研发,届时假的也会变成真的。"

"该死!"沃登伯格骂了一句,却也说不清是在骂谁。他想了想,说道,"这样吧,肖尔特,你亲自到中国去一趟,带上默斯,他和中国军工系统有联系。你争取能够和中国军工系统的人见上一面,探一探他们的底,以决定我们的策略。

"对了,那个齐木登教授,你也可以去会一会,他或许能够给我们提供一些不同的信息。"

带着沃登伯格的授权,肖尔特和销售代表默斯匆匆买了机票赶往中国。在机场迎接他们的,是博泰公司亚太服务中心的工作人员巴博卡。在前往宾馆的出租车上,肖尔特迫不及待地向巴博卡问起这边的事情:

"巴博卡,报纸上说,中国人准备投入2亿欧元用于开发7种机床,这件事是否属实?"

巴博卡点点头说:"是的,我已经向82厂的采购部门打听过了,他们说,这一次博泰公司变卦的事情,让他们的高层非常恼火,他们决定投入一大笔资金用于开发替代博泰机床的产品。对了,82厂的采购部门也受到了他们上级的严厉批评,原来的采购部负责人被撤职了,更换了一位名叫韩伟昌的人。

"这个韩伟昌是一个非常滑头的商人,和我们以往打过交道的中国军工部门的采购人员完全不同。他一面告诉我说这件事已经毫无挽回的余地,另一方面又向我暗示,说他个人还是很喜欢博泰的产品的。"

"这是什么意思?"默斯诧异道。

巴博卡说:"我和中国军工部门的一些技术人员私下探讨过,发现他们对于拒绝博泰产品这件事的态度存在着很大的分歧。一部分技术人员态度很强硬,认为博泰的举动伤害了他们的自尊,无论如何他们也不会再接受博泰的产品;另外一部分人则表示对中国自己的机床缺乏信心,他们更关心的是自己能不能做出业绩,至于使用哪个国家的机床,他们并不在乎。"

第四百二十二章　中国人是玩真的吗

"这是一种合理的现象。"肖尔特说,"并不是所有的人都关心中国与我们之间的冲突,对于一般的工程师来说,他们只想得到最好的机床。"

巴博卡说:"我倒是觉得,这一次,咱们公司先答应向中国出口精密铣床,随后又迅速取消了这个承诺,这件事让许多中国人丢了面子,这才是问题的关键。"

肖尔特抱怨道:"公司董事会里有一些人完全不懂得如何与中国人打交道,他们还抱着冷战时候的思维,丝毫不懂得变通。这一次的事情,原本是不会发生的,或者即便要这样做,也完全可以采取一些更温和的做法。伤害中国人的自尊心是一个很大的错误。"

"那么,肖尔特先生,你这次到中国来,是来与中国人讲和的吗?"巴博卡问道。

肖尔特说道:"你也可以这样理解吧。不过,我想我要做的事情,远远不只是讲和。"

第四百二十三章　错了可不怪我哟

肖尔特在酒店休息了一晚，第二天便与默斯和巴博卡一起来到人民大学，找到了齐木登。

上一次的事情，并没有给齐木登带来什么困扰。虽然他的一篇文章导致博泰中断向 82 厂提供铣床，造成的影响是很大的，但"有关部门"在考虑如何处理他的时候，却犯了难。他的事情，既算不上是造谣，也不能算是诽谤，充其量就是道听途说，发表了一些不恰当的言论，还远远达不到触犯什么法条的地步。

最后，学校方面只能对他提出了一个口头劝告，让他不要轻易发表容易造成误解的言论。而这个劝告，对于齐木登来说，是完全没有约束力的。甚至可以说，这恰恰是齐木登喜欢的，因为这能够给他制造出一些悲情的效果，有助于他进行网络炒作。

"我听说过你们公司。"

齐木登在自己的办公室里接见了肖尔特一行，听完对方的自我介绍之后，他淡淡地说道。作为一名教授，他的英语水平还是不错的，可以与肖尔特等人进行直接的对话。

"据说，齐教授因为那篇曝料的文章，受到了一些影响，我们对此深感愤怒。"肖尔特说道。

齐木登摆摆手，说："并没有什么困扰。我是一位学者，我一向是凭着自己的学术良知说话，不会屈服于任何力量。"

"我非常佩服齐教授的气节，"肖尔特说，"这也是我到中国之后首先就来拜访齐教授的原因。"

"那么，你们来找我，有什么事情吗？"齐木登问道。

肖尔特说："正如齐教授已经知道的，受欧盟相关政策的约束，我们公司的一部分机床是不能向中国出售的。判断能否向中国出售某种机床的依据，就是

第四百二十三章 错了可不怪我哟

中国的机床企业是否已经掌握了相近的技术。

"齐教授在上一次的文章中披露,中国的滕机公司并未掌握他们所声称掌握的那种精密铣床技术,而这个消息,直接影响到了我们公司的对华出口策略。

"在齐教授的文章发表之后,滕机公司向我们表达了一个相反的意思。他们表示,你的文章是没有根据的。实际的情况是他们的确掌握了这种技术,你在文章中所说的事情,完全是不实的。

"我这次专程来拜访齐教授,就是想当面向齐教授请教一下,你所说的中国滕机公司并未掌握这项技术的事情,你是通过什么渠道了解到的?"

"这个嘛……"齐木登有些语塞了。他获得这些信息的渠道是网络论坛,这种论坛上的消息,作为平时吹牛的依据倒是无所谓的,但当着人家厂家的面,说自己就是在网上随便看了个帖子而已,似乎有些丢人。

更何况,上一次曹炳年他们在他的电脑上折腾了半天,也没能把那个帖子找出来。事后,齐木登自己也在狗眼论坛上查了许久,同样未能找到那个帖子。这个诡异的情况,让齐木登都有些怀疑自己当初是不是真的弄错了。比如说,也许他只是在办公室做了一个白日梦,梦见了有这么一回事。

这样的情况,齐木登当然不能对肖尔特他们直说,他的脸上露出一个礼貌的笑容,说道:

"关于这件事,我不便向肖尔特先生说得太多。我有我自己的消息渠道,有些渠道是不方便向外人透露的。不过,我可以用我的学术良知保证,我所说的这些,都是真实可靠的。"

"原来是这样。"肖尔特相信了。眼前这位教授一派学者范儿,让人能够联想到"德高望重"这样的中国成语,这种人怎么可能说瞎话呢?这种资深教授,在要害部门有一些自己的人脉,也是情理之中的事情。他通过内部关系了解到的情况,的确是不太适合向其他人透露的。

想到此,肖尔特便换了一个问题,说道:"齐教授,最近中国的几份重要媒体都刊发了中国军方与滕机公司开展深度合作的消息,请问你关注到这一点没有?"

"当然!"齐木登骄傲地说,"作为一名经济学者,像这样的新闻,肯定是要关注的。中国军方与滕机公司的合作,严格地说与我上次的那篇文章是有关系的。基于这一点,我也会对这样的消息给予特别的关注。"

"那么，这个消息是真的，还是假的呢？"肖尔特继续问道。

齐木登露出一个慈祥的笑容，说道："它既可能是真的，也可能是假的，这一切都取决于形势。"

"这怎么讲？"肖尔特有些蒙。

齐木登要的就是这种效果，不把别人说蒙，怎么能显出教授的能耐呢？谈论国家大事，那是连出租车司机都会做的事情。教授与出租车司机之间的区别就在于，后者是有啥说啥，图的是嘴巴上痛快，前者则要把事情说得云山雾罩，让人一听就觉得特别有内涵的那种。

"这次军工系统与地方机床企业的合作，好几位领导都讲了话。我认真分析过他们的讲话，发现他们把调子定得非常高。"齐木登道。

"或许……"肖尔特讷讷地应道。

"如果一件事情有了领导层的决策，那么各个部门就会全力以赴地去完成它，哪怕为此而付出巨大的代价。照报纸上的说法，这一次军工部门与滕机的合作，金额高达 20 亿元，这可以说是史无前例的。所以，我说这件事情是真的。"

"嗯嗯，我似乎明白了一点。"肖尔特说。他毕竟是做市场的，这样的事情，他还是能够想得明白的。

"但是，你刚才又说，这件事也可能是假的，这又如何解释呢？"巴博卡问道。

齐木登说："我刚才说了，一笔 20 亿元的合作，在中国是史无前例的。既然是没有先例，一件没有先例的事情，当然就有可能是假的。"

巴博卡更晕了："我不明白……"

齐木登说："这一次的事情，是贵公司出尔反尔，一开始表示愿意向中国出售铣床，随后又取消了这个承诺，这就激怒了领导。如果没有这样的事情，那么军工部门是不可能一下子拿出 20 亿元来开发这几种机床的。"

"那么，齐教授，你认为滕机能够把这几种机床研制出来吗？"肖尔特问。

齐木登依然是那副成竹在胸的样子，说道："当然能。我们不得不承认，任何时候，只要是中国官方想做的事情，就没有做不成的。"

"可是，为什么从前你们没有这样做呢？"默斯呛声道。

齐木登说："因为从前中国官方并没有下这个决心。20 亿元人民币是一个很大的数目，不到迫不得已，财政不可能同意拿出这么多钱，而仅仅是为了开发几种机床。"

肖尔特把齐木登前后说的话在脑子里思考了一下,然后试探着问道:

"齐教授,你的意思是不是如果我们坚持不对中国解禁高端机床,那么中国军方就有可能真的会不惜代价地开发这些机床?而如果我们同意解禁,那么这件事就可能会作罢,因为中国官方需要把这些钱用在更重要的地方?"

"你也可以这样理解吧,虽然实际的情况比这要更复杂得多。"齐木登脸上露出一个"孺子可教"的欣慰表情。

如果不是有外人在场,齐木登很想拿出手帕来擦一下头上的汗。

关于科工委与滕机合作开发特种机床的事情,他是从报纸上看到的。报纸上定的调子非常高,声称在未来几年内将投入不少于20亿元的资金,这在2004年是一个非常大的数字。

齐木登有些怀疑这件事的真实性。他找了一些人打听,得到的消息互相矛盾。

肖尔特等人跑来向他求证,他哪说得清是真是假。但要说自己不知道吧,又未免被对方看扁了。自己毕竟写文章爆过滕机的黑料,写的时候只是图煽情,没想到一根筋的德国人居然当真了,还闹出了一场不小的风波。

到了这个时候,他再说自己其实不过就是一个在网上写段子的文科生,连啥叫铣床都弄不清楚,岂不是很丢人?

为了圆一个谎,就要撒更多的谎,这就是齐木登的困局。

好在这个可笑的肖尔特居然还脑补出了一个逻辑,那就让他照着自己的逻辑去思考好了。

第四百二十四章　我可不想猜东方的谜语

带着从齐木登那里获得的启示，肖尔特让巴博卡与82厂联系，声称要重新洽谈关于精密铣床销售的问题。82厂答复得很快，说采购部的韩部长说了，他会在办公室随时恭候德国朋友的来访。

82厂的这个答复，让肖尔特觉得有些不适应。他没有来过中国，更别说去访问82厂，但这次与他同来的销售代表默斯是去过82厂的。据默斯说，以往他每次从德国过来，提出要与82厂的人见面，82厂的人都会专程赶到京城来与他会晤，或者至少是陪同他一道前往82厂所在的鸿北省周水市。

但这一次，82厂却声称那个什么韩部长会在办公室恭候他们的来访，也就是说，他们想见韩部长，就得自己跑到周水去，韩部长是不会屈尊到京城来与他们见面的。

"这或许只是他们的一种谈判策略吧？"默斯看着顶头上司那黑黝黝的脸，小心翼翼地开解道。

"巴博卡，你这几次去82厂，他们也是这样对待你的吗？"肖尔特对巴博卡问。

巴博卡说："你不说，我还真没注意。以往我去82厂，如果是事先打过招呼，他们一般都会派人到京城来接我，或者是派车到鸿北的省会白流去接我。而这几次，他们推说厂子里的生产任务重，派不出人，只是让我自己坐车到周水，他们再到周水火车站接我。"

"这样的情况，过去偶尔也发生过。有时候我是到其他地方去做售后服务，路过周水的时候顺便去看看，他们也就不会太过于刻意地迎接我了。"

"这不一样，"肖尔特摇着头，"你毕竟只是亚太区的工作人员，而我是从德国过来的，而且还是博泰的销售总监。他们这样怠慢我，应当是有所考虑的。"

"那么，肖尔特先生，咱们怎么办呢？"默斯问道。

第四百二十四章 我可不想猜东方的谜语

肖尔特说:"我们不要在乎这些细节。巴博卡,你去买火车票,我们坐火车到周水去。对了,你再跟82厂联系一下,问问他们是否能够安排一辆汽车到火车站接我们。我想,这个要求他们应当会答应的。"

"如果他们不答应呢?"默斯问。

肖尔特说:"如果他们连这点礼节都不照顾,那就真的有可能是不愿意继续和我们合作了。反过来,如果他们答应了派车去火车站,则说明他们对我们表现出来的冷漠只是一种策略,他们还不愿意和咱们撕破脸。"

"但愿真的是这样吧。"默斯耸了耸肩膀,也不知道是对肖尔特的猜测不以为然,还是要显示出对82厂的不屑。

巴博卡再次打电话过去,对方倒没让肖尔特失望,满口答应会派厂里最好的小轿车去火车站接他们,同时还会提前在招待所给他们预备好豪华房间,定不会让德国朋友感到委屈。

京城到周水的距离并不远,但在没有高铁的年代里,肖尔特一行还是在火车上咣当了四个小时,才到了周水。

从火车上冲下来之后,巴博卡领着两个穿着82厂工作服的人来到了他的前面。

"是肖尔特先生吧?一路辛苦了。"当先那人客气地向肖尔特打着招呼,说的是略显生硬的德语。巴博卡在旁边给肖尔特做着介绍,说此人是82厂的生产处长,名叫姚锡元。而跟在姚锡元身后的一位年轻人,则是82厂一位德语水平很高的技术员,名叫张宁,肖尔特一行在周水期间,张宁将担任他们的翻译。

"姚先生,很高兴见到你。"肖尔特与姚锡元握了握手,客气地回答道。在他看来,对方直接用德语与他打招呼,这是一种善意的表现,这让他的心情好了不少。

不得不说,肖尔特这些天有些神经过敏了,一点点小事情都能让他联想到世态炎凉。

82厂派来了两辆车,姚锡元陪着肖尔特、默斯二人坐一辆车,张宁则陪着巴博卡坐了另一辆车。

车子是很普通的桑塔纳2000,姚锡元还专门就此向肖尔特表示了歉意,说82厂很穷,全厂除了一辆奥迪之外,最好的车就是桑塔纳2000了。而那辆奥迪其实也很破旧,已经有十年的车龄,坐进去的感觉甚至还不如桑塔纳2000。

"不要在乎这些细节。"肖尔特把对默斯他们说过的话,对姚锡元又说了一遍。其实恰恰是因为他过于在乎细节了,所以才觉得别人说什么都是在强调细节,而且这些细节都是意味深长的。

"姚先生,肖尔特先生这次到中国来,就是专门来与82厂讨论精密铣床这件事的。我很想知道,贵方目前对于这件事,有什么考虑?"默斯把话头带到了正题上。

在此前,默斯一直负责与82厂联系,与姚锡元也很熟悉,这样的话由他来说,当然是最合适的。他在说出这些话的时候,也没有考虑如何说得更含蓄一些,因为他过去与82厂沟通的时候,就是习惯直来直去的。倒是82厂的人与他说话会反复斟酌,生怕哪句话说得不好,让他介意了。

听到默斯的话,刚刚还在殷勤地向肖尔特介绍周水风土人情的姚锡元一下子就哑了,脸上的神色也有些变了,似乎是不太高兴的样子。沉默了一会,他才说道:"肖尔特先生,默斯先生,很抱歉,关于精密铣床这件事,目前已经不归我管了,你们还是去和采购部的韩部长谈吧。"

"当然,我们肯定是要和韩部长面谈的。"默斯说,"不过,在此之前,姚先生能不能向我们透露一下,贵方目前有什么打算呢?"

姚锡元冷冷地摇了一下头,说道:"这件事,恕我没法回答。"

"怎么,是有什么不方便吗?"默斯追问着。

姚锡元想了一下,说道:"默斯先生,你应当知道,你们此前的一系列作为让我们非常被动。我们原来的采购部长,也就是你认识的那位刘先生,就是因为这件事被调走了,具体的细节我也不便透露。你们要见的韩部长,是从我们的系统外调过来的,带着一些特殊使命。有关机床采购的事情,现在是由他一个人说了算,我们完全没有说话的权利。"

"但你作为生产处长,至少还是有建议权的吧?"默斯还不死心地问道。

姚锡元恨恨地说:"我哪里还有什么建议权,我现在能够自保已经不错了。他们派我到车站来接你们,只是因为我懂德语,除了这一点,我并没有其他价值。"

说到这里的时候,他的语气中已经带上了几分苍凉。

肖尔特问道:"姚先生,照你的说法,目前关于采购博泰公司的机床一事,只有这位韩部长有权决定。你,甚至你们的厂长,都没有这个权力了,是这样吗?"

第四百二十四章 我可不想猜东方的谜语

姚锡元点点头，嘴角动了一下，似乎想解释点什么，却又没说出来。他的这个小动作，自然也逃不过肖尔特那洞察一切的眼睛。

82厂位于周水市市郊，从火车站前往82厂，有一段比较长的车程。但由于默斯谈到了铣床的事情，姚锡元的谈兴似乎一下子就被扼杀掉了，在后面的一段路途中，他没有再说什么，大家就这样沉默着来到了82厂。

按照事先的安排，两辆小轿车直接开到了82厂的招待所楼下。姚锡元带着肖尔特等人进招待所办了住宿手续，又说了几句客套话，然后便离开了，只留下担任翻译的张宁待在楼下大堂待命。

在各自的房间简单洗漱过之后，博泰的三个人凑在肖尔特的房间里，开始商量与韩伟昌会面的事情。肖尔特皱着眉头向巴博卡说道："巴博卡，你说你和那位韩部长见过，你跟我详细说说这个韩部长是个什么样的人。"

"我看不透他，"巴博卡直截了当地说，"他是一位非常狡猾的商人，我完全无法看透他的真实面目。"

"他很傲慢吗？"

"不，恰恰相反，他非常客气。"

"那么，你有没有和他谈过铣床销售的事情？"

"我试探着问过，但他没有漏出任何一点口风。"

"他是怎么说的？"

"怎么说的……"巴博卡陷入了沉思，"他当时说了很多话，但我现在却一句也想不起来。好像……好像他什么意思也没有流露出来。"

"见鬼，难道他是情报部门出来的吗？我想不出有其他人能够做到这一点。"肖尔特说道。

"那么，肖尔特先生，是不是需要我先去和他谈一谈呢？"巴博卡请示道。

肖尔特摇了摇头，说道："不必了，巴博卡，我想，中国官员把这个人调到82厂来，就是来与我谈判的，在见到我之前，他是什么话也不会说的。上帝保佑，希望他在见到我之后，能够更爽快一些吧，我可不想猜东方的谜语。"

第四百二十五章 韩伟昌很直率

肖尔特的担忧在他见到韩伟昌的那一刹那就完全消除了。韩伟昌远比他预想的要直率得多,见面之后连一句废话都没有,开门见山地说起了正事:

"我就是因为博泰机床的事情才被派到82厂来的,你们的来意,我完全清楚。我们的想法,我相信你们也知道。大家也别绕弯子了,说说你们打算怎么做吧。"

82厂给肖尔特他们预备了一个德语翻译张宁,但在韩伟昌的办公室门口就被韩伟昌的一名下属给挡住了。这名下属告诉张宁,韩部长要和德国人谈一些比较敏感的话题,张工还是不要掺和进去为好。

张宁只是一名刚刚被分配到82厂的工程师,这种事情他是没资格去质疑的。韩伟昌不让他参与自己与肖尔特等人的会谈,他也只能作罢。事实上,在安排他来担任翻译工作的时候,厂办主任宋雅静就跟他打过招呼,说这一次的事情是以韩部长为主的,一切都由韩部长安排。

张宁没有获准进入韩伟昌的办公室,在韩伟昌的身边,另有一位年轻姑娘给韩伟昌和肖尔特当翻译。在肖尔特等人刚进办公室的时候,韩伟昌就向他们介绍了,说这位姑娘叫于晓惠,是一位精通机床业务且英语水平极高的专业人士。

此时,于晓惠在忠实地履行着翻译的职责,把韩伟昌的话原原本本地翻译成英语,说给肖尔特等人听。她的翻译达到了"信、达、雅"的要求,连韩伟昌语气中那种凛凛的杀气都原样保留下来了。

在会见韩伟昌之前,肖尔特担心韩伟昌说话太委婉。可现在一听韩伟昌的话,他更觉头疼,因为对方实在是太不委婉了,几乎是一步就把他逼到了墙角。

"韩先生,我想我们双方可能缺乏一些必要的了解。对于贵方的意图,我并不清楚。而我方也并没有针对此事的成熟预案,所以你说你清楚我们的来意,我不明白是什么意思。"肖尔特字斟句酌地说道。

韩伟昌淡淡一笑，说道："肖尔特先生，我方的意图，是已经公开在报纸上刊登过的，你怎么可能不知道？简单说吧，我们对于贵公司出尔反尔的态度非常不满，所以准备举全国之力，还击贵公司对我们的羞辱。

"我们准备投入20亿元人民币，用五年左右的时间，掌握博泰公司手里最核心的技术，在国内完全替代博泰公司，并在国际市场上与博泰公司展开竞争。"

"韩先生，恕我直言，我想你们是办不到的。"默斯不屑地说道。

韩伟昌看了看默斯，哈哈一笑，说道："怎么，这位先生是想和我打个赌吗？要不要我们现在就签一个赌约，看看我们能不能做到？"

"我并不介意……"默斯杠道。

"默斯！"肖尔特打断了默斯的话，同时狠狠地瞪了他一眼。

在肖尔特的心里，也觉得韩伟昌的话是虚张声势，投入20亿元人民币，用5年时间掌握博泰拥有的全部核心技术，这是不太可能的事情。博泰毕竟也是一家百年企业，手上的技术积累是很深厚的。公司内部曾经做过评估，认为博泰拥有的技术，比中国机床界拥有的技术领先至少10年。而在中国人进行追赶的时候，博泰自己也会进步，中国人要想赶上并超过博泰，是非常困难的。

但非常困难与绝对不可能之间，还是有区别的。工业的事情，说穿了也很简单，大家都入了门，比拼的就是投入了。中国如果不计成本地进行投入，20亿元不够，就投200亿，那么用五年时间赶上博泰，还是有可能的。

肖尔特记得齐木登说过的话，但凡中国官方想做的事情，还真没什么是做不到的。中国目前不可能每个领域都做到一流水平。一家聪明的企业，应当避免激怒中国人，以免中国官方把自己当成竞争对手，那自己就得不偿失了。

博泰是一家国际知名企业不假，在企业界也可自称一句"实力雄厚"。但实力再雄厚，能够和一个大国比吗？中国过去一年的GDP已经超过了1万亿欧元，博泰的年产值才多少？

"韩先生，如果照你说的这样，那我们双方谈判的意义又何在呢？"肖尔特用平和的语气对韩伟昌说道。

韩伟昌说："这很简单啊，我知道你们不希望看到我们投入这么多的资金去开发与你们相同的技术，而我们也有很多更重要的事情要做，不想把钱花在这种无谓的竞争上。

"我们双方是有可能达成一种双赢合作的,那就是你们恢复向我们出口指定的几种高端机床,我们承诺在五年内不在这几个领域进行投入,承认博泰在这些领域的垄断地位。"

"这……"肖尔特无语了。

韩伟昌的这个说法,与此前齐木登的说法颇有一些类似,但这却不是博泰愿意接受的结果。博泰如果答应这个条件,就相当于受到了中方的要挟,中方只是声称要与博泰竞争,博泰就厌了,这怎么也说不过去啊!

"韩先生,我想你应当知道,博泰之所以无法向贵国出售精密铣床,是受到了欧盟有关规定的限制,并非博泰自己能够决定的。这个规格的精密铣床是可以用于军事目的的,欧盟要求我们只有在确认贵国掌握了这项技术之后,才能够申请解除禁运。

"我这次到中国来,就是想实地了解一下,贵国是否的确掌握了这项技术。如果你们能够给我们提供必要的证明,则我们也就有理由说服欧盟了。"

"我完全可以给你提供证明,"韩伟昌说,没等肖尔特表现出欢喜,韩伟昌话锋一转,继续说道,"但我不会这样做。"

"为什么?"肖尔特诧异道。

韩伟昌说:"我们此前已经向你们提供了证明,但你们仅仅因为一篇毫无根据的文章,就质疑我们所提供证据的真实性,这件事极大地伤害了我们的感情。"

"你要记住,你们博泰是乙方,而我们82厂是甲方,是顾客。顾客是上帝的道理,恰恰是你们西方国家告诉我们的。作为乙方,肆无忌惮地伤害甲方的感情,还要求甲方提供什么证据,你们不觉得自己太狂妄了吗?"

"不,韩先生,我想你是误会了。我们对于双方的合作是非常珍视的,我们提出这样的要求,仅仅是因为要应付欧盟的规定而已。"肖尔特说。

韩伟昌的气场太足,让肖尔特感觉到了压力,所以也就不敢硬杠了。他弄不清韩伟昌的来头,担心如果自己表现过于强势,会被对方抓住把柄,进而生出更多的事情来。

韩伟昌冷笑:"肖尔特先生,你以为我是一个毫无市场经验的傻瓜吗?欧盟如何判断一种技术是否有禁运的必要,难道不是取决于博泰公司提交的证据吗?

"你已经来过中国了,也到了82厂,你完全可以说自己亲眼见到了中国国产的精密铣床,这种铣床完全能够替代博泰的同类产品。你觉得,欧盟会派一名懂技术的官员来核实这一点吗?"

"可是……"

肖尔特词穷了。

韩伟昌说得没错,欧盟要判断一项技术是否还有禁运的必要,只能请业内人士来做证。如果博泰一口咬定中方已经掌握了同类技术,甚至帮中方制造几个证据,欧盟肯定是会睁只眼、闭只眼认可的。

许多技术都是很专业的内容,欧盟委员会不可能在每个领域都有自己的专家。

欧盟需要走一个程序,让企业来提供一些证明。

博泰此前对一部分机床,表面上说是为了应景、不想惹出麻烦,真实的意图却是想通过这种手段,在与中方的合作中获得更高的地位。

你希望从我手里采购到更高端的机床,那就拿出好处来呀,比如价格方面,就不要讨价还价了。人家要说服欧盟放行,也是很辛苦的,难道不该收点辛苦费吗?

可以这样说,博泰是支持的,因为它可以作为与中方谈判的砝码。

中方对于这一点,或许是知道的,或许并不知道,但此前中方从来没有提过,原因无他,那就是谈判地位不对等。

可现在,眼前的这位中方采购部长,把这件事挑明了,放到桌面上来讲,这就让肖尔特觉得尴尬了。

否认这回事吧,未免太小看对方的智商,也显得自己太猥琐。

承认这回事吧,以后就没有什么可以拿捏住对方的了。

其实,他也不用考虑什么"以后"了,就眼前的这场谈判,他都不知道该如何谈下去才好。

第四百二十六章　你们的销售人员都这么愚蠢吗

沉默了好一会,肖尔特深吸了一口气,开始说话了。他觉得,自己不能跟着中国人的节奏走,而是应当自己来把控节奏。关于中国人的真实意图,他到现在也没有弄明白。如果被人家三两句话就给带进坑里去了,公司利益倒在其次,他这个博泰的销售总监脸上也没光彩啊。

"韩先生,关于欧盟的禁令,我想你的理解稍微有一些偏差,事实上,我们对于欧盟的影响力,并不像韩先生想的那样大。"肖尔特说。

双方的交流是用英语进行的,于晓惠的英语功底非常好,几乎可以做到同声传译,肖尔特一边说,她便一边向韩伟昌翻译。听到肖尔特的这些话,韩伟昌嘴一张,就打算反驳了,肖尔特注意到他的这个动作,连忙抬手打断了他:

"不不不,韩先生,你听我说完,其实我想说的并不是这一点。我想说的是,虽然博泰在一定程度上是可以影响到欧盟禁令的,但我们毕竟也是欧洲企业,不可能置欧洲的利益于不顾。在这件事情上,我很想知道,韩先生刚才所说的话,到底代表着哪一方的意图?"

"哪一方?"韩伟昌呵呵一笑,"你觉得我是代表哪一方呢?"

"我想,你应当是代表 82 厂的意图吧,或许中国官方也有这个意思。不过,如果滕机方面的游说能力更强,或许即便我们做出一些友好的表示,中国官方仍然会支持对几种机床的研发。而你刚才所承诺的事情,也就是五年之内不在这些领域进行投入的事情,或许并不能做到。"肖尔特说。

韩伟昌看着肖尔特,那目光就像是在看一个傻瓜。好一会,他才叹了口气,说道:"肖尔特先生,我真的有点怀疑你的职业精神,我开始后悔与你进行这次谈判了。"

"什么意思?"肖尔特不解地问道。

韩伟昌说:"作为一名销售总监,在与一位新的谈判对手开展一场关系企业命运的谈判之前,你连这位对手的基本情况都不去了解一下吗?"

此言一出,三位德国人都愕然了。肖尔特把目光转向了巴博卡,那目光中已经带着几分杀意了。

"肖尔特先生,请你听我解释。"巴博卡慌张地说。他是最早接触韩伟昌的,他只知道韩伟昌原先并不是82厂的,而是从其他地方调过来的,但韩伟昌的具体来历,他的确没有去深究过,现在想来,这是一个很大的失误了。

谈判对手的背景,直接影响着谈判策略的选择,这是一名营销人员最起码的常识。他们几个连韩伟昌是干什么出身的都不知道,就跑来跟他谈判,这不是开玩笑吗?

要说起来,这就是博泰在中国客户面前傲慢惯了,如果对方是欧洲企业,或者是美国企业,他们无论如何也不会犯这样的错误。在以往,他们与中国人谈判,只需要提出自己的要求即可,根本不需要考虑对方的好恶,所以也就无须去了解对方的背景了。

可这一回,情况大不相同。肖尔特此次来中国,是来探对方底牌的,结果连最起码的对方的背景都没去了解一下,这还能谈出什么名堂?

韩伟昌看着几个德国人的表情,冷笑了一声,说道:"我可以告诉你们,在一个月前,我还是中国临机集团销售公司的总经理。如果我们这次谈判顺利,一个月后,我仍然会返回临机集团去任职。我这样说,你们明白了吗?"

"临机集团?你是说……"

肖尔特一下子就被惊到了。他没听说过韩伟昌的大名,但他不能不知道中国临机集团啊。临机集团是中国最大的几家机床企业之一,许多产品与博泰是存在竞争关系的,作为博泰的销售总监,他怎么可能不知道临机集团?

既然韩伟昌曾经是临机集团的销售公司总经理,也就相当于临机集团的销售总监,而滕机公司恰恰就是临机集团的一家子公司,你说韩伟昌会代表谁的利益呢?

"这不可能!"默斯失声喊了起来,"如果你是临机集团的,你怎么会希望我们恢复对82厂的销售呢?"

"你想不通?"韩伟昌看着默斯问道。

默斯点点头,眼睛里满是自信。这一刹那,他感觉自己实在是世界上最机智的人,对方的谎话刚一出口,就被他识破了。

"你们的销售人员都这么愚蠢吗?"韩伟昌把头转向肖尔特,用怜悯的口吻说道,"肖尔特先生,作为同行,我真的很同情你。带着这样一些人去做销售,一定很辛苦吧?"

于晓惠忍着笑,把韩伟昌的话翻译给了对方,结果便看到默斯的脸涨成了猪肝色,肖尔特的脸也有些挂不住了。

巴博卡替韩伟昌把没说的话说出来了:"默斯,韩先生是不是临机集团的人,我们只要随便打听一下就可以知道的,他不可能在这个问题上欺骗我们。你在这个问题上提出怀疑,的确是有些……"

他没有说下去,他知道自己说得很明显了。

"呃……"默斯这才意识到自己的确是冒了傻气。临机集团又不是什么机密单位,销售公司总经理也是一个非常惹眼的人物,的确是随便上哪打听一下就能够证实的。韩伟昌如果要编瞎话,肯定也会编一个更靠谱的。他既然敢把自己的身份说得这么明白,就显然是没有撒谎了。

肖尔特也反应过来了,他迟疑了片刻,这才对韩伟昌说道:"韩先生,不是我们不相信你的身份,而是我们无法理解你的动机。如果你的确是临机集团的高管,难道你们不是应当欢迎中国官方的举动吗?拿到 2 亿欧元用于开发 7 种与我们相竞争的机床产品,这对于你们来说,是一个极好的机会啊。"

韩伟昌说:"你们只看到了这是一个机会,但你们有没有想过,我们可选择的机会起码有 100 个,而另外的 99 个,都比这个机会要好得多。就 82 厂所需要的这种精密铣床,除了军方需要,还有哪家企业会需要?而军方能够接受的采购价格……我想就不用我多说了。"

"原来是这样……"肖尔特恍然大悟。

闹了半天,原来滕机公司,或者说是临机集团,也不想接这桩活啊。中国官方说拿出 2 亿欧元让他们开发机床,这 2 亿欧元可不是白给的,开发出来的机床,必定是要廉价卖给军方的,这就意味着滕机在这件事情里其实并没有多少利润。

中国是一个高速增长的国家,机床需求每年以几十个百分点的速度上升,博泰看着也是直流哈喇子的。奈何自己的生产成本太高,又远在万里之外,要抢中国的中低端机床市场难度太大,只能在高端市场上捞点油水。

滕机是中国本土企业,有得天独厚的优势,如果能够搞出一些民用机床,能

第四百二十六章 你们的销售人员都这么愚蠢吗

够赚到的钱是远远高于军用设备的。每一家企业的能力都是有限的,把技术力量都用于开发军用机床,就意味着丢掉了民用市场。如果军方的订货价格太苛刻,滕机凭什么要去干这种出力不讨好的事情?

那么,军方的订货价格会很苛刻吗?肖尔特没有第一手的资料,但凭他对中国的印象,觉得这是极有可能的。

如果滕机对于开发新机床的事情也不积极,就意味着中国从上到下都不想干这件事,都盼着博泰能够恢复供货,这对于博泰来说,可是一个好消息。

不过,还有一个问题是肖尔特必须要问清楚的,不弄清楚这个问题,他对于韩伟昌的话,就不能太过相信。

"韩先生,既然你是代表滕机的,那么你们的上层把你调到 82 厂来,又是什么目的呢?恕我直言,他们让你过来,应当就是为了与我们谈判的吧?难道他们就不担心你会出卖他们的利益吗?"肖尔特问。

韩伟昌点点头,说:"不错,肖尔特先生能够想到这个问题,也算是很聪明了,至少不比你的这两位下属更糊涂。"

"嗯哼。"肖尔特忍气吞声地应了一句,韩伟昌的话貌似是在夸他,他也就不计较细节了。

韩伟昌说:"原因很简单,上层给滕机安排了任务,而滕机对于这件事并不积极,一再建议 82 厂通过与博泰谈判的方式来解决机床供应问题。最后上层给了我们临机集团一个选择,那就是由我们出面说服博泰放弃禁运,并以优惠的价格向 82 厂恢复供应。

"如果我们能够做到,他们就收回成命;如果我们做不到,那就没办法了,我们只能接受这个任务。"

"优惠的价格?"

肖尔特打了个哆嗦,他可不认为韩伟昌提到这一点是随便说说,没准这才是今天谈判的重头戏。

"没错,我接到的指令是,必须说服博泰在原定的供货价格的基础上降价 20%以上,否则我们不会接受博泰的机床。"韩伟昌说道。

"这不可能!"肖尔特脱口而出。

第四百二十七章 对你们这样的小公司

太过分了,实在是太过分了。

这是肖尔特在这一刹那的感觉。

自己已经答应解除对 82 厂的禁运,眼前这个家伙居然还要求自己必须降价 20% 以上,否则就不往下谈了。

这真是不把德国当成发达国家了吗?信不信我……

信不信我什么?

肖尔特突然发现自己卡住了。是啊,如果对方就是这样嚣张,那么自己能怎么做呢?

拂袖而去吗?这当然是最酷最爽的一种做法,但他只觉得袖子有千斤重,不是随便就能够拂得起来的。

在听过齐木登和韩伟昌两方面的观点之后,肖尔特已经意识到,中国人是会真的启动那个 2 亿欧元的研发计划的,前提就是博泰不答应与他们合作。如果双方的谈判破裂,中国人在无路可走的情况下,只能寄希望于自己研发。

届时,就算他们做不到把 7 种机床全部研发出来,或者研发出来的机床品质不如博泰,也必然会对博泰的市场造成强烈的冲击,这是博泰无法承受的结果。

反观中方,韩伟昌明确说了滕机对这个研发项目不感兴趣,姚锡元也流露出希望与博泰合作的态度,还有齐木登分析过中国官方不想把高达 20 亿元的资金扔到这个项目里去。也就是说,中方同样是不愿意谈判破裂的。

双方都想合作,而双方都不肯让步,这就是一场比谁先眨眼的游戏。

那么,谁会先眨眼呢?

"韩先生,我们可以考虑恢复对中方供货的事情,正如你说到的,这对我们

第四百二十七章 对你们这样的小公司

双方都有好处。但降价这个选择,并不在我们的考虑之内,我们可以答应不提高机床的供货价格,以显示我们的诚意。要知道,最近欧洲的劳动力成本上升很快,我们在欧洲市场上销售的机床,价格都有不同程度的上升。"肖尔特来了个以攻代守的回答。

韩伟昌继续冷笑:"肖尔特先生,我只问你一句,你刚才的回答,是一种拙劣的谈判策略,还是你们公司最后的答复?"

"……"

肖尔特无语。有你这样谈判的吗?谈判不就是尔虞我诈吗?真真假假、虚虚实实,打的是一个心理战。你直接问我是不是谈判策略,我跟你有这么熟吗?凭什么告诉你我的真实想法?

韩伟昌哈哈一笑,说道:"肖尔特先生,到咱们这个层次,再玩这种谈判技巧就显得很幼稚了。从你进门到现在,我跟你说的都是大实话,我方的底牌是透明的,你能接受,咱们就合作,你接受不了,那就请回,大不了我们就勉为其难地去做研发好了。对了,晓惠,你把你们的研发计划向这几位说一下,省得他们以为我们啥都不懂。"

"好的。"于晓惠答应一声,转过头面对着几名德国人开始侃侃而谈,"各位先生,我们接到的任务是在五年内研制 7 种用户急需的机床。在过去的一个月里,我们的技术部门已经就研发任务进行了多轮讨论,并形成了一整套研发计划。在此,我简单地向各位介绍一下……"

唐子风把于晓惠派过来作为韩伟昌的帮手,自然不只是让她当一个英文翻译。于晓惠是清华机械系的直博,临机集团是她的实习基地,她理论功底扎实,实践经验也丰富,非常适合用来镇住别人。

她说的机床研发计划,也是真实存在的,因为科工委与滕机之间的协议已经签订,无论博泰是否恢复供货,这些机床的研发都是纳入计划的。

当下,于晓惠照着拟好的计划把几种机床的研发思路一五一十地陈述了一遍,一些关键的环节还加上了自己的思考,指出能够从哪里入手,要达到什么目标,等等。

肖尔特是博泰的销售总监,同时也是一个货真价实的机床专家,技术上的问题懂得不少,一听于晓惠的叙述,就知道中方的确是下了功夫的,提出的研发思路完全可行,对重点、难点的把握也非常到位,真不是那种随便糊弄一下的意思。

当然，有了研发思路，并不意味着马上就能够把机床研制出来，这中间需要解决的技术问题还有很多。比如说，他们看到床身的应力问题是关键，但如何消除应力，却是有许多种技术选择的，需要做许多实验才能找到最优的结果，而这也恰恰就是需要花钱的地方。

此外，企业的技术实力也是一个关键因素，如果是一个草台班子，人家就算把图纸杵到你眼皮底下，你也不可能把机床造出来。

可现在的问题是，对方有钱，而且绝对不是草台班子，那么，照着这样一条研发思路做下去，就没有做不出的道理了。

"于小姐，你的思路没错……呃，我的意思是说，基本上是对的。但是，按照这个思路去做，你们至少需要五年时间才能把这些机床研制出来，你承认吗？"默斯问道。

于晓惠点点头："默斯先生，你的判断没错，我们的确是需要花五年时间才能把这些机床研制出来。"

"这不就对了吗？"默斯又开始得意了，"也就是说，你们至少在五年内是无法向你们的军工企业提供设备的，所以你们必须和我们达成合作，不是吗？"

韩伟昌向于晓惠了解了默斯说的话，然后问道："为什么我们在五年内不能提供设备，就必须与你们合作呢？"

"因为如果你们不和我们合作，你们的这些军工企业就无法把导弹制造出来。"

"可是，我们也不急于把导弹制造出来呀，谁说我们明天就要打仗了？"

"……"

默斯再一次被问倒了。

对啊，人家说了必须马上把导弹造出来吗？导弹这东西还不比日用消费品，日用消费品晚一天造出来，就会损失掉庞大的市场。导弹是用来打仗的，平时制造导弹，只是作为储备，早一天、晚一天，好像还真没那么重要。

等上五年，人家说不定真的能够等得起呢。

"我想，你们的高层是不愿意等待的。"肖尔特断言道。

韩伟昌说："但我们的高层更不愿意妥协，尤其是对你们这样的小公司。"

小公司……

第四百二十七章 对你们这样的小公司

肖尔特恨不得以头撞地,但他又不得不承认对方是对的,对于一个国家的高层来说,博泰这样一家公司,的确可以被认为是小公司。

于晓惠总结说:"这件事情有领导同志发话了,所以我们的决心是很大的,希望你们不要低估了我们的决心。"

"要不,我们向公司总部请示一下吧。"肖尔特态度软了。在刚才这场谈话中,他得到的信息太多了,一下子分析不过来,他需要争取一点时间,来认真揣摩中国人的真实意图。

"我可以给你们三天时间。如果三天过后你们依然不能做出决定,那你们就回去吧。"韩伟昌说道。

离开韩伟昌的办公室,肖尔特一行没有急着回招待所,而是待在户外商量开了。

"巴博卡,默斯,你们觉得韩的话是真的吗?"肖尔特问道。

巴博卡点点头,说:"至少他的身份是真实的。我刚才已经打电话问过我在中国的朋友了,他们确认韩伟昌的确曾是临机集团销售公司的总经理,而且和我的这些中国朋友都非常熟悉。"

"也许中国人就是故意找一个这种身份的人来和咱们谈判,目的就是给我们造成一种错觉。"默斯说。

"什么错觉?"巴博卡问,"你是说,你刚才产生的那些错觉吗?"

"巴博卡,我只是不希望我们被人当成傻瓜而已。"默斯怒道。

巴博卡耸耸肩膀:"很遗憾,恰恰因为你自己的原因,你失败了。"

"巴博卡,你作为亚太区的专员,事先连这个韩伟昌的来历都没有弄明白,你有什么资格指责我?"

"够了!"肖尔特怒喝了一声。刚才的事情就够让他糟心的了,这两个蠢下属居然还在吵架,真是让人烦透了。

"我现在不关心你们刚才犯了多少错误,我只想请你们回答,你们觉得中国人有多大的决心?"肖尔特吼道。

"我觉得,他们的决心是真实的。"巴博卡说,"齐教授不也说了吗?这件事情惊动了他们的上层,而一旦上层发了话,正如那位漂亮的女翻译说的,那是非常严重的。"

默斯说:"但是,他们让我们必须降价 20% 以上,这个要求是我们难以接受的。他们需要的,仅仅是我们恢复供货而已,降价对于他们来说不过是一个附加条件。我认为,我们完全可以拒绝这个额外的要求。"

第四百二十八章　这是唐总的功劳

"我倒觉得，降价这个要求，在中国人心目中，甚至比恢复供货更为重要。"肖尔特幽幽地说道。

"为什么？"默斯不解。

肖尔特说："他们似乎在暗示我们，这件事的关键在于有上层官员发怒了。韩和姚都向我们表示过，他们是希望与我们合作的，但他们的上层却做出了要与我们对抗的决策。

"韩和姚要想说服他们的上层，就必须拿出一些谈判成绩来。仅仅是让我们恢复供货，对于他们来说，并不算是一个明显的胜利，不过是回到了起点而已，而他们曾经遭受过的羞辱，并没有得到洗刷。我想，他们的上层是无法接受这个结果的。"

"你的意思是说，为了让中国人找回他们的面子，我们必须接受降价的条件？"默斯问道。

肖尔特扫了他一眼，冷冷地问道："你的意思呢？"

默斯说："我认为，中国人是需要我们的，如果离开了我们的机床，他们在五年内将无法生产出合格的导弹，这对于他们是非常不利的。所以，即使我们不答应他们的降价要求，他们也必然会向我们妥协，我们完全没必要蒙受这样的损失。"

"但你有没有想过，如果中国人不妥协，对于我们来说意味着什么？"

"的确，我们是会有一些损失，甚至有一些风险，但他们承受的风险更大。"

"我们为什么要为了让中国人承受风险，而甘愿自己去承受风险呢？"

"可是，这对于欧盟的利益是有好处的……"

"默斯先生，给你发薪水的是博泰公司，而不是欧盟。"肖尔特说道。

默斯哑然。肖尔特的话里其实还有一层意思，那就是直接给他默斯发薪水的,是肖尔特,如果他继续与肖尔特杠下去,自己的饭碗就堪忧了。

扪心自问,打击中国的国防建设,对博泰公司来说,连一毛钱的好处都没有。这件事完全就是损人不利己的,博泰有什么必要去与中国人较劲呢?

"肖尔特先生,你认为,如果我们答应向中国人提供机床,他们真的会放弃现有的研发计划吗?我听那位于小姐的介绍,研发计划已经非常详细了,他们没有理由不继续做下去。"巴博卡从另一个角度提出了质疑。

肖尔特说:"这恰恰是我急于要与中方达成合作的原因。如果我们现在就答应中方的条件,那么中方就没有什么必要去自己开发机床了。要知道,一种机床开发出来,必须有足够的销量才能收回研发成本。

"如果82厂购买了我们的铣床,他们就不可能再采购滕机的铣床。这样一来,滕机无法收回在铣床研发上的投入,也没有足够的使用数据来支撑后续的改进,他们的研发计划就只能半途而废了。"

"你的考虑非常周全,我完全赞同。"巴博卡说道。

扩大对中国的机床销售,对巴博卡来说是有百利而无一害的。亚太区的日本已经进入经济停滞的状态,机床需求量很小。韩国虽然有一些需求,但毕竟只是个小经济体,需求量有限。至于东南亚、澳大利亚、新加坡等地区和国家,机床市场更是小得可以忽略不计。

目前整个亚太区,甚至可以说整个世界上最大的机床市场就是中国。博泰如果能够扩大对中国的销售,巴博卡所在的亚太区售后服务中心的地位就会进一步提高,而这又意味着更高的薪酬和更好的待遇,巴博卡岂有不支持的道理?

至于中国军方获得这些机床会给军工生产带来多大的助力,与巴博卡何干呢?

"那好,我准备马上向总部汇报此事,你们也需要提交相应的报告,确认中方已经掌握了这些机床的技术诀窍,已经或者即将研发出足以形成替代的机床,所以我们对中方的禁运已无必要。

"同时,为了遏制中国的自主研发能力、保持我们的市场份额,我们将建议公司对销往中国的机床降价20%。在必要的时候,给予更大的降价幅度也是可以接受的。"肖尔特说道。

"明白!"默斯和巴博卡同时答应道。

肖尔特提交的报告在博泰总部引发了一场讨论,最终由董事长沃登伯格拍板,同意了向中方解禁7种高端机床且降价20%的方案。"

此时,肖尔特甚至能够在韩伟昌的脸上看到一些如释重负的神色。这几天,肖尔特也让巴博卡去调查过,确认临机集团的确是在研发一系列更有市场应用前景的机床,对于军工领域的专用机床兴趣不大。肖尔特相信,有了博泰公司的承诺,临机集团就会有充足的理由去推掉军用机床的研发了。

"韩叔叔,我们真的要放弃这些机床的研发吗?"

打发走肖尔特一行之后,于晓惠带着几分担心向韩伟昌求证道。

韩伟昌哈哈笑道:"放弃?这是不可能的,永远都不可能的。就算我想放弃,你那个唐叔叔也不会放弃的。你不知道吗?科工委和机械工业局联合搞了一个装备研发计划,具体负责的人就是肖教授的父亲。你说说看,唐总会让他的老岳父失业吗?"

"唐叔叔才不是为了肖伯伯才要搞研发的呢。"于晓惠反驳道。她的话里辈分关系有点乱,没办法,谁让她一开始就管唐子风叫叔叔,而管肖文珺叫姐呢?

"知道知道,唐总的眼光,岂是这些德国人能够理解的?"韩伟昌赶紧改口,在唐子风的铁杆粉丝面前,他真是一句坏话也不敢讲,甚至连开个玩笑都要先支好避雷针,省得引来粉丝的雷霆震怒。

"博泰的这7种机床,都属于专用机床,应用面很窄,凭空去研发这几种机床,是不划算的。但是涉及国家安全的问题,就不能算经济账了。这个道理,你韩叔叔还是懂的。"韩伟昌笑着对于晓惠说。

于晓惠抿着嘴笑了笑,说:"韩叔叔,我知道你也是特别有眼光的人,唐叔叔一直都教育我要多向你学习呢。"

韩伟昌笑得合不拢嘴,却还在谦虚道:"哈哈,唐总真是这样说的吗?那可太捧我了,我哪有什么眼光?我这眼睛里都是钱。这几天你没听82厂的范厂长和柯厂长他们说吗?我简直就是掉到钱眼里去了。"

"才不是呢!"于晓惠说,"这几天我和范厂长、柯厂长还有姚处长他们在一起聊天,他们都说你特别有本事呢。范厂长还说,他要向科工委提建议,把你调到82厂来,给你一个副厂长的位子。"

"拉倒吧,这些人也就是嘴上说得好听。如果我真的调到82厂来,老范、老柯他们肯定成天给我找茬。咱们临机和82厂的那些恩怨,可还没了结呢。他们不敢对唐总怎么样,没准就要拿我出气了。"韩伟昌撇着嘴说道。

"谁要拿韩总出气啊？"

韩伟昌话音未落，办公室的门已经被推开了，范朝东、柯国强等人哈哈笑着走了进来。刚才于晓惠把肖尔特等人送走再回来，并没有把门关严实，范朝东一行过来想与韩伟昌会谈，在门外就听到了韩伟昌的抱怨，只是没听太明白。刚才那句话，正是范朝东问的。

"哟哟，是范厂长、柯厂长，你们怎么亲自过来了？我正准备去向你们汇报呢。"韩伟昌忙不迭地起身相迎，把刚才的牢骚话给忽略了。

"岂敢岂敢啊，韩总是我们的大功臣，不但把精密铣床的事情谈下来了，而且连另外6种机床的进口问题都解决了，我们刚才还在商量着怎么给韩总请功呢，哪敢让韩总做什么汇报？"

范朝东满脸笑容，话里像是带着蜜一样甜。

他们原本是打算让滕机再做一次铣床鉴定，再低声下气地请博泰派人过来观摩，在此基础上央求博泰取消对精密铣床的禁运。

唐子风反其道而行之，大肆宣称要自己研发几种博泰垄断的机床，又派出韩伟昌来当谈判代表，成功地吓住了博泰，让博泰乖乖地答应立即解禁包括精密铣床在内的几种高端机床，让82厂获得了意外之喜。

与肖尔特草签过合作协议之后，范朝东、柯国强等人都觉得出了一口恶气，对唐子风、韩伟昌等人由衷地感谢。范朝东刚才说要给韩伟昌请功，倒还真不是一句假话。

"请功的事情就免了。要说功劳，那也是我们唐总的功劳，我不过是照着唐总的安排演了一场戏而已。"

韩伟昌谦虚道。没等范朝东他们说什么，他便收敛起笑容，严肃地说道：

"范厂长，柯厂长，现在博泰这边的事情已经解决了，咱们双方合作开发机床的事情，也该落实了。不知道82厂对这件事有什么具体的安排？"

第四百二十九章 我能够做到守口如瓶

听韩伟昌说起合作开发机床的事情，范朝东也不再打哈哈了，他认真地说道：

"这一次的事情，对我们的教训很深刻。科工委的领导已经说了，不管我们和博泰是否签订了协议，替代机床的开发都不能放弃。前期滕机开发精密铣床的 4000 万投资，我们会尽快全额支付。后续我们还要继续投入资金，与临机集团合作开发其他的机床，这一点请韩总放心，也请唐总放心。"

"唉，说来惭愧，我们准备付给滕机的这 4000 万，其实还是韩总帮我们省下来的。相当于我们一点力都没有出，白占了临机的便宜。"柯国强略带着一些尴尬地说道。

82 厂从博泰引进的精密铣床，单价是人民币 80 多万元。在韩伟昌的软硬兼施之下，博泰方面答应每台降价 20%，差不多就是 20 万元的折扣。82 厂一次引进 200 台铣床，省下来的钱就有 4000 万了，正好抵了 82 厂答应付给滕机的铣床研发经费。

正如柯国强所说，这笔钱纯粹是临机帮他们省下来的，82 厂啥也没损失，他们好意思厚着脸皮说自己付了研发费用吗？

后续是，82 厂还要从博泰引进其他几种机床，博泰也都答应了在原来的报价基础上给予 20% 左右的折扣，这其中省下来的钱也是以千万计算的。未来 82 厂投入这些钱，与临机合作开发新型机床，实在是占了极大的便宜。

机床是个高利润的行业，尤其是高端机床，净利润达到一半也不是什么神话。但是，要想维持这样的高利润，企业就必须有足够的科研投入，以便保证产品的垄断地位。博泰的技术是前些年积累下来的，研发投入早已收回，现在卖的机床也就是几吨钢材再加上少许的加工费，降价 20% 对于博泰来说，没有什么压力。

唐子风也正是看中了这一点,才让韩伟昌必须一口咬住,强迫对方降价。唐子风相信,博泰为了继续垄断中国市场,阻断临机进入这个领域的道路,是肯定愿意降价的。果不其然,对方真的答应了。

在博泰答应解除禁运而且还能降价20%的情况下,临机集团再进行替代机床开发的意义已经不大了。且不说临机集团开发这几种机床需要好几年时间,就算开发出来,要想收回研发投入,就必须提高价格。而博泰的机床在降价之后,与临机的机床价格已经相差无几。一旦临机的机床连价格优势都不存在,客户会如何选择呢?

换成其他的国家,当然就会心甘情愿地放弃自主研发的想法,直接接受博泰的机床了。即便是中国,搁在十年前,同样会选择放弃自主研发。因为那时候国家财政十分紧张,有限的研发资金只能投入到那些无法从国外获得的技术上,能够买到的技术,就先这样用着了。

不做选择题是富人的专利,穷人只能挑最重要的事情去做。

这几年,国家的财政状况逐步好转,开始有一些余钱了。"吃着碗里的,看着锅里的"也就成为一种可能的方式。82厂能够一口气引进200台博泰的精密铣床,花费近2个亿,也是得益于财政的宽松。在这种情况下,技术装备的"备胎计划"才有了实施的可能。

"唐总的意思是,由咱们两家合作,在82厂建立一个车间,专门研制替代博泰的7种机床,这个车间的密级,要和你们生产的武器装备一样,这一点你们能够做到吗?"韩伟昌问。

范朝东笑道:"韩总,要说做生意,我们82厂甘拜下风。但要说要保密,这可是我们的长项。你们放心,这个车间放到我们82厂,绝对一点风声都不会漏出去。

"不过,我只能保证我们厂的人守口如瓶,这个车间毕竟是以你们集团的人为主的,不知道你们那边的保密意识如何。"

韩伟昌说:"我们正在招募研发人员,名义上是派驻到82厂来做设备维护。所有被选中的人,都要和集团签保密协议,但凡有一点泄密,除了要受到集团纪律处分之外,还要被追究刑事责任。我们会挑选那些有经验而且政治素质过硬的技术人员过来,这些人轻易不能离开82厂的厂区,对外通信联络也要受到监控。"

"这方面,我们可以协助你们做。"柯国强说道。

第四百二十九章 我能够做到守口如瓶

"这样一来,你们临机可要做出牺牲了。"范朝东感叹道。

肖尔特能够想到的事情,范朝东自然也是能想得到的。临机集团要组织一个技术团队到82厂来研发军用机床,必然要耽误自身的民用机床研发。

博泰的这几款机床,技术水平都很高,能够吃透并且研制出类似机床的工程技术人员,必然都不是一般人,这些人在临机集团必然都是承担着重要任务的。

把这些人派到82厂来,临机集团的技术力量将会被大大削弱,而82厂能够支付的研发经费,远远无法补偿临机集团的这种损失。

韩伟昌笑道:"也不能这样说吧。博泰的这几款机床,的确是军工部门专用的,民用市场不大。但机床的原理都是相通的,我们集中一个团队,来攻克这种尖端机床技术,肯定能够获得大量的经验。这些经验对于我们未来的民品研发,也是有价值的。"

"这样就最好了。"范朝东说道。

一行人像来的时候那样一齐离开了,宋雅静出门前,叮嘱韩伟昌和于晓惠务必不要忘记晚上82厂为他们举办的庆功宴,还替范朝东许下了"不醉不散"的诺言。

送走众人,于晓惠看着韩伟昌,好半响突然问道:"韩叔叔,如果我想报名参加这个项目,你说唐叔叔会不会答应?"

"什么项目?"韩伟昌一时没反应过来。

于晓惠说:"就是咱们临机和82厂联合开发替代机床的这个项目啊。我是学机械的,主攻方向就是机床。前面苍龙研究院那边讨论这几种机床的研发思路的时候,我也全程参与了,我觉得我能够做一些事情。"

"以你的能力,肯定是没问题的,我想唐总对你也是很欣赏的。不过,晓惠,参加这个项目可不是什么好机会。你没听刚才我和范厂长他们说吗?在未来五年时间里,所有参加这个项目的人,都必须遵守保密条例,任何事情都不能往外说。"

"我能够做到守口如瓶啊。"

"这也包括了你不能发表任何论文啊。你现在是个博士生,不发表论文,会不会影响你毕业呢?"

"这个倒没问题,"于晓惠说,"我们学校有好多院系都有相关规定的。"

"你如果五年时间不发表任何论文,未来对于你评职称也会有很大影响的。"韩伟昌劝道。

他虽然是销售公司的总经理,但过去也曾在临一机的技术处待过,知道论文是技术人员的命根子。要评个高级职称,没有几篇过硬的论文是想都不用想的。

替代机床的研发必须秘密进行,这就决定了所有参与研发的人员不能将自己的研究成果公之于众。对于那些已经混到四五十岁的工程师来说,五年时间没有任何成果问世倒也无所谓,但于晓惠是处于上升期的青年学者,未来五年对于她在学术圈里的地位影响很大。在这个时候扎进一个秘密项目里,无异于牺牲自己的前途。

"我不是很在乎这个。"于晓惠轻描淡写地答道。

韩伟昌说:"晓惠,你现在还小,不知道竞争的厉害。在这个时候,你比别人慢一步,以后可就是步步都慢了。你是咱们厂里学历最高的子弟,我们都说你有希望像肖教授那样年纪轻轻就当上大学教授的。你如果在这个项目里被耽误了,可就太可惜了。"

"没事啊,我愿意。"于晓惠说。

韩伟昌说:"晓惠,这件事,我说了也不算。涉及你的事情,恐怕连孙处长也不敢做主,我觉得你还是自己去问唐总吧。整个临一机,谁不知道唐总对你就像亲生的女儿一样,他肯定不会同意你加入这个项目的。"

于晓惠脸上泛起了一点红晕,她说道:"这件事,我肯定要跟唐总说的。不过,韩叔叔,到时候你也帮我说几句好不好?你就说我对这几种机床特别了解,82厂的领导也希望我能够参与这个项目。"

"好吧。"韩伟昌像是接受了什么艰难的任务一样,苦着脸说,"我就帮你说几句,至于唐总听不听,我就管不着了。还有,晓惠,以后如果你后悔了,可别怪你韩叔叔,我是劝过你的。"

"我不会后悔的,韩叔叔,你就等着我的好消息吧。"

于晓惠笑嘻嘻地说道。

第四百三十章 你说的肯定不是我

"你愿意一辈子隐姓埋名吗?"

唐子风在京城的家里接待了于晓惠。听罢于晓惠的要求,他绷起脸,严肃地问道。

"可是,为什么要一辈子呢?"于晓惠诧异道。

"呃,这是一个形式嘛!得这样问,才显得有情怀。"唐子风悻悻地说。他这样问,是想模仿当年前辈隐姓埋名搞军工科研的神圣感,无奈遇上这么一个喜欢较真的于晓惠,生生就把唐子风酝酿起来的气氛给破坏了。

"其实也不用一辈子,只是五年时间罢了。"唐子风改口极快,"不过,晓惠,五年时间对于你来说,也是很重要的。你文珺姐还想让你发几篇影响因子高的论文,将来可以留校。你如果申请去82厂的保密车间,这件事可就泡汤了。"

"是啊,晓惠,系里的几位老师都说你很有才华,想把你留下来呢。你如果到82厂去,留校的事情就不好办了。"肖文珺也在一旁敲着边鼓。

于晓惠是这家里的常客,正如韩伟昌说过的,唐子风一直是把于晓惠当成一个女儿来对待的,于晓惠到唐子风家里来,也就算是回家了,说话、做事都是没啥拘束的。听到唐子风两口子的规劝,她嘻嘻笑着,一边把小唐彦奇抱到怀里逗着,一边回答道:

"唐叔叔,文珺姐,其实我一直都想回临机去工作的,不想留校。我觉得我不适合做学术,还是去做实践更好。"

"你怎么知道你不适合做学术?我就觉得你挺适合做学术的。"肖文珺斥道,但接着又改口说,"就算是想做实践,待在学校里也可以做啊。学校里的资源更丰富,机会也更多,更有利于你的发展的。"

唐子风却不干了,他反驳道:"肖教授说话理太偏,我们企业里怎么就没有资源了?这次和82厂合作开发替代机床,科工委答应投入1.5个亿,你们高校申请一个 1.5 亿的项目有多难,以为我不知道吗?"

"可是,你们企业里能评教授吗?"肖文珺呛道。

"当然能,我们有教授级高工。"

"教授级而已,并不是真的教授啊。再说,在学校里可以专心搞科研,我们好歹是内行管理内行。到了企业里,就只能听一个不知道啥叫机械的文科生来指挥,说不定就是瞎指挥呢。"

"你说的肯定不是我。"唐子风自欺欺人地说。

"当然不是唐叔叔,唐叔叔现在也是半个机械专家呢。"于晓惠赶紧给唐子风正名。不过于晓惠给唐子风的评价也只限于"半个",因为唐子风的文科背景实在是硬伤,在两个理工科学霸眼里,他的机械知识也就是零罢了。

"就是嘛,孙民和秦总工都说我已经入门了,还有肖兄也说过,我对机械很有悟性。"唐子风吹嘘道。

"还有谁?"肖文珺俏眼生愠。

唐子风赔着笑:"老……呃,是我老岳父,肖公,我说的是肖公。"

"唐叔叔,你也太不像话了!以后不许这样称呼肖伯伯了,知道吗?"于晓惠笑着警告了一句。

经过这一番闹腾,大家倒是把刚才的话题给岔开了。其实,于晓惠想回临机集团的事情,此前已经向唐子风、肖文珺二人说过多次,所以她这一次的决定对于唐子风夫妇来说也不算是突然。只是肖文珺身在高校,总觉得留在高校才是正道,对于于晓惠的选择多少有些惋惜。

"到 82 厂去待一段时间也好,博泰的那几种机床,虽然是专用设备,但内在的原理是相通的。晓惠如果能够把这些原理弄明白,未来回来搞其他机床设计,也会有优势的,说不定,比一味待在学校里做理论研究更有效呢。"肖文珺给自己找心理平衡。

"我也觉得,在一件事情上投入的精力,肯定不会白费的。"于晓惠说。

"不过,这几年,你真的要像子风说的那样隐姓埋名了,你研究的成果都不能发表,甚至也不能参加学术交流,这对于一名学者来说,影响是很大的。"肖文珺提醒道。

于晓惠说:"我已经想好了,我不在乎这个。"

唐子风点点头说:"嗯,这样也好。现在我们在集团里组织工程师去 82 厂的保密车间,还真缺几个技术过硬的年轻人。晓惠到那里去,应当能够发挥重要的作用。至于说个人发展问题,晓惠你放心,等你从82厂回来,我直接给你评个高工,不会耽误你的发展的。"

肖文珺瞪了他一眼,问道:"你老实说,你是不是早就存着这个心了?对了,这一次和博泰谈判,你非要让晓惠去给韩伟昌当翻译,是不是就有这个考虑在?"

"没有没有,"唐子风连忙否认,"这次让晓惠去当翻译,主要是觉得她嘴严,不会泄露我们的底牌。换一个人,没准就被对方给收买了,把我们的底牌都漏出去了。

"年轻工程师这事,我们本来的打算是到几所顶尖的理工科学校去招几名博士或者硕士,但具体的招聘条件怎么写,是一个难处。既不能不提几年内不能发表成果的事情,又不能公开这样说,怕引起德国人的警惕。

"晓惠如果愿意去,就解决了我们的燃眉之急。晓惠先过去盯着,我们这边以集团的名义慢慢招聘,招进来的人可以考察一段时间,确定能力和政治素质都过关了,再派过去,就从容多了。"

于晓惠抿着嘴笑,她其实早就从孙民等人那里知道了公司的这个安排,此次主动请缨也是为了帮唐子风分担压力。听唐子风说自己解决了集团的燃眉之急,她有一种欢喜的感觉。

古人说"学得文武艺,卖给帝王家",于晓惠的心思也是如此。在她心目中,觉得唐子风和肖文珺多年来一直对她关照有加,她需要做一些事情来回报这种关照。她上大学的时候放弃了当时最热门的金融、计算机等专业,选择了机械专业,也是存着这样的心思。

可以说,从她上大学那天起,她就是打算回临机工作的,现在总算是遂了她的心愿了。

"晓惠,这一次去82厂,负责的是苍龙研究院的关墉,但他年纪已经比较大了,精力不足,知识结构也有些老化了。你过去之后,要充分发挥自己的特长,争取成为项目的核心。我们的目标不是要原样仿造出博泰的机床,而是要在博泰的基础上,设计出超越博泰的机床,这一点你必须时刻铭记在心。"唐子风严肃地交代道。

"让我成为项目的核心?"于晓惠有些惊讶地问道。

唐子风点点头:"我会任命你当项目组的副组长,名义上是协助关墉的工作,但实际上是全面主持工作。当然,一开始你要低调一些,毕竟别人岁数都比你大,资历比你深。你能不能成为项目的核心,就取决于你能不能在技术上折服大家,同时也要看你能不能建立起好的人际关系。

"如果你觉得自己是清华高才生、天之骄子,目中无人……"

"打住打住!"肖文珺听不下去了,"唐子风,你不要以己度人。晓惠才不是那种会目中无人的人呢,你就放心吧,这个核心的位置,非晓惠莫属了。"

唐子风笑嘻嘻地看着于晓惠,问道:"晓惠,你自己觉得呢?"

于晓惠想了想,点点头认真地说:"我会尽力的。"

博泰与82厂之间的正式协议,很快就签订了。与此同时,临机集团也与博泰签订了一份备忘录,书面上的内容是约定两家企业形成友好合作关系,共同开发新的智能机床,其中却有一个不起眼的条款,规定为了保证合作双方的利益,双方各自承诺不在对方主打的机床领域里开展研发工作。

其中,临机集团主打的机床大多是中低端机床,原本就是博泰已经放弃的,上述的承诺只是一个掩人耳目的烟幕弹。临机集团承诺不对博泰主打的几款机床进行投入,才是这份备忘录的核心。

按照这份备忘录要求,临机集团的各家子公司以及参股的苍龙研究院在未来五年内将不研发几种特定的机床。至于五年后的事情,大家都觉得现在考虑为时过早,到时候视情况再续约就是了。

备忘录字迹未干,在82厂的一角,一个标着"第二机修"字样的保密车间已经悄然建立起来了。82厂的职工都是接受过保密教育的,知道不该问的不问、不该说的不说。出现这样一个神秘的车间,在厂子里并未引起什么议论。

来自国内十几家机床厂的一批技术骨干纷纷以"提供售后服务"的名义来到了82厂,进驻这个保密车间。82厂从生产线上腾出几台博泰机床,送到保密车间,供技术人员们研究。不要误会,大家并没有打算"山寨"这些博泰机床,他们只是需要了解这些机床的性能以及运行情况,作为开发自主知识产权机床的参考。

按照军工系统的惯例,保密车间获得了一个代码,称为"04项目组",来自苍龙研究院的工程师关墉担任项目组组长,清华大学的在读博士生于晓惠担任副组长。

第四百三十一章 居然会有这样的心机

建立于82厂的04项目组,只是唐子风倡导建立的"备胎计划"的一个组成部分。除了这个项目组之外,在国内还有其他若干个同样处于保密状态的项目组,涉及的领域不仅限于机床,还包括电子、机械、化工、材料等多个方面。

这些项目组研究的项目,都事关国家军事和产业安全,项目组的目标是保证在国际市场环境发生恶劣变化时,国内产品可以在一定程度上进行替代。

替代品与国际市场上的成熟产品相比,可能在性能、质量、成本等方面都有很大的劣势,但至少能够保证国家在关键技术上有喘息的余地。

"备胎"这个词是由唐子风提出来的,但建立一个备胎计划的想法,却不是他提出来的,而是高层的共识。新中国成立至今不过50多年,冷战结束之后,中国所处的国际环境似乎好转了一点,许多原来的"敏感"技术也能够从国际市场上买到了。但睿智的上级领导们又岂会盲目乐观?他们知道,像中国这样一个大国,是不可能不引起其他国家重视的,任何技术只有掌握在自己手里才是最可靠的。

从新中国成立之初的12年科学技术发展远景规划纲要,到随后的一个又一个"五年计划"以及各种科技攻关计划,中心思想都是一个:把核心技术真正掌握在自己手里。

04项目组的项目只是国内若干个"备胎计划"中的一个。还有一些更隐秘的计划,非但唐子风不了解,甚至连他的岳父肖明也无从了解。有许多事情,可能要等到几十年后,才会被公之于众。在这个国家,有无数立志一辈子隐姓埋名的英雄。

……

临河市,临机集团总部办公楼下。

唐子风带着集团副总经理张建阳、总工程师秦仲年、销售公司总经理韩伟昌等人，正在迎接一拨来自遥远北方的客人。

一辆商务车开来，车门打开，首先下车的是一位个头不高、身材壮硕、高鼻子、眼窝深陷的外国男子。他脚还没沾到地面，便已经把目光投向了唐子风一行，并且脸上迅速地布满了笑容，挥起手用生硬的汉语向众人喊道：

"你们好啊，亲爱的中国同志们！"

这时候，商务车上的其他人也都下来了。一位穿着西装的中国人抢先两步来到唐子风等人面前，先是向唐子风点了一下头，接着便转身给唐子风介绍那位外国男子：

"唐总，我给你介绍一下，这位就是俄罗斯喀山彼得罗夫机床厂的厂长弗罗洛夫先生。"

这位中国人，也算是唐子风的老朋友了，他是井南龙湖机械公司的董事长赵兴根。这一次，就是他从中牵线，带着弗罗洛夫一行前来临机集团拜访的。

"你好，弗罗洛夫先生。"

唐子风笑着迎上前，向弗罗洛夫致意。弗罗洛夫认清了唐子风的身份，不容分说便张开了双臂，打算给唐子风来一个俄式的熊抱。唐子风评估了一下对方的体格，赶紧伸出手，做出要与对方握手的样子，实则是婉拒了对方的"好意"。

"你好你好。"弗罗洛夫倒是反应极快，马上停住身形，转而握住了唐子风的手。他与中国人打交道打得多了，知道有一部分中国人对于拥抱礼不太接受，眼前这位年轻的唐总，估计也是如此。

转入宾主互相介绍随员的阶段，弗罗洛夫懂的那几句中文就不够用了，临机这边事先准备好的一位俄语翻译，此时便走上前给大家做起了翻译。

一通寒暄过后，张建阳招呼众人上楼到会议室洽谈。唐子风与弗罗洛夫走在最前面，没等唐子风想好和对方说点什么客套话，弗罗洛夫先打开了话匣子，叽里咕噜一长串俄语，听得唐子风满头雾水。

"弗罗洛夫先生说，他对中国很有感情，因为他的父亲曾经在中国工作过。那是 20 世纪 50 年代的事情，他父亲在中国北方一个叫……"

俄语翻译一时也卡住了，弗罗洛夫刚才说话太快，让翻译小姑娘有些跟不上了。

"他说的就是滕村，是你们的滕村机床厂。"

第四百三十一章 居然会有这样的心机

走在唐子风另一侧的赵兴根接过话头，向唐子风说道："当年苏联人帮助我们搞156项重点工程的时候，弗罗洛夫的父亲是苏联专家之一，他去的地方就是滕村机床厂。"

"咦，赵总，你还懂俄语？"唐子风有些诧异。

赵兴根撇撇嘴："我哪懂什么俄语？就是因为和俄国人做生意，学了几句问候语。弗罗洛夫说的这个，在我面前说了好多回了。他就是以这一点为理由，非要来见见唐总你不可。"

"那我还真得好好招待招待他了。"唐子风说，"他父亲在滕机工作过，那也算是帮过我们的人。滴水之恩，当涌泉相报啊。更何况，我看这个弗罗洛夫还挺怀旧的，见面就称同志，让人听着挺亲切的。"

赵兴根不屑地说："唐总，你别听他说得这么漂亮，他这是为了和咱们套近乎呢。"

"为了套近乎？"唐子风惊了，"不会吧，老弗看上去得有50出头了吧？一脸憨厚的样子，居然会有这样的心机？"

赵兴根说："唐总，你又不是不知道，有的人表面上忠厚，心里小算盘打得精明着呢。我第一次和他们做生意的时候，就是相信了他们嘴上说的，被他们坑了好几十万。"

"不会吧？这天底下还有人能够坑了你赵总？"唐子风惊讶道。

你忘了你都坑我多少回了？赵兴根在心里嘟哝着，嘴里却说："唉，主要是我被他的样子迷惑了，真的以为他傻，谁知道人家是装傻，真正傻的是我呢。"

唐子风叹道："看来，天下乌鸦一般黑啊。"

他们俩在那嘀咕，弗罗洛夫可不干了，他转头去看翻译，翻译回答了几句，然后又赶紧向唐子风解释道："唐总，弗罗洛夫先生问你们在说什么，我说唐总听说他父亲曾经在滕村机床厂工作过，表示要好好招待他呢。"

"没错，你回答得好。你跟他说，我正在和赵总商量，请他喝哪种二锅头。赵总说红星的好，我说是牛栏山的好，你问他喜欢哪种。"唐子风满嘴胡言乱语。

翻译把这话翻给弗罗洛夫听，弗罗洛夫闻言，哈哈大笑，回答了一句，大致是客随主便的意思。同时还伸出手，在唐子风的肩膀上猛拍了几记，显得很是豪爽的样子。如果没有赵兴根此前的介绍，唐子风还真的要被他感动了。

一行人来到会议室，在会议桌两侧坐下。俄方除了弗罗洛夫之外，还有一位名叫雅科布的工程师和一位名叫阿瓦基扬的销售部人员,此时便分坐在弗罗洛夫的两边。赵兴根虽然是陪同弗罗洛夫一道来的,却属于中方人员,所以便坐在了唐子风这一边。

"赵总,要不,你先介绍一下情况吧?"

双方坐定之后,唐子风向赵兴根做了个手势,说道。

"好的。"赵兴根也是当仁不让,今天的会谈是因他而起,所以自然是要由他先做介绍的。

"弗罗洛夫先生的彼得罗夫机床厂,是俄罗斯排名前五的大型机床厂,已经有近百年的历史,实力十分雄厚。过去几年,彼得罗夫机床厂一直和我们龙湖机械公司有业务上的联系。他们请我们代工制造光机,我们也从他们那里采购过数控系统。双方的合作,呃呃,总体来说是非常愉快的。"

赵兴根说到这里的时候,顿挫了一下,显然这个"愉快"是打了一点折扣的。他刚才已经向唐子风说过,在他与弗罗洛夫合作之初,是曾经被坑过的,后来或许赚回来了一些,否则他也不会对弗罗洛夫这样客气了。

赵兴根说的"光机",是机床行业里的一个俗称,指没有加装传动部件和数控系统的机床主机,包括床身、工作台、立柱、导轨、床头箱等部件。有些数控机床厂家自己不生产这些部件,而是从其他机床企业购买光机,再装上液压传动部件、气动部件、电气部件、电机以及数控系统等,就成为一台成品数控机床了。

数控机床的利润主要是体现在数控系统上,光机的利润率较低,有些整机企业不愿意生产光机,也是有道理的。赵兴根的龙湖机械公司在数控技术方面没什么基础,一直都是自己生产机床部件,再外购数控系统装在机床上。

龙湖机械公司与彼得罗夫机床厂合作,也算是扬长避短、各取所需。至于赵兴根是如何被弗罗洛夫坑了,他吃了大亏,不愿意讲,唐子风也就无从得知了。

第四百三十二章　尽量追求双赢

"那么，弗罗洛夫先生这次到我们临机集团来，有什么想法呢？"

听完赵兴根的介绍，唐子风问道。

"这一点，就要请弗罗洛夫先生来说了。"赵兴根用手比画了一下，说道。

翻译把这话译给了弗罗洛夫，弗罗洛夫向唐子风点点头，说道："亲爱的唐先生，这一次我请赵先生介绍我到贵公司来拜访，完全是为了我们和贵公司之间的传统友谊。我听赵先生说过，我父亲曾经工作过的滕村机床厂，目前是贵公司的一家子企业，这说明我们两家企业之间是有着深厚感情的。我们彼得罗夫机械厂，非常希望能够和贵公司重续这段友谊，成为最亲密的同志。"

"这也正是我们的愿望。"唐子风微笑着回答道，同时却在心里哼了一声：我信你？

如果弗罗洛夫是在什么会议上与唐子风偶遇，说出上面这番话，唐子风或许还会相信一二。但要说这位老先生带着两个随从，不远万里专程来到临机集团，仅仅是为了和临机集团的领导畅谈父辈的友谊，这就属于用力过猛了。

赵兴根说过，这个弗罗洛夫是个有心机的人，而非常凑巧的是，唐子风也是一个非常有心机的人。两只老狐狸碰到一块，谁还能把谁给骗了？

"我们彼得罗夫机床厂，是一家拥有百年历史的老牌机床厂，尤其是在数控技术方面，有着深厚的积累。早在苏联时期，我们厂就开发过40多种数控机床，产品销售到了欧洲10多个国家，也曾大量销往中国。"

"苏联解体后，俄罗斯联邦非常重视机床业的发展，先后制定了《国家保护机床制造业的联邦大纲（1993—1998）》以及《俄罗斯在2005年前期间发展机床和工具制造业的国家策略》，彼得罗夫机床厂得到了这些项目的资助，开发了近20种型号的新型机床，其中包括一部分面向21世纪的新型概念机床。

"可以这样说，我们目前的数控机床水平，在国际上是处于领先地位的，尤其是重型机床方面,完全不逊色于德国和日本。

"由于受到国内劳动力短缺因素的影响,我们在机床部件制造方面,存在着一定的不足,这也就是我们寻求与中国同志合作的主要原因。"

弗罗洛夫侃侃而谈,几乎没给翻译留出时间。临机的小翻译忙不迭地在纸上记录着他说话的要点,直到他结束了长篇大论般的发言,小翻译才磕磕巴巴地把他说的内容用中文复述了一遍。

"你译的内容没有遗漏吧?"唐子风听着小翻译的话,自己都替小翻译觉得累,最终忍不住问了一句。

"没有没有,唐总,他说的主要内容,我都翻译过来了。有一些是他的口头语,很杂乱,我就没有全部记下。"小翻译说道。

"小刘也挺不容易了。"秦仲年在一旁给小翻译说情。没办法,俄语现在在国内属于小语种,尤其是在临河这种南方城市,要找个懂俄语的人还真不容易。这位名叫刘艳的小翻译,是秦仲年好不容易才找到的,能够把弗罗洛夫的话翻译到这个地步,的确已经是很不错了。

"俄罗斯的情况,咱们是真不了解啊。"唐子风就着话头对秦仲年说道,"秦总工,老弗刚才说他们的数控技术水平处于国际领先地位,这话可靠吗?"

秦仲年皱了皱眉头,说道:"他乍一说,我还真弄不清楚。苏联那个时候,我们倒是追踪过他们的数控机床技术状况,总体来说,比我们强一些,但是和西方发达国家相比,还有相当大的差距。不过,俄罗斯人的数学水平很高,搞数控机床没准还真有点优势,这些年有什么进展,我还真没关注过。"

"搞机床也需要数学吗?"唐子风问道。

秦仲年的脸有点黑:"子风,你怎么能说出这么外行的话。我们技术部成天都在算数据,怎么可能不需要数学呢?"

唐子风说:"老秦,我不是那个意思,我的意思是说,搞机床还需要那种很复杂的数学吗?寻常做些计算,我当然是知道的,我媳妇儿也经常像鬼画符一样写很多数学公式的。"

秦仲年对唐子风真是有些无力吐槽了,他说道:"机床的开发,最终都是要落到数学上的。优秀的数学家能够解决很多机床设计中的难题,对于机床开发还是非常有帮助的。"

"嗯嗯,这个问题算我没问。"唐子风赶紧岔开话题,问道:"他刚才说的那个什么联邦大纲，还有国家策略啥的，是不是真的？"

"这个应当是真的。"秦仲年说，"我过去也看过这方面的报道，俄罗斯政府对于机床产业的发展，还是非常重视的。"

"原来如此。"唐子风点了点头，然后转向弗罗洛夫，说道，"弗罗洛夫先生，你刚才说你们在寻求和中国同志合作，你们打算如何合作呢？"

弗罗洛夫说道："我们希望能够和临机集团这样的大企业开展合作，发挥我们各自的优势。由你们制造出机床实体，我们负责加装数控系统，并负责在欧洲市场上的销售。在这方面，我们是有一些传统渠道的，销路完全没有问题。"

唐子风转头去问赵兴根："赵总，你不是说老弗一直在买你们的光机吗？怎么，他现在想甩开你们，改从我们临机采购了？"

赵兴根苦着脸，说："弗罗洛夫说了，我们生产的光机质量不行，而且只能提供轻型机床，无法提供重型机床。他们未来还会继续和我们合作，采购我们的一部分机床光机，组装成数控机床后，卖到东欧的一些国家去。

"至于他想和临机合作的，我想应当是高端产品，以及重型机床产品。你是知道的，搞重型机床这方面，我们的实力完全没法和临机比。"

"重型机床？我们自己还不够用呢，哪有多余的卖给他们？"唐子风说，"光机不赚钱。如果是大路货，我们好歹能走个批量，有点成本优势。重型机床都是单件生产的，除非他们能够出得起高价，否则我们凭什么卖给他们？"

他这话，是对自己这边的人说的。对方是三个俄罗斯人，他倒也不用担心这些话被对方听到。翻译刘艳俄语水平一般，情商却挺高，知道哪些话要翻译，哪些话不需要翻译，甚至可以在弗罗洛夫问起来的时候，随口编个理由把对方应付过去。

张建阳低声说道："唐总，我倒是觉得，对方既然来了，咱们也不妨和他们谈谈，看看是不是有啥机会。他们说在欧洲那边有些渠道，如果真的能够把我们的机床卖到欧洲去，哪怕只是光机，也能间接地给我们做个广告，相比赚多少钱，这个广告的价值也是挺大的。"

"你说得有理，"唐子风说，"咱们以后是要去开拓欧洲市场的，现在借他们的平台造造势，倒也是一件好事。要不，我就先答应下来，随后你和老韩跟他们详细谈，把一些细节落实下来。如果真的对我们有好处，那么与他们合作也是可以的。"

"对,既然是弗罗洛夫先生亲自上门来了,我们还是应当接受对方的好意。合作方面,我们尽量追求双赢吧。"韩伟昌应道。

手下两员大将都持赞成态度,唐子风也就从善如流,他对弗罗洛夫说道:"弗罗洛夫先生,我们刚才讨论过了,对于你提出的合作要求,我们非常感兴趣。不过,具体的合作细节,恐怕还得进一步商谈。我方将会安排张先生和韩先生和你们对接,你们看怎么样?"

"非常高兴!"弗罗洛夫露出狂喜的表情,只是显得有些夸张了,他说道,"唐先生,如果你不介意的话,我希望能够观摩一下你们的生产过程,以便对你们的技术实力有一个更准确的评估,这对于我们双方的合作是非常重要的。

"此外,雅科布是我们厂里的一位优秀的工程师,他很想和贵公司的工程师进行一些技术上的交流,不知道唐先生是否能够同意?"

唐子风向秦仲年投去一个询问的眼神,秦仲年点点头说:"这个没问题,我们也很想和俄罗斯同行进行一些技术交流。只不过,我们目前只有一位俄语翻译,如果你们要分开行动的话,我们怕很难找到另一名翻译来配合。"

"如果秦先生不介意的话,我们可以用英语交流。"雅科布插话道。他说这句话的时候,用的就是英语,虽然听起来发音有点怪,但并不妨碍交流。

秦仲年英语水平挺高,闻言换成英语,高兴地说:"如果是这样,就没有任何问题了。我们的工程师英语都不错,应当能够和雅科布先生进行充分的沟通。"

"那就先这样定下来吧。"唐子风说,"几位俄国朋友,我们可以为你们安排食宿,就请你们在这里多待几天吧。至于现在,我刚收到短信,我们集团办公室为各位准备的接风宴已经安排好了,大家到餐厅去用餐吧。"

第四百三十三章　谁强谁弱

临机集团一直都有出口业务,主要市场在亚非拉的发展中国家,在欧洲、美国、日韩等地区和国家也有一定的销售额,但不多。

早些年,中国的机床水平比较低,甚至连价格优势都不明显,要想打进发达国家市场,难度是非常大的。这几年,中国的机床水平提升很快,一部分机床品种已经能够跻身世界先进行列,唐子风正在酝酿进军欧美市场的计划。

弗罗洛夫的出现,给了唐子风一个启发。相比西欧国家,东欧的机床技术水平稍逊一筹,经济水平也较低,对价格更为敏感。高端机床价格水分较大,西方机床企业的产品报价严重虚高,这与他们高昂的营销成本与管理成本是有关联的。

中国的劳动力成本低廉,所以营销成本和管理成本都比较低,这样就出现了成本优势,能够借此与西方企业打打擂台。也许一时很难打进西欧市场,但先在东欧建立一个桥头堡,还是有希望的。

中国的机床产业是在苏联的帮助下建立起来的,对于苏联的技术有些崇拜感。苏联解体之后,据说各项产业都出现了一些退步,具体退到什么程度,临机集团的一群人还真说不上来。

临机集团凭着印象分析,瘦死的骆驼比马大,俄罗斯就算再不济,毕竟也还有苏联留下的遗产,实力应当不弱吧?

弗罗洛夫介绍的情况,强化了临机集团的这种看法。弗罗洛夫也算是说得很坦诚了,他表示自己的企业在数控技术方面有优势,但机床基础部件的制造能力不足,需要寻求中方的支持,这个说法听起来是比较可信的。

关于弗罗洛夫提起的俄罗斯当局支持机床产业振兴的几个方案,唐子风让资料室的人员去查了一下,发现国内也曾介绍过,从翻译过来的资料看,力度还是比较大的。秦仲年甚至还感慨了一句,说人家俄罗斯政府对机床产业如此重视,相比之下,我们自己的几个产业扶持政策,就有些不够看了。

集团办公会很快就做出了决定,同意与彼得罗夫机床厂开展战略合作,向彼得罗夫机床厂提供机床基础部件,同时引入彼得罗夫机床厂的一些数控技术。当然,这种引入并不是要用彼得罗夫的技术替代自己的技术,因为临机集团自己的数控技术也达到了很高的水平,而且已经形成了自有的体系,不可能再使用别人的体系。

引入彼得罗夫技术的目的,只是借鉴一下他们的思路,看看能不能对自己的数控系统优化提供一些启示。毕竟,连秦仲年都说俄罗斯人的数学功底好,没准真有一些什么绝招呢!

弗罗洛夫带着助手阿瓦基扬去了临一机,考察临一机的生产情况,目的是评估临机集团的生产能力以及质量控制水平。他带来的工程师雅科布则到了苍龙研究院,在秦仲年的主持下,与苍龙研究院的工程师们进行了几次技术交流。

技术交流的结果,让秦仲年赞不绝口。他回来向唐子风汇报说,俄罗斯同行的思路的确有独到之处,雅科布的技术功底也非常扎实,屡屡能够提出一些让人眼界大开的观点,看来弗罗洛夫所言不虚,彼得罗夫机床厂在数控机床研发方面的确是有一些实力的。

"这个雅科布,在彼得罗夫机床厂是个什么职位?"唐子风问道。

"据他自己说,只是一名普通的工程师。"秦仲年说。

唐子风皱皱眉头:"一名普通的工程师就有这样的水平?他不会是在骗你吧?"

秦仲年想了想,说道:"这个问题我倒是没有去深究。弗罗洛夫专门带他到中国来,还特地安排他和我们的工程师做交流,想来应当是比较看重他的。这样一想,他或许就不应该只是一名普通工程师了,没准是厂子里的技术骨干。"

"不是没准,而是肯定。"唐子风说,"老秦,你注意到没有,弗罗洛夫是有意要向我们证明他们的实力,目的也很明白,就是要在未来的合作中争取到更有利的条件。这个雅科布肯定是他的重磅武器,说不定就是他们厂里的总工程师,最不济也得是一个副总工之类的位置。"

秦仲年说:"总工程师不太像,这个雅科布看起来挺谦虚的,如果是厂里的总工程师,气势应当会更足一些。"

第四百三十三章 谁强谁弱

唐子风看着秦仲年笑道："秦总工,你是在暗示自己也有气势吗?"

"哪有嘛!哪有嘛!"秦仲年连声否定,又恼火地训道,"你个子风,我好歹也和老肖是平辈的,你这样拿我这个老头子开玩笑合适吗?我是说,苏联人是比较讲究等级秩序的,如果雅科布是厂里的总工程师,肯定不会表现得这样低调。"

"咱们国家经过几次运动,平等的观念倒是比较深入人心了。再加上原来的周厂长,还有你小唐,都是比较平易近人的,所以咱们集团里干群关系还是挺和谐的。"

唐子风刚才那话是开玩笑,听秦仲年这样一分析,他也觉得有些道理。看苏联的电影,好像俄国人比较讲究上下尊卑,雅科布这样低调,应当不会是总工程师这样的职位。没准厂里的总工是个有资历的"糟老头子",雅科布只是他的副手啥的。

"老秦,你觉得,如果雅科布代表了彼得罗夫机床厂技术队伍的最高水平,那么这家厂子和咱们临机相比,谁强谁弱?"唐子风问。

"应当还是咱们更强吧。"秦仲年说。

"理由呢?"

"咱们临机是一个大集团,有3万人,临一机和滕机两个公司都是原来的国有大企业,实力雄厚。彼得罗夫机床厂原来的实力应当是不错的,但听雅科布说,这些年有些衰落了,目前全厂的职工只有2000多人,产品的种类也不全,充其量属于那种小而精的企业吧。要论综合实力,远远比不上咱们。"

"所以弗罗洛夫想集中力量,专门搞整机装配,把基础部件的制造甩给我们,他自己只吃数控系统方面的那一大块利润。"

"我觉得是这样的。"

"小算盘打得蛮精明的嘛,难怪连赵兴根这种老油子都上了他的当。"

"依我看,我们双方合作,倒不存在上当不上当的问题。"秦仲年说,"咱们为他们提供机床基础件,只要价格合理,我们并没有吃亏。至于说他们在数控系统上能够赚到更高的利润,这也是他们的本事,我们并没有损失。"

"能赚100块钱的情况,如果只赚到99块,就属于损失了。"唐子风说,"这个弗罗洛夫一来就跟我们谈友谊,接着又让这个雅科布向我们秀肌肉,说到底就是想压我们的价。我们如果不了解他们的真实情况,被他们唬住了,可就吃大亏了。

"双方合作可以,但利润得均分,不能让我们干最苦的活,只赚一点辛苦钱。现在看来,这个弗罗洛夫也是有求于我们的,他有他的短处,这就是我们和他讨价还价的筹码。"

秦仲年说:"小唐,这种生意上的事情,我可就完全不懂了,你和建阳、老韩他们商量去吧。不过,我觉得,和彼得罗夫进行技术合作,对我们是有一些好处的。这几天和雅科布交流,我们不少工程师都觉得受益匪浅。双方如果能够建立一个长期的技术交流机制,对我们肯定会有很大的帮助。"

"我明白了。"唐子风应道。秦仲年说的这一点,也是谈判的时候要考虑的,一旦有求于对方,自己这边的谈判条件就得做出一些让步了,这让唐子风有些不爽。

陪同弗罗洛夫和阿瓦基扬考察临一机的是韩伟昌,他既是一名销售人员,又有着工艺工程师的背景,对生产流程了如指掌,可以随时解答弗罗洛夫提出的问题。

在几天的考察中,韩伟昌与弗罗洛夫二人谈笑风生,但每句话的背后都暗藏着刀光剑影。弗罗洛夫在试探韩伟昌的底牌,韩伟昌也同样在试探弗罗洛夫的底牌,双方都知道,等到考察结束,就是该相互摊牌的时候了。

"这个弗罗洛夫,绝对是个奸商。"

又一天的考察结束,韩伟昌疲惫不堪地回到集团总部,径直来到唐子风的办公室,先自己拿纸杯接了一大杯水咕咚咕咚地喝干,随后才恨恨地做出了一个评价。

"怎么说?"

唐子风招呼韩伟昌在沙发上坐下,自己坐在另一张沙发上,笑呵呵地问道。

韩伟昌说道:"唐总你不是总教导我们销售公司要多搞阳谋、少搞阴谋吗?我现在出去谈业务,也是尽量以德服人的。但这个弗罗洛夫不一样,这小老头从一开始就在搞鬼,每一句话里都有陷阱。说实在的,我陪他这几天,都快被他逼出神经质了。"

第四百三十四章　你有没有搞错

"唐总,你记得弗罗洛夫那个随从阿瓦基扬吗?"韩伟昌问。

"这怎么不记得?"唐子风说,"他不太说话,像是专门来给弗罗洛夫拎包的。怎么,这人有问题?"

"他懂中文。"韩伟昌说。

"什么?"唐子风一惊,"你是说,他能听懂咱们说话,然后一直装成听不懂的样子?"

"正是如此。"韩伟昌点点头,"我一开始也没发现,但有好几次,我说什么事情的时候,没等小刘给他们翻译完,他就已经在看某个地方了,这就让我起了疑心。后来我认真观察,发现他一直都竖着耳朵听周围的人说话。因为大家都觉得他们听不懂中文,所以说一些事情的时候也没有刻意回避他们,结果就被他听了个正着。"

"有什么不该让他们听的事情被他们听到了吗?"唐子风问。

韩伟昌说:"倒是没什么技术秘密,但关于我们想和彼得罗夫机床厂合作的事情,这个阿瓦基扬肯定听到了不少,我们的底牌估计他们也掌握了一些。我发现有问题之后,就跟几个人打了招呼,让他们注意,然后还故意说了一些迷惑性的话,算是亡羊补牢吧。"

"这个弗罗洛夫,还真是够阴的。"唐子风把牙咬得咯咯作响。

实在是弗罗洛夫此前的表演太出色了,他学了几句蹩脚的中文,吸引了大家的注意力,让人觉得他们一行几人都是不懂中文的,所以我们在他们面前聊天的时候,也就不太谨慎了。

当然,该有的小心,唐子风等人还是有的。现在回想起来,他们在弗罗洛夫一行面前说的话,也不涉及太高的密级,充其量就如韩伟昌说的那样,只是暴露了临机集团想与彼得罗夫机床厂合作的心思。对方可以抓住临机集团的这种想法，在谈判中做点姿态，但既然中方已经知道了这个情况，也就不会被对方拿捏住了。

说到底，商业合作拼的还是双方的实力，一些上不了台面的小伎俩可以发挥一些作用，但绝对不会是决定性的因素。

"老韩，对方对于合作是什么态度？"唐子风问。

韩伟昌说："根据我和弗罗洛夫交流的情况来看，他是想空手套白狼。"

"骗我们的货，然后不付款？"唐子风问。

"这倒不至于。我们也不可能上这个当，他们的货款不到，咱们肯定是不能发货的。"

"那么你说的空手套白狼，是什么意思？"

"他们应当是想以很低的价格拿到我们生产的光机，然后到东欧去卖个好价钱。"

"低到什么程度？"

"咱们的生产成本，再加上一两成的管理费用。"

"这可就是让咱们白干了。"唐子风冷笑道。

光机的利润低，数控系统的利润高，这是泛泛而言的。事实上，不同的光机利润率水平也是不同的。龙湖机械公司生产的光机，属于低端产品，技术水平低，生产批量大，每台机床光机的利润不高，但总体收益还可以。

彼得罗夫机床厂想请临机集团代工的产品，是高端重型机床，批量很小，技术含量也很高，如果按照生产成本销售，临机集团就真的是在卖苦力了，这种事情是临机不可能接受的。

"弗罗洛夫知道我们想借他们的平台进军欧洲市场，话里话外流露出可以给我们提供这个方便的意思，目的就是引诱我们以低价向他提供光机。"韩伟昌说。

"这还真是抓住了我们的心理啊。"唐子风说，"这一点，是那个阿瓦基扬听到的吗？"

韩伟昌说："他应当是听到了一些。不过，我问过赵兴根，据赵兴根说，弗罗洛夫在来临机之前，就知道我们有这样的打算，他是吃透了我们的心思才来的。"

"老韩，你的看法呢？"唐子风问。

韩伟昌说："我觉得,我们不应当接受他的讹诈。和他们合作,对我们来说的确是一个机会,但我觉得,俄罗斯也并非只有他们这一家企业,我们既然想到了这种方式,大不了花点工夫到俄罗斯去找找,肯定也能找到其他的合作伙伴。弗罗洛夫想凭这一点来拿捏我们是办不到的。"

"没错,这也是我这几天在想的问题。"唐子风说,"我感觉,弗罗洛夫在对我们耍手腕,试图扰乱我们的判断,牵着我们的鼻子走。如果我们觉得这个送上门的机会是千载难逢的,就会接受他的所有条件。但如果我们能够冷静下来,就会发现,我们并非只有他这一个选择。既然可以货比三家,我们又何必要急着和他签约呢?"

"唐总的头脑,果然比我们这些人冷静。"韩伟昌大拍马屁,"我也是到了今天,才突然回过味来的。前几天,弗罗洛夫不停地跟我吹牛,说他们的企业如何如何有实力,在欧洲有很大的名气,让我觉得非和他们合作不可。

"现在想想,这家伙没准是在吹牛皮,他们的企业就算是有一些实力,也不见得就是俄罗斯最牛的企业吧?苏联时期,他们这家企业也不算是很出名的呀。"

"你让人调查过他们没有?"唐子风问。

韩伟昌说:"我让销售公司的人去了解过,得到的信息有些支离破碎。有的资料上显示这家企业有点实力,有的资料则说它其实也挺一般的。咱们最大的问题就是找不到什么俄语的资料,就算找到了,也没人看得懂。"

"没人看得懂?"唐子风打了个激灵,"是啊,你倒是提醒我了,咱们到目前为止,关于彼得罗夫机床厂的情况,都是从这个弗罗洛夫嘴里听到的,再不就是一些间接资料,还是苏联时期的。彼得罗夫机床厂现在的情况如何,咱们是一点都不知道。在这样的情况下,和他们谈判,不是盲人骑瞎马吗?"

"这也没办法啊,谁让咱们过去就没关注过俄罗斯这边的事情呢?弄到现在,公司连个像样的俄语人才都没有。"韩伟昌说。

临机集团其实有一些懂俄语的人,但都是一些已经退休多年的老工程师。这些人年轻的时候是学过俄语的,还有几位曾经去苏联留过学。不过,从 20 世纪 80 年代开始,中国就全面转向西方的技术体系,很少有人还会去研究苏联以及现在俄罗斯的技术,那些曾经留苏的工程师俄语搁置多年,也已经不太灵光了。

因为不需要研究俄罗斯的资料，所以临机集团这边几乎找不到稍微新一点的俄文资料，导致想让人去查彼得罗夫机床厂的情况也无从下手。现在虽然已经有了互联网，但网上正经的学术资源却极其稀少，想查点明星八卦没问题，要找这种偏门的资料是办不到的。

可是，在临河办不到，不意味着在京城也办不到啊。唐子风这几天光顾着琢磨如何与弗罗洛夫讨价还价，居然忘了安排人到京城去查一下彼得罗夫机床厂的底细，这可就是极大的失误了。

知错就改，是唐子风的好品德。他也不顾忌韩伟昌还在场，摸出手机便拨通了肖文珺的号码。

"亲爱的，你能不能找到几个懂俄语的人，帮我查点资料？"唐子风的嘴比涂了蜜还甜，韩伟昌在旁边起了一身的鸡皮疙瘩。

"查什么资料？"肖文珺在电话那头用慵懒的口气问道，她估计正在干活，心思并没有放到唐子风的电话上。

"有一家名叫彼得罗夫机床厂的企业，好像在数控技术上有点名堂。他们的厂长到了临河，想和我们谈合作的事情，我想找人查查俄罗斯那边的资料，看看这家厂子的实力到底如何，这关系到我们如何与他们合作的问题。"唐子风说。

"俄罗斯的企业，在数控技术上有点名堂？"肖文珺的声音显得认真了一点。

"是的，据他们自己说，他们在数控机床上的水平，可以和德国、日本的机床巨头比肩，在欧洲市场上小有名气。"唐子风说。

"噗！"肖文珺在那边笑喷了，"唐子风，你有没有搞错，俄罗斯哪还有什么拿得出手的数控机床技术？他们的数控机床水平，现在在国际上连三流都算不上。"

"不会吧？"唐子风惊住了，"他们那边来了个工程师，可是把你秦伯伯都给镇住了。老秦说这家伙的水平很高，能够给我们苍龙研究院的工程师提供很多启发的。"

"启发当然会有，"肖文珺说，"俄罗斯的数控机床技术另辟蹊径，有很多想法挺天才的，我们也经常会借鉴一下。但关键问题是，他们的想法都只是停留在概念层面上，别说具体应用，就连应用的思路都很少。"

"可是，老秦说，苏联时期，俄国人的机床水平是很高的，尤其是数控机床，比我们强得多呢。"唐子风争辩道。

肖文珺冷笑道："那已经是过去了。子风,我前几天才看过一篇文献,我跟你说个数据你就明白了。1991年,俄罗斯的数控机床产量将近13000台,而到2001年,你知道是多少台吗?"

"3000?"唐子风猜道。从肖文珺的话里,他知道这肯定会是一个很低的数字,没准就只是过去的一个零头了。

"是250台。"

肖文珺的回答,直接就把唐子风给惊呆了。

第四百三十五章　唐总的先见之明

"文珺，你的数据没记错吧？"唐子风问道。

"不是很准确。更准确的数字，应当是257台。"肖文珺说。

唐子风不甘心地问道："会不会是2001年有什么特殊情况，导致他们的机床产量暴跌了？"

"2002年是200台，2003年的前8个月是80台，你觉得这是特殊情况吗？"肖文珺道。

"原来是这样！"唐子风长叹了一声，"我猜到这个姓弗的没说实话，却没猜到竟是这种情况。"

"怎么，你们被他骗了？"肖文珺听出了一些端倪，关切地问道。临机毕竟是自家老公麾下的企业，如果真的被个俄罗斯骗子给骗了，她是不甘心的。

唐子风一撇嘴，说道："这怎么可能？你想想你老公是干吗的？这个世界上，还有能骗到我的人吗？"

"那你刚才那副气急败坏的样子，明显是被人骗了嘛。"肖文珺笑道。唐子风还有心思吹牛，至少说明没吃太大的亏，肖文珺也就放心了。以她对唐子风的了解，唐子风应当是能够把吃的亏再找回来的，只是那个"姓弗的"估计未来要不太幸福了。

挂断电话，唐子风转头去看韩伟昌，见韩伟昌也正眼巴巴地看着他。

"怎么，唐总，肖教授说了啥？"韩伟昌问道。唐子风刚才爆粗口，韩伟昌可是听得真真的，知道必定是出了很大的问题。

唐子风说："肖文珺说，苏联解体以后，俄罗斯的机床产业已经一蹶不振了。去年前8个月，整个俄罗斯的数控机床产量只有80台。"

"多少？"韩伟昌把眼瞪得滚圆。

"80。"唐子风镇定地说道。

第四百三十五章 唐总的先见之明

"这不可能吧?"韩伟昌的反应如此前的唐子风一样,也是被惊到了。

作为临机集团销售公司的总经理,韩伟昌太了解国内的机床产能了。据国家统计局统计,2003年中国有256家企业生产金属切削机床,总产量为30万台,其中生产数控机床的厂家为117家,数控机床总产量约37000台。

按上述数据计算,平均每家数控机床企业生产的数控机床为300台。而照唐子风的说法,俄罗斯全国前8个月的数控机床产量才80台,全年下来,满打满算也就是100来台,甚至还比不过一家中国企业的产量。

这怎么可能呢?

可是,这个数据是肖文珺提供给唐子风的,在这样的问题上,肖文珺是不可能开玩笑的。也就是说……

"这个姓弗的在跟咱们撒谎!"韩伟昌失声喊了出来。

可不是吗?如果整个俄罗斯一年才生产100多台数控机床,这个名不见经传的彼得罗夫机床厂,产品怎么可能行销欧洲各国?又怎么可能拥有足以与德、日比肩的数控技术?临机集团这样兴师动众地陪着弗罗洛夫一行考察,想着如何能够从对方那里获得一些好处,谁曾想居然是被一个大骗子给忽悠了。

"唐总,这是我的失误,我向集团检讨!"韩伟昌极其自觉地给自己定了调。他是销售公司总经理,对国际国内市场都应当有足够的了解才是,现在出了这样的纰漏,他岂能推脱责任?

"这事和你没关系。"唐子风说罢,又改了口,说道,"这事,不是你一个人的责任,咱们大家都被这个姓弗的老小子骗了。"

"会不会赵兴根也是和他串通一气来骗咱们的?"韩伟昌提醒道。出了事,多一个背锅的人总是好的,弗罗洛夫是赵兴根带来的,把锅甩到赵兴根身上,无疑是一个好的选择。

唐子风摆摆手,说:"赵兴根应当没这个胆子,也没这个必要。我估计,他也被弗罗洛夫给骗了。"

"那咱们怎么办?是不是通过派出所,先把这几个俄国人给扣了?"韩伟昌问。

唐子风说:"凭什么扣他们?他们到目前为止并没有从咱们这里骗到任何东西,充其量就是吹了几个牛,这也不犯法是不是?"

"可是他们吹牛的目的就是想骗取咱们的好东西啊。"

"骗什么东西呢?"

"这……"

韩伟昌一时语塞了。可不是吗?弗罗洛夫他们编了一个实力雄厚的谎言,目的是要与临机集团合作,请临机集团为他们提供机床光机,人家可并没有说不给钱啊。

据此前韩伟昌向赵兴根了解到的情况,彼得罗夫机床厂曾经请龙湖机械公司为他们生产过一些低端机床的光机,也都是"银货两讫"的。赵兴根为了笼络住这个"大客户",在最早的几个订单里给弗罗洛夫让了不少利,算是吃了一些亏,但这也属于正常的商业行为,弗罗洛夫并没有触犯法律。

既然对方并未违法,自己凭什么扣人呢?

"老韩,你先不要打草惊蛇,还是把他们稳住再说。我现在就通知张建阳和老秦过来,咱们开一个小会,商讨一下这件事情。"唐子风交代道。

张建阳和秦仲年很快就过来了,唐子风让秘书熊凯关好了门,然后才把从肖文珺那里听到的消息向张、秦二人做了一个通报。

"什么什么?整个俄罗斯一年才生产100多台数控机床,这怎么可能呢?"秦仲年听完这个消息,也是极度震惊,"小唐,文珺那边没弄错吧?"

唐子风一摊手:"我也不知道。秦总工,你的人脉比我广,你是不是可以现在就去打听一下?"

"对对,我可以找人打听一下。"秦仲年拍拍自己的脑袋,然后便掏出手机开始拨打电话了。

其实,要论人脉,秦仲年肯定是比不过唐子风和韩伟昌的,但他的优势在于拥有一批技术领域的熟人,而这些人对于国际机床界的技术和生产动态往往更为敏感。

在接连打了七八个电话之后,秦仲年的脸色变得凝重起来,他收好手机,用一种伤感的语气说道:"基本证实了,文珺说的数据是真的。唉,怎么会这样呢?怎么会搞成这样呢?"

"是啊,想当年,苏联的机床虽然说技术不如西方国家,可是毕竟也有那么大的规模,我们都是得仰着头看的。这才多少年工夫,怎么就变成这样了?"韩伟昌也跟着长吁短叹起来。

第四百三十五章 唐总的先见之明

秦仲年和韩伟昌的这种感慨，是唐子风理解不了的。唐子风大学毕业分配到机械部的时候，苏联已经解体了，俄罗斯正深陷经济危机，没有了往日的辉煌。

但秦仲年和韩伟昌就不同了，他们都是机床行业里的老人，苏联在他们的眼中就是一个让人感到有压迫感的庞然大物，是他们孜孜不倦要赶超的目标。虽说他们也知道苏联解体后俄罗斯的实力已大不如前，可瘦死的骆驼比马大，他们在潜意识里还是会认为俄罗斯的机床业是十分强大的。

正因为有这样先入为主的印象，当弗罗洛夫在众人面前吹牛的时候，大家多少还是相信了几分。再加上雅科布所表现出来的一些技术实力，秦仲年便忘了去找自己的同行核实一下对方的情况。

"这件事，我有很大的责任。我是集团的总工程师，我对俄罗斯的机床技术发展状况缺乏了解，险些导致集团做出错误决策，我愿意接受集团的处分。"秦仲年说。

"不不，这件事的主要责任在我，"张建阳抢着说，"我是常务副总，这么大的一件事情，我没有安排人去做深入的调查，以至于误导了唐总的判断，这个错误是我的。"

"秦总工，建阳，你们都别自责了。这件事，是我的责任……"韩伟昌又一次开始忏悔了。

"行了行了，各位都打住吧。"唐子风哭笑不得，"你们这是干吗呢？一个个弄得像是犯了多大的错一样。不就是被个俄国老骗子给耍了一下吗？咱们一没丢财，二没丢色，就是白白招待了他们几天，让他们喝掉了一箱二锅头。

"建阳，这件事情上，你还是得承认我有先见之明吧？你说要拿五粮液来招待他们，是我力主换成了二锅头。就以这几个家伙的酒量，你算算，咱们省下了多少钱？"

秦仲年原本还是一副痛心疾首的样子，听唐子风说得如此无厘头，不由得"噗"的一声就笑喷了。这一笑，让他的心结解开了几分，他用手点着唐子风说道："子风，这都什么时候了，你还在开这种玩笑，我也真是服你了。"

"现在能是什么时候？"唐子风一脸无辜的样子，"老秦，我刚才不是说了吗？咱们既没丢财，也没丢色，损失了一箱酒，还是便宜的二锅头。这几个家伙既然送上门来了,咱们肯定不能让他们白白走掉。吃了我的,喝了我的,得从他们身上榨出点油水来才行。"

……

第四百三十六章　弗罗洛夫是个好人

集团高层的碰头会很快就形成了决议,彼得罗夫机床厂的这个机会不能放过,但在具体的合作条件上,要做出重大的改变。既然弗罗洛夫只是一个"空手道",临机集团与他的关系就得重新定位了,要让他变成一个打工者,而不是一个合作者。

堡垒要从最弱的地方突破。大家一致认为,弗罗洛夫带来的工程师雅科布应当就是这三个人中最弱的一个,于是唐子风便决定先拿他试刀了。

为了给雅科布制造出最大的心理压力,唐子风没有选择在雅科布已经比较熟悉的苍龙研究院与他谈话,而是在临一机的旧厂部找了一间办公室,让人把雅科布带了过来。

雅科布在走进办公楼的时候,就感觉到了一些异样,待到被人客客气气地请进那间办公室,他就彻底傻眼了。

这哪里是什么会议室,分明就是一间"审讯室"。房间的一边摆了几张桌子,桌子后面坐着几位冷面汉子。房间的当中是一把孤零零的椅子,雅科布用不着别人指示,也知道那是对方给自己留的位置。

"雅科布,坐下吧。"

坐在"审讯席"上的唐子风用手一指那把椅子,向雅科布命令道。

"可是,我不知道这是什么意思!"雅科布争辩道,他说的是英语,唐子风也能听懂,同时还从他的声音中听出了几分惊恐。

"你先坐下,我问你几个问题,你就明白了。"唐子风说道。

雅科布扛不住这种威压,乖乖地在椅子上坐下了。

"雅科布,你自称是彼得罗夫机床厂的工程师,并以这个身份和我们苍龙研究院的工程师进行了三天的技术交流,是这样吗?"唐子风问。得益于肖文珺的一对一家教,唐子风的英语口语也非常不错了,能够不借助翻译而与雅科布交流。

"是的。可是我的确是彼得罗夫机床厂的工程师啊。"雅科布说。

"你在撒谎！"唐子风厉声道，"我们已经派人去喀山调查过了，彼得罗夫机床厂根本就没有一个名叫雅科布的工程师！你用假冒的身份混进中国，并且和我们的工程师进行技术交流，你的用意是什么？是不是受什么企业的派遣来当工业间谍的？"

"不不不，我绝对不是工业间谍！"

雅科布彻底地慌了。这才几天时间，人家就能专门派人去喀山调查他的身份，这说明这个临机集团是有极大来头的，没准是中国的军工企业，密级极高的那种。雅科布也是经历过苏联时期的，知道在一个社会主义国家里，"西方间谍"这个词意味着什么。

这要是搁在苏联，如果一个外国人被认定为"间谍"，他的余生就将会在西伯利亚度过了。中国是不是也有一个类似于西伯利亚的地方，雅科布不清楚，但他也绝对不想亲自去弄清楚这个问题。

"唐先生，你听我解释！的确，我承认我并不是彼得罗夫机床厂的工程师，我是莫斯科大学的教授，是弗罗洛夫花钱雇我到中国来的，这一点你们可以向弗罗洛夫求证。"

胆战心惊的雅科布也来不及思考唐子风的话里有没有破绽，赶紧就开始甩锅了。

"他雇你到中国来的目的是什么？是要刺探我们的技术情报吗？"

"没有没有，绝对没有！我可以向上帝发誓。他只是让我来和中国的工程师交流，目的是让中国人相信彼得罗夫机床厂有雄厚的技术实力。除此之外，我不需要做任何事情，这些天我与贵公司同行交流的技术内容，一个字也没有向弗罗洛夫报告过。"

"你说弗罗洛夫想让我们相信彼得罗夫机床厂有雄厚的技术实力，那么它的真实情况是什么呢？"

"真实情况……"

雅科布打了个激灵，看向唐子风的眼神里有了几分恍然、几分委屈。

你都派人去彼得罗夫机床厂调查我的身份了，你还不知道这家厂子是怎么回事吗？合着你刚才那话，完全是在诈我，实际上你根本就没去做过什么调查。都说漂亮的女人会骗人，你个眉清目秀的美男子怎么也会骗人啊？

第四百三十六章 弗罗洛夫是个好人

唐子风看到雅科布的表情就知道他已经识破自己的诈术了,这家伙情商不高,但智商不低啊。能够把老秦都唬得一愣一愣的技术高手,那逻辑分析能力可是很厉害的。

可是,就算你反应过来了,又能如何?你已经亲口承认自己身份造假,现在还能再把话收回去吗?以假冒的身份来与一家大型研究机构的工程师进行技术交流,说你是工业间谍还冤枉了你吗?

"说说吧。你只是拿了弗罗洛夫的钱,并没有帮他做坏事,现在回头还来得及。如果你执迷不悟,接下来和你谈话的,就不是我了。"唐子风笑呵呵地向雅科布说道。

雅科布叹了口气,说:"彼得罗夫机床厂在苏联时期,是我们国家最大的机床厂之一,实力的确是非常雄厚的。苏联解体后,俄罗斯的经济长期得不到恢复,大批企业破产,机床的需求量下降到连原来的 1/10 都不到,全俄的机床企业都经营不下去了。

"有些企业被西方的机床企业兼并了,还有一些破产了。彼得罗夫机床厂虽然没有破产,但生产能力几乎完全丧失了,过去这十几年,基本没有生产过数控机床,也谈不上有数控机床的研发能力。"

"苏联时期,你们的数控机床技术还是可以的,怎么会一下子就全崩溃了呢?"秦仲年忍不住插话问道。老爷子现在还在纠结于俄罗斯机床业衰落的事情,想问个究竟。

雅科布说:"苏联时期的机床产业,是建立在一个完整的工业体系基础上的。那时候,各个加盟共和国都承担着一部分机床部件的生产,比如大型铸件是由白俄罗斯的企业承担的,光栅元件是由乌克兰的企业承担的,大家各有分工,又相互协作,这才有了苏联强大的机床制造业。

"苏联解体之后,各个加盟共和国都独立了。大家想法不一致,还怎么能够协作得起来?乌克兰的红旗研究院,原来是苏联实力最强的光栅元件研究机构,为全苏的机床企业提供光栅元件。乌克兰独立之后,他们觉得继续花钱支持这样一个研究院毫无必要,所以就把研究院的经费全部砍掉了。

"这样一来,原来俄罗斯境内的那些机床厂,就只能从西方购买光栅元件了。西方的数控技术体系和我们大不相同,西方的光栅元件无法直接用在我们的机床产品上,而要求对方根据我们的情况重新设计,人家又不屑于做。

"所以……"

说到这,雅科布把手一摊,做出一副无奈的样子,在场的众人倒是都听懂了他的潜台词。

"你说彼得罗夫机床厂已经不生产数控机床了,那么弗罗洛夫从中国采购光机是干什么用的?"唐子风问。

雅科布说:"他没有跟我说过,不过我私下里和阿瓦基扬聊天的时候,了解到弗罗洛夫和东欧的一些机床经销商有一些联系,想必他是把从中国采购到的光机转售给这些代理商。"

"可是龙湖机械公司说他们曾从弗罗洛夫那里买过数控系统,而且这些数控系统是由彼得罗夫机床厂生产的。"唐子风说。

雅科布脸上露出一个微笑:"这很简单,我想他向东欧销售那些中国机床的时候,也会在上面标注彼得罗夫的品牌的。欧洲有一些小公司,能够根据客户的需求生产一些无品牌的数控系统,对了,就是OEM(代工)的方式。弗罗洛夫把这些数控系统低价采购过来,再加价卖给中国朋友,应当也是很容易的。"

"你刚才说到阿瓦基扬,他也是弗罗洛夫从外面聘来的人吗?"

"这倒不是,他原本就是彼得罗夫机床厂的职工。弗罗洛夫在苏联解体前就是彼得罗夫机床厂的厂长。苏联解体后,彼得罗夫机床厂被私有化了,弗罗洛夫依然担任着厂长。据说,他承诺只要他依然是厂长,彼得罗夫机床厂就绝对不会解雇一名原来的职工。"

"还有这事?"秦仲年面有惊讶之色,他转向唐子风,说道:"小唐,这个弗罗洛夫不简单啊,能够做出这样的承诺,也不失为一个好人了。咱们回头和他谈判的时候,还是得给他足够的尊重的。"

唐子风无语地看了秦仲年一眼,却也知道这就是老先生的世界观,毕竟这位老先生也是一个绝对的好人。他没有接秦仲年的话,而是对雅科布问道:

"雅科布先生,我提最后一个问题,弗罗洛夫聘你到中国来,给了你多少费用?"

"这个……"雅科布一时不知道该如何回答才好。他倒不是要保密,而是觉得谈钱的问题太俗气了,他有些说不出口。

唐子风冲他微微一笑:"雅科布教授,我没有别的意思。我只是想说,你有没有兴趣来中国工作?无论弗罗洛夫给你多少钱,我加倍。"

第四百三十七章　你接着给我编

雅科布走出办公楼的时候，脸上带着笑，后背上的汗水还没有干透。刚才这一会儿，他也算是经历了冰火两重天。从担心自己会被送去坐牢，到接受苍龙研究院年薪12万元人民币的聘任，身份转变之快，让他那擅长逻辑思考的大脑都出现了长时间的宕机状态。

"这家伙值这个价吗？"唐子风私下里向秦仲年打听。

"值，太值了！"秦仲年乐得合不拢嘴，"他在机床研发上很有想法，只是缺少实际应用的机会。这样一个人才，到咱们这边来，肯定能派上大用场的。"

"我是说，一年12万人民币的这个价钱，是不是太高了？"唐子风说。

秦仲年把眼一瞪："你说啥呢？我们现在随便聘个外国专家，起码也是5至8万美元，你算算看，这是多少人民币？你说一年12万，我当时还真怕雅科布掀桌子呢！"

唐子风笑道："能省就省一点吧，给他一年12万，他乐还乐不过来呢，怎么可能掀桌子？等他过来，看他的贡献大小，如果有贡献，就给发个一两万的年终奖啥的，这不也是一种激励措施吗？"

安排人把雅科布带走，唐子风随即便让韩伟昌把弗罗洛夫和阿瓦基扬二人带过来。与弗罗洛夫的谈话，自然不可能在这个临时审讯室里进行了。唐子风找了个小会议室，陪同他参加会谈的人也只有张建阳和韩伟昌二人。

"弗罗洛夫先生，阿瓦基扬先生，二位请坐吧。咱们今天开的是个小会，连翻译刘小姐我也没让她参加，以便大家开诚布公地交谈，你们觉得如何？"

在韩伟昌关上会议室的门之后，唐子风开门见山地说道。

弗罗洛夫下意识地看了阿瓦基扬一眼，随即便向唐子风摇着头，指着自己的耳朵，用中文说道："同志，我不知道……"

唐子风呵呵冷笑："你不知道不要紧，阿瓦基扬先生，麻烦你向弗罗洛夫先生解释一下吧？你可别告诉我你也不知道哦。"

阿瓦基扬的脸一下子就涨红了，支吾着不知道该如何回答好。弗罗洛夫看出了不对，他用俄语向阿瓦基扬问了一句，阿瓦基扬回答了几句，弗罗洛夫沉默了片刻，向他点了点头，阿瓦基扬这才看向唐子风，用不太流利的中文说道："唐先生，非常抱歉，我的确懂一点点中文，不过只是一点点，恐怕很难承担起翻译的工作。"

"足够用了。"唐子风笑着说道。

雅科布已经向他交了底，说这位阿瓦基扬上大学的时候就是学汉语的，早些年在彼得罗夫机床厂负责与中国的贸易，中文水平是很不错的。

弗罗洛夫到中国来做生意，身边当然不可能不带一个懂中文的人，否则被人贩子拐到黑煤窑去都不知道是怎么回事。在谈判客户面前，弗罗洛夫有意隐瞒阿瓦基扬懂中文这件事，目的就是想让客户误以为他们几个人都听不懂中文，从而会不经意地在他们面前用中文交流意见。

一旦阿瓦基扬窃听到了对方的内部意见，就可以在私底下告诉弗罗洛夫，弗罗洛夫则可根据对方的底牌来确定自己的谈判策略。

弗罗洛夫的这一手，骗过了赵兴根，也骗过了唐子风，不料却被韩伟昌给识破了。

"对不起，唐先生，我们并没有欺骗贵方的意思。阿瓦基扬先生虽然的确懂一点中文，但已经有很多年不用了。在涉及双方合作的事情上，我担心他的中文水平不够，错误理解了贵方的意见，导致双方出现不应有的误会，所以便没有说明这一点，而是请贵方聘用一位更专业的翻译人员来从事翻译工作。"

尽管被对方揭了老底，但弗罗洛夫并不显得尴尬，而是故作镇定地给自己找着理由，想把这事糊弄过去。

在他的心里，当然知道这件事的暴露对自己是很不利的，这将影响到自己与临机集团的谈判氛围，对方会因此而对自己加强警惕，自己不得不编更多的谎言才能把对方唬住。

让弗罗洛夫没有想到的是，唐子风并没有在这个问题上纠缠下去，而是像完全不在意一般，转而问起了另一个问题："弗罗洛夫先生，我想了解一下，贵厂目前的数控机床产能是多少？"

阿瓦基扬已经接受了现实，开始兢兢业业地当起了双方的翻译，把唐子风的话转述给了弗罗洛夫。

"产能吗?"弗罗洛夫的思绪跑得太远,一下子没回过神来。他沉默了一会,然后凝重地说道:"产能方面,实不相瞒,受俄罗斯经济状况的影响,我们的产能损失很大,目前一年的数控机床产量已经不足1000台了。"

"你确信弗罗洛夫先生说的是不足1000台?"

听完阿瓦基扬的翻译,唐子风向阿瓦基扬问道。

阿瓦基扬的脸再次红了,他不敢正视唐子风的目光,结结巴巴地说道:"是的,弗罗洛夫厂长说的就是这个意思。"

"也对,不足1000台这个说法也是对的。那么,是100台呢,还是10台呢?或者是完全停产了呢?"唐子风用揶揄的口吻问道。

"唐先生,我不明白你的意思!"弗罗洛夫把脸一沉,不满地说道。

"不明白我的意思?"唐子风笑道,"据俄罗斯机床协会去年11月份的统计,在2003年的前8个月,全俄的数控机床产量只有80台,我想问问,其中有多少台是贵厂生产的?"

"不,这不可能!"弗罗洛夫终于有些慌了,不再是那副淡定自若的模样。

韩伟昌隔着会议桌把一张传真纸推了过去,这是一份俄罗斯期刊的复印件,通过传真发送过来,上面的字迹已经有些不太清晰了。不过,弗罗洛夫还是一眼就能够看到其中的关键内容,那正是唐子风说的统计数据。

"编,你接着给我编!"唐子风用手指着弗罗洛夫呵斥道。

"这件事,可能是一个误会……"弗罗洛夫脑门上沁出了汗水。

唐子风打断了阿瓦基扬的翻译:"弗罗洛夫,我看你也是一把岁数的人,你家老爷子还当过援华专家、国际共产主义战士,你也算是根正苗红了。你觍着脸跑到中国来坑蒙拐骗,合适吗?"唐子风开启了损人模式,一下子就给对方扣了一堆帽子。

阿瓦基扬苦着脸,向韩伟昌低声嘟哝了几句,大致是说唐子风说的话超出他的词汇量了。韩伟昌忍着笑,把唐子风的话来了个"中译中",变成更为通俗的说法,阿瓦基扬这才向弗罗洛夫做了翻译,而且还悄悄地告诉弗罗洛夫,这位唐先生似乎很生气,情况很严重。

"这件事,我很抱歉。"弗罗洛夫站起来,向唐子风等人微微欠了欠身。他脸上的表情已经重趋平静,因为他已经知道,对方把所有的事情都弄明白了,自己想洗白这件事,完全是徒劳的。

在这一刹那,他也想清楚了,与临机的合作肯定是泡汤了,但临机方面也没法拿他怎么样。他现在最担心的,也就是临机让他赔偿这几天的食宿费用。自己喝了人家一箱二锅头,都是红盖绿标的好酒,也不知道值多少钱。如果要全额赔偿的话,自己这趟出门带的钱还不知道够不够呢?

"道歉就免了。如果道歉有用的话,还要警察干什么?"唐子风把手一摆。

"警察?"阿瓦基扬一愣,"唐先生,你说警察?"

"我没说警察,"唐子风断然否认,"我是想问弗罗洛夫,他打算怎么办?"

"我们可以赔偿贵方的损失,我是说,如果我们喝的酒不是特别贵的话……"弗罗洛夫怯怯地说。一分钱难倒英雄汉,他还真怕唐子风狮子大开口。

彼得罗夫机床厂现在已是走到破产的边缘,他这个当厂长的,手上也没多少钱,实在是赔不起啊。

"几瓶酒的事情,以后再说。"

唐子风原本想说几瓶酒无所谓,灵机一动改成了"以后再说",他对弗罗洛夫说道:"弗罗洛夫先生,我想问的是,对于我们双方的合作,你是如何考虑的?如果你愿意与我们合作,别说过去那些酒钱一笔勾销,就算是再送你几箱酒,又有何难?"

"合作?你是说,你们还想和我们合作?"弗罗洛夫愣住了。

唐子风说:"我们当然想和你们合作。如果不想和你们合作,我在这里跟你费这些口舌干什么?只是,你别再拿什么数控技术和日本、德国差不多这样的屁话来糊弄我们。你老老实实地说,你有什么资源能够给我们利用。如果你的资源真的有用,我们不会亏待你的。"

第四百三十八章　好说好说

"唐先生,你们需要什么资源?"

弗罗洛夫在一刹那就做出了正确的决断,他看着唐子风,认真地问道。

唐子风对于对方的表现很是满意。在他看来,和骗子打交道,远比和正人君子打交道更容易。弗罗洛夫所求的,不过就是利润而已,如果他能够给临机集团创造出价值,唐子风不吝给他分利润。

"你从我们这里订购光机,准备销售到什么地方去?"唐子风问道。

"欧洲。"弗罗洛夫说,看到唐子风的目光有些不豫,他又赶紧补充道,"我们最近联系上了一家在捷克的老客户,我是说,他们是我们过去的客户。他们需要3台重型磨床,但出不起太高的价钱,所以我就决定从中国给他们弄到光机,再从德国给他们弄到数控系统,帮他们组装出这3台重型磨床来。"

"你们手里这种客户多吗?"唐子风又问。

"有一些。"弗罗洛夫说,他已经有些明白唐子风的意思了,所以也就不再向唐子风打马虎眼,而是实实在在地回答着唐子风的问题,希望能够换取唐子风的好感。

自家人知道自家事,弗罗洛夫此前牛烘烘,纯粹是为了能够把临机集团唬住。现在人家已经查清了他的底细,他已经没有任何谈判资本了,这个时候再玩什么花招,只能是自取其辱,没准还会失去可能的合作机会。

像彼得罗夫机床厂这样的企业,在俄罗斯还有不少,唐子风并不一定非要和他合作,而是可以选择其他更听话的企业进行合作。彼得罗夫机床厂现在财务状况非常严峻,已经到了任何一根救命稻草都要死死抓住的地步,弗罗洛夫能不老实吗?

"你说的这家捷克企业,愿意为每台重型磨床支付多少钱?"唐子风问。

弗罗洛夫说:"18万美元之内。"

"如果由我们提供包括数控系统在内的成品机床,以每台15万美元的价格交给你,你们负责为客户提供调试和售后服务,你能接受吗?"

"你说的15万美元,包含了机床从中国到捷克的运费吗?"

"……可以包括。"

"如果是这样的话,我可以接受!"

"你看,如果你从一开始就这样跟我们谈,不是省掉了很多麻烦吗?"唐子风微笑着说道。

"我很抱歉。"弗罗洛夫苦笑着答道。

唐子风的这个方案,能够让他在每台机床上赚到3万美元,3台机床就是9万美元,也算是不错的一笔收入了。虽然他一开始的目标比这个要大得多。如果他能够以成本价从临机手里买到磨床光机,再从德国的某个小企业那里买到数控系统,自己装配出来之后再卖给客户,一台磨床他至少可以赚到6万美元。

彼得罗夫机床厂过去的实力也是非常不错的,能够完成机床装配的工作,付出的成本不大,但可以赚到更高的差价。像现在这样,直接沦为临机的销售商,只能拿一份销售提成,总是有些失落的。

但失落归失落,有利润总比没利润强。弗罗洛夫无法从其他国家获得磨床的光机,被唐子风揭了老底后,他要想从中国的其他机床企业手里获得光机,恐怕也已不可能。毕竟全中国能够做重型磨床的企业也就三四家,而且肯定都是互相有联系的。唐子风吆喝一声,还有谁会愿意和他弗罗洛夫合作呢?

"唐先生,这是不是意味着贵集团未来也不可能再向我们提供机床光机了?"弗罗洛夫问道。

唐子风点点头说:"正是如此。不过,老弗,你可别误会,我不是不想让你们赚这笔钱,而是觉得你们自己已经没有数控机床的制造能力,光靠从不同厂商那里采购光机和数控系统来进行组装,组装出来的设备性能上恐怕也是不太理想的吧。"

"我们临机集团的机床是整体设计的,光机和数控系统的配合更为协调,远比你们使用德国小厂子的数控系统凑出来的机床要好。我们这样做,也是对客户负责,对不对?"

"可是,我们有一些客户,还是更愿意接受德国的数控系统的。"

"我想,你会有办法说服他们接受中国数控系统的,对吗?"

第四百三十八章　好说好说

"当然，如果价格上有一些优势的话，我想这些客户也是能够做出比较的。"

"价格上的事情，我想全权交给弗罗洛夫先生去做。不管你和客户的最终成交价是多少，我们都承诺给你们16%的销售提成，你看如何？"

"唐先生说的是这3台销往捷克的机床吗？"

"不不不，我说的是任何经彼得罗夫机床厂销往欧洲的机床。"

"唐先生的意思是，希望我们成为贵公司在欧洲市场的代理商？"弗罗洛夫眼睛里闪着狡黠的光芒。

"如果加上'之一'这个约束，那就是我的意思了。"唐子风才不会上当，他没有必要把所有的鸡蛋都塞在弗罗洛夫这个篮子里。

"如果是这样，16%的销售提成，对于我们来说有些偏低了。"弗罗洛夫说，"毕竟我们还要负责机床的售后工作，这也是需要付出大量工作的。"

"听说贵厂有2000多名职工，你不觉得给这些职工找一些事情做是非常必要的吗？"唐子风笑呵呵地回应道。

弗罗洛夫是一个精明的商人，但这还不足以让唐子风想与其建立长期的合作关系。唐子风看中的，是彼得罗夫机床厂所拥有的资源。彼得罗夫机床厂是一家老牌机床企业，虽说这些年已经衰落，但原来的基础还在，还是有利用价值的。

彼得罗夫机床厂有2000多名职工，其中包括大批有机床制造、装配和维修经验的熟练工人，这些人可以成为机床的售后服务人员。

彼得罗夫机床厂在苏联时期生产十分红火，客户遍及苏联各个加盟共和国以及东欧各国，还有一些产品出口到了西欧以及亚非拉的一些发展中国家，客户资源极其丰富，这也是临机集团所缺乏的。

彼得罗夫机床厂作为一家俄罗斯企业，与欧洲客户之间的语言和文化障碍较少，而临机集团就没有这个便利。

如果能够把彼得罗夫机床厂绑在自己的战车上，通过这个中介，把自己的产品卖到欧洲去，对于临机集团的总体战略是大有裨益的。在这之前，临机集团就已经确定要和彼得罗夫机床厂合作了，只是那时候想的是平等合作，而现在，却可以改成一种具有主从关系的合作，让彼得罗夫机床厂成为临机集团的下属。

"我希望能够把销售提成比例提高到20%。"弗罗洛夫说道。

"完全可以，"唐子风答应得极其爽快，没等弗罗洛夫高兴，他又补充道，"前提是你们每年能够完成300万美元以上的销售额。"

"300万美元……这是一个很高的目标。"弗罗洛夫说。

唐子风摇摇头，说："不不，弗罗洛夫先生，这个目标一点也不高。你想想看，俄罗斯自己的机床业产量已经下滑了，但俄罗斯的其他行业还要生产，难道他们不需要机床吗？中国机床物美价廉，售后服务周到……当然了，这一点取决于贵厂的努力。

"300万美元的销售额，对于一家大企业来说，只是小意思。我听说俄罗斯企业也需要大量更新机床吧？你可别跟我说你和他们不熟。"

弗罗洛夫败了。唐子风没有绕任何弯子，直接把利害关系摆到了明面上，逼着他接受，弗罗洛夫还真不知道该如何与唐子风讨价还价好。

"如果我们能够完成更高的销售额，比如说……600万，那么我们之间的分成比例，是不是可以再调整一下呢？"弗罗洛夫问道。

经唐子风一提醒，弗罗洛夫觉得一年完成300万美元的机床销售额似乎是可以做到的。

如果自己能够搭上临机集团这条线，成为俄罗斯企业从中国采购设备的中间商，别说一年300万的销售额，就是600万、900万，也是可以期待的。

那么，现在就该和这位唐总谈谈分成的问题了。如果对方过于吝啬，自己或许可以去找找其他的中国机床企业。毕竟，这种能够给厂家拉来业务的事情，哪家企业都是不会拒绝的。

唐子风见弗罗洛夫眼珠子乱转，多少也猜出了他的想法。他笑着说："好说好说，如果你们能够给我们做成600万美元的业务，给你们的提成提高到22%也是可以的。不过，在价钱方面，你们不能压得太狠，需要有一个大家都能接受的成交价格。"

"这一点唐先生请放心，对于机床价格，我还是有数的。"弗罗洛夫自信满满地说。

第四百三十九章　乘虚而入

　　几句话之间，双方就达成了一项长期的合作，弗罗洛夫的脸色再度变得灿烂起来，话语间又充斥着"同志们"的称呼。唐子风这边的张建阳和韩伟昌也很是高兴，几天的忙乎总算没有白费。

　　"贵集团与我们的友谊，让我非常感动。我也非常希望能够与贵集团形成长期的亲密合作关系。我很想知道，除了帮助贵集团在欧洲销售机床之外，唐先生对于我们双方的合作，还有什么其他的提议呢？"弗罗洛夫说。

　　唐子风摆摆手，说："错了错了，弗罗洛夫先生，你弄错了。我们刚才谈的话题，并不是请你们帮我们临机集团销售机床，而是我们双方合作生产和销售机床。彼得罗夫机床厂毕竟是一家有着近百年历史的老牌企业，怎么能够仅仅当一个销售商呢？"

　　"合作生产？我不太明白。"弗罗洛夫的确是有点蒙。

　　唐子风说："我的考虑是，你们拥有在欧洲的销售体系，可以开拓出欧洲的市场。但因为一些客观的原因，你们目前无法提供你们的客户所需要的机床产品。所以，在前期，可以由我们提供机床整机，由你们进行销售。

　　"与此同时，我希望我们双方能够在俄罗斯建立一家合资企业，由我们提供资金和技术，你们提供生产场地和工人，共同生产面向欧洲市场的数控机床。如果你们能够在生产中发挥更大的作用，那么你们在最终的销售收入中所获得的份额也能相应提高，这对于彼得罗夫机床厂走出目前的困境，将有极大的好处。"

　　"合资？"弗罗洛夫的眼睛里好像闪出一道异样的光芒，"唐先生，我非常认同这个方案。不过，在此之前，我想问一下，这家合资企业的股权怎么分配呢？"

　　果然是老江湖啊！

　　唐子风感慨道。换成其他人，听说自己想给他们投资，恐怕高兴都高兴不过来,哪会像弗罗洛夫这样,一下子就抓住了关键问题。"

不过,唐子风倒也不在乎弗罗洛夫的敏锐,找一个有脑子的合作者,总好过找一个浑浑噩噩、混吃等死的合作者。他笑着说道:"如果弗罗洛夫先生不反对的话,我们想拥有合资企业的控股权,我们占60%,彼得罗夫机床厂占40%,你看可以吗?"

"这……"弗罗洛夫陷入了沉思。

唐子风的提议,当然不会是一时兴起,而是经过了深思熟虑的。相比之下,弗罗洛夫在今天会谈之前还想着如何忽悠临机,丝毫没有考虑过与临机进行深度合作的问题,乍一听唐子风的话,他难免会有些措手不及。

唐子风提出要控股权,弗罗洛夫相信,这是中方的底线,是不可能通过谈判来改变的。至于中方占股的比例是60%还是51%,其实并不重要,蛋糕做大了,几个百分点的差异实在不值得一提。

"这件事,我需要和厂里的工人们商量一下才行。"弗罗洛夫回答道。

"当然可以。"唐子风很是体贴地说,"这么大的事,弗罗洛夫先生当然不可能一个人说了算,回去和工人们商量一下也是必需的。不过,我想请弗罗洛夫先生向贵厂的职工说明一点,那就是我们的选择余地是很大的。苏联时期,我们和苏联以及东欧的许多机床企业都有过业务往来,现在要重新恢复这种友谊,也并不困难。"

"我们之所以选择彼得罗夫机床厂,是因为看中了弗罗洛夫先生你的个人魅力。说实在的,你的口才和应变能力,让我们集团的全体领导都佩服之至。"

弗罗洛夫的老脸难得地红了。他当然听得出来,唐子风这话不是在夸他,至少不完全是在夸他。

当然,他也从唐子风的话里听出了另外一层含义,那就是对方并不介意他的一些做法,甚至还有几分欣赏。这样的人,如果作为谈判对手,当然是很让人讨厌的,但如果作为合作伙伴,又另当别论了。

"谢谢唐先生的表扬。"弗罗洛夫接受了唐子风的评价,坦然地说道,"就我个人而言,也是非常愿意和像唐先生这样的企业家合作的。唐先生是我见过的中国企业家中最机智的,和唐先生合作,一定是一件愉快的事情。"

"那好,我们就先这样定了。"

"合作愉快!"

双方达成了初步的合作协议,便算是化敌为友了。张建阳吩咐集团办公室安排酒宴,再次款待弗罗洛夫一行。

通过彼得罗夫机床厂向捷克客商出售三台重型磨床的事情,交给了具体的经办人员去谈,这其中的细节就不需要唐子风再关心了。双方建立合资企业的事,弗罗洛夫需要回去与职工商谈之后再定,这也不是一时半会能够急得来的事情。

安排好临机这边的工作,唐子风便匆匆离开临河,回到京城,面见谢天成和周衡二人。

"去俄罗斯投资?"

听罢唐子风的汇报,谢天成和周衡二人都有些惊讶。

"没错,要发动国内企业,尤其是大型国企,抓紧时间去俄罗斯投资,现在是最佳时期。"唐子风认真地说道。

"我们国家拥有完整的工业体系,现在进军俄罗斯,帮助俄罗斯整合产业链,俄罗斯肯定是会欢迎的。像彼得罗夫机床厂这样的企业,有不错的基础,只是缺乏配套,另外就是严重缺乏资金,要想依靠自己的力量恢复生产,几乎是不可能的。

"在这种情况下,我们提出和彼得罗夫机床厂合资,由我们提供资金,但要求获得控股权,他们是不可能不接受的。这种合作,对于双方都是有利的,俄罗斯政府也必然会大力支持。"

周衡点点头,说:"你这样一说,倒是有几分道理。"

说完,周衡和谢天成互相对了个眼神:

这个年轻人,果然可以。

第四百四十章　有些同志过于实诚了

"说说你的方案吧。"谢天成换了个更舒服的姿势坐着，对唐子风说道。

唐子风此次回京，就是来向领导汇报此事的，所以此时也并不矫情，侃侃而谈：

"我也是从彼得罗夫机床厂这件事上获得了启发。俄罗斯有丰富的石油资源和其他矿产资源，只要运作得当，经济的恢复是很快的。俄罗斯毕竟也是拥有1亿多人口的大国，有发展重工业的传统，未来的机械产品市场是非常可观的。"

"的确，有资料显示，俄罗斯的机床需求量正在大幅度上升。"谢天成说。

唐子风说："正是如此。仅就机床而言，俄罗斯目前已经几乎没有生产数控机床的能力，所需要的数控机床要么从欧洲获得，要么就是从中国获得。现在对于咱们来说，是一个极好的机会。

"如果咱们现在就开始经营俄罗斯市场，等到欧洲人开始关注这个市场的时候，咱们已经站稳了脚跟，欧洲人想从咱们手上抢走这个市场，就得费一番力气了。"

谢天成点头道："这个说法有一定的道理。这就像咱们国家在改革开放之初，引进了很多日本设备。大家养成了使用习惯之后，欧美企业想改变大家的习惯，就要付出更大的代价。"

"那我们该怎么做呢？"谢天成问。

唐子风说："我想，我们的做法就是组织国内企业到俄罗斯去，与俄罗斯企业开展广泛的合作。可以采用建立合资企业的方法，利用俄罗斯企业原有的基础，加上我们的技术力量和配套能力，恢复俄罗斯国内的机器设备生产。"

"如果仅仅是要占领俄罗斯市场，我们直接向俄罗斯出口机器设备就可以了，有必要去和他们的企业搞合资吗？"周衡质疑道。

第四百四十章 有些同志过于实诚了

唐子风笑道："老周，你琢磨一下，咱们直接向俄罗斯出口设备，俄罗斯原有的那些企业怎么办？我听弗罗洛夫说过，俄罗斯联邦政府出台了一系列重振制造业的政策，一方面是为了保障国内就业，另一方面则是出于装备自主化的考虑。

"可以想象，如果俄罗斯市场上的产品都是从中国进口的，俄罗斯政府绝对无法容忍。他们一定会采取各种手段，帮助他们自己的企业恢复生产，实现进口替代。

"相反，如果我们去与俄罗斯企业进行合资经营，则既能够保证俄罗斯的国内就业，又能够让俄罗斯实现装备国产化，没有受制于人的担忧，相信他们是会欢迎这种方式的。"

"可是，这样一来，我们不是吃亏了吗？"周衡说。

唐子风说："这就是我们需要把握好分寸的地方了。只要咱们控制住关键技术，他们就会长期地与我们合作下去。"

"这么说，这个问题你是经过了深思熟虑的？"谢天成笑着问道。

唐子风赶紧装低调："哪里哪里，这只是我的一些粗浅想法罢了。在两位领导面前说出来，是想请你们批评的。"

"咦，小唐啥时候变得这么谦虚了？"谢天成故作惊讶地说。

"假装谦虚罢了，"周衡却是没给唐子风留面子，一针见血地说道，"他肯定是把这件事情认真考虑了很久，现在跑到咱们俩面前来卖弄，就是等着咱们夸他呢。"

"周主任，好歹我也是你带出来的兵，你没必要这样不给我留面子吧？"唐子风委屈地说。

周衡没有理会唐子风的装腔作势，而是转头对谢天成说道："谢总，小唐的这个想法，还是有可取之处的。关于与俄罗斯合作的问题，有关部门一直摇摆不定，主要就是觉得分寸不好拿捏。

"小唐提出的这个思路，既能保证中俄双方在合作中获得双赢，又避免了未来可能出现的隐患，我觉得应当作为我们开展对俄技术合作的原则。"

"是啊，小唐能够想到这些，的确是很不容易。"谢天成说道。

唐子风提出的这个思路很重要，谢天成表示会尽快地向上级汇报，请上级领导定夺。

接下来，三个人又讨论了一番有关临机集团与彼得罗夫机床厂合作的事宜，谢天成答应给临机集团更多的自主权，并声称这是出于试验的考虑，让临机集团先试一试，看看与俄罗斯企业的合作有何风险，又该如何规避。

谈完事情，唐子风离开了机电总公司。他看时间还早，便驱车来到了新经纬公司。他想起李可佳前几天给他打了电话，说有一些公司经营上的事情想与他探讨一下。他当时还在电话里问李可佳是什么事情，李可佳却神神秘秘地不肯说，称需要见面细谈。

"你回来了，我还以为你会在临河待一段时间呢。"

李可佳在自己的办公室接待了唐子风，她一边给唐子风沏茶，一边笑吟吟地说道。

"没办法，师姐召唤，我敢不赶紧回来吗？"唐子风嘴像抹了蜜一样甜，"你是不知道，我推掉了好几桩过亿的生意，就是为了赶回来见师姐你呢。"

李可佳不屑地哼了一声，说："你就算了吧，你恐怕是赶回来见你的宝贝儿子的吧？"

"我错了，我接受批评。这样吧，我马上就走，回临河去。"唐子风边说边欠了欠身子，做出随时打算起身离开的样子。

李可佳哪会怕唐子风的这种威胁，她用手指着门，说道："你走呀，你如果真的能够做到半年不回京城，以后我管你叫师兄，你可以管我叫师妹。"

"我才不上当呢！当师弟多好，有吃有喝有拿的，傻瓜才想当师兄。"唐子风面不改色地把刚才自己说的话全给否定了。

说笑了几句，李可佳换了一副认真的表情，说道："子风，我这次请你过来，还真是有一些关系到公司发展的重要问题想听听你的意见。公司里的几位高管都是搞技术的，涉及经营方面的事情，他们脑子里总是少一根弦，我没法和他们讨论下去。"

"什么重要问题能让师姐这么严肃？"唐子风诧异道，"新经纬公司这些年的发展不是挺不错的吗？"

李可佳叹说："是不是挺不错，取决于怎么看了。如果我们只是想在国内市场上蹦跶，现在的状态倒也的确可以称得上是挺不错的。但你可别忘了，图奥一直都想要把我们踩在脚底下，我们现在的状况是逆水行舟，不进则退。"

第四百四十一章　这可真是一个死结

新经纬公司最早是由赵云涛、刘啸寒这两位从国营研究所下海的技术人员创办的，唯一的产品就是一套很粗陋的"华夏CAD"，一年卖不出几套，以至于赵、刘二人不得不在颐宾楼帮人装机赚自己的生活费。

后来，李可佳看中了这款产品的潜力，从图奥中国公司辞职，加盟新经纬公司，又拉来了唐子风给新经纬公司注资，并联手为公司找到了新的业务方向，使公司迅速有了起色。

当时，国内市场上最流行的是美国图奥公司的CAD，但由于其价格过高，国内鲜有用户能够买得起。加之盗版软件泛滥，使类似于华夏CAD这样的国产软件没有生存之地。

唐子风与李可佳看到了这一点，说服国家有关部门下重手打击盗版CAD软件，逼迫国内各研究机构和工业企业必须购买正版软件。由于国内企业普遍资金较为短缺，无力采购价格高昂的图奥CAD，这便给了廉价的华夏CAD以发展的机会。

这些年，华夏CAD经过了若干轮升级，软件性能大为提升，在国内市场上也有了很高的声誉。但是，李可佳也不得不承认，与图奥CAD相比，华夏CAD还存在着许多不足，也就是价格上占着优势，所以能够与图奥CAD打成平手。

"过去我们主要是靠价格优势取胜。这几年，国内研究机构和企业都有钱了，一两万元一套的软件，他们也能买得起了。尤其是高校，国家给的教育经费要求专款专用，其中就有一大块是采购IT相关产品的。这些高校的经费用不完，买几个高价软件也算不上啥。反而是我们的华夏CAD，人家还不屑于买呢。"李可佳郁闷地说道。

"可不是吗？你要理解他们。"唐子风笑着揶揄道。

"实在不行，你们也提价吧。"唐子风建议道，"华夏CAD的定价，也实在是太便宜了一些。现在大家都有钱了,你们提提价,同样能够卖得出去。性价比方面,还是比图奥要高得多,是不是?"

"这个还真有点难度。"李可佳说,"我们的产品,功能方面没问题,但用户体验方面,比图奥要差得多。没办法,图奥的研发投入比我们多10倍都不止,虽说国外的程序员人工成本更高,但人家有这么多的投入,我们要想和他们拼,还是拼不过啊。

"现在一些用户选择华夏CAD,就是看中它便宜,一套才七八千元。如果我们涨价,涨到一万五六,和图奥之间的价格差距就不明显了。愿意花一万多块钱的单位,也不会在乎多花一些了。"

"这可真是一个死结。"唐子风拍着脑袋说。

图奥CAD起步早,在西方市场上具有垄断地位。西方国家的人均收入高,一套几千美元的软件对于一般的公司来说不算什么,图奥公司能够源源不断地从市场上获得高利润,支撑一个庞大的研发体系也就不成问题了。

华夏CAD一直是在中国市场上销售,价格只有图奥CAD的五六分之一,销量也不及图奥CAD,利润水平只能相当于图奥的一个零头。利润不够,研发投入也就无法保障。新经纬公司能够坚持到今天,没有被图奥拉开太远的距离,已经很不容易了。

新经纬公司遇到的问题,临机集团也同样存在。临机集团的机床产品主要集中于中低端,利润水平与国外的博泰、道斯、麦克朗等同行相比,只是一个零头。博泰等国外机床企业一年能够投入几亿甚至几十亿美元进行技术研发,临机只能投入十几亿人民币,而这在国内同行中已经算是很高的了。

临机集团比新经纬公司幸运的是,机床用户都是工业企业,是很看重性价比的。临机的机床与国外机床相比,用户体验同样比较差,外观也不如别人那样炫酷。但工业企业哪会在乎这个?买机床又不是买席梦思,谁还在乎舒服不舒服、炫酷不炫酷?

正因为用户比较注重实用性,临机集团的机床在国内销售情况很好,在中低端机床市场上,基本已经把价格昂贵的日、德机床挤出去了,现在正在进军高端市场,而且也已经有所斩获。

此外,一些发展中国家的用户也非常青睐来自中国的廉价机床,这些国家的人均收入比中国还低,用户对价格更为敏感。中国机床具有价格优势,足以弥补用户体验上的缺陷。

软件市场与机床市场不同。使用软件的那些人,都非常在乎产品的用户体验,用得不顺手就会提意见,至于花多少钱,他们才不关心呢。

"你叫我来,是想说什么呢?"

想明白了这其中的各种问题,唐子风向李可佳问道。至少到目前为止,他还想不出有什么破局的办法,恐怕要让李可佳失望了。

李可佳说:"这些天,我和赵云涛、刘啸寒他们几个讨论过很多回,大家也都觉得没办法。图奥CAD在国内的市场占有率正在稳步上升,如果我们没有一个好的办法来阻止它,用不了几年,它将会垄断国内市场,我们将会被排挤出去。

"要想阻止图奥的扩张,打价格战肯定是不行的,只能大幅度改善我们的产品。但要做到这一点,需要投入很多资金,这又是我们承受不了的。"

"完全没办法吗?"唐子风问。他知道,李可佳叫他过来,绝对不是单纯地为了向他叫苦,而是有了一些想法,要请他评价。

果然,李可佳话锋一转,说道:"办法倒是有一个,但非常冒险。"

"富贵险中求。有时候,冒险也是必要的。"唐子风说。

李可佳说:"这个办法,其实是一位高管无意中提出来的。当时我们大家都说和图奥打价格战没有意义,这位高管就赌气地说了一句:'我们干脆白送,一分钱都不要,就不信客户不接受。'"

"白送?"唐子风一愣,随即想到了一个词,不由脱口而出,"你是说,开源?"

此言一出,李可佳倒反而吃了一惊,她看着唐子风说:"怎么,你也知道开源软件?"

"你们不会是真的想做开源软件吧?"

"如果实在做不下去了,恐怕也只能试一试。"

"牛!你们实在是太牛了!"唐子风翘起一个大拇指,由衷地说道。

所谓开源,是指开放源码,也就是把软件的代码全部公之于众,允许用户自由使用以及在原来的代码上进行改造,生成更适合自己的软件。

开源软件的提法,可以追溯到20世纪80年代中期,其目的在于挑战大型软件公司的霸权。最著名的开源软件,莫过于Linux(一款免费电脑操作系统),它挑战的是垄断了所有个人计算机操作系统的Windows,为那些无法忍受Windows 的用户提供一个可能的选择。

开源软件的模式，虽然提出较早，但真正开始流行，还是 21 世纪以来的事情。就当下而言，西方市场上已经出现了许多开源软件，中国国内则相对滞后，许多人甚至还不知道这样的概念。

至于唐子风，他完全是得益于穿越者的金手指，才知道开源的概念以及这种模式的生命力。听说新经纬公司居然想把华夏 CAD 做成开源软件，他的确感到震惊和钦佩。

第四百四十二章　有情怀的人哪去了

"你觉得,开源这种方式可行吗?"李可佳问道。

她原本还打算向唐子风介绍一下啥叫开源,现在听唐子风的意思,对方对这个概念应当是不陌生的,她也就可以省下一番口舌了。既然唐子风原来就知道开源的模式,那么今天的讨论就更容易了。

唐子风在心里回忆了一下后世开源软件的发展情况,发现自己只是知道这个概念,对于其中的细节并不了解。毕竟,前一世的他没做过什么实务,也接触不到这样高端的事物。想了一会,他向李可佳问道:

"师姐,开源就意味着你们无法再通过软件销售来获得收入,那么你们公司还能维持下去吗?"

"会有一些困难,但维持下去是不成问题的。"李可佳说,"事实上,现在来自华夏CAD销售的收入,占全公司收入的份额已经不到20%,我们主要的收入还是来自定制服务。"

所谓定制服务,就是专门为了某家企业或者某个研究机构提供的软件开发服务。华夏CAD也罢,图奥CAD也罢,都属于通用设计软件,适合不同类型的设计单位使用。一款软件一旦追求通用性,其专业性就会受到影响。

例如,临机集团是机床企业,日常的设计要么是机床,要么是机床上的某些配件,是有一些共同点的。但一款通用CAD软件不可能包含这样的共同点,因为这些属性对于做压力容器设计或者运输工具设计的企业来说,是完全多余的,这些企业不会为这种多余的属性付费。

软件公司的定制服务,就是针对具体的企业,开发这些企业所需要的功能。比如机床企业需要在软件中实现机床仿真的功能,为此不惜付出百倍于通用软件的费用。新经纬公司目前的主要盈利点,就是为各类企业开发专用功能,收入远比销售软件本身要多得多。

"如果我们的开源策略能够取得效果，华夏 CAD 的市场占有率重新回升，我们的订制服务业务也会随之增加，完全有可能弥补开源带来的损失。"李可佳继续说道。

通用的 CAD 软件，能够为客户提供一个基础平台。新经纬公司提供的定制服务，也是建立在这个平台基础上的。华夏 CAD 的市场份额越大，找新经纬公司定制服务的企业也就越多，二者是有相关性的。

反之，如果客户习惯于使用图奥 CAD，则他们也往往会请图奥公司来帮助做定制服务，新经纬公司就拿不到这些业务了。

在软件市场上，有许多公司会向客户提供廉价甚至免费的初级软件版本，能够满足客户的日常工作需要，从而赢得客户的青睐。等客户对这种软件形成依赖之后，软件公司再上门推销自己的定制化服务，让客户掏出几倍、几十倍的费用来购买这些附加服务，客户往往也是愿意接受的。

早些年，西方软件厂商放任盗版，其目的也是培养用户的使用习惯。至于因盗版而损失的那些钱，软件厂商尽可以在后续的定制服务中全部赚回来。

"这个思路倒是不错。"唐子风沉吟道，"不过，你们确信通过开源的方式，就能够吸引到更多的客户吗？CAD 毕竟不是日常办公软件，像我们临机集团，就不可能仅仅因为贪图免费而采用你们的华夏 CAD。"

"正如你前面说过的，现在各单位都不差钱，买个 CAD 软件的钱还是拿得出来的。那些连买软件的钱都拿不出来的单位，恐怕未来也不可能请你们去做定制服务吧？"

"这就是问题所在了，"李可佳苦恼地说，"我们有些高管也提出了这个担忧，担心最终会鸡飞蛋打。"

唐子风说："据我的印象，开源软件和免费软件并不是一回事。开源软件除了免费之外，还有很重要的一条，就是允许大家对软件进行修改、补充，帮助软件完善。在开源软件的经营中，这一条甚至比免费更为重要，你们有没有考虑过这个问题？"

李可佳说："我们在开会的时候，赵云涛提出过这一点。他说，我们目前的开发能力不如图奥，但如果能够采用开源的方式，吸引全球的开发者来帮助华夏 CAD 进行优化，就相当于拥有了几十倍乃至几百倍于图奥的开发能力，很有可能在短期内就让华夏 CAD 脱胎换骨，全面超越图奥。"

"前提是,全球的开发者愿意来帮助你们进行软件优化。"唐子风说。

李可佳苦笑道:"正是如此,我实在想不出他们为什么会愿意来帮助我们搞优化。"

"也不能这样说,个别的好事者还是有的。"唐子风说。他这话与其说是安慰,还不如说是讽刺,李可佳闻言,自然是狠狠地白了他一眼。

开源软件的运作模式,相当于后世特别流行的互联网共享模式。在这个世界上,有许多闲人,他们愿意与他人分享自己的知识,希望别人能够看到他们的作品。至于是否能够因此而获得报酬,他们反而并不在乎。

例如,在互联网上,有许多人会花费几天几夜写一个帖子,传到网上之后能收获几万个点赞,就会让他们兴高采烈。网上的百科、维基等内容,也都是网友们在义务地维护,不拿分毫报酬。

开源软件也是如此,有许多人愿意为开源软件编写应用模块,目的只是向同行分享自己的工作成果,甚至仅仅是为了炫耀自己的才华。

但是,网上的闲人虽多,却也不是什么事都愿意掺和的。共享模式的特点就是强者恒强,弱者恒弱。你的网站有人气,那些炫技者就愿意来表演,因为在这里表演能够获得更多的喝彩。如果你的网站没有流量,谁又愿意在你这里浪费时间呢?

华夏CAD在国内设计软件市场上有一些名气,但在国际市场上就是一个小透明。而现在互联网上的闲人主要分布在国外,国内的设计师、程序员们还在为"五斗米"奔波,哪有闲情逸致去玩共享经济?

如果没有足够的程序员参与,华夏CAD的开源模式就成了一个幌子,无法真正获得开源的好处。新经纬公司既然把华夏CAD做成了开源软件,自身的研发投入就肯定要减少,没有理由白白地往里面扔钱。

一方面是没有人愿意帮助开发,另一方面是原来的开发力度也要下降,这个软件还能有发展前途吗?

"我想,如果请娜娜帮助炒作一下,会不会有点效果?"李可佳说。

唐子风摇摇头说:"这个恐怕很难。咱们和国外的情况不同,大家也就是刚刚解决温饱问题,赚钱对于大部分人来说是第一要务,不像国外有一些技术人员收入已经很高,能够追求一下情怀了。

"要吸引程序员为华夏CAD做开发,必须有一些激励手段才行。如果仅仅依靠少数的志愿者,恐怕做不出什么名堂来。"

"要激励就得给钱。钱如果给得少,大家也不一定有积极性。如果要提高额度,我们还不如自己聘一批程序员来做开发,至少还能符合我们的要求。"李可佳说。

"唉,你说这个社会是怎么啦？怎么大家眼里都是钱,就没几个有情怀的人呢？"唐子风发着不着边际的感慨。

李可佳笑道:"情怀这种东西,是得吃饱了饭才能有的。我们公司里的程序员,一个个都在苦哈哈地攒钱付房贷,哪有闲工夫玩什么情怀。"

唐子风说:"那是你这个当资本家的剥削得太厉害了。你如果给他们开2万的月薪,每天工作6小时,周末不用加班,人家自然就有情怀了。"

"可是这样一来,我这家公司也就破产了。"李可佳说。

要说起来,新经纬公司给程序员的薪水还真不低,但程序员的工作量也是够大的,相当于一个人干了两个人的活,同时拿了相当于两个人的薪水。没办法,这就是发展中国家的特点,人均GDP才不到2000美元的国家,能和人家人均几万的国家比吗？

这些程序员干完每天的工作,周末还要加班,哪还有精力去做什么开源软件的开发？

"对了,王梓杰这厮最近天天叨叨情怀啥的,你怎么不想着问问他呢？"唐子风问道。

李可佳说:"我还没顾得上去问他。王梓杰待在象牙塔里,不食人间烟火,这种事情恐怕问他也是白搭。我觉得你天天在商场上混,应当会有一些想法,想不到也是所托非人。"

唐子风辩解道:"主要是你这件事情太特殊了,你们这个行业的情况也特殊,和我们机床行业不一样。我倒是觉得,找王教授来聊一聊,没准会有一些收获的,他就算给不出什么好主意,出点馊主意也行吧？他山之石,可以攻玉嘛。"

李可佳扑哧一声就笑出来了:"子风,人家梓杰可是三天两头能够见国家领导的人,你把他说成是他山之石,你也不怕他生气？不过,你说的有道理,把王梓杰喊过来问问,没准他作为局外人,能够看得更透一些。"

第四百四十三章　这招够狠

"师姐,这样的问题,你应当早点来问我嘛,找这种俗人有什么用?"

被李可佳一个电话喊过来的王梓杰听罢事情的原委,牛哄哄地说道。他所指的俗人,自然就是唐子风了。

"你是说,你有办法?"

唐子风才不会和王梓杰计较呢。别人不了解王梓杰,他还能不了解吗?

王梓杰点着头,说道:"你们不就是要找一些有情怀的人来帮你们完善软件吗?"

"其实李师姐的意思是希望能够建立起一个软件生态,"唐子风说,"有一些相对比较固定的人,长期地为开源的华夏CAD写应用,带动更多的人参与到软件的开发中来。"

"咦,不错啊,现在企业里的大老板也懂得生态了。"王梓杰看着唐子风,用欣赏的口吻评论道。

"滚!你个斯文扫地的伪专家!"唐子风没好气地斥了一句。这家伙越发蹬鼻子上脸了,不对他说几句粗话还真不行。

王梓杰哈哈大笑,然后转向李可佳,说道:"李师姐,这件事很容易啊。咱们中国别的没有,人口数可是世界第一的,你怎么会担心找不到人来参与你们的开源软件开发呢?"

李可佳说:"这是子风说的,他说西方国家的人富裕,有闲工夫在网络上分享自己的成果。咱们国家大多数人还处于为生计奔波的状态,不会有时间来参与这种无报酬的开发活动。"

"这话倒也没错。"王梓杰说,说罢,他又迅速改了口,"但是,咱们国家也并非所有的人都在为生计奔波。最起码,在我们高校里就有大把的可用之人,如果能够把这些人动员起来,够不够建立起你想要的那个什么软件生态?"

"高校？"李可佳眼睛一亮，"你是说高校的学生吗？"

"也包括老师啊。"王梓杰说，"你们要搞的东西太高端，寻常的学生，我还担心水平不够呢。但老师的情况就好多了，最起码也是见过一些世面的吧？"

"让高校老师来参与开源软件的开发，这倒是一个不错的主意。"李可佳没有在意王梓杰的怪话，而是思考着他话里包含的信息。

唐子风说："全国有这么多的高校，每所高校都有计算机老师，大多数的高校都有信息系，还有机械系之类的。能够进高校当老师的人，基本功应当是合格的，这些人如果能够参与开源软件的开发，的确是一支生力军。你还别说，王教授虽然人品不太靠谱，偶尔出的主意还是有点意思的。"

李可佳说："还有一点，那就是如果老师参与了开源软件的开发，学生也会受到影响，从而会接触到我们的开源社区。学生中间也有许多水平很高的，而且他们的精力更为充沛，创造力也更强，这些人加入开源社区，说不定能够给我们带来一些惊喜呢。"

"可是，这又回到从前的问题了，我们怎么动员这些老师参与开源软件的开发呢？"唐子风质疑道。

李可佳说："这个问题就要问梓杰了，他既然出了这个主意，想必是有办法的吧。"

王梓杰微微一笑，说："这还不简单？高校老师的命根子就是科研成果啊，如果参与开源软件的开发，能够被认定为科研成果，并作为晋升职称的条件，我保证这些人会像打了鸡血一样地兴奋，到时候就怕你们的开源社区接纳不了这么多成果。"

"这招够高！"唐子风向王梓杰跷了个大拇指。如果给开源软件写应用能够被认定为科研成果，各高校的老师还真的会被吸引过来。

唐子风早就听人说过，现在高校评职称，靠的都是科研成果。讲师、副教授、教授，每一级门槛在高校的管理规定中都是有明确要求的，比如晋升讲师需要3篇核心期刊论文，副教授是6篇，教授是10篇。

由于"狼多肉少"，教师们之间还要进行比拼，这样仅仅达到管理规定上的篇幅数量就不够了。比如说，你和我都想评副教授，你有6篇文章，而我有7篇，我就比你更有资格，在仅有1个名额的情况下，你就比不过我了。

第四百四十三章 这招够狠

大家都在写论文，而能够发表论文的期刊却是有限的。写出来的论文无处发表，就相当于工厂里的产品积压在仓库里，那是无法变成现金的。

如果照王梓杰的想法，为开源软件编写应用也能计算为科研成果，就相当于给大家找到了一个新的比拼阵地。那些找不到渠道发论文的教师，岂有不蜂拥而至的道理？

"梓杰，你有办法说服人大把开源软件应用计算在科研成果里吗？"李可佳马上意识到了一个现实的问题，向王梓杰问道。

王梓杰把手一摊："我哪有那个本事？算与不算，是要看教育部的要求的。如果教育部在进行高校考核的时候，把这种东西纳入考核范围，学校自然就会承认这些东西是成果。否则，光凭我去忽悠，科研处才不会听呢。"

"教育部？"李可佳傻了眼，"我倒是认识几个教育部的人，可关系也没硬到能够让人家修改一个政策的地步啊。"

王梓杰一指唐子风，笑道："师姐，你没这个路子，我们唐总有啊。"

"是吗，子风？"李可佳又把目光投向唐子风。

唐子风点了点头，说道："这件事，应当有一些可操作的余地，不过我还要找人了解一下才行。"

"这是自然！"李可佳答应得很爽快。

李可佳深信，这对于新经纬公司来说，是利大于弊的。

见自己的提议被李可佳和唐子风接受了，王梓杰很是得意。他靠在李可佳办公室的大沙发上，跷着二郎腿对唐子风问道："老唐，你这段时间都在忙啥呢？我怎么觉得好像你有一阵子没回京城了。"

唐子风说："这倒没有。只是我前两次回京城都太匆忙了，没跟你们打招呼。这几天，我在临河接待了一位从俄罗斯来的商人，和他斗智斗勇，累得够呛，好在结果还比较顺利。……对了，师姐，我想起一件事来，你们公司有没有去俄罗斯淘金的想法？"

"俄罗斯有什么金可淘的？"李可佳随口说道，她把唐子风的话当成了普通的聊天，没有深入地思考。

唐子风却是换了一副郑重的表情，说道："师姐，这就是你的不对了。俄罗斯不但有金可淘，而且资源还极其丰富。我这次到你们公司来，原本的想法就有建议你们去俄罗斯淘金的意思,你可别满不在乎的。"

李可佳认真起来:"你说说看,俄罗斯有什么资源可利用的?"

"俄罗斯人的数学天分很高,这一点你知不知道?"唐子风问。

李可佳说:"这个我倒是听人说起过。对了,赵云涛他们还说过,俄罗斯的黑客是全球闻名的,好像这与他们的数学天分有一定的关系。"

"这不就对了吗?"唐子风说,"你们是软件公司,难道不该去网罗这种全球顶尖的黑客吗?你让他们到中国来工作也行,你们在俄罗斯建一个研究中心也行。总之,你们肯定能够用很少的一些钱,就招聘到一批最顶尖的程序员,这难道不算是淘金吗?"

"咦,这个主意倒是真不错!"李可佳兴奋起来,"你等着,我现在就让赵云涛和刘啸寒他们过来,招聘程序员的事情,他们更了解。"

第四百四十四章　我请他去吃烤鸭

唐子风是新经纬公司的常客，但每次来基本上都是找李可佳聊天，与赵云涛、刘啸寒等人见面也就是打个招呼而已。程序员的世界离唐子风太远，两拨人坐在一起基本上就是大眼瞪小眼，啥也聊不起来。

不过，这一次涉及去俄罗斯招聘程序员的事情，李可佳就不得不把赵、刘二人请过来了。二人对唐子风倒是挺客气，寒暄了几句，这才问起有什么事情。

"什么，招聘俄罗斯的程序员？"

听李可佳介绍完情况，两位资深程序员都愣住了：

"这怎么可能，人家怎么会愿意到中国来？"

"这有什么不可能的？"唐子风说，"我前几天就挖到了一个俄罗斯的机床设计高手，连我们集团总工都称他是一个数学天才。"

"一定很贵吧？"赵云涛怯怯地问道。

"的确挺贵的，"唐子风语气沉重地说，"12万的工资，奖金另算。"

"12万……"刘啸寒咂舌，"这笔钱，够咱们聘七八个有经验的程序员了。"

李可佳瞪了唐子风一眼，然后对赵、刘二人说道："12万年薪，你们给我聘七八个人来试试？"

"什么什么，年薪12万？不是月薪吗？"刘啸寒瞪圆了眼睛，"可佳，你没听唐总说清楚吧？这怎么可能是年薪？"

"的确是年薪。"唐子风呵呵笑道。他刚才故意没有说12万的工资是年薪还是月薪，就是为了逗逗这两个书呆子，没想到他们还真的上当了。

这要是搁在几年前，赵云涛和刘啸寒倒也不至于犯这样的错误，一年12万的工资对于他们来说也是一个天文数字。但这几年，全中国的工资水平都在上升，新经纬公司作为高科技企业，工资标准又比其他企业高一筹。此外，赵云涛和刘啸寒作为高管，已经拿到5万的月薪，所以乍一听到12万这个数字，他们就本能地想到是月薪了。

"唐总，一年12万，一个月才1万，你说的不会是美元吧？"刘啸寒还在做着最后的努力。

"是月薪1万人民币。"唐子风说。

"这怎么可能呢？1万月薪，现在要聘一个稍微有点经验的工程师都不容易了，你说的是数学天才，而且还是俄罗斯人，他怎么会答应这个条件呢？"赵云涛问道。

可实际情况便是如此。苏联解体后，俄罗斯的经济总量下降了50%，出现这种情况也是正常的事情。

"老赵，我想起来了，老希在和咱们聊天的时候，的确说过他们的工资水平很低。"刘啸寒小声地提醒赵云涛道。

"老希？"李可佳的耳朵极尖，一下子就听到了这个关键信息。

"是一个俄罗斯同行，"赵云涛说，"他叫希里亚耶夫，我和老刘平时说起他的时候，就叫他老希，因为俄罗斯人的名字实在太长了，念着拗口。"

"这个老希说啥了？"李可佳问。

赵云涛说："这个老希，是俄罗斯一家研究所的工程师，编程水平非常高。我们是在一个国际程序员论坛上认识他的。那个论坛就是全球各地的程序员互相交流经验的地方，我们有几次遇到技术障碍，在那里求助，这个老希帮我们解决了两回。他提出的解决思路，非常巧妙，让我和老刘都十分服气。"

"你们请人家解决技术问题，给钱没有？"李可佳问。

"没有。"赵云涛说，"程序员在网上互相帮助是常事，大家都不提钱的。不过，经过这两回，我们就和老希认识了，平时也经常在MSN（即时通讯软件）上聊聊天。现在回想起来，他的确是说过收入低的问题，不过我们也没在意。"

"呃……"李可佳无语了，"你们就没想过，他或许是想到中国来工作呢？"

"我们怎么可能往这个方面想？"赵云涛叫苦道，"我们一直都觉得俄罗斯的条件比我们好得多，我们跳槽去俄罗斯还差不多，哪有俄罗斯人跳槽过来的？"

"你们这样一说，我倒想起来了，老希还真说过想来中国的话。"刘啸寒说。

"他真的说过？"李可佳兴奋起来，"他是怎么说的？"

"他好像是说，他特别喜欢中国，希望能够有机会到中国来看看，甚至在中国待几年也好。"

第四百四十四章 我请他去吃烤鸭

"你是怎么说的？"

"我当然是说欢迎了。我还说，如果他来中国，我请他去吃烤鸭。"

"然后呢？"

"然后……就没有然后了呀。"

"噗！"唐子风直接就笑喷了。

李可佳也是一脸生无可恋的样子："老刘啊，你让我说你什么好。人家分明在暗示说自己想来中国工作，你说什么烤鸭啊？"

"他是这个意思吗？"刘啸寒看着赵云涛问道。

赵云涛摇着头："我哪知道？不过听可佳这样说，我觉得还真没准儿。你忘了？他打听过我们的工资水平的，还问了京城的物价啥的。"

"你们没透露自己年薪百万吧？"唐子风不放心地问道。

"没有没有。"赵云涛赶紧否认，接着又说道，"再说，我们的年薪也没到百万。我跟老希只说了我们这边一帮程序员的工资标准，也就是七八千块钱的样子。"

"你现在就和老希联系，问问他有没有兴趣来中国工作。工资方面，你先跟他说一个月1.5万元人民币，他如果不接受，咱们再提高一点。"李可佳当机立断。

1.5万元是新经纬公司招聘资深程序员的薪金标准，这位希里亚耶夫，能够解决赵云涛、刘啸寒他们都解决不了的难题，给1.5万元月薪绝对是怠慢了。不过，薪水这种事情，总是要留一点余地的。再说，唐子风那边不是只给人家1万元月薪吗？

赵云涛二话不说，掀开笔记本电脑，便登录上了MSN，开始呼叫希里亚耶夫。中俄之间的时差不长，希里亚耶夫这会刚刚起床，听到MSN的提醒声便过来回话了。

赵云涛情商不算特别高，但好歹也是40岁的人了，他委婉地说道请他吃烤鸭的事……

第四百四十五章　你是怎么回答的

在互致再见之后,赵云涛关了 MSN,却依然盯着电脑,一副神不守舍的样子。

"怎么样,老赵,成了吗?"李可佳小心翼翼地问道。

"成了……"赵云涛哭丧着脸说。

"成了?"李可佳看着赵云涛的脸,"你怎么这么副表情?有啥不对吗?"

"太不对了!"赵云涛说,"我跟老希一提这件事,他二话不说就答应了,还说薪水方面稍微低一点也可以,让我不要太为难。"

"呃……"李可佳真是无力吐槽了,这不是好事吗?

"不会吧?老希真的想来中国啊?"刘啸寒也是一脸惊讶。刚才赵云涛和希里亚耶夫在网上聊天,他不便旁观,看赵云涛那副表情,他还以为对方不接受,甚至以为对方对此表示了恼火。没想到,对方居然是欣然应允了,这实在是太颠覆他的三观了。

王梓杰说:"这有什么奇怪的?我刚才不是说了吗?"

"对了,老希还问我,说他有几个朋友,也想到中国来工作,问我们要不要。他向我保证,说这几位朋友都是有真才实学的,不管让他们干什么工作都行。至于待遇,他说能够达到他这个水平就可以。"赵云涛想起了另外的事情,对众人说。

"你是怎么回答的?"李可佳警惕地问道。

"我说……"赵云涛自觉理亏,低着头说,"我说我要请示一下领导。"

"你真是一个……唉!"李可佳真是恨铁不成钢,也就是看在赵云涛是公司高管的分上,她不便于把后面的话说出来。唐子风分明能够猜得出,被她咽回去的那个词,应当是"猪头"吧。

"赵总这样说也是对的,"唐子风替赵云涛开脱道,"咱们不能显得太急了,

第四百四十五章 你是怎么回答的

要让对方觉得这个机会来之不易,否则他们就不会珍惜了。"

"也对,老赵这样说没错。"李可佳也回过味来了,赶紧安抚赵云涛。

的确,如果赵云涛毫不犹豫地答应下来,对方估计会产生出一些别的想法。赵云涛这样拖延一下,倒是可以给对方一些错觉。反正老希介绍的这些人一时半会也跑不掉,押他们一下也是好事。

"可佳,如果是这种情况,我觉得我们可以把网撒得开一点。"刘啸寒经历了最初的惊愕之后,开始畅想更多的事情了,"除了老希之外,我和老赵在论坛里还接触过一些其他的俄罗斯程序员。

"既然花1.5万元的月薪就能够请到老希这种水平的人,咱们不妨多聘几个。咱们公司年轻人太多了,能够独当一面的专家太少,如果能够从俄罗斯等地方挖到几个专家,对咱们公司的发展是大有好处的。"

"你们怎么不早说?"李可佳没好气地斥道。在此之前,她是实在不知道俄罗斯有这样一批程序员,否则早就动了这个念头了。

国内这些年各高校毕业的软件专业学生不少,但其中高水平的很有限,而且有限的这些人也往往会被"国家队"优先挑走,落到新经纬公司手里,就所剩无几了。赵云涛和刘啸寒三天两头向李可佳叫苦,说手上能用的人太少,李可佳也是绞尽脑汁到处找人才,却不料旁边就有这样一个人才宝库。

赵云涛和刘啸寒互相交换了一个眼神,都有些不好意思了。这种事情,他们的确是早该想到的。就算没有打算聘希里亚耶夫来中国工作,至少在人家帮他们解决了技术问题之后,他们也该给人家付点报酬吧?

"老赵、老刘,你们俩好好回忆一下,看看还有哪些值得挖过来的专家,你们尽快和他们联系一下。他们如果还认识一些其他的专家,只要水平够,你们也可以挖过来,多多益善。"李可佳吩咐道。

"咱们也用不了这么多人吧?"赵云涛质疑道,"我刚才听希里亚耶夫的意思,如果咱们放开口子接收,我估计他一个人就能够介绍二三十人进来。"

"无所谓啊,来了就来了,咱们来者不拒啊。"李可佳说。

刘啸寒说:"可佳,我觉得还是得有所节制吧?以咱们公司的规模,能够招10个有水平的专家进来,就已经非常理想了,如果来的人太多,咱们也没那么多事情让他们去做啊。毕竟,咱们的事情主要还是要依靠咱们中国自己人的,总不能把咱们招的那些博士硕士都开掉吧?"

李可佳瞪了二人一眼,说道:"你们真是猪脑子啊!你们也不想想,咱们招进来的人多了,不能加点价钱卖给唐总他们吗?唐总成天念叨,说 21 世纪最值钱的就是人才,他们企业规模大,需要的人手多。咱们以一个月 1.5 万元的价钱招进来,再以一个月 3 万元的价钱派遣到唐总他们那里去工作,一转手就是一倍的利润,何乐而不为?"

"呃,这……"赵、刘二人面面相觑,都不知道李可佳说的话是真是假了。

"看看,看看,这就是亲师姐啊!"唐子风假意地唏嘘着,"我苦哈哈地跑过来给她出主意,她倒反过来想着要薅我的羊毛,真是人心不古啊!"

"老赵、老刘,你们俩现在就开始联系俄罗斯那边的人吧,除了程序员之外,其他方面的人才也可以接触一下,咱们用不上的,可以推荐给其他单位。"李可佳吩咐道。

"明白明白!我们马上去办。"赵、刘二人点头不迭。

接下来,唐子风又向大家介绍了一下临机集团准备去俄罗斯并购企业的事情,并建议新经纬公司也可以考虑这样的做法。赵云涛和刘啸寒说要分析一下。

第四百四十六章　软件也是核心能力

"宋老师,这次评职称,你要不要争取一下?"

京城工业大学的校园里,计算机系教师刘勇追上同事宋德路,压低声音向他问道。

宋德路一脸无奈之色:"刘老师,你就别笑话我了。我攒了几年的论文,现在还差两篇呢,哪有资格申报?唉,现在干咱们这行的,想发核心期刊太难了,典型的狼多肉少啊,而且还有一大堆关系稿。"

"嘿嘿,我告诉你一个内部消息,你可别透露出去。"刘勇神秘地说道。

"什么内部消息?和我有关吗?"宋德路问道。他倒没有显得太急切,谁知道这个刘勇是不是在故弄玄虚呢?

"我问你,你过去是不是帮机械系那边开发过几个软件?"刘勇问。

宋德路点点头:"是啊,他们那边提出的算法,我给他们做的程序,他们拿去辅助 CAD 设计的。"

"机械系那边的 CAD,是咱们国产的华夏 CAD 吧?"

"是啊,他们经费不够,买不起正版的图奥 CAD,所以就一直用着华夏 CAD 呢。其实,我觉得华夏 CAD 也挺不错的,主要功能和图奥差不多,就是界面稍微难看一点,也不妨碍使用。"

"你先别说界面的问题,我问你,你那几个软件,能直接挂到华夏 CAD 下面用吗?"

"如果知道华夏 CAD 的接口,倒是可以挂进去。机械系那边请我去设计那几个软件,就是为了和华夏 CAD 配合着用的。"

"看看,这就是你的机会啊!"刘勇兴奋地说道。

宋德路有些丈二和尚摸不着脑袋:"刘老师,你说的是啥意思?这就怎么就是机会了?"

刘勇说："你肯定还不知道吧？华夏 CAD 马上就要宣布转为开源软件了，所有的源码都向社会公开，欢迎各行各业的人士在他们的源码基础上进行二次开发。"

"真的？"宋德路也欢喜起来，"如果是这样，那可太好了。机械系那边一直让我帮他们改进一下华夏 CAD，在里面增加几个专用模块。我这些天就在摸索华夏 CAD 的接口，却想不到他们居然改成开源了，这可太方便了。"

"我还没说完呢。"刘勇卖起了关子，"你就不想知道后面的事情？"

"后面还有啥事情？"宋德路问。

刘勇再次把声音压低，低到宋德路几乎要把耳朵凑到他的嘴边才能听见。

"我跟你说，老宋，教育部、科技部、信息产业部、科工委，马上就要联合下文，要求各单位把为华夏 CAD 的开源软件编写应用模块也算作科研成果。如果你编写的应用能够得到新经纬公司的接受，作为官方应用加以推广，可以等同于一篇 B 类的文章。"刘勇说道。

"B 类！"宋德路眼睛都瞪圆了。他苦哈哈地到处投稿，过去一年也就发了 2 篇 C 类，B 类期刊他是怎么也不敢奢望的。B 类期刊本身数量就少，一年也发不了多少篇论文，而且其中绝大多数版面都已经被业内大佬们预定了，余下的一些版面，竞争可谓惨烈。

据说这些期刊每天都会收到数以百计的投稿，编辑根本看不过来，于是就直接以投稿人的职称为筛选标准。教授投的稿子，基本都能够有机会得到审核，副教授的稿子就很大程度上需要碰运气了。至于像宋德路这样的小讲师，编辑能够看一眼稿子的标题，都算是格外垂青了。

可现在，刘勇却告诉他，只要给华夏 CAD 写几个应用，并且这几个应用能够得到新经纬公司的认可，将其作为官方应用，就可以等价于 B 类期刊的论文，这难道不是上帝为他打开的一扇窗户吗？

宋德路自忖还是有一些编程天分的，此前参与机械系那边的课题，帮他们编的那几个程序，也都得到了好评。他一直都在琢磨着如何把那几个程序挂到华夏 CAD 下面去使用，只是一时没有弄清楚软件的接口。

现在，华夏 CAD 居然开放了源码，他就不再需要通过反编译的方法去寻找软件接口了，直接按照源码的要求编写接口程序，即可很轻松地提交几个质量不错的应用。

第四百四十六章 软件也是核心能力

这些应用要得到新经纬公司的认可,当然也有一些难度,但好歹也是一个机会不是?就算得不到认可,刘勇说了,只要提交应用,就算是成果,只是级别稍低一些。他已经有了一些论文,再加上这些成果,可就有申报、晋升副教授的资格了。

"这个消息,你是从哪听到的?我怎么一点都没听说过?"宋德路激动地向刘勇问道。

刘勇说:"这个消息是我一个朋友告诉我的。我担心,等文件正式公布,全国还不知道有多少人要扎进来,那时候弄不好就没有咱们的机会了。咱们抢先一步下手,先把几个坑占上。只要咱们的程序过硬,还愁得不到认证?"

"你是说……咱们?"宋德路听出了一些端倪。

刘勇讪笑道:"是啊,老宋,你也是知道的,我没那个编程的天分,搞不出什么好程序。要不,我给你打打杂,到时候上传的模块,我也署个名,算是第二作者。我有点关系,说不定能够帮着说说话,让新经纬公司接受你编写的模块。

"还有,职称这事,我今年就不报了。等你升上去了,我再报,绝对不会影响你,你看如何?"

"没问题,我现在就回机房去,把那几个程序调出来改改。未来如果能够得到新经纬公司的认可,军功章里有我的一半,也会有你的一半。"宋德路意气风发地说。

推进高校科研人员为华夏CAD编写应用,是许昭坚等一干老领导奔走呼吁的结果。唐子风与李可佳商量好软件开源的事情之后,便写了一份申请报告,递到了许昭坚的手上。

许昭坚一开始无法理解开源的意义,唐子风向他如此这般地一说,许昭坚便不顾年迈,联络了几位和他一样的工业界前辈,开始向科技部、科工委等部门游说。

按照唐子风的说法,目前国内机械行业的硬件制造能力虽然与国外还有一定差距,但假以时日,赶上并超过国外水平并不是难事。国内目前最大的短板是工业软件。

国产工业软件的落后,与国人的软件版权意识淡薄有很大的关系。当然,盗版软件泛滥也是一个重要原因。

受盗版软件的影响，国内软件厂商的收入与国外巨头不可同日而语，进而影响到了这些厂商用于软件开发的投入。此外，由于正版软件销售不足，软件厂商也很难获得足够的用户反馈，而用户反馈又是软件开发的重要基础之一。

如今的机械设计，已经无法离开工业设计软件了。西方国家现在已经把工业设计软件也列入了技术出口审核的范畴，最先进的算法是禁止向中国出口的。中国能够从国外买到的，只是一些落后两至三代的算法，导致中国的机械企业在进行技术开发时，直接输在了起跑线上。

"软件也是核心技术，而且是比硬件更重要的核心技术。"

这是唐子风向许昭坚说的话，许昭坚也把这话讲给了科技部、科工委的官员们听。

得知新经纬公司要公开华夏 CAD 的全部源码，几部委的官员都吃了一惊。待听明白新经纬公司的设想，他们一方面感慨新经纬公司的大胆，另一方面也在心里燃起了一些希望。

华夏 CAD 并不是一个单纯的制图软件，它已经集成了许多设计功能。新经纬公司的设想，就是动员全国的力量，以华夏 CAD 为基础平台，开发出更多的功能模块，适应各个专业领域的应用。

比如说，要设计一台机床变速箱里的齿轮，画图本身并不是难事，困难的是齿轮模数等参数的选择。这其中涉及一系列复杂的计算，甚至这样的计算并没有一个公认的标准答案。许多学者在不断地提出新的算法，计算模型随时都需要更新。

专业的软件公司无法跟上理论创新的速度，它们不可能为每一个新出现的理论都专门设计一套计算模块。但开源的方式就可以很好地解决这个问题，学者们在提出新算法的时候，顺便就把计算程序写出来了，放到网上供人下载。

企业如果接受了这种新理论，只需要把这段程序挂在 CAD 的接口上，就可以轻松地完成设计。

如果新经纬公司的设想能够实现，就意味着华夏 CAD 会在很短的时间内迅速壮大，成长为一个万能的工业设计软件。其功能之强大，甚至会远远超过国外厂商提供的价格高昂的同类软件。

至于这些由业余开发者提供的模块是否可靠，自然会有其他的程序员去加以验证。作为开源软件，一切设计都是透明的，有这么多人进行审核，可靠性不会亚于大厂商的产品吧？

第四百四十七章 图奥急眼了

美国，图奥公司董事长办公室。

"柯伦，中国市场到底是怎么回事，那个华夏CAD在搞什么名堂？"

总裁克维克把手里的一份材料甩在桌上，瞪着眼睛向市场总监柯伦质问道。

对于华夏CAD开源的事情，图奥公司一开始并没有太过于关注。与图奥相比，新经纬公司的实力根本不值一提。华夏CAD在中国市场上有一席之地，但在国际市场上基本没有存在感，图奥公司丝毫没认为它有资格成为自己的竞争对手。

时下，在西方市场上，也已经有了几个开源的CAD软件，但都不成气候，只有极少数开发者会使用这些开源CAD做设计，其动因也主要是猎奇。这类开源CAD的功能都非常单薄，完全无法与商业版本的CAD相比。

华夏CAD宣布开源的时候，图奥公司的市场部进行过评估，得出的结论是新经纬公司可能觉得无法与图奥公司竞争，从而选择了这样一种退出市场的方法。市场部还认为，新经纬公司此举有一定的泄愤动机，想用这种方法打击一下图奥的销量。好吧，其实也打击不了多少，充其量就是恶心一下图奥而已。

可随后发生的事情，就让图奥公司不得不提高警惕了。据图奥中国公司汇报，华夏CAD转为开源之后，中国的教育部、技术部等几大部委联合发出通知，要求各高校、科研院所以及工业企业的开发者为华夏CAD编写应用，并对参与者许下了各种优惠条件。

在政策的推动下，全中国各高校和科研院所掀起了一场为华夏CAD编写应用的热潮，短短一个多月的时间里，上传到华夏CAD官网上的开源应用模块已经有数万个。新经纬公司的职员夜以继日地对这些模块进行测试，挑出来的不能用的模块占了总数的八成多。但即便如此，余下来的有用模块也有成千上

第四百四十七章 图奥急眼了

万,让人看得眼晕。

几天前,图奥的一家老客户上门联系,希望图奥公司能够为他们开发一个用于计算滚齿机铣刀盘刃口几何形状的专用模块。图奥公司照着一般标准报了价,对方声称需要考虑考虑,结果就杳无音信了。

图奥公司市场部打电话给对方,询问对方是否还有采购意向,结果却得到了一个令人震惊的消息:对方已经放弃了从图奥公司订购这个模块的计划,转而采用了华夏CAD。

市场部人员仔细打听,这才知道,对方是在无意中发现华夏CAD的开源资源中,有一个能够满足他们需要的模块。他们抱着试试看的心态,下载了华夏CAD以及那个专用模块,运行之后效果良好,成功地计算出了刃口几何形状,而花费几乎为零。

其实,刃口几何形状计算的模型是公开的,转化为程序并没有太大的难度,有一些企业自己也能开发出这样的程序。图奥向那家客户报出的价格不菲,也是为了维护整个产品价格体系的需要,实际的投入并不多。

在没有开源软件的时候,机械企业如果要向软件公司订购这种模块,就必须支付高额费用,否则就只能自己去写代码。现在有了华夏CAD这个开源平台,有些企业直接就把自己过去编写的代码传上来了,供缺乏开发能力的同行们使用。

这些上传代码的企业并没什么经济上的诉求,就是单纯地觉得自己已经把代码写出来了,分享给同行用一用也无妨。这就像大学里有些学生上课时记了很多笔记,考试前直接发到班级群里和同学共享,这只是举手之劳的事情。

可这一个举手之劳,就坏了图奥的好生意了。图奥公司以往赚的就是这种开发的钱,现在人家直接可以在网上找到免费的,还有谁愿意给图奥公司付款呢?

开源软件还有一个优势是商业软件所不具备的,那就是用户在下载了开源软件之后,可以根据自己的需要对软件进行修改。就比如上面那家客户,在下载了开源的刃口几何形状计算软件之后,结合自己公司的需要,对其中的一些参数做了调整,取得了一些预料之外的效果,这是使用商业软件所难以获得的便利。

那家客户得了这个便宜之后,便在自己的圈子传授起经验来了。随后,便有好几家准备向图奥订购软件的企业都撤回了自己的订单,声称是获得了其他的解决方案。图奥市场部托人打听,发现这些所谓的解决方案,其实都是华夏CAD官网上的开源资源。

"这样下去,咱们起码有一半的业务要流失掉!"

克维克冲着柯伦喊道。原以为华夏CAD转向开源只是一场小孩子赌气的闹剧,谁承想,还真影响到图奥的核心业务了。客户没看中华夏CAD本身,却看中了外围开发者提供的那些开源资源,这真是一件糟糕透顶的事情。

"我们这边也接到了一些客户的反馈,他们认为我们以往对定制项目的收费太高了,明明是人家可以免费提供的模块,我们却要收几十万美元的开发费用,客户们表示难以接受。"柯伦怯怯地汇报道。

在克维克发脾气的时候汇报这样的事情,绝对属于火上浇油。可柯伦也不能不汇报,因为克维克迟早是会知道这件事的,到时候难免还要追究柯伦一个知情不报的责任。

"废话,我们如果不收这么高的开发费用,我们哪有资金去保持软件的更新?他们购买CAD的时候怎么不说太便宜了?"克维克果然大为恼火,把桌上的东西摔得啪啪作响。

早在10年前,唐子风就和李可佳探讨过这个问题,图奥公司在中国市场上纵容盗版,看似损失了正版的销售收入,实则是在培养用户的使用习惯,以便未来从定制服务中收取高额的回报。

图奥CAD的售价,从中国用户的角度来看是很贵的,但考虑到西方国家软件工程师的工资水平,这样的售价并不足以让图奥公司获得暴利,软件销售收入充其量只够维持公司的日常运营而已。

图奥公司的主要利润,来自为客户定制功能模块。有些功能模块实际上很简单,但客户不知道图奥CAD的源码,就无法自己开发,或者只能用其他系统开发一个程序出来,计算出结果之后,再导入图奥CAD里去,这无疑是非常麻烦的。

一些企业为了提高设计效率,只能请图奥公司帮忙开发一些专用模块。图奥公司根据模块的开发难度,收费几万、几十万甚至几百万不等,对于那些大型企业来说,这样的支出是可以承受的。

顺便说一下,这些机械企业自己也做这样的生意,它们出售给客户的设备报价不高，但随便一个零配件都能收几百、几千美元。客户不可能自己去制造这些零配件，也就只能接受零配件的高价了。

再往下游，那些购买了机器设备的企业，所生产的消费品又何尝不是这种套路？

"这家新经纬公司，好像就是图奥在中国市场的所谓战略合作伙伴吧？这件事情还是你促成的吧？"

克维克盯着柯伦，想起了一件陈年往事。

图奥公司的战略合作伙伴很多，对外都是这样声称的，在公司内部则有区分。有些战略合作伙伴是真正与图奥公司有密切的关系的，一定程度上可以说是一荣俱荣、一损俱损。另外一些战略合作伙伴，就基本上只是停留在口头上了，双方互相承认的原因，只是为了某种公关需要，实际上的业务瓜葛并不多。

图奥公司与新经纬公司签署战略合作协议，的确是柯伦经手的，不过提出这个方案的是图奥的中国分公司。图奥中国公司提出与新经纬公司合作的原因，在于华夏 CAD 当时正在中国市场上攻城略地，挤压图奥的市场份额。

图奥中国公司认为，不妨以退为进，与华夏 CAD 互相授权界面风格与承认文件格式，这样一来，华夏 CAD 的用户要转向图奥 CAD，丝毫不会觉得困难，这就为图奥 CAD 有朝一日卷土重来预留了伏笔。

图奥中国公司提出的这个思路，美国总部并没有进行认真的评估。当时中国的市场规模还很不起眼，这么小的业务规模，根本不值得公司大佬们去费心。中国公司递交了一份看上去花团锦簇的报告，柯伦随便看了几眼，觉得有点道理，便上报给董事会了。董事会对此事同样不重视，走了一个流程便批准了此事。

他们万万没有想到的是，这件事居然给图奥公司自己埋了一颗雷，而且是很大的雷。

第四百四十八章　我们具有这样的优势吗

图奥公司当初答应与华夏 CAD 共享界面风格和文件格式，是认为自己有技术优势，啥时候一发力，就能够把华夏 CAD 干掉，然后轻松地收割走华夏 CAD 培养出来的用户。

可谁承想，这样的便利，现在却成了华夏 CAD 收割图奥用户的手段。

一些从来没有听说过华夏 CAD 的工程师，为了使用华夏 CAD 的开源资源，不得不尝试着下载这个软件，下载的时候还存着一个心思，那就是祈祷这个软件不要太难用，他们可不想为了一个开源资源而花几个月时间适应一个新软件。

等到把软件安装好，打开软件界面的时候，工程师的担忧就烟消云散了。这个软件的界面居然与图奥 CAD 有七八分的相似，工程师们完全不用改变使用习惯，就可以轻松地玩转这个新软件。

华夏 CAD 与图奥 CAD 的文件格式是互认的，用户只需要使用软件里的导入功能，就可以把以往在图奥 CAD 里设计的文件传到华夏 CAD 中来使用，可以说是无缝衔接。

在使用上没有障碍，而开源资源又如此丰富，这样的软件谁不喜欢？

从华夏 CAD 宣布开源至今，不过一个月时间，据图奥公司市场部的统计，欧美的机械企业里至少已经有 5% 的工程师下载并使用了华夏 CAD。

从比例上看，5% 似乎并不是一个很大的数字，而且那些下载了华夏 CAD 的工程师们，也并非放弃了图奥 CAD，只是为了使用华夏 CAD 的开源资源，用完了就搁下了，图奥 CAD 仍然是他们做设计时候的首选。

可克维克不能这样乐观啊。市场上 5% 的份额可真不是一个小数字，更何况，这还仅仅是一个月的时间。给华夏 CAD 更多的时间，它未必不能把 5% 变成 50%。至于说首选，就更不靠谱了，谁会对一个软件忠心不二的？

第四百四十八章 我们具有这样的优势吗

"这个问题怎么解决？"

在紧急召开的公司高管会议上，克维克盯着众人问道。

"这件事的根源在于市场部！是市场部的愚蠢导致我们陷入了这样的被动！"

技术总监詹宁斯抢先开炮了。

技术部和市场部一直都是对头。市场部三天两头给技术部提要求，什么用户感受不好了，什么功能不全面了，总之就是用户稍微有点意见，市场部就要让技术部去解决，实在是让人不胜其烦。

技术部是有自己的尊严的，编程讲究的是个性自由，那些用户懂得啥叫程序之美？凭什么让程序员去迎合用户们的要求？

可市场部不吃这套啊，技术部用各种理由搪塞市场部的要求，市场部则只有一招回应，那就是向董事长告状。公司是要赚钱的，用户就是上帝，上帝发了话，董事长也得遵命，于是便向技术部施压，要求技术部妥协。

这样一来，技术部与市场部之间的仇就结得深了，遇上一个能够踩市场部的机会，詹宁斯岂会放过？

"詹宁斯先生，与华夏CAD共享界面和互相承认文件格式的事情，是技术部认可的，你们当时也认为这是一个很好的方案。"柯伦冷冷地说道，"公司现在也并没有陷入被动，只是有一点小麻烦而已。如果图奥CAD的技术能够对华夏CAD形成巨大的优势，我们的客户就不会被华夏CAD抢走。"

"我们具有这样的优势吗？"克维克向詹宁斯问道。

"当然，我们的优势是非常明显的！"詹宁斯说道，他话虽这样说，音调却有些软。自家人知道自家事，作为技术总监，他深知图奥CAD除了界面美观一些，多一些华而不实的小技巧之外，在核心功能方面，与华夏CAD的差距还真不算大。

柯伦冷笑道："可是我听到的反馈却是说，华夏CAD和图奥CAD的差距并不大，如果考虑到华夏CAD是完全免费的，许多客户都表示未来不会再为图奥CAD的版本升级付费了。"

"至少到目前为止，图奥CAD依然拥有绝对的优势。"詹宁斯硬着头皮死撑，"不过，华夏CAD采取开源方式之后，会获得大批开发者的贡献，他们可能会很快地弥补上和我们之间的差距。所以……"

"所以,你希望公司给你们更多的经费,是吗?"柯伦替他说出来了。

同样的要求,出自自己之口,与由对手替自己说出来,效果是完全相反的,詹宁斯一下子就被噎住了。顺着柯伦的话头说'的确如此',就相当于承认自己是在要挟公司以谋取部门的私利。但要反驳柯伦的话,他又找不出合适的说法,他总不能说自己不需要公司追加投资吧?

克维克皱起了眉头。两位下属斗嘴,他是乐于见到的,用不着他说什么,下属们就把对方的问题说出来了,他只要居中当个裁判即可。但从柯伦和詹宁斯的争执中,克维克意识到,眼前的这个麻烦还是挺大的,似乎还找不到什么破局的办法。

"公司不可能给技术部更多的经费。华夏CAD的作为,必然会影响到公司的销售,未来几个月公司的销售收入有可能会减少,届时各部门的经费都必须压缩,以保证公司不产生亏损。"克维克定了调,打破了詹宁斯的梦想。

"但是,市场推广方面,可能还是需要增加一些投入的。"柯伦怯怯地说道,"我们需要安排一些软文,对华夏CAD进行打击。"

"柯伦先生,我想你的这种努力是不会有效果的,因为工程师都是理性的,他们只会相信自己的眼睛,而不会相信什么撒谎的软文。"詹宁斯逮着机会了,开始反戈一击。

柯伦说:"詹宁斯,你的意思是说,华夏CAD的确比图奥CAD更强?"

詹宁斯这才发现自己说错了,赶紧否认:"我没有这样说,我只是说……呃,我是说,软文的宣传恐怕是没有多大作用的。"

说到最后,他的声音已经完全低下去了,因为他也发现,除非自己承认图奥CAD不行,否则他难以自圆其说。

克维克没有搭理詹宁斯,而是对柯伦说道:"柯伦,仅靠软文宣传来阻止华夏CAD的扩张,恐怕是不行的。即便我们能够让客户在短期内对华夏CAD产生疑虑,只要持续地有人在使用这个软件,并且感受到开源资源的作用,其他的客户终究会被引导过去。

"你再考虑一下,有没有什么能从根本上解决问题的办法?比如说……"

"我们可以取消与华夏CAD的技术共享。"詹宁斯又开始抢答了。

柯伦和他杠上了:"你是说,我们放弃和华夏CAD的技术共享?"

"这有区别吗?"

第四百四十八章 我们具有这样的优势吗

"当然有区别。放弃就是我们不再接受华夏CAD的文件格式,但华夏CAD依然可以接受图奥CAD的文件格式。这意味着客户可以从图奥转向华夏,但无法从华夏转向图奥。"

"不,我的意思是说,要禁止华夏接受图奥的文件格式,用户如果使用了华夏CAD,将不得不把他们在图奥CAD里做过的设计重新做一遍。"

"抱歉,你并不是新经纬公司的技术总监,你无权命令新经纬公司这样做。图奥的文件编码规则对于华夏CAD来说是透明的,除非我们推翻原来的编码规则,另外制定一套新的规则。这样一来,不单华夏CAD无法使用我们的文件,使用老版本图奥软件的用户,也不得不重新购买一套新版本才行。"

"华夏CAD与图奥CAD互相承认文件格式,已经是既成事实。就算图奥公司现在撕毁合同,并且禁止华夏CAD在软件中设置转换图奥格式的功能,新经纬公司也可以另外推出一个软件,用于二者之间的格式转换,这是图奥难以阻止的。

有了这样一个通道,用户就可以一边使用图奥CAD做设计,一边从华夏CAD的资源库中寻找开源资源来完成一些专业化的工作,不必再请图奥公司开发专业模块,这可就是直接割图奥公司的肉了。"

"有没有可能和新经纬公司进行谈判,说服他们放弃开源的方式?"克维克问柯伦。

柯伦摇摇头:"这个恐怕很难。新经纬公司采取开源的方式,是因为华夏CAD在中国市场上的销售受到了图奥的威胁,图奥CAD的市场份额在不断上升,华夏CAD完全没有希望在竞争中获胜。"

"如果我们要求新经纬公司放弃开源的方式,对方就会要求我们让出中国市场,而这显然是我们无法答应的。"

"那么,就没有别的办法了吗?"克维克问。

柯伦迟疑了一下,说道:"我们市场部对这个问题也进行过认真讨论,倒是有人提出过一个想法,但缺乏可行性。"

"什么想法?"

"我们大幅度降低一部分专业模块的价格,与华夏CAD争夺用户。华夏CAD转为开源之后,失去了软件销售的收入,财务状况肯定是非常紧张的。我们只要坚持……呃,大概半年至一年的时间,就可以把新经纬公司彻底拖垮。"

　　说到时间的时候,柯伦忍不住结巴了一下,因为这个时间长度,他实在是拿不准啊……

第四百四十九章　用丰富的经验打败对手

"图奥这回可真是下了血本啊。"

深蓝焦点公司总经理办公室里,李可佳捧着包娜娜给她冲的咖啡,幸灾乐祸地说道。

为了打击华夏CAD,图奥公司发起了一轮规模宏大的销售让利活动。

图奥CAD软件的价格下降了80%,由原来3000多美元一套,下降到了仅600美元一套,这个价格即便对于中国企业用户来说也已经非常便宜了。考虑到图奥软件的水平以及名气,许多中国国内企业宁可放弃已经完全免费的华夏CAD,转而购买图奥CAD,华夏CAD在国内市场上的份额受到了很大的冲击。

除了将主程序降价之外,图奥还把一些过去需要额外收费的专用模块也并入了CAD的普通版本,还开放了一些程序接口,允许用户接入自行设计的模块,或者对内置模块的部分参数进行修改。

这样一来,华夏CAD的开源优势就被极大地抵消了。图奥毕竟是一家历史悠久的大公司,技术水平不是新经纬公司能比的。图奥公司提供的专用模块,功能比华夏CAD平台上那些由开发者贡献的开源模块强得多,用户体验也更好,又不用额外收费,谁还会愿意去用华夏的开源模块呢?

用户是高兴了,克维克的心里却在滴血。所有这些都是钱啊,几千万乃至上亿美元的钱,就这样白白扔出去了,目的只是为了对付一家蝼蚁一般的中国企业。没错,在克维克看来,新经纬公司的确就是一只蝼蚁,只要图奥一发力,就可以把它踩在脚下,让它万劫不复。

可是,就算把新经纬公司踩下去了,又能如何呢?图奥的这一轮降价促销,会把用户对于价格的预期全面压低,未来图奥公司如果想恢复原来的价格,必然会引发用户的强烈不满。事实上,它已经不可能再恢复原有价格了,曾经的暴利,已经一去不复返了。

"你们新经纬受到的影响也很大吧?"梁子乐向李可佳问道。

华夏 CAD 开源的事情,李可佳是请大家都参与讨论过的,梁子乐作为一名投资专家,对此事可能给各方带来的财务影响进行过评估,目前的事态发展并未超出他的预期。

李可佳点点头说:"的确,我们在国内市场上的份额缩水了 1/3,专用模块的订单也少了,目前还算不出减少了多少,但我估计,未来一年内,订单起码要缩水一半以上。"

"那你们能撑得住吗?"包娜娜关切地问道。

李可佳苦笑:"撑当然还可以撑,大不了就是把前几年赚的钱再补贴进去。我们公司的赵总、刘总都主动提出要减薪了。有些程序员也提出可以暂时减薪,我没有同意,这是我自己作的孽,没必要让员工来负责。"

"怎么就叫作孽了?"唐子风笑着说,"师姐,我们行业里的工程师对你们新经纬公司可是交口称赞啊,说你们牺牲了自己,逼得图奥降价、赠送专业模块,这可帮了我们很大的忙呢!

"我给你举个例子,常宁机床厂原来一直想买一套图奥的齿轮组模数计算软件,图奥开价 150 万美元,还不负责后续升级,常机舍不得花这笔钱。现在好了,图奥直接把价格降到了 20 万美元,又开放了一批升级接口,常机那边二话不说就下单了。

"我跟他们说,让他们再等等,说不定图奥还会进一步降价。结果他们说,做人不能太贪心,趁着图奥犯傻的时候,该出手时就出手。万一图奥回过味来,不跟你们新经纬打价格战了,他们可就后悔都来不及了。"

"你看看你们这些搞工业的,都是些什么人啊!"李可佳假意地抱怨道,"一边夸我们,一边转身去买我们竞争对手的软件。最后得便宜的是你们,吃亏是我们,我不干了!"

"别啊,我们就指着你们把国外那些设计公司全拖下水呢。"唐子风笑着说。

李可佳苦着脸说:"他们下不下水,我不知道,反正我们公司是快掉水里去了。"

王梓杰插话道:"师姐,其实图奥的这个策略,对你们是最有利的。你们应当坚持下去,坚持几年,说不定全球工业设计软件市场上的头把交椅就是你们新经纬公司的了。"

第四百四十九章 用丰富的经验打败对手

"我可没这么乐观。"李可佳说。她嘴里说着不乐观,脸上的表情却是挺轻松的,显然事情并没有到无法收拾的地步。

王梓杰说:"我最近在研究国际产业竞争的问题,思考像中国这样的发展中国家,如何占领产业的高峰。按照传统的产业理论,发达国家拥有技术优势,能够在市场上获得高额利润。它们把这些利润重新投入研发,就能够维持技术优势。

"发展中国家因为技术落后,只能从事一些低附加值的生产,利润水平低下。而缺乏利润又导致技术研发投入不足,从而无法摆脱技术落后的境地。

"这是一个鸡生蛋、蛋生鸡的循环关系,强者恒强,弱者恒弱。就像你们新经纬公司,最早就是靠着价格优势才在国内市场上拥有了一席之地。价格低既是你们的优势,也是你们的劣势。因为你们的价格低,所以你们的收入也少,请不起一流的程序员。图奥为什么能够一直保持技术优势?就是因为它的产品价格高、利润高。"

"你说得有理,那么,你的结论是什么呢?"李可佳问。

王梓杰用手一指唐子风,说:"我的结论是从老唐那里获得的。现在你们新经纬公司的实践,也在给我提供一个新的佐证。老唐他们的做法,就是集中有限的利润,突破几种高端机床的制造技术。一旦掌握了这些技术,他们就把高端机床的价格降到很低的水平,逼迫他们的国际同行降价。

"临机的内部管理成本很低,并不需要高端机床市场的利润来维持运转。但那些国外大型机床企业就不同了,他们过惯了大手大脚的生活,现在跟着临机降价,利润水平无法保障,原来的运营模式就不得不改变,其中影响最大的就是研发投入。

"听老唐说,他们的一些国外同行,近年来的研发投入下降很快,已经有好几年拿不出新产品、新设计了。而老唐他们却在稳步地追赶,不出几年,就能够迎头赶上了。"

"哈哈,这就是唐师兄跟我说过的一种策略,把对手拉到自己的水平上,再用丰富的经验打败对手。"包娜娜乐不可支,她一贯都是一个喜欢起哄架秧子的人。

"话是这样说……"李可佳说,"我们现在逼着图奥降价,图奥用于升级新版本的研发资金肯定要打折扣了。只要图奥停下来,我们就有了追赶的机会。可是，我们自己的生存问题也是要考虑的。我们前一段时间还引进了十几名计算机专家，花费不菲，现在又被图奥抢了市场，下一步的经营已经成为大问题了。"

"你们撑一年，需要多少钱？"唐子风问道。

李可佳眉毛一扬："怎么，唐总准备赞助我们吗？"

"赞助是不可能的，永远都不可能赞助你们的。"唐子风说，"不过，开源这件事是我怂恿你们做的，现在你们有困难了，我替你们去拉点业务也是可以的。你就说说看吧，需要我给你们拉来多少业务，你们才能渡过眼前的难关？"

"3000万吧。"李可佳说，"我们还有一些其他的业务，也有收入。如果能够再有3000万的业务，我们今年肯定就能够撑下去了。至于明年嘛……"

"图奥撑不到明年。"梁子乐自信地说。

"没错，这也是我们的预期。"李可佳说，"我们估计，图奥不敢一直这样跟我们拼下去。如果我们能够撑过一年，图奥肯定就要放弃中低端用户市场了，我说的是全球的中低端用户市场。

"到时候，我们能够从国际市场上获得定制订单，财务状况就会全面好转，从而进入良性循环。"

"区区3000万而已，我还以为是多少呢。"唐子风露出一副满不在乎的样子，让李可佳忍不住想把手里的咖啡泼到他脸上去。

"你倒是给我拿出3000万来啊！"李可佳说道。

唐子风伸手便拉开了自己的公文包，从里面掏出几份文件，递到了李可佳的面前，说道："巧了，我手里正好就有一笔3000万的软件订单，你要更多的，我还拿不出来呢。"

"有这事？"李可佳又惊又喜。她挤兑唐子风，其实就是想让唐子风去帮她找订单，唐子风在机械行业里人脉颇广，如果多去游说游说，应当能够给新经纬公司找来一些业务。但她万万没有想到的是，唐子风的公文包里居然就有一份订单，难怪他刚才一直一副扬扬自得的样子。

"科工委……"

李可佳光看到那几份文件的抬头就已经喜出望外了，居然是科工委下的订单。

第四百五十章 制胜法宝

军工 82 厂,已是下班时间。

已经获得正式代号为 404 的 04 项目车间里,来自全国多家地方机床企业的工程师们纷纷收拾起自己的工作用品,说说笑笑地往车间外走,只有一位身材苗条的女孩,仍然蹲在一台拆开的机床前,拿着测量工具在忙碌着。

"小于,还不吃饭去?"

项目组长关塘走过来,关切地招呼道。

"关老师,我还不饿呢。"

于晓惠抬起头,用手撩了一把额前的几根乱发,笑着向关塘说道。

"你还在研究这台深孔镗呢?别弄得自己太紧张了。"关塘说,"人家的机床有诀窍,那是秘而不宣的,咱们只能慢慢摸索。咱们和国外的差距,不是一天两天就能够弥补起来的。你天天不按时吃饭,错过开饭时间了,就拿一包方便面应付,长期这样下去,身体会垮的。"

于晓惠说:"谢谢关老师。其实我也不是光吃方便面的,我还有我男朋友寄给我的牛肉呢,用微波炉热一下,特别香,比食堂的菜好吃多了。"

"是吗,还有这回事?哈哈,恐怕这里还有精神因素吧。也好,你们小年轻的事情,我是弄不懂的,那我先下班了,你也早点下班回去吧。"

"好的,关老师再见。"

关塘和其他的同事都离开了,于晓惠重新低下头,拿起放在一旁的卡尺开始测量机床各个部件的尺寸,眉头渐渐皱了起来。

临一机在制造这台镗床的时候,要求十分严格,所有的部件尺寸和装配精度都与博泰机床别无二致,一些关键部件甚至直接采用了进口件,可到实际使用的时候,却依然达不到原机的精度。

原因方面,于晓惠作为一名没有太多实践经验的在校博士生说不出来,但如关塘等在企业里摸爬滚打了几十年的老工程师肯定是能够说出来的。

这其中,有装配上的一些诀窍,也有机床部件材料热处理上的差异,甚至不同部分的配重也有讲究。机床高速运转的时候,一点细微的不平衡都会被放大,进而影响到刀具和工件的稳定性。

对于精度要求不高的机加工来说,这些影响是可以忽略不计的。但如果加工精度要求高了,这些因素就都需要考虑在内。国产机床在高精度加工方面一直表现不佳,就是因为无法解决这些问题。

"只能不断地尝试,积累经验和数据,没有别的办法。"

这是老工程师们对于晓惠的教诲。博泰能够解决这些问题,是因为它有许多年制造高精度机床的经验。事实上,它的经验也是用一次一次的失败换来的,背后是无数金钱的支撑。

中国机床企业是近年来才开始研制高精度机床的,技术上与国外有着很大的差距。因为存在差距,所以国内的用户就不愿意使用国产高精度机床,而这又使中国机床企业难以获得积累经验的机会。

这一次科工委下决心搞04项目,一边从西方国家进口高精度机床,一边支持国内企业研制同类产品,并且拿出了充足的资金用于试错,魄力不可谓不大。但正如关塘所说,差距不是一两天就能够弥补起来的,中国机床企业要补的课实在是太多了。

难道就没有办法缩短这个时间吗?

这是于晓惠这些天一直都在思考的问题。

她知道经验的重要性,但同时她也相信,理论分析能够弥补经验的不足,能够做到事半功倍。但是,理论应当从何入手呢?她一遍又一遍地测量着拆开的机床,想从这些枯燥的数据中寻找灵感。

"于工,还在忙呢?"

一个声音在于晓惠身边响起。

于晓惠扭头一看,见说话的是车间看大门的老师傅赵金泉。这是一位60来岁的老工人,据说是退休之后返聘的,被82厂安排在404车间做一些勤杂工作,晚上则负责在车间值班。

他成天笑眯眯的,对谁都特别客气。于晓惠有许多次让他不要称呼自己为"于工",叫自己"小于"或者直呼其名即可。但赵金泉坚持说于晓惠和其他人一样,都是有学问的人,理应被尊称为"于工"。

"赵师傅,我在这琢磨一下这台镗床。"于晓惠客气地向赵金泉说道。

"这是咱们自己造的镗床吧?我看和德国人造的相比,也差不了多少了。"赵金泉凑上前来,用手摸着镗床,感慨地说。

于晓惠叹道:"看起来是差不了多少,可是实际做加工的时候,差别还是挺大的。博泰的镗床,1000毫米深孔能够保持2微米的精度,我们只能做到5微米,再往下就达不到了。"

她能够这样对赵金泉说话,是因为知道赵金泉也懂机床。平时大家在车间里做实验的时候,赵金泉经常会过来看看热闹,说到具体某种机床的性能时,他还能评论一二,显得对机床颇有了解的样子。

听到于晓惠的话,赵金泉说道:"于工,你也别太焦心了。咱们和德国相比,还是有些差距的。我记得原来咱们自己都造不了这种级别的深孔镗床,外国人又不肯卖给咱们,我们82厂过去还搞过土设备来做深孔镗呢。"

"是啊,可那是过去的事情了。"于晓惠说,"赵师傅,你可能不太了解,我们临机集团这些年从国外进口了一大批设备,又自己进行了一些技术革新,很多方面和国外已经没有什么差距了。

"就说这台深孔镗床,我们用了很多进口配件,自己生产的配件也基本达到了博泰原装配件的水平。可同样的东西,装配起来就是不如人家的好,实在是让人觉得难受啊!"

赵金泉问:"我看你这几天天天都在车间里加班,有时候加到深夜才回去,就是在琢磨这件事情吗?"

"是的。"于晓惠说。

"那么,你琢磨出啥了?"赵金泉问道。

于晓惠一愣,一时不知道该如何回答才好。

82厂能够安排赵金泉到404车间来值班,这个人当然是可以信得过的,于晓惠认为不存在需要向他保密的问题。但作为一个看大门的老工人,向于晓惠询问机床设计上的问题,而且是这种连于晓惠自己都觉得很有难度的问题,似乎就有些不正常了。

就算于晓惠愿意满足老工人的好奇心,向他解释一二,他又能听得懂吗?

见于晓惠不说话,赵金泉笑了笑,自己先开口了。他说道:"我有个不成熟的想法,说出来给于工你听听,没准能给你一些参考,不知道你有没有兴趣听?"

"好啊!赵师傅您请讲吧。"于晓惠应道。她是一个很谦逊的人,即便是对一个老工人,也能保持足够的尊重。

不过,在她心里,对于赵金泉能够给自己提出什么好的建议,基本是不抱啥希望的。她觉得,赵金泉或许就是那种"民科"想法很多,但要么是站不住脚的瞎想,要么就是学术界早有定论的一些知识。

赵金泉说:"我觉得,于工你的思考方向可能出了一点问题。你总是在这里分析我们的机床哪个配件做得不如人家的好,哪个地方装配上出了什么差错,这样想下去,恐怕是很难想出一个结果来的。"

"那么,我该怎么想呢?"于晓惠问。

赵金泉说:"我们的设备不如别人,造出来的部件不如别人的好,可我们有一样制胜法宝,能够把不完美的东西,通过完美的方法组织起来,变成一个完美的整体。"

"您是说……系统工程!"于晓惠脱口而出。

"没错,就是系统工程。"

赵金泉缓缓地说着,眼睛里透出了睿智的光芒。

第四百五十一章 不思进取肖教授

"晓惠这回去82厂,真是得到了意外的收获呢。"

唐子风家里,肖文珺盯着自己的笔记本电脑,对唐子风说道。她刚刚结束了和于晓惠的网上技术讨论,对于晓惠的新思路颇为感慨。

"这就叫傻人有傻福啊。"唐子风笑着说道。

原来,那天听赵金泉说起系统工程方法时,于晓惠就敏锐地意识到这应当是解决困扰她多时的难题的关键。她向赵金泉虚心求教,这才知道这位貌不惊人的老师傅在30年前就是航天系统某重点型号的副总师,后来因为患上了严重的神经衰弱症,这才离开设计岗位,到后勤部门去挂了个闲职。

这一回,82厂安排他到404车间来工作,原意是让他给地方机床企业的工程师们支支招儿。但老爷子坚决要求厂方不要透露他的真实身份,只说是一位退休返聘的工人。老爷子的想法是,他已经离开技术岗位多年,知识已经有些陈旧了,如果挂一个专家或者顾问的头衔与工程师们一起工作,说不定会给别人带来一些干扰。

他把自己伪装成一个热情的看门老头,旁观工程师们的工作。他看到了一些问题,但并没有亲自出面去与工程师们交流,而是把自己的所得告诉了几位在厂里的徒弟,让那几位徒弟来与工程师们沟通。

赵金泉的这几位徒弟可都是82厂的高工,他们出面,关埔等人自然是十分重视的,还经常感慨82厂的技术水平高,这几位高工只是到车间里转了一圈,就能够发现这么高深的问题,提出的意见也极具针对性,给大家很多启发。

于晓惠是车间里最年轻的技术人员,也是工作最勤奋的一个。赵金泉从一开始就注意到了这个小姑娘,并认定她是一个可造之才。他耐心地等待着于晓惠在国产镗床精度的问题上苦苦思索,直到觉得时机已经成熟,这才上前点破了问题的关键。

在随后的一段时间里，赵金泉开始系统地向于晓惠介绍航天部门搞系统工程的经验。赵金泉虽然十几年前就离开了技术岗位，但他一刻也没有停止学习和研究。由于没有俗务缠身，他甚至比设计一线的工程师具有更深的技术领悟。

于晓惠技术功底扎实，加上天资聪颖，赵金泉稍一点拨，她便明白了系统工程中的诀窍，甚至有时还能举一反三，向赵金泉提出一些他自己也不曾想到过的问题。

带着系统思维，于晓惠跳出了此前一味模仿博泰机床的思路，转而从机床的最终功能需求出发，把机床当成一个整体，自上而下地分析每个功能模块、每个部件的要求，思路豁然开朗。

系统工程方法在中国的应用最早可以追溯到20世纪50年代，到80年代的时候，国内曾掀起过一段应用系统工程方法的热潮，一时间各行各业都以做系统工程为时髦，诸如《系统工程在餐饮业中的应用》之类的论文充斥于各类期刊，也算是一道风景线了。

机床设计行业运用系统工程方法也由来已久，但多数是浅尝辄止，不过就是做了一些功能分析、成本分析等等。于晓惠过去在学校里也学过系统工程，但到具体应用的时候就不知从何下手了。

这一回，于晓惠为了研制高端机床来到82厂，倒得到了实地学习系统工程方法的机会。向她传授这些诀窍的，还是航天部门里曾经的大佬，这就让人不得不感叹她的好运气了。

"晓惠才不傻呢，"肖文珺说，"她是好人有好报。其他年轻人都不愿意去82厂，担心耽误前程，晓惠是为了报答你，才自愿去82厂隐姓埋名。现在这样一个机会，也是她应得的。"

"我怎么觉得你有点酸溜溜的？要不，我让集团出个函，把你也派到82厂去，跟老赵头学学，怎么样？"唐子风故意说道。

肖文珺斥道："晓惠是我学生，我有什么好酸的？我如果想去82厂，还用得着你们临机来开函？我们清华大学的函，不比你们那个小公司的函管用？系统工程方法，有晓惠跟着赵总工学习就可以了，将来等她回来，她也可以凭这个独当一面了，我总不至于去和自己的学生争位置吧？"

"是吗？我怎么觉得，肖教授当了妈之后，就有点不思进取了呢？"唐子风说。

"有吗?"肖文珺眉毛一挑,看着唐子风问道。

唐子风点点头,说道:"有那么一点吧。过去你吃饭的时候都要拿份文献看,现在从实验室回来先看娃,周末也要带娃出去玩,好像是没有过去那么宅了。"

肖文珺笑道:"我本来也不宅啊。你想想看,过去我为了攒钱买笔记本,还跑到临河去给你们当老师呢,这能算是宅吗?霄霄和熠丹都跟我说过,技术是研究不完的,孩子说长大就长大了。现在不多陪陪他,以后他长大了,咱们想陪他玩,他还不跟咱们玩呢。"

说到这,她把目光投向坐在客厅角落里吭哧吭哧摆积木的儿子,脸上露出了母亲的慈祥微笑。

"哈,原来肖教授也有这么文艺的一面啊。"唐子风笑道。

肖文珺把头一昂,说道:"我本来就很文艺好不好!我是跟着你这个俗人,才一天一天变俗气了。"

"唉,理科生在文科生面前自称文艺,这个世界怎么啦?"唐子风发着不着边际的感慨。他这个文科生倒也有些名不副实,肖文珺写的诗就比他写得好,他的文采只是体现在写研究报告上。

小夫妻之间的这种拌嘴,其实就是生活中的调料。唐子风和肖文珺都是人中龙凤,凡事都是有主见的,对彼此也非常了解。唐子风说肖文珺不思进取,纯粹就是一句玩笑话。肖文珺这几年成果迭出,30多岁就已经是教授了,在学术界和实践部门都小有名气,如果取得这样的成就还叫不思进取,唐子风就只能算是混吃等死之辈了。

"说真的,子风,我最近对于自己做的东西,的确是有些不满意。"

说完笑话,肖文珺换了一副严肃的表情,对唐子风说道。

"怎么不满意了?"唐子风问。

这两口子,一个是做技术的,一个是做管理的。虽然唐子风是机床企业的总经理,但对肖文珺做的那些研究,基本上是两眼一抹黑。肖文珺看的文献,哪怕是中文的,搁在唐子风面前也如天书一般。

不过,每当肖文珺在技术上遇到什么瓶颈的时候,她还是习惯性地想和子风唠叨唠叨。她发现,唐子风虽然不懂技术,但有时候说出来几句外行话,却能给专业人员带来启发。说到底，世间万事都是共通的，聪明人的思想在任何领域里都是有用的。

肖文珺说："我们过去做的机床研究，说是追赶国际先进水平，实际上也一直都是带着一种追赶的思维，也就是试图顺着国外的道路走，破解他们的技术诀窍。

"这一次，晓惠跟我说，赵总工对我们的这种思路提出了严厉的批评，他说我们不应当跟在人家后面亦步亦趋，而是应当从自己的需求出发，自己搞出一套体系。晓惠说她受到了很大的启发。

"关于这个问题，我早在读博士的时候就思考过。但那时候限于国内的条件，我们想创新也办不到。各行业提出的要求，就是让我们模仿国外，甚至直接就是国外机床的国产化。就比如这一次的 04 项目，说到底就是仿造国外的机床，创新的成分并不多。

"但现在，我们越追越近，有些领域已经基本上和国外并肩了。到了这个时候，再按照原来的方法，只想着追赶，就没法走下去了。因为前面根本就没有目标了。"

唐子风惊讶地看着肖文珺，好一会才说道："你居然也有这种感觉？秦总工前些天就跟我说过这个问题，他说我们过去搞机床，都是在做逆向设计，现在到了搞正向设计的时候了。我当时还想着回来就要跟你说说这事，结果一忙起来就把这事给忘了。"

"没错，我和秦叔叔的意思一样，我们现在该开始搞正向设计了。"

肖文珺认真地说道。

第四百五十二章　风景这边独好

所谓逆向设计，就是根据已有的产品进行仿造或者改进，其中即便有创新，也不过是在原有的基础上进行修补，脱离不了原有的框架。

而正向设计，是指设计者从一个想法出发，不参照已有产品，而是进行完全独立的设计，开发出一种全新的产品。正向设计的好处，在于设计者知道每一个技术细节的由来，未来无论是修改还是升级，都能游刃有余。

作为追赶世界先进水平的手段，发展中国家在工业发展过程中搞逆向设计无可厚非。世界上原创性的技术并不多，即便是发达国家，很多技术也是对其他国家技术的逆向开发，在模仿的基础上再进行创新。

中国在经历了几十年的技术追赶之后，有许多领域已经逐渐跻身世界前列。身处前列，面临的新问题就是前面不再有可模仿和追赶的对象。肖文珺这种已经站在国际技术前沿的学者，最早感受到了这样的困扰。

"正向设计非常难，"肖文珺说，"我们能想到的地方，国外都已经想到了。要找到那些国外还没有涉足的领域，非常困难。"

"不困难的事情，怎么值得我太太去做呢？"唐子风说。

"我也是这样想的。"肖文珺倒是当仁不让，说完却又换了一副小鸟依人般的表情，说道，"不过嘛，这也得我先生全力支持才行。你没听人说吗？每一个成功的女人背后，都有一个任劳任怨的男人。"

"啥意思？"唐子风警惕起来。但凡肖文珺表现出这种神态，必然是刨好了一个坑等着唐子风往里跳，唐子风跳啊跳的，也就长了教训。

肖文珺说："我考虑过了，要找到新思路，待在图书馆或者实验室都是没用的，必须到生产一线去。我打算找一些工厂去实地调研一下，有可能要出去跑几个月。孩子的教育问题，就交给唐总你了。"

"孩子交给咱们爸妈就可以了。"唐子风满不在乎地说，"你爸妈和我爸妈不都争着要带彦奇吗?你不在家正好,让两边的老人轮着带,他们乐意着呢。"

"让老人带当然没问题。但霄霄说了,孩子不能光让老人带,否则会被惯坏的。如果我不在家,你就得经常回来,纠正孩子的一些坏习惯啥的。你还想撒手不管啊?"肖文珺说。

"你们那个霄霄,到底是工程师还是育儿嫂啊?她的育儿理论也太丰富了。"唐子风笑着抱怨道。

他们说的霄霄,是肖文珺读博士时候的室友董霄。那姑娘博士还没毕业就结了婚,生孩子比肖文珺早,三天两头就要向肖文珺传授育儿经验。不过,唐子风说她是育儿嫂,倒是有些冤枉她了,董霄毕业后去了浦江汽车集团,现在也是单位里的技术骨干。唐子风前一段时间去浦江汽车集团谈合作的事情,还与她见过面。

"我跟你说真的。"肖文珺拍了唐子风一巴掌,说道,"你刚才不还说我不思进取吗?你成天到处跑,难得回一趟家,我不在家里多陪陪孩子怎么办?现在我要出去做调研,换你回来陪陪孩子,有什么不行的?"

"肖教授,你别搞错了,我是临河机床集团的总经理,我的工作岗位在临河。我现在一年有四个月在京城,集团里已经有人说闲话了。如果我请假专门回来陪孩子,恐怕谢总都得来找我谈话了。"唐子风说。

肖文珺说:"我也没让你成天待在家里,只是让你回来得勤一点。要不,你就把孩子带到临河去,让张建阳再给你配个保姆,你看怎么样?"

"把孩子带到临河去,倒是可以。"唐子风说,"你不是要去企业做调研吗?我们临河现在有全国最大的机床产业集群,还不够你调研的吗?对了,你说要搞原创性的设计,我现在手头就有一个棘手的项目,没有国外的参照机型,秦总工他们拿不下来,肖教授有没有兴趣去看看?"

"哦,是什么项目?"肖文珺果然被吸引住了。能够让秦仲年他们都觉得棘手的项目,肯定是很有挑战性的,这正合肖文珺的口味。

唐子风笑着说:"这个项目,说起来还和晓惠有关系呢,确切地说,这是苏化的项目。苏化和胖子合伙开了个做无人机的公司,后来因为资金不够,黄丽婷也入了股。现在他们推出了四款机型,在市场上试销售的效果非常不错,就是生产成本高了一些,影响了销售量。

"苏化前一段来找我,希望临机集团能够帮他们设计一批专用机床,用于无人机的制造。按他提出的要求，如果这些机床能够生产出来，他们的无人机生产成本能够下降50%，与欧美同行相比，就占据极大优势了。

"不过，他们想要的几种专用机床，都是国外没有同类产品的。尤其是苏化提出的一种多工位车铣一体机床，要求同时达到加工精度高、成本低和速度快的要求，难度很大。苍龙研究院的一群工程师忙活了一个多月，也没拿出令人满意的设计。

"老秦也就是因为这个，才跟我说起了逆向设计和正向设计的事情。按他的说法，苏化要的这批机床，我们应当采用正向设计的思路，不必在国外寻找参照物。"

"太好了，这就是我想要做的事情。"肖文珺欢喜地说道，"我们在学校里，根本想不到实践部门会提出什么样的需求。苏化提出的这些要求，其实就是消费类电子产品发展给机床业提出的新课题。

"国外没有这样的需求，所以也就没有能够满足这种需求的机床。我们在解决这些需求的过程中，应当能够产生一些新的理论。"

"那怎么说？"唐子风笑着问道，"你是不是收拾收拾，抱上娃跟我到临河去？"

"呸！我就算跟你到临河去，也不是去帮你带娃的，说好了，你要负责陪娃。"

几天后，在临河机床产业园，出现了一队奇怪的游客。说他们是游客，是因为这一队一共是三口人，一男一女两个年轻人，带着一个不到两岁的孩子，分明就是一个小家庭。这样的组合，当然不会是来采购机床或者零配件的，因为谁会带着一个这么小的孩子来谈生意呢？

但说他们是游客，却又不能不让人觉得奇怪。机床产业园实在不是什么旅游景点，一无名胜，二无古迹，到处都是冰冷的钢铁，哪有什么旅游的价值？

这一家三口，自然就是唐子风、肖文珺以及他们的儿子唐彦奇了。唐子风让肖文珺抱着孩子来临河，倒也不是一句玩笑话。他知道肖文珺在学校里待得太久了，急于去企业走走。但如果真如她说的那样，一口气出去跑几个月，不和孩子在一起，用不着唐子风说啥，肖文珺自己估计也会受不了。

一家三口到临河来住一段，是一个不错的主意。唐子风在这里拥有一套住房，足够小彦奇在里面撒欢。在临河雇保姆也远比在京城容易，集团下属的临荟公司旗下就有一家家政公司。

肖文珺刚刚安顿下来,唐子风便兴冲冲地邀请她去参观临河的机床产业园,还专门表示要带上唐彦奇,美其名曰让他从小接受机床教育,长大了能够接父母的班。

肖文珺一直听唐子风说临河建机床产业园的事情,对这个产业园也有一些好奇,于是便真的带着孩子与唐子风一道出门了。

由临河市政府和临机集团联手打造的临河市高滩机床产业园,占地近15000亩,也就是足足10平方千米。据说临河市政府为了拿出这片土地,往省里和国家的计划、土地、城规等部门跑了数百次,答应了一系列条件,这才让产业园顺利立项。

随后,便是同样艰难的招商过程。临河市政府在申报这个项目的时候,就明确了产业园里只能安排机床相关企业,充其量再允许一些为园区人员服务的餐饮、住宿、娱乐业入驻。机床其实不算是什么大产业,临河市要想招徕足够多的机床企业入驻园区,也同样费了九牛二虎之力。其中的艰辛,倒也不用一一细说了。

如今,肖文珺所看到的,就是已经初具规模的机床产业园,一走进园区,她的眼睛就不够看了。对于一位机械系教授来说,这个地方的风景实在太引人入胜了。

第四百五十三章　你这牛皮吹得也太大了吧

"老板,你想买什么?"

当一家三口走进一个挂着"齿轮专卖"招牌的店铺时,店主愕然了好几秒,这才试探着上前,向唐子风问道。

"我说我是来给孩子买玩具的,你信吗?"唐子风笑呵呵地向店主问道。

"呃……老板说笑了,我们这店里的东西都是铁疙瘩,哪能给孩子当玩具啊?随便磕着碰着一点,我也赔不起啊。"店主苦着脸说。

他认定唐子风一行肯定是走累了,进店里来找个凳子休息的,甚至是进门来找厕所的也有可能。他在心里默默组织了一下语言,想着一会唐子风发问的时候,他如何能够用最简洁的语言准确地告诉唐子风最近的厕所的方位。

"老板,你这儿的齿轮挺全的啊。这个弧齿锥齿轮,是麦克朗重型镗床上用的吧?"

肖文珺的目光从店铺的货架上扫过,然后用手指着一个齿轮,向店主问道。

"大姐好眼力!"店主再次愕然,随后讷讷地向肖文珺跷了个大拇指,由衷地夸道。其实以他的岁数,让肖文珺喊他一句大叔也不为过,但他还是尊称肖文珺一句大姐。

弧齿锥齿轮当然不算是什么稀罕物件,干这行的人能够说出这个名字也并不奇怪。但肖文珺明显是一身白领的装束,以店主的推测,肖文珺没准根本就没进过工厂。

可就是这样一个人,一张嘴就说出了弧齿锥齿轮的名字,还认出这个齿轮是麦克朗重型镗床上用的,这就不能不让店主感到吃惊了。

见了行家里手,店主觉得自己应当尊敬一些,于是便把对肖文珺的称呼改成"大姐"。

"怎么,大姐也下过车间?"店主问道。这个问题其实也没多少意思,只是他实在找不出啥话来与唐子风一行搭讪了,总不能现在就告诉人家厕所的方位吧?

肖文珺没有理会店主的问题,而是走上前去,拿下那个齿轮认真看了看,然后问道:"这个齿轮是你们自己的厂子做的?"

"嗯嗯,就是我们的厂子做的。大姐你放心,我们做出来的齿轮,不管是材料还是形状,和麦克朗原装的一模一样,绝对不会耽误重型镗床的使用。麦克朗的原装齿轮,一个要1000多块钱,我们这个,120块钱就够了,而且一年之内如果出现问题,我们会上门更换。"店主说道。

"120块钱一个,倒是不贵。这种齿轮加工起来挺麻烦的。"肖文珺说。

"对啊,大姐你是懂行的人。"店主像是找着了知音。他趁空看了唐子风一眼,发现唐子风对什么弧齿锥齿轮明显不感兴趣,于是认定这一家子里只有这位女主人才是懂机床的。

"加工这种弧齿轮,可不就是很难吗?要铣这种齿轮,必须用格里森的铣刀盘,还得用原装的刀条,价钱贵得很呢。一套刀条用不了多久就要换新的,所以齿轮的价格就高了,这个,我想大姐你也是知道的吧?"店主唠唠叨叨地说道。

肖文珺微微一笑,说道:"弧齿轮的加工曲面很复杂,刀条的设计很难,我们国家过去一直都没掌握这项技术,所以只能从国外进口。不过,前一段时间我带的一个博士生已经把刀条磨削的问题解决了,专利也已经被一家国内的机床公司买下了。估计用不了多久,你们就能用上国产的刀条了。"

"你带的……博士生?"店主把嘴张得老大,差不多能够直接塞进去一个铣刀盘了。能够带博士生的,就应当要叫博导了吧?一个博导有多值钱,即便是像他这样一个三线城市的人,也是有所耳闻的。可就是这样一个大教授,居然跑到他的店里来了。

"大姐,啊不,教授,你是东大的教授吗?"店主问道。他说的东大,是指东叶大学,这是东叶省境内级别最高的大学。

"她是清华教授,没啥名气的那种,比不了东大的教授。"唐子风在旁边乐呵呵地调侃一句。

"清华……哎呀,你瞧我这双眼睛,都是怎么长的!"

店主用手猛拍着自己的脑袋,以处罚这个脑袋上长了一双不识相的眼睛。他忙不迭地从柜台后面跑出来,给唐子风和肖文珺让座,又张罗着去给他们拿

第四百五十三章 你这牛皮吹得也太大了吧

水果,结果被唐子风给拦住了。

"老板,你别忙活了,我媳妇就是对你们的这些齿轮感兴趣,想问问你们还能造什么齿轮。"唐子风说道。

"我们能造的齿轮啊,这个还真不好说呢……"店主装出一副苦恼的样子,挠了挠头皮,说道,"老板、大姐,我就这么跟你们说吧,只要是咱们高滩园区生产的机床上使用的齿轮,我们都能造。别的地方的齿轮,只要你们拿一个样子过来,我们也能造。"

"你这牛皮吹得也太大了吧?"唐子风不屑地说,"临一机的CY100数控螺旋槽铣槽机你听说过吗?它的主轴齿轮,你做一个出来给我看看。"

唐子风这话可真不算是抬杠,机床的种类繁多,每台机床上又有多个齿轮。这些齿轮中间大多数是常规规格,但也有少数是专为某种型号的机床而设计的,齿形有不少讲究,加工很不容易。

唐子风所说的那种铣槽机的主轴齿轮,就是一种比较特殊的齿轮。当初苍龙研究院为了设计这种齿轮的加工方法,前后折腾了一两个月。研究院的院长孙民有一次向唐子风汇报工作的时候说起了这件事,唐子风便记住了,此时正好拿出来刁难一下齿轮店的这位店主。

至于说为什么这个齿轮的制造很麻烦,这就不是唐子风能够理解的问题了,他毕竟是个文科生。

"临一机的铣槽机……我没听说过。"店主皱着眉头说。临一机的这款铣槽机是刚出来不久的新产品,店主的确没听说过。

"那你就敢说你能造得出铣槽机上的齿轮?我估计你连那些齿轮长什么样都没见过吧?"唐子风说。

店主点点头,说:"老板,你说得对,你说的那种铣槽机,我的确不知道它的齿轮长什么样子。不过,只要你能够把它的齿轮拿过来给我们当个样子,我们就肯定能把它做出来。"

"你们不会是直接拿锉刀去锉吧?"肖文珺质疑道。

早些年,中国仿造国外的机器设备,其中有一些零件的加工方法很复杂,中国缺乏必要的设备和技术,就只能照着人家的样子,用锉刀一点一点地锉出来。这种加工方式不但费时费力,而且产品的质量也无法与机加工的产品相比。

这些年,国内广泛普及了数控机床,很多很复杂的零件也能够用数控机床制造出来,用锉刀的机会就越来越少了。但使用数控机床加工复杂零件,首先必须要有零件的数学模型,操作者要根据这种数学模型,把加工参数输入机床,这才能够加工。

临一机能够生产铣槽机上的主轴齿轮,是因为这款铣槽机是临一机自己开发的,齿轮外形的计算模型对于临一机来说不是什么秘密。但这位齿轮店的店主如果想制造一个这样的齿轮,就非常麻烦了。在不知道齿轮齿形计算模型的情况下,要加工出一个这样的齿形,只能借助锉刀以及具有良好模仿能力的工人。

听到肖文珺的话,店主拼命地摇着头,说道:"教授,你可别冤枉我们。我们这里摆的齿轮,都是拿机床加工出来的。现在都什么年月了,哪还有用锉刀锉的事情?用锉刀锉出来的零件,根本就没法用,这一点我们可是知道的。"

"可是,你们要在数控机床上编程,就得有齿轮的外形曲线,你是说,你们厂里有能够算曲线的高人?"肖文珺问。

店主笑道:"我们哪养得起会算曲线的专家?我们碰上搞不清楚的曲线,就会去老森那里请他们的专家来帮我们算。老森那里的专家,啥东西没见过?不管什么齿轮交到他们手上,用什么钢材、怎么做机加工、怎么做热处理,人家说得清清楚楚的。

"齿轮曲线之类的东西,也是由他们提供的。我们对着他们给的数字,往机床里输入程序就可以了,保证加工出来的齿轮和原装的没有一点差别。"

"老森是谁?"唐子风诧异地问道。

店主说:"是东叶大学从国外请的一个教授,真名叫啥,大家都忘了,就记得他的名字里有个'森'字,一来二去,大家就都叫他老森了。他自己也喜欢这个称呼,所以把自己的店叫作老森机床技术服务中心。在那里干活的外国人还有七八位呢,都是东叶大学请来的人。"

第四百五十四章　老森是个二道贩子

老森机床技术服务中心离唐子风他们光顾的齿轮店不远,唐子风向店主道了谢,便与肖文珺一道,牵着孩子走过去了。

这是一个不大的门面,跟园区的许多店面一样有着落地玻璃窗,从外面就能够看到屋里的陈设。屋子的布置有点像个小咖啡馆,几张小桌子旁边摆着几个圆形的单人沙发,一边甚至还有一个酒柜,满满的欧洲风格。

唐子风一行推门走进店堂,一个正以"葛优躺"的姿势瘫在沙发里看书的外国老头像是屁股上装了弹簧一样蹦了起来,脸上也迅速地堆上了油腻的笑容。他大步迎上前来,用带着浓重巴伐利亚口音的汉语向唐子风打着招呼:

"尊敬的先生,欢迎来到老森机床技术服务中心,请问我有什么可以为您效劳的吗?"

"弗格森教授,好久不见了。想不到短短一年时间,你的汉语就讲得这么好了!"唐子风笑吟吟地与对方打着招呼,同时主动地伸出手去。

外国老头下意识地伸手与唐子风握了一下,脸上露出狐疑之色,试探着问道:"先生,恕我眼拙,您是……"

"不错啊,教授,你连'眼拙'这样的词都会用了。"唐子风笑道,"一年前,东叶大学为你召开欢迎会的时候,我和你见过面。我叫唐子风,是临机集团的。"

"哦哦,原来是唐先生,啊不对,我应该称呼你唐总。对不起,唐总,我有一些轻微的,不不,是严重的脸盲症,很严重的那种,所以……实在是对不起,你们各位请坐吧。"外国老头慌乱地说道,同时做出了邀请他们入座的手势。

这个被园区里的中国人称为"老森"的外国老头,真名叫弗格森,原本是德国德累斯顿大学的教授,在硬质合金研究方面小有名气。由于德国国内机床教育日渐式微,他便接受了东叶大学的聘请,来到中国任教。

东叶大学与临机集团开展校企合作,在临河市建了一所机床学院,专门培养机床类人才。弗格森就是由临河机床学院聘用的，5万美元的年薪也是由临机集团提供的，所以严格地说，唐子风是弗格森真正的老板。

不过，机床学院教学方面的事情，唐子风插不上手，因此也很少去机床学院走动，他只是在东叶大学欢迎弗格森入职的时候与弗格森见过一面。当时在场的人很多，弗格森刚来中国，脑子里乱糟糟的，再加上在外国人眼里中国人的长相都差不多，所以他也就没记住唐子风的脸。

唐子风听齿轮店店主说起老森技术服务中心的时候，就猜到这个老森应当是指弗格森，过来一看，果然如此。

"老森啊，你怎么想到在园区开技术服务中心了？这算不算是不务正业呢？"

唐子风在沙发上坐下之后，笑着向弗格森问道。

也许是因为开店的需要，弗格森学了不少汉语，"不务正业"这个词他是能听懂的，而且知道其中带有一些贬义，尤其是当这个词从他的老板嘴里说出来的时候，味道就更不对了。

他很认真地回答道："唐总，请你听我解释。关于开技术服务中心这件事，我是事先就和东叶大学约好的，他们答应我，只要我不耽误在机床学院的教学工作，同时保证每年以东叶大学的名义发表3篇以上的学术论文，那么我做其他的事情，他们就一概不予干预。"

"是吗？东叶大学居然和你有这样一个约定，我怎么不知道呢？"唐子风有些惊讶。

对于兼职这件事，唐子风倒没多少意见。他觉得诧异的是，像弗格森这样一个学者，跑到中国来教书，居然还学会了经商，听齿轮店店主的意思，他似乎还雇了不少跟他一样在东叶大学任教的外教，这与唐子风想象中的就完全不同了。

弗格森面有尴尬之色，说道："是这样的，东叶大学在向我发出邀请的时候，告诉我说他们的经费很紧张，只能给我每年5万美元的薪金。你是知道的，这样的薪金水平，对于我来说是比较低的。

"我之所以愿意接受东叶大学的邀请到中国来，是因为我知道中国正在进行工业化建设，我相信我在这里可以找到很多赚钱……我是说，很多为企业提供服务的机会，这种服务当然是要收取一些费用的……"

"我明白了。"唐子风笑了。

当初东叶大学说要到欧洲去招聘一批教师,而且给这些教师开出的年薪仅仅是区区 5 万美元,唐子风就觉得有些奇怪。如果东叶大学招来的只是一些寻常之辈,这个薪酬倒也不算低。但弗格森属于有些名气的教授,居然也能接受 5 万美元的年薪,这就有些反常了。

现在看来,的确是反常的事情必有蹊跷。闹了半天,这个弗格森从接受聘请的时候就打起了到中国之后出来兼职的主意。甚至可以说,这老头原本就打算到中国来淘金,接受东叶大学的聘请只是顺带。

"为企业提供服务,这是我们鼓励的事情。在学校教书,也需要和实践部门多接触,这叫理论联系实际。对了,老森,这个说法你听过没有?"唐子风问。

弗格森点头不迭:"是的是的,孙主任和范校长也经常这样说。我们机床学院的学生也会经常到园区来为企业提供一些服务。"

"弗格森教授,你们这个机床技术服务中心,主要能够提供什么样的服务项目呢?"肖文珺在一旁插话了。她过去就知道弗格森这个人,但对弗格森的认知仅限于他是一位在硬质合金领域有些成就的专家。

"这是我太太肖文珺,清华大学机械系的教授。"唐子风给弗格森做着介绍。

弗格森眼睛一亮:"肖?我听说过你的名字!哦!你竟然是如此美丽的一位女士,你的容貌简直像你发表的论文一样美丽。"

唐子风和肖文珺很是无奈,拿论文和容貌相比,这算是夸人吗?不过,考虑到人家一个德国老头,用生硬的汉语来恭维,就算说得不那么准确,他们也没法跟他计较了。

"谢谢弗格森教授。我想问的是,你这个技术服务中心,具体是做哪方面的业务呢?"肖文珺再次发问。

"肖教授,非常荣幸能够回答你的问题。我们这家老森机床技术服务中心,集中了全欧洲机床业的智慧,能够为中国用户提供与机床相关的全部解决方案。我们的口号是'只有你想不到的,没有我们办不到的'。"

弗格森瞬间化身广告主播,一口德味汉语,说着时下最俗气不过的广告词,让人有一种凌乱的感觉。

"我怎么觉得你们这个高滩园区有问题啊。"肖文珺低声地向唐子风嘀咕道。

可不是有问题吗？刚才一个齿轮店店主，就敢声称园区里所有用得上的齿轮他都能提供。现在这个开技术服务中心的，居然说自己集中了全欧洲的智慧，没有办不到的事情。

"老森，我怎么记得，你是做硬质合金研究的？机床相关的技术多得很，你敢说每一样技术你都精通？"唐子风问道。

弗格森说："当然不是，事实上，我只了解硬质合金，而且在硬质合金方面，我了解得也还远远不够。但是，我在欧洲有很多同行，他们有在大学里任教的，也有在机床企业里做研究的。你们如果有什么需要研究的课题，只要交给我，我就能帮你们找到最专业的研究人员，保证能够解决你们的问题。"

"闹了半天，你是一个二道贩子啊。"唐子风哑然失笑。

"没错没错，我就是一个技术上的二道贩子。"弗格森说。这个人当教授实在是有些屈才了，到中国没多长时间，他居然学了这么多汉语词语，连俗语都懂。

"那么，你们的生意好吗？"肖文珺又问道。

"生意好极了！"弗格森满脸喜色，"中国真是一个充满活力的国家，每天都有大批的企业到我们中心来进行咨询，请我们帮助他们解决各种各样的技术问题。我发现，中国企业提出来的问题水平都非常高，有很多即使在欧洲也是很前沿的技术，是需要我的欧洲同行们花费很多时间才能够解答的。

"当然了，对于这样的问题，中国企业的出价也是很公道的，他们愿意为这样的知识支付足够的费用，我的欧洲同行们都愿意为中国企业提供服务。"

"我想，你抽取的佣金应当也很可观吧？"唐子风调侃道。

"没有没有！"弗格森赶紧否认，"我只是帮中国的企业和欧洲的研究者们建立联系，从中提取比例很小的佣金。事实上，我做这些事情也是有成本的，比如我这个店面，一年也需要几千欧元的租金呢。"

第四百五十五章　弗格森会后悔的

"这么大一个店面,一年的租金才几千欧元?"

肖文珺却关注到了另一个问题,不禁诧异地问道。

弗格森的这家技术服务公司,面积可真不小,除了店面之外,后面还有好几间办公室,想不到一年的租金才合几千欧元,也就是几万人民币的样子。

临河是个三线城市,机床园区所在的高滩也不算是繁华地带,但要说一个月花几千人民币就能够租到目测不少于三四百平米的商业用房,也实在是太便宜了。

弗格森愣了一下,这才讪笑着回答道:"肖教授,这件事,还得感谢唐总,是他制定的政策,规定园区的租金有优惠的。的确,像这样的一个店面,如果在德国,一个月几千欧元也不一定能够租到的。"

唐子风摆摆手说:"这个可别谢我,优惠政策是临河市政府给的,而且也仅限三年。三年以后租金就得根据各家企业的纳税额来定了,纳税多的企业可以享受比较高的优惠,纳税少的企业就得交高房租,交不起就得走人。临河市为了建这个园区花了不少钱,他们可不是做慈善的。"

"这是完全应该的。"弗格森显得很通情达理的样子,又说道,"我特别佩服中国政府的地方就在于,中国的许多官员对能够发展经济的事情都非常热心,我这个技术服务中心申请营业执照前后只花了一个星期的时间,有关部门的服务都非常好。"

肖文珺说:"弗格森先生,我看过一些中国学者的观点,他们有的很推崇德国的产业布局形式。据他们说,德国有很多企业都是散布在一些小镇上,上百年的时间只专注于做一个产品,很少有像中国这样搞大型产业园区的。"

"不,这绝对不是什么值得羡慕的事情!"弗格森说,"德国的确有很多企业是分布在一些小镇上的,他们生产的产品也非常好。但是,这并不是一种好的产业布局模式，这是有历史原因的。"

"作为一名机床专业人士，我更喜欢像高滩这样的地方，在不到十平方千米的地方，集中了几十家机床整机企业，还有几百家配件厂以及像我司这样的技术服务公司。"

"在这里，任何一个天才的设想都能够立即得到验证，无论我们设计出一个什么样的产品，都能够立即找到企业把它生产出来。这个高滩园区，就是一个巨型的实验室，它是所有研究机床的学者和工程师的乐园。"

"你确信？"肖文珺认真地问道，"弗格森先生，你确信自己不是因为能够在这里赚到钱才觉得这里是一个乐园？"

"当然不是！"弗格森像是受了莫大的污辱一样，义正词严地答道，"我承认，我最初开办这个机床服务中心的时候，是为了赚钱。但当我发现我的客户能够给我提供各种各样的新思想时，我的想法就变了。

"肖教授，你或许不知道，在过去的三个月里，我发表了4篇一流的论文，还有几篇论文正在接受审稿，我一点也不怀疑它们会被接受，而且能够引起轰动。

"所有这些论文的思想，都来自我的客户。他们提出的要求中，包含着许多天才的思路，我只是照着他们的思路，帮他们解决了技术实现的问题，而他们便把这些思路慷慨地送给了我。"

"我希望你没有侵犯他们的原创权。"唐子风半开玩笑地说道。

弗格森面露苦色，说道："唐总，不瞒你说，我的确是动过要侵犯他们原创权的念头，但是我发现所有和我打交道的中国客户都非常了解知识产权的价值，他们允许我把这些想法写成论文并拥有署名权，但由此而产生的专利，他们是坚决不会让我占有的。

"他们拥有一流的律师团队，在和我们中心签合同的时候，把所有的利益都规定得一清二楚，让我们没有任何机会。后来我才知道，为他们提供法律服务的，是你们临机集团下属的一家法律事务所。我想，这应当是出自你的授意吧？"

"并不是。"唐子风断然否认了，"我们只是因为在这个问题上吃过一些亏，所以才成立了专门的法律事务所来处理类似问题。你应当知道，法律事务所的律师们也有业绩要求，所以他们会在完成集团交付的任务之余，为园区的企业提供一些法律帮助。这和弗格森教授你开办机床技术服务中心是同一个

第四百五十五章 弗格森会后悔的

道理。"

唐子风这话，多少有些不实。作为一名穿越者，他远比同时代的企业家更关注知识产权问题，并且在集团办公会上多次提起此事。集团常务副总张建阳是他的忠实粉丝，对他的任何一句话都会给予一百二十分的重视。所以，弗格森说这件事是出于唐子风的授意，并不算错。

弗格森所说的法律事务所，就是张建阳指示成立的，挂在临荟公司的旗下，目前已经是整个东叶省赫赫有名的主打知识产权的法律事务所。

高滩园区集中了几十家机床整机厂，还有一大批做机床配件的，如果不强调知识产权问题，必然会导致山寨货横行，从而打击园区企业的创新力。在张建阳的推动下，临荟法律事务所在高滩园区进行了多轮普法，还主动为一些被侵权的企业讨回公道，一来二去，就在园区里营造了一种重视知识产权的氛围。

"唐总，你放心吧，我是有职业道德的，我的同事们也是如此。"弗格森赶紧表白，"我会和我的客户认真地讨论各自的权利，我要把他们提供的想法写成论文，事先也是会征得他们同意的。有些时候，我会主动降低价格，作为使用他们思路的回报。"

"我想这应当是一个双赢的交易。"唐子风笑道，"这些论文对于你来说，价值远高于你所让出的那些价格，而对于园区的企业来说，却是不值什么钱的。他们并不想成为学者，所以也无须考虑发表论文的问题。"

肖文珺插话道："弗格森先生拥有论文的署名权也是合理的，那些企业只是提供了一个需求，解决问题的具体方法以及相应的理论，都是弗格森先生完成的，而这些才是论文的核心内容。我们在学校里和企业合作，一般也是这样做的。"

"对对，肖教授说得太对了！"弗格森连忙附和，这些话由唐子风的太太说出来，显得更有说服力。弗格森还真怕唐子风又弄出什么幺蛾子，比如教企业跟他讨价还价，逼他让渡更多的利润，那他可就亏了。

发表论文对于弗格森来说，属于刚需。东叶大学与弗格森的聘用合同里规定他每年必须发表若干篇论文，同时还规定超出的部分会给予高额的奖励。弗格森让渡给企业的那些利润，其实不过是东叶大学给他发的奖金而已，而且还只是奖金的一部分，弗格森在这场交易中是净赚的。

就算不考虑眼前的收入，弗格森发表的这些论文，从长远来看也是很值钱的。发表论文越多,他的名气就越大。而名气越大,别人要聘用他的时候,开出来的价钱就会越高。

唐子风与弗格森随便地聊着天,肖文珺在一旁逗孩子玩,耳朵却是竖着的,在她的心里,一个想法不可遏制地成长起来。

"子风,我想好了,我也准备到园区来开个技术服务中心。"

走出老森机床技术服务中心之后,肖文珺向唐子风说道。

唐子风哈哈大笑:"我就猜到你会动心的,弗格森刚才牛皮吹得太大,现在估计得后悔了。"

"他后悔什么?"

"后悔招来了你这样一个竞争对手啊。肖教授出马,以后园区里还有他老森的业务吗?"

"这可不一定,说不定你们更相信外国专家呢?"

"搁在别的地方或许如此,但在高滩园区,外国专家还真没什么稀罕的。"唐子风自信满满地说,"高滩园区里绝对没有崇洋媚外的风气,相反,大家都觉得国货价格便宜,服务又好,不选国货才是傻瓜。"

肖文珺扑哧一声笑出来了:"子风,这恐怕是你给大家洗脑的结果吧?还有王梓杰搞的那个辨识网,也是成天传播国货优于洋货的观点。别说你们高滩园区,连我们清华都有很多学生相信了你们的宣传呢。"

"我们本来也没说错嘛。"唐子风说,"你是搞技术的,你敢说中国的技术完全不如国外的?"

第四百五十六章 这个包在我身上

"中国的技术当然不如国外。"肖文珺断然地说,说罢,她又换了个说法,"应当这样说,和十几年前相比,我们现在和国外的差距,已经很小了,大多数领域的差距都缩小到了代际之内,这已经是一个非常了不起的成就了。

"就机床来说,中低端机床方面,咱们国产的并不比国外的差,如果是拿同样价格的机床来对比,我们的机床甚至比国外的更好。现在懂行的企业都愿意买国产机床,花钱少,性能和质量相差不大,售后服务还更方便。

"在高端机床方面,我们和国外的差距还比较明显,尤其是高精度机床,很多型号我们还是空白。不过,也有一些型号我们已经做得比国外好了。"

"嗯嗯,肖教授总结得好。"唐子风拍了一记马屁,接着又问道,"那么,以肖教授的看法,国产的高端机床大约需要多长时间,才能达到和国外并驾齐驱的程度呢?"

"看你怎么定义这个'并驾齐驱'了。"肖文珺说,在讨论问题的时候,她是很讲究逻辑缜密的,不像唐子风那样没个正形。

唐子风说:"我想应当是三个层次吧。第一个层次是能够实现进口替代,国外卡不住我们的脖子;第二个层次是具有竞争力,和国外产品各有千秋;第三个层次就是超越。"

肖文珺撇了撇嘴,唐子风说的最后一个层次,实在有些狂妄了,让她不能不表示一下鄙视。不过,类似这样的话,唐子风在她面前已经说过几十次了,她多多少少也受了一些影响,思考问题的时候难免要拿第三个层次来作为目标。

"第一个层次,我估计有五年时间应当足够了。"肖文珺回答道,"前一段时间,我们做过一个研究,发现咱们国家在很多高端机床型号上都处于突破的边缘,用五年时间达到能够替代进口的水平,应当问题不大。"

"晓惠也向我汇报过这个情况,她说在 04 项目组研制的几种机床,都卡在几个关键节点上,一旦突破,后面就没什么障碍了。"唐子风说。

肖文珺点点头,接着说道:"你说的第二个层次,我估计需要十五年吧。到时候,咱们在一些型号上达到世界先进水平,在另外一些型号上略逊一筹,形成各有千秋的格局,希望很大。至于第三个层次,这是你们文科生去想的问题,我可回答不上来。"

说到最后,肖文珺笑了起来。他们这个家,是典型的文理合璧的家庭,唐子风这个文科生,思维方式与肖文珺完全不同。

肖文珺一开始对文科生是很看不上的,觉得文科生不外乎就是空口说白话,没啥真正本事。与唐子风接触久了,肖文珺逐渐发现文科生的思维方式也是有其可取之处的,至少在分析社会问题的时候,唐子风就比她这个纯粹的理科生看得更透彻。

比如唐子风说的第三个层次,也就是有朝一日中国的机床技术能够超越西方发达国家,以肖文珺的看法,应当是不切实际的。想想看,西方国家有几百年的技术积累,西方机床巨头手里有大量的专利,肖文珺他们随便用一个公式,都是以西方人的名字命名的,中国要想取西方而代之,很难的。

的确,中国这些年的发展是很快,但人家西方人就不发展吗?等你追到前沿的时候,前面没有现成的路了,大家遇到的困难是一样的,凭什么你能够做得比别人更好呢?

但过去十年的经历,让肖文珺觉得唐子风的预言似乎也是有道理的。十年前,肖文珺根本无法想象中国今天会有如此的成就。

以肖文珺研究的领域而言,十年前,她的导师们还在苦哈哈地研读国外的文献,国外学者所做的那些研究,对于国内学者来说简直就是天方夜谭。在那个时候,国际顶尖的学术刊物上极少会出现来自中国的文章,国内学者到国外去参加学术会议,也只有坐在下面旁听的资格,极少能够获得发言的机会。

但短短十年时间,情况已经发生了天翻地覆般的变化。现在别说肖文珺自己,就是她带的博士生,在国外顶尖刊物上发表文章都已经不算是什么稀罕事情了。一些影响力很大的学术会议,也开始选择在中国举办,中国学者站在讲台上畅所欲言,一帮老外坐在下面听得全神贯注,这也是很寻常的场景了。

为什么会有这样的变化呢?

以肖文珺的知识结构,是很难做出全面、系统的解释的。中国的科学家很努力，这不假，但国外的科学家也很努力啊，为什么中国的成果就会不断增加呢？

当她带着这样一些问题去参加唐子风、王梓杰、梁子乐等人的聚会时，却发现这些文科生对此毫不惊讶。

"社会需求才是推动科技发展的原动力，一旦社会有了某种需求，这种需求会比十所大学更能推动科技的发展。"

这是王梓杰的话，不过据说是引用了某位伟人的原话。

中国是目前全球增长速度最快的国家，中国将成为全球制造业增加值最高的国家。作为世界工厂，中国有着全球最多的机床需求，而这种需求将会推动机床研究的高速发展。

这就是文科生们的结论。

当然，这只是唐子风身边的那群文科生的结论。齐木登也算一个文科生，他的结论就是恰恰相反的，而这种相反的结论，在时下也颇有一些市场。

肖文珺带着这样的结论去做过文献研究，然后惊异地发现在过去一些年中，西方老牌工业国家的机床研究正在日渐衰退，而中国的研究却呈现出了井喷式增长的态势。在许多细分领域里，西方国家已经多年没有新的进展了，反而是中国学者在对这些领域进行精耕细作，成果迭出。

刚才在老森机床技术服务中心，弗格森也表达了类似的观点。他声称自己能够在高滩园区找到各种技术灵感，这些灵感是从生产实践中产生出来的，离开了生产实践，再天才的学者也无法创新。

或许，唐子风说的第三个层次的确是有可能达到的，虽然肖文珺无法估计出这一天将会在什么时候到来。

"我打算回去向领导汇报一下，以我们清华机械系的名义，在高滩园区开办一家机床技术服务中心，和弗格森他们一样，专门承接园区企业委托的研发课题。对了，我们还可以出售我们在学校里研发出来的技术，用企业的钱来支持我们后续的研发。"

肖文珺把话头引回了正题，对唐子风说道。

"我完全赞成。"唐子风说，"其实你们早就该这样做了，科研需要和实践相结合，这是最朴素的道理了。"

"你怎么不早说？"肖文珺呛道。

唐子风笑道:"那时候你不是还怀着孩子吗？我怕我一说出来,你就不管不顾地跑到临河来了。我倒是不担心啥,可是我爸我妈,还有你爸你妈,能放过我吗？"

"自私!"肖文珺斥了一句,却也知道唐子风说得没错,此前她肚子里怀着孩子,如果真的跑到临河来办什么技术服务中心,两边的老人肯定是不会答应的。现在孩子已经会走路了,她再到临河来,问题就不大了。

"如果知道你们要来,临河市政府估计得乐疯了。你们尽管狮子大开口,要求临河市给你们免房租、免税收之类的,一律都没问题。你们手里拿着的可是一块金字招牌,临河市在国内的知名度都会因为你们的入驻而提高好几个百分点。"

唐子风笑呵呵地给肖文珺出着主意。

当然,他也知道,临河市政府是非常愿意的,如果能够吸引到清华大学来高滩园区建一个生产服务中心,临河市政府是愿意花高昂的代价的。

肖文珺却不领情,她说道:"房租、税收之类,免不免对于我们来说意义都不大,我们也不会在乎这点钱。最重要的,还是要尽快地开展业务。我不希望我们的服务中心建立之后,每天就是帮你们园区企业解决点鸡毛蒜皮的小问题,最好能够有一些比较重大的技术问题,经济效益和理论价值都特别重大的那种。"

"这个包在我身上。"唐子风把胸脯拍得山响,"我们临河别的没有,说起重大的机床技术问题,要多少有多少,就怕你们吃不下去。"

"是吗？我怎么没看出来？"

"你看你老公的脸,我难道不像一个问题少年吗？"

"你确信自己是'少年',而不是'童年'？"

"'问题童年'也有啊,苏化已经在临河等了你七八天了,他那些问题如果解决了,足够你们师生发20篇论文了。"

第四百五十七章　消费市场上的新宠

一年多以前,在宁默夫妇和黄丽婷的支持下,苏化利用自己的技术创办了一家专门研制无人机的公司。考虑到几个合伙人都是从临河出来的,苏化把公司的名字叫作"大河"。

苏化是个技术专家,但从上高中的时候就被唐子风忽悠着涉足商圈,所以商业头脑丝毫不逊色于技术头脑。作为合伙人的黄丽婷和张蓓蓓都是人精,虽然一个是做大生意的,一个是做小生意的,但要论商业敏感,二人也是不分伯仲。

三个人凑在一起商量的结果,就是把无人机的市场首先定位于消费级应用,主打低价、多功能,不与国外那种动辄定价十几万乃至几十万的专业级无人机竞争。

带着这样的考虑,苏化聘了十几位各专业的工程师给自己打下手,用短短几个月时间就推出了三款较为成熟的机型,定价分别是 1.5 万元、0.8 万元和 0.5 万元。其中价格最高的那款适合商用,比如婚庆公司用于婚礼的航拍,价格最低的那款面向囊中羞涩的普通摄影爱好者,满足他们航拍的愿望。

黄丽婷在遍布全国的丽佳超市里给大河无人机做了巨幅广告,没有收一分钱的广告费,这也算是一种变相的投资了。原本张蓓蓓与苏化说好是两家投资的,黄丽婷算是"第三者插足",又是最有钱的一方,不做出一些这样的表示也不合适。

大河无人机的问世,还引起了媒体的关注,许多重量级的大众媒体都用相当的篇幅对无人机的应用进行了介绍,并刻意地点出了大河这个品牌,相当于是给大河公司做了免费的软文宣传。

苏化等人都不傻,哪里会不知道媒体都是无利不起早的,这么多媒体都在给大河无人机做宣传,背后没人指使才是怪事。苏化稍稍找人打听了一下,就知道有一家名叫深蓝焦点的公关公司给这些媒体打了招呼,而深蓝焦点的老板包娜娜也是苏化曾经见过的,知道她是唐子风的师妹。

对此,苏化只能在心里苦笑,知道自己毕竟还是欠下了唐子风的人情,未来不找个机会偿还一下是不行了。

卓越的产品设计,正确的市场定位,再加上足够的广告和软文宣传,大河无人机迅速地火爆起来,成为2005年国内消费市场上的新宠。

在这个时候,国际上做无人机的公司不少,但基本上都是走高端路线,一台无人机价格十几万,而且售后服务极其昂贵,换个螺丝都恨不得收几千元的配件费。无人机本身就是很娇贵的东西,稍微控制不当就会坠地撞树。价格高、易损坏,而且维修困难,这样的东西谁能玩得起?

大河无人机的横空出世,一举打破了无人机只限于有钱人使用的格局。一万多一台的价格,对于婚庆公司来说是完全可以接受的。而国货的一大特点又是售后服务极其良心,反应及时而且收费低廉,让老板不再担心磕着碰着,谁不想买几台搁在公司里充个门面?

不到一年时间,大河无人机的订单就突破了四位数,几位股东喜不自禁的同时,也都愁上了眉梢:这么多的订单,生产能力已经远远跟不上了。

"我们已经在渔源和合岭新建了四个车间,准备扩大产能,但加工设备这方面存在着问题。我们过去加工无人机的配件,是用市场上的通用机床,加上一些专用的工装。对了,有些工装还是胖叔设计的呢。但现在要扩大产能,胖叔坚决反对我们用原来的生产方案,建议我们找临机集团开发专用机床。"

在临机集团的总经理办公室里,苏化向唐子风、肖文珺、秦仲年等人说道,在他身边,还坐着他刚才提到的"胖叔"宁默。

"我们现在生产规模扩大了,按照黄总和蓓蓓的估计,明年无人机的销量会超过10万台。如果我们能够把生产成本降低,把最低一档无人机的价格降到3000元以下,年销量突破100万台也不成问题。"

"如果有这么大的产量,再用通用机床来生产就不划算了,应当设计专用机床来生产。这方面我还是相信咱们临机,所以我就让苏化来找老唐帮忙了。"

宁默乐呵呵地说道,丝毫也不在意苏化对他的称呼。

他心宽体胖,一向没把唐子风当成什么大领导,而是始终觉得唐子风就是自己的高中同学,是能以"老唐"来称呼的。在这一屋子人里,肖文珺是他哥们

第四百五十七章 消费市场上的新宠

的夫人,他可以称一句"弟妹",也就是秦仲年还让他有些敬畏而已。

"一年销售100万台无人机,这怎么可能?"秦仲年的关注点却是在这方面。

在他看来,无人机不就是一个玩具吗?就算是能够用来拍拍婚礼啥的,全中国一年能有多少场婚礼,用得着100万台无人机去拍吗?

"秦总工,这个估计还是有点依据的。"苏化说道,"唐总过去就教过我一个道理,一种产品是会自己创造出需求的。我原来也没想到无人机会有哪些方面的应用,结果我们推出大河无人机之后,很多部门都找到了无人机的应用方式,让我们自己都觉得很意外呢。"

"具体有些什么应用,你能给我举几个例子吗?"秦仲年问。

"当然可以。"苏化说,"第一个例子,就是林业部门的应用。他们用无人机来察看林场的情况,监测森林火灾以及病虫害。他们向我们提出的要求就是希望无人机的续航能力再增强一些,最起码也要达到能够巡视几十平方公里的能力。"

"这个应用倒是不错,林场的巡视一向都是很难的,你们的产品还真是解决了他们的问题。"

"第二个例子,是农业部门,也是用来监测农场的情况。他们还向我们打听,能不能把无人机做得更大一些,能够帮着他们洒农药,这样就省得他们去租大飞机了。"

"这个能办到吗?"

"只要他们能够承担得起费用,把无人机做大一些并不难。"

"如果替代洒农药的飞机,那么再贵也不算贵啊。"

"还有就是电力部门提出用无人机帮助他们巡线,交通设计部门要用无人机观测路线情况,旅游部门要用无人机监视游客是不是乱采花了……"

"哈哈,听你这么一说,这个无人机的应用还真是挺广泛的。不过,就算把这些都加上,一年100万台,这个数字还是太大了吧?如果一台无人机1万元,这不就是100个亿的产值了?好家伙,比起我们临机的产值也差不多了。"

秦仲年算了笔账,倒是先把自己给吓着了。

唐子风插话说:"秦总工,苏化他们算出来的100万台销量,算是一个远景规划吧,起码也得……呃,三五年时间才能达到。如果他们的无人机技术过关,价格也便宜,那就不仅仅能够占领国内市场,卖到国际市场上去也不奇怪。

"西方国家的购买力还是挺强的,1万人民币的价格,对于西方人来说不算什么。你忘了咱们过去卖的迷你家用机床了?人家就是买来当个玩具用的,不在乎花那点钱。"

"是这样吗?"秦仲年向苏化问道。

苏化点点头,说道:"唐总说得没有错,我们现在已经在关注国际市场了,下一步的确就是要以国际市场为主。无人机算是消费品,而且是快消品,一个型号两三年时间就过时了。如果价格便宜的话,消费者会倾向于两三年就更新一次,所以销量是有保障的。这个和机床真的有一些差别。"

"想不到,想不到啊!"秦仲年摇头不迭。他是那种上了岁数的人,恨不得一双袜子都要穿上七八年,哪能理解现代人的消费观念。不过,他又是那种愿意接受别人观点的人,听苏化说得言之凿凿,他也就相信了。

"所以,现在的关键问题,就是要提高生产能力,而且还要降低生产成本。我跟他们几个人说了,不能再用原来的生产方式,必须请临机帮我们设计专用机床。"宁默再次重复着自己的观点。

他说的"他们几个",自然是指苏化、黄丽婷和张蓓蓓,这几位都不是搞机械的,对于专用机床和通用机床之间的差别,理解得不如宁默深刻。

"你说得容易。"秦仲年白了宁默一眼,说道,"你们提出来的需求,超出了我们以往生产过所有机床的范围,要设计这样的机床,差不多就是完全从零开始。你没做过机床设计,不知道从零开始设计有多困难,光是反复地设计和制造样机,花费就是以千万来计算的,你们负担得起吗?"

"对了,你们刚才不是说一年能够有100个亿的销售收入吗?那好,你们先拿三五个亿出来,我安排苍龙研究院组织最强的技术力量,帮你们把机床设计出来,你们看如何?"

第四百五十八章 那咱们就赌一把呗

秦仲年此言一出,没等苏化说什么,宁默先炸了,他瞪着秦仲年嚷道:

"老秦,你也太黑了吧!设计几台机床的事情,你就敢跟我们要几个亿?你不会是跟着老唐混久了,被他给带坏了吧?老唐坑人也是坑外人,我可是咱们临一机出来的,你老秦不会连我都坑吧?"

他这一嗓子,让秦仲年的脸唰地一下就变黑了,年轻人之间的说话方式,老秦还真有些接受不了。更何况,他刚才说让大河公司拿出三五个亿来作为设计费,本身就有一些浮夸的成分,被宁默一下子揭穿,也让老爷子感觉下不来台了。

肖文珺瞪了宁默一眼,斥道:"胖子,你胡说啥呢!你有本事设计几台出来给我看看?你们提出的需求,我也看过了,要高精度、高节拍、多工位同时加工,而且还要兼容多种规格,你以为真有那么容易?

"秦叔叔跟你们说要三五个亿,还是少算了呢,依着我的意思,你们得拿出10个亿来才够。"

"10个亿……"宁默那圆润的胖脸一下子扭曲成了银河系星云的形状,他委屈巴巴地看了唐子风一眼,说道,"老唐,你就不能出来说句公道话?"

要说起来,宁默两口子与唐子风两口子的关系是很不错的,张蓓蓓和肖文珺凑在一起的时候,也好得像是闺密一般。但在宁默两口子心里,总觉得肖文珺是大学教授,与自己还是有一些落差的,平时说说笑笑倒也无妨,在讨论正事的时候,宁默还真不敢直接撑肖文珺。

相比之下,秦仲年虽是长辈,但宁默自恃曾在临一机待过,与秦仲年算是同事,遇到事情撑一撑也无所谓。秦仲年是个忠厚长者,真把他逼急了,也不过就是伸手在宁默背上拍一掌以示惩戒,大家不至于真的翻脸。

听到宁默向自己求救,唐子风看了他和苏化一眼,平静地问道:"你们现在能拿出多少钱来?"

"不超过2000万。"苏化老老实实地回答道,"黄总那边倒是说可以想办法再追加一些资金,但我和张姐不太希望这样。我们今年的销售额将近一亿,扣掉成本还有给渠道的分成,剩下的也就是4000万左右,我们扩建厂房,添置设备,都需要花钱。银行那边能够借出几千万来,但我们还要改进产品设计,这也是很花钱的事情。"

"2000万够吗?"唐子风向肖文珺问道。

肖文珺摇摇头:"不够。他们需要的不是一台设备,而是一条生产线,是几十台设备的一个组合。过去我们没有这方面的技术积累,这条生产线相当于是从头开始设计的,要出样机、调试、测试、修改设计,2000万的费用太紧张了。"

"秦总工觉得呢?"唐子风又向秦仲年问道。他这样问倒也不奇怪,肖文珺是学校里的教授,看问题的角度与企业里是不同的,她说不够,不一定秦仲年也会觉得不够,两个人完全可能有不同的观点。

果然,听到唐子风的询问,秦仲年沉默了好一会,然后说道:"单纯算设计费,2000万肯定是不够的。但如果小苏和小宁他们能够和咱们签个合同,保证未来的设备采购只选择咱们临机,而且在三年内能够达到一定的数量,我们也可以试试。"

"秦总工希望我们的采购量能够达到多少呢?"苏化问道。

秦仲年说:"你们刚才不是说你们的无人机年产量能够达到100万台吗?这就是差不多一年100亿的产值了,我估计你们每年的机床采购金额应当在6亿~8亿。你们如果能够保证这样的采购规模,我们现在投入一些资金为你们开发专用机床,也是可以的。"

机床是有使用寿命的,一般数控机床的使用寿命也就是6万~8万小时,如果是24小时不停运转,也就相当于8~10年的样子。如果再考虑到机床的技术更新问题,使用超过五年以上的机床就已经有些落伍了,即便还没到报废的程度,企业也会将其提前报废,购买技术更为先进的机床来进行代替。

把机床的消耗分摊到其所生产的产品中,大致可以计算出一个消耗比例。按秦仲年的估计,大河公司生产无人机的产值中,机床消耗会占到6%~8%,如果大河公司一年有100亿产值,就意味着需要消耗6亿~8亿元的机床了。

如果大河公司能够承诺每年向临机集团采购6亿~8亿元的专用机床,则

第四百五十八章 那咱们就赌一把呗

临机集团投入人力、物力、财力去开发这种机床，也是合算的事情。反之，如果大河公司的采购量不足，则高额的研发费用就无法分摊下去，那么除非大河公司愿意单独支付研发费用，否则临机集团是不会接这桩活的。

秦仲年讲的道理，苏化也是明白的。事实上，大河公司用于开发无人机的投入，也是要分摊到每一台销售出去的产品上的。销量越大，研发的资金压力就越小。搞工业的道理都是差不多的。

"100万台这个数字，目前还是一个预测。"苏化讷讷地说。

换成其他场合，苏化是可以吹吹牛的，反正吹牛也不用交税。但这里一屋子人都是行家，他如果还继续吹牛，就未免会贻笑大方了。

"如果是这样，那我们也很难办啊。"秦仲年把手一摊，说道。

宁默和苏化也都有些蔫了，理想很美好，现实很骨感，这是一件无奈的事情。开发专用机床的投入，或许用不了三五亿，但肯定也不是区区2000万就够用的。要让他们拿出更多的钱来请临机集团进行开发，他们自己也要掂量掂量，万一未来无人机的销量无法达到预期，或者出现了强有力的竞争者，分走了他们的市场份额，那他们前期的这些投入，可就难以收回来了。

"要不，我们先用原来的生产方式维持一段，看看市场反应再说？"苏化向宁默问道。

宁默摆摆手："这不可能。我们现在的订单就已经做不出来了，要完成这些订单，就必须追加设备。如果追加一批通用机床，还像过去那样一件一件地生产，那就太不合算了。以后我们肯定是要用专用机床的，到那时候这批通用机床就算是白买了，贴钱送给人家，都不一定有人要。"

"可是……"苏化做出为难的样子。

"没啥可是的，这件事，我相信老唐肯定有办法。"宁默信心满满地说，说罢，他把头转向唐子风，问道，"你说是吧，老唐？"

"你凭什么就觉得我肯定有办法？你真把我当成机器猫了？"唐子风一脸郁闷。

实在是交友不慎啊，自己怎么就认识了宁默这样一个耍赖的朋友呢？

宁默嘿嘿笑道："我跟你都认识20多年了，我还不知道你？如果你没办法，你还会坐在这里听我们瞎扯吗？我敢说，秦总工和肖教授说的事情，你肯定早就想到了，现在在这里装，就是等着我们来求你，是不是？"

"你就是这样求我的?"唐子风没好气地问道。

"那还要怎么样?"宁默理直气壮地呛道,"当初蓓蓓让我和苏化合伙做无人机,我是问过你的,你说这个产业有希望。还有,黄丽婷给我们投资,肯定也是你建议的,对不对?黄丽婷的超市里有你的股份,所以你也相当于是我们的间接股东。我们现在有困难了,你说你能袖手旁观吗?"

唐子风以手抚额:"胖子,你如果不这样说,没准我还真就帮你了。你现在这样一说,我想帮你都不成,这叫瓜田李下,你懂不懂?"

"有啥瓜田李下的?老秦也是自己人,你那点事,他能不知道吗?是吧,老秦?"宁默看着秦仲年,打起了感情牌。

"我知道啥?我啥也不知道!"秦仲年斥了一句,随后又转头对唐子风说道,"子风,你真的觉得这件事还有别的办法?"

唐子风点点头,说道:"办法倒是有一个,就是不知道苏化和胖子能不能接受。"

"你说吧,啥条件我们都能接受。"宁默迫不及待地应道。别看他答应得如此爽快,在他心里却是另有一番计较的,那就是唐子风绝对不可能坑他,所以他不需要担心什么。

唐子风说:"刚才大家讨论的症结,其实就在于一点,大河无人机有没有可能做到年产值过百亿。你们的设备是我们专门为你们开发的,除我们之外,别人也生产不出来。如果大河能够做到,那么你们也只能向我们采购,一年6亿~8亿元的采购额,肯定是能够保证的。"

"没错,正是如此。"苏化点头道。

"既然如此,那咱们就赌一把呗?"唐子风笑着说,"我们组织人手,为你们设计这套机床。如果三年后你们做不到百亿产值,甚至是破产了,我们就权当是前期投入打了水漂。"

"如果你们能够做到百亿产值,那么咱们双方就形成一个战略合作关系:你们必须把我们当成大河公司主要的设备提供商,除非我们无法提供的设备,或者我们提供的设备达不到你们的要求,否则你们必须优先从临机集团采购设备。你们看如何?"

第四百五十九章　你们不会是在唱双簧吧

苏化代表大河公司与唐子风草签了一个合作协议,支付 2000 万元研发资金,委托临机集团开发用于无人机加工的专用机床,并承诺未来五年内大河公司的主要生产设备将优先从临机集团旗下企业采购。

临机集团的承诺则是在半年时间内研制出符合大河公司需求的专用机床,如果未能按时完成,将按延误时间予以赔偿。

签完协议,苏化和宁默便先告辞离开了。出门前,宁默还欢天喜地地邀请唐子风、肖文珺两口子晚上去和他们一块吃烧烤。

"秦总工如果想去也行……"

这是宁默对秦仲年说的话,虽然表述上有些不中听,起码证明宁默没把秦仲年当成敌人,这算是一个友善的表示了。

"这个小宁!还是原来的脾气!"

听着苏化、宁默二人的脚步声消失在楼道里,秦仲年笑着评论了一句。因为宁默与唐子风的交情,秦仲年过去也是和宁默打过交道的,多少知道他是什么性格,和他计较就输了。

"唐子风,我怎么觉得,你和苏化他们签的协议,条件有点太优惠了?"

肖文珺关注的是另一个问题,刚才苏化他们在场,她不便直接说。现在对方已经离开了,她便可以发问了。

唐子风说要和苏化他们赌一赌,但他开出来的条件,却不是标准的对赌方式。按照对赌的方式,如果大河公司在未来三年内无法达到一定的采购金额,应当要向临机集团让渡出一些利益,一般情况下就是割让股权,以弥补临机集团的损失。

唐子风开出来的条件,只是要求大河公司,一旦发达了必须从临机集团采购设备。但如果大河公司没能达到预期的销售额,从而没有从临机集团采购足够的设备,却是没有任何惩罚的。

这样的赌局,相当于只是临机集团一家在赌,赌大河公司的成就,大河公司方面并没有下赌注。

企业间的合作,当然不必都是对赌的方式。事实上,对赌这种方式对于追求稳健的企业来说也是不可取的。但现在,大河公司明显处于困境,临机集团则没有什么压力,这种时候逼着对方签一个明显不利的协议都是可以的,岂能反过来向对方让利呢?

在肖文珺心里,隐隐觉得唐子风此举或许是看在熟人的面子上。大河公司的三个股东,苏化和于晓惠是一家的,黄丽婷是唐子风的商业合伙人,宁默是唐子风的发小,可以说都算是唐子风最亲近的人,唐子风照顾他们一下,从人情上说是可以理解的。

但问题就来了。

首先,临机集团不是唐子风的私人企业,唐子风照顾自己的朋友,这样做是否合适?

国企里假公济私的事情当然也不罕见,但肖文珺知道,唐子风并不是这样的人。唐子风自己不差钱,这些年他拿自己的钱补贴公家的事情也不少。就比如他原本在新经纬公司有股份,但后来却把股份转让给了苍龙研究院,按现在新经纬公司的市值来算,唐子风的损失也有几千万了。

要帮助大河公司,唐子风有若干种可选择的办法,大可不必这样损公肥私,所以,他这一次的行为,显得很异常。

其次,就算唐子风真的脑子进水,要做这样一件不合理的事情,他也应当换一个方式,至少不能当着秦仲年的面,由他自己把这个方案提出来。

要说唐子风想不到这些,肖文珺是绝对不相信的。

一个精明的人,却犯了如此低级的错误,肖文珺不得不觉得奇怪。

她在这个时候直接把问题挑出来,其实很大程度是说给秦仲年听的。她希望唐子风能够在秦仲年前面给出一个合理的解释,至少先把秦仲年这一关混过去。

听到肖文珺的问话,唐子风呵呵一笑,用手指了指秦仲年,说道:"秦总工,你替我解释一下吧。你看,我这样给大河公司让利,肖教授都看不过去了。我如果不给出一个合理的解释,晚上回家没准儿就要跪键盘了。"

第四百五十九章 你们不会是在唱双簧吧

"不会吧？我觉得文珺挺讲道理的嘛。"秦仲年说道。

"什么意思？秦叔叔，你们……不会是在唱双簧吧？"肖文珺有些后知后觉地问道。

秦仲年瞪了唐子风一眼，说道："这不都是子风的馊主意吗？让我配合他骗人。小苏、小宁他们两个，现在没准还在感谢子风呢。他们可不知道，子风早就把他们给算计进去了。"

"什么意思？我怎么觉得子风刚才和苏化草签的那个协议，对大河公司没啥损失，倒是咱们临机集团吃亏了？"肖文珺说。

秦仲年："咱们也没吃亏。照子风的说法，只是没有多占便宜罢了。其实我说研制这样一套设备需要花三五个亿，也是为了诈他们，实际上哪用得了这么多钱。"

"三五个亿的确是有些高估了，但要从头开始研制，一两个亿的投入还是有可能的。我看了一下他们的需求，这种多工位同时加工的设备，技术难度不小呢。"肖文珺说。

秦仲年说："你说的是从头开始研制。如果我们已经有一些基础，只是在原有的基础上做一些修改，投入就没那么大了。"

"您是说，临机有这方面的基础？我怎么不知道？"肖文珺诧异地说。

她这样说也并不奇怪。肖文珺至今仍然是苍龙研究院的兼职专家。临机集团的许多新产品开发，都会邀请肖文珺参加研讨，所以她对临机集团的产品线是比较熟悉的。在她印象中，临机集团并没有能够满足大河无人机生产要求的设备，许多技术是需要从头开始设计的。

秦仲年说："这一段时间你参与临机的事情比较少，所以这件事你可能不知道。小唐给我们布置了一个新的研究方向，就是开发汽车制造的专用机床。集团拿出了五个亿来做这件事，目前还是刚刚开始，没太多成果，也没来得及请你参加。"

"这件事我倒是听子风说过一句，不过，他可没说要拿出五个亿来做。五个亿……这可是一个大工程了！"肖文珺很是感慨。

"五个亿只是第一期投入吧，未来还要追加，十亿、二十亿，都有可能。"唐子风轻描淡写地说。

"你牛！"肖文珺呛了一句，不过内心也承认唐子风有吹牛的资格。相比其

187

他企业，临机集团在技术研发方面的确是非常慷慨的。

高额的研发投入带来了产品的升级，而产品的升级又让临机集团获得了更多的利润，从而能够支撑起这样的研发，这就形成了一个良性循环。其他一些企业的领导也有这样的意识，但却缺乏唐子风这样的魄力，尤其是不敢进攻国际市场，只敢在国内这一亩三分地上扑腾，所以也就没有这么大的手笔了。

"秦叔叔的意思是说，你们搞的汽车机床，和苏化他们想要的无人机机床有共通之处，你们可以把汽车机床上的技术迁移过去？"

以肖文珺的聪明，一下子就猜出了秦仲年说这些话的目的。

按行业划分，汽车行业是机床行业最大的客户，没有之一。早些年，中国的汽车行业相对比较落后，全国汽车年产量不过几十万台，产能分布在数十家汽车厂，最大的企业年产量也不到10万台，所以汽车专用机床的概念并不突出。许多汽车企业都是使用通用机床来加工汽车零配件，正如大河公司用通用机床加工无人机配件一样。

近年来，国内汽车产业迎来了大发展，汽车产能以每年几十个百分点的速度增长，到2005年，全国汽车总产量已经超过了500万辆。

规模化的生产产生了对专用设备的需求，尤其是对专用机床的需求。

比如说，汽车中有大量的盘类零件，需要有双主轴、双刀盘的数控车床，以便一次性地完成盘类零件两个面的加工，提高生产效率。

再比如说，有些汽车零件生产批量大，但只限于几种加工方式。这就要求加工中心不需要配备拥有过多刀具的刀库，只需要少数几把刀即可，这样就能够降低加工中心的造价，节约汽车企业的设备投资。

中国机床行业过去没有专门针对汽车产业的发展而进行产品研发，当汽车产业突然发展起来之后，国内机床企业便显得捉襟见肘，难以应付。机械工业联合会曾经做过一个调查，发现汽车行业中八成以上的装备依赖于进口，国产机床只能占据20%的市场份额，这是一个非常严峻的形势。

唐子风声称要投入五亿元资金用于汽车机床的研发，就是基于这样的背景。

第四百六十章　正说反说都是你有理

"丹机、常机、箐机，都已经盯上了汽车专用机床这个市场，不过据我们掌握的情况，他们目前的研发思路还是集中在传统镗铣床、加工中心这方面，没有考虑开发专用多工位机床。"

"最初，我们技术部提出的研发思路也是如此，因为多工位机床的开发难度太大，我们以往缺乏这样的技术储备，研发有很大的风险。是小唐在集团办公会上力排众议，要求我们按照高标准、高起点进行研发。"秦仲年向肖文珺介绍着情况。

"这么说，临机是打算搞多工位机床了？"肖文珺问道。

一个机械零件的加工，很少只涉及一个加工位置。比如工厂里最常见的法兰盘，就是在一个金属盘面上开若干个孔眼。用传统机床加工法兰盘，每次只能加工一个孔眼，加工完了需要把法兰盘从夹具上拆下来，换一个位置重新夹装，再加工下一个孔眼。

所谓多工位机床，就是在同一台机床上设计若干个刀轴，操作的时候各个刀轴上的刀具同时工作，一次性地完成多个位置的加工。如前面所说的法兰盘，如果使用六个工位的铣床，就可以一次加工出六个孔眼，减少了反复拆装工件的麻烦，而且也能避免重复夹装位置不精确而导致的各个孔眼分布不均。

汽车中有许多大型的零部件，包括数百个加工面，如果每个加工面单独进行加工，并且每次都要重新夹装，不仅费时费力，而且极其容易出现差错。为了提高生产效率，同时也是为了保证产品质量，汽车行业中广泛地使用各种多工位机床，工件一次夹装到位之后就不需要再挪动了，机床会自动地找到各个加工位置，选择恰当的刀具完成加工。

多工位机床的好处是谁都能够看到的，但设计多工位机床却不是一件简单的事情。在同一台机床上组合车、铣、镗、钻、磨等各种功能并不难，但要让这些刀具各司其职且互不干扰，就是一个极大的难题了。

比如说，金属切削都是有振动的，若干把刀具同时进行加工，相互间是否会发生共振，如何消除这种共振，又如何补偿因为其他刀具的振动而带来的精度影响，都是足够让像秦仲年这样的顶尖机床设计师也产生畏难之心的事情。

再比如说，对零件各个部分的加工时间有长有短，如果不能设计好加工的节拍，就会出现其他部分都已经加工完成，只剩下一个部分占用整台机床的情况。如果真是如此，那么多工位的设计就非但不能提高生产效率，反而降低了机床的利用效率。

正因为有这样多的问题，许多机床企业都不敢贸然开展多工位机床的研发，只是在原有的技术储备基础上开发一些适用于汽车制造的专用机床，倒也能够赚到不少利润。

唐子风拥有穿越者的眼光，知道中国的汽车产业还只是处于发展的初期，未来的规模会比现在大七八倍，对专用机床的需求也将是一个天文数字。这么大的一个市场，完全值得临机投入巨额资金去抢占。现在用于开发多工位汽车专用机床的投入看起来很大，但与未来能够获得的收益相比，又是不值一提的。

"没错，我们技术部未来一段时间的核心工作就是研发汽车专用的多工位机床，小唐给我们提出的目标是在五年内占有国内汽车装备市场 30% 以上的份额。"秦仲年带着几分自豪地说道。

"苏化他们造无人机，情况和造汽车差不多，也是需要多工位机床，只是他们的零部件尺寸比汽车零部件要小几个量级，但加工的原理是一样的。"肖文珺有些回过味来了。

如果临机集团正在开发用于汽车制造的多工位机床，那么捎带着帮苏化开发一套用于无人机制造的多工位机床，倒也不困难。

无人机使用的材料远比汽车材料的强度更低，金属切削加工的难度更小，设计机床时不需要考虑防震、耐高温等因素，机床的结构刚度要求也更低，所以是更容易设计的。

这样算下来，大河公司支付 2000 万元的研发经费，临机集团方面还真没吃什么亏。

"文珺，你有所不知，"秦仲年兴致勃勃地继续说道，"我们答应给大河公司设计无人机专用机床，不但没有吃亏，反而还占了他们挺大的便宜呢。

第四百六十章 正说反说都是你有理

"这个小苏,虽然不懂机械加工,但很有数学头脑。他认真分析了他们现在的生产模式,提出了把一些加工环节合并起来处理的思路,这些思路对于我们设计汽车机床也有极大的启发。如果不是小唐不让我们说出来,我几乎都想向小苏表示感谢了。"

"有这样的事情?"肖文珺也有些惊讶,她想了一小会,然后点点头说,"我明白了,秦叔叔,咱们都是搞机械设计的,思维方式已经有些固化了。苏化是个搞软件的,他应当是用软件工程的思维方式来分析机加工过程,分析的角度肯定是和我们不一样的,这样说不定就能够给我们一些启发了。"

"没错没错,我也是这个意思。"秦仲年说,"他提出的模块化、接口、耦合这些概念,我们乍听起来觉得有些绕,后来想明白了,发现都是很好的概念,能够解决困扰我们的很多问题。

"此外,我们现在设计汽车机床,虽说也到一些汽车厂去考察过,但人家不是特别配合,我们很难了解到他们的真实需求。苏化他们生产无人机已经有一段时间了,中间有不少经验教训,对于我们开发机床都是很有指导意义的。

"我们接下这个项目,就可以与他们进行充分的交流,用他们生产无人机过程中的经验来指导汽车机床的设计。这样算下来,我们占的便宜可就太多了。"

"原来是这样。"肖文珺做出恍然大悟的样子,旋即又假意地对秦仲年说道,"秦叔叔,这就是你的不对了。既然是想学苏化他们的经验,你为什么不能直接跟他说呢?还帮着唐子风使诈,把人家卖了,还让人家帮着数钱。我记得秦叔叔你原来不是这样的人啊?"

"这不都是被你家子风带坏了吗?"秦仲年老脸有些挂不住,指着唐子风转移火力。

唐子风笑道:"老婆,你可别怪秦总工,他是一直反对我向苏化他们隐瞒真相的。不过,你想想看,苏化是多精明的人啊,如果让他知道我们需要他们的生产数据,你信不信他会反过来讹我一把?"

"苏化才不是这种人呢!"肖文珺呛道。她话是这样说,心里也明白唐子风的做法是没错的,商业合作可不就是这样吗?哪有把底牌都亮给对方看的道理?

"还有一点,那就是我们现在开发无人机专用机床,是绝对不会赔本的。无人机市场迟早是要红火起来的,即便大河公司技不如人,最后没能抢到足够的市场份额，甚至直接破产了，也会有其他的无人机公司发展起来。

"我们开发无人机专用机床，又不是只卖给苏化一家。你没看我和苏化草签的协议里，并没有排他性条款。苏化知道区区 2000 万元的研发资金不够买断我们的设计，所以也不敢提这样的要求。

"到时候，如果大河公司做起来了，我们就单纯赚大河公司的钱，不帮他们的竞争对手。但如果大河公司没有做起来，市场份额不足，我们尽可把设备卖给其他企业，照样能够收回我们的研发投入。"

唐子风接着又向肖文珺说了自己的考虑。作为一名穿越者，他太知道无人机的市场前景了，全球范围内一年好几百万架的销量，足够支撑起一个专用机床市场了。

"有你这样当朋友的吗？"明白了唐子风并没有损公肥私，肖文珺放心了，转而换了一个角度开始责备唐子风，"亏得晓惠把你当成亲叔叔一样，胖子一口一个哥们地叫你，你居然就这样算计他们。"

"没办法啊，地主家也没有余粮了。"唐子风叫着苦，"文珺，你是不知道，为了开发多工位汽车专用机床，我们临机集团可是在砸锅卖铁了。苏化他们卖无人机发了财，难道不应该支持一下我们临机吗？"

"正说反说，都是你有理！"肖文珺佯装批评了一句，然后问道，"那么，唐总，你把我从京城骗到临河来，还专门让我参加你们和苏化他们的谈判，你是打算让我做什么呢？"

"我想把无人机专用机床的设计交给你，你拉一个团队来做。你们先不要和秦总工他们的团队多接触，等你们拿出设计思路之后，双方再切磋，看看两个团队之间能不能有一些相互启发的地方。"唐子风说道。

"没问题。"肖文珺答应得很爽快，"我带几个学生过来做这件事吧，这个课题很有挑战性，我想学生们应当能够从中学到很多东西。"

第四百六十一章　你们能够玩转这么复杂的设备？

"韩总，欢迎欢迎啊！"

浦江汽车集团采购部门外，采购总监刘智峰正在满脸笑容地迎接着一位贵客，此人正是临河机床集团销售公司总经理韩伟昌。

刘智峰与韩伟昌已经是老熟人了。这些年，浦江汽车集团采购临机的机床数量不少，是临机最重要的客户之一。韩伟昌现在已经很少亲自出马去谈业务了，但对于浦汽这样的重点客户，他还是要经常走动走动的。

"刘总，几个月没见，你的肚子又大了一圈了，这样成天养尊处优可不行，应当多到我们基层走走，和我们这些工人打成一片才是。"

韩伟昌一边与刘智峰握着手，一边拿对方的体形开着玩笑。其实他也看不出刘智峰到底是胖了还是瘦了，反正这种话就是寻常的套路，对方也不会跟他计较的。

"韩总，你就拉倒吧，你算个啥工人阶级？我问问你，你有多长时间没摸着机床了？你是不是连机床长得是圆是方都不记得了？"

"这个还真让你问着了。我们临机每个月都有新产品，机床圆的方的都有，你乍一问，我还真说不出机床该是圆的还是方的。"

"哈，韩总果然是老江湖，这就开始准备向我推销了吗？你们那个小唐总给你付的工资，还真是花得值了。"

"还是刘总了解我，我们那个小唐总，天天给我施加压力，说我们销售业绩不够好。再这样下去，就要扣我的工资了。这不，我就来向刘总化缘了，请刘总拉兄弟一把。"

"你就装吧！"

两个人说着玩笑话，走进了采购部的小楼，来到刘智峰的办公室。刘智峰让秘书给韩伟昌沏了茶，又扯了几句闲话，这才进入正题。

"韩总,这不年不节的,你突然大驾光临,是有什么事情吗?"刘智峰问道。

"不年不节,我就不能来看看老朋友了?"韩伟昌习惯性地说着漂亮话,但也就是一句而已,大家都是聪明人,实在没必要用这种虚伪的客套来浪费大家的时间。

"我们听说枫美汽车公司准备上一条新的生产线,怎么样?有没有意向用我们临机的产品?"韩伟昌问道。

枫美汽车公司位于楚天省会枫美市,原来是楚天省的一家汽车企业,前两年被浦汽兼并了。浦汽投入了不少资金用于枫美汽车公司的技术升级,韩伟昌所说的那条新生产线,就是浦汽打算投入的主要项目。

枫美汽车公司要上新生产线的事情,根本就不是什么秘密,这些天,前来与刘智峰商谈新生产线设备供货的企业多如过江之鲫。甚至是在刚接到韩伟昌的电话,得知他要来拜访的时候,刘智峰就猜出了他是冲着这条生产线来的。

"韩总,这么点事,也值得你专程跑一趟?"刘智峰说,"我们要上新生产线,怎么离得开你们临机的产品?这条生产线,大大小小得有上千台机床,有些是你们做不了的。但凡是你们能做的那些,我们肯定会优先考虑你们的。"

"现在生产线的设备招标开始了吗?"韩伟昌问。

刘智峰摇摇头:"还没有,技术部那边的方案还没有最后定下来。你也知道的,我们采购部其实没啥权力,都是要等技术部把方案定下来,确定用哪些型号的设备,我们才能开始进行采购招标。"

"你们临一机的磨床、镗床,还有滕机的铣床,都是我们过去用惯了的,质量和价格都没啥可说的。到招标的时候,你们的优势是很大的。"

"不过,韩总,我也跟你说一句,我们这条生产线的投资也是有限的。如果你们的设备报价太离谱,也别怪兄弟我不给你们面子。"

最后一句话,算是半开玩笑半认真。韩伟昌专程跑来谈新生产线的事情,让刘智峰不能不产生一些警惕。以往浦汽的各家子公司用临机的机床不少,双方的合作关系是比较稳定的,并不需要韩伟昌来沟通关系。韩伟昌如此郑重其事地跑过来,没准儿就是有什么非分之想了。

果不出刘智峰所料,听到刘智峰的话,韩伟昌笑了笑,说道:"刘总,如果就是几台磨床、镗床的事情,我还真不好意思向你开口,大家都是老朋友了,互相都是很了解的。我这次来,是想问问,浦汽有没有意向从临机采购成套装备。

第四百六十一章 你们能玩转这么复杂的设备？

车架、发动机、变速箱，采用多工位机床一次加工成形，生产效率比过去提高2倍以上，你们有没有兴趣？"

"多工位机床？"刘智峰一愣，"你是说，像染野、海姆萨特他们那样的多工位专用机床？"

日本染野公司、德国海姆萨特公司，都是国际知名的汽车专用机床制造商。浦汽本部的变速箱生产线、发动机生产线，都是海姆萨特提供的，那还是20多年前的事情。在那之前，浦汽的车间里用的都是五六十年代的旧式通用机床，甚至还有长木凳、葫芦吊和橡皮锤，实打实的半机械半手工生产模式。

引进的海姆萨特多工位机床，让浦汽的工程师和工人大开眼界，惊讶世界上还有如此先进的技术。在当时，国内所有的大型机床厂都派人来参观过，对于这种多工位机床都是叹为观止。也曾有一些机床厂琢磨过仿造的事情，但稍微试了试，就知道这其中的门道不是自己能玩得转的，也就迅速放弃了。

从那之后到现在，国内机床业的技术水平已经上了若干个台阶，多工位机床也不再是什么稀罕的技术，有不少机床企业都能够制造出一些多工位机床。不过，这些企业制造的多工位机床，只能做一些简单的多工位加工，与染野、海姆萨特等国际大企业的产品还有很大的差距，适用于汽车产业的专用多工位机床更是完全空白。

这一次，枫美汽车公司的新生产线建设，在车架、发动机、变速箱等几个大件的生产中，是准备采用多工位专用机床的，浦汽采购部也已经与国外几家机床企业进行过接触，只是暂时还定不下具体的采购方案。

刘智峰说会考虑从临机采购机床，指的是用于制造轴类零件、盘类零件等简单部件的设备。谁承想，韩伟昌盯上的，居然是生产大型部件的多工位机床。

"韩总，你们临机也能做多工位机床了？"惊讶之余，刘智峰开始向韩伟昌发问了。

"这多亏了我们唐总的高瞻远瞩啊。"韩伟昌由衷地感慨道，如果不是怕刘智峰笑话，估计他都会面向西边临机集团的所在地，对唐子风遥拜一下了。

"从去年开始，我们唐总就定下了研发汽车专用多工位机床的策略，集团前后投入了五个亿的资金，实现了一系列的技术突破，目前所有的技术障碍都已经被扫除了。只要你们有需求，我们可以在两个月内拿出让你们满意的设计。

"我们集团总工程师秦总说了，我们的技术绝对不会比染野他们差，部分设计甚至比海姆萨特的还要先进,绝对是世界一流水平。"韩伟昌说道。

"你就别吹了!"刘智峰丝毫不给韩伟昌面子,他说道,"你们临机技术水平高,我承认,但这也就是和国内其他机床企业比吧?你们要和染野比,还要和海姆萨特比,是不是吹牛有些吹过了?"

"你们能搞出多工位专用机床来,就已经够让我这个老汽车人刮目相看了。我也不指望你们的产品比染野好,能够达到他们80%的性能和质量,我就得给你韩总道喜了。"

"老刘,你这话我就不爱听了,我们怎么就不能和染野、海姆萨特他们比了?"韩伟昌不满地说,"他们技术水平高不假,可我们临机这些年也没闲着啊。你们浦汽也用了我们那么多机床,你敢说我们的机床比进口的差?"

"这些年,你们的机床质量的进步的确挺大的。"刘智峰承认了。他过去也是在车间里开过机床的,对于机床的那点事并不陌生。这些年,他当采购总监,接触各行各业的人不少,也经常向集团里的工程师、工人们了解设备情况,知道国产机床这些年的确是有很大进步了,许多型号的机床品质并不比进口机床差。

"不过嘛,"刘智峰称赞完,话锋一转,说道,"多工位机床这东西,我和日本人还有德国人都聊过,他们说这绝对不是简单地把几台机床拼起来就可以的。一加一大于二不仅仅是针对性能上的提升,而且也是对应着设计难度上的上升,你们真的能玩转这么复杂的设备?"

第四百六十二章　我还是相信科学

"外国人能玩得转，我们怎么就玩不转了？我们比外国人少长一个脑袋还是怎么？老刘，我以前怎么没看出你居然也这么崇洋媚外呢？"

听到刘智峰的质问，韩伟昌装出一副不高兴的样子反驳道，顺手还给刘智峰扣了一顶大帽子。

"什么叫崇洋媚外？什么年月了，还在用这样的词。"

刘智峰却是毫不在意。崇洋媚外这个词，也就是他和韩伟昌还年轻的那会流行过，当时的确是一顶挺大的帽子。时过境迁，今天的人早就不用这个词了，被人说成崇洋媚外也不是什么丢脸的事情。

"我是说，多工位机床可不是简单的东西，你们过去没搞过，怎么突然就能搞出来了？"刘智峰换了一个委婉的说法。

韩伟昌说："多工位机床的确是有一些技术诀窍，但如果搞清楚了，也就没那么神秘了。多工位机床主要是要解决各个工作面的协调问题，保证良好的工作节奏。这方面，我们请了中科院数学所的专家来帮我们设计，搞了一个运筹学模型。

"对了，我们集团还聘了一批俄罗斯的数学家来帮忙，这些人搞这种模型可都是行家里手。我前面说我们的一些设计比海姆萨特还要强，这话就是那些俄罗斯数学家说的。"

"俄罗斯专家和德国专家的观点不一定一致，他们说的话，也不一定算数。"刘智峰评论了一句，心里却已经信了几分。

"还有就是刀具振动互相影响的事情，其实就是一个刀轴柔性连接的问题，我们实验了十几种刀轴连接方案，已经把这个问题圆满地解决了。你如果不信，可以让你的助手去查一下技术专利，我们申请了七种刀轴柔性连接的国际专利，至少在这个方面，我们的水平是比染野还要高的。"韩伟昌继续说道。

"你说的都是真的?"刘智峰有些吃惊。他也是有些机械基础的人,韩伟昌说的这些东西,他即便不是很懂,多少也能听出一些名堂来。韩伟昌说到这样的程度,想必就算有些浮夸,也不会浮夸得太厉害吧?

"那么,你们的机床,价格怎么样?"刘智峰提出了一个重要的问题。

韩伟昌伸出一个巴掌,在面前晃了晃,说道:"具体的价格需要具体计算,不过,我们做过比较,和染野的同类机床相比,我们的价格只相当于他们的五成。"

"能做到这么低?"刘智峰有些不敢相信了。

前面说过,汽车业是机床业最大的用户,反过来,机床采购也是汽车企业设备采购中金额占比最大的项目,一般要占到汽车业总投资的40%。浦汽准备在枫美汽车公司新建的这条生产线,预计投资近60亿元,一半的资金用于机床采购,而其中最花钱的便是进口若干套多工位专用机床。

单台的专用机床价格不算很高,但现代化汽车厂的生产批量大,需要的机床数量也极其可观。按一条生产线年产20万辆汽车计算,平均每天就要生产近600辆。这600辆车所需要的零部件,当然不可能是用一套设备生产出来的,而是要有若干套设备齐头并进地进行生产。

枫美公司的这条生产线上,光是用于加工变速箱的专用机床就多达50台,也就是随时有50个变速箱在进行生产。唯有如此,才能保证日产600辆汽车的需求。除了变速箱,发动机、车架、驾驶舱等大部件的生产,也需要多台机床同时工作,浦汽技术部粗略算过,所需要的多工位机床总数可能为300多台。

单台机床的价格乘以300多,这个数字就不可小觑了。如果每台机床的价格能够下降五成,那么节省下来的设备投资将是以亿来计算的,这由不得刘智峰不动心。

"我跟你说,老刘,国外公司卖给咱们的机床,价格都是夸大了好几倍的。人家赚的就是你自己不会造的钱。这就像你们造的汽车一样,同样的车,进口的价格是国产价格的好几倍,你说这性能上能差多少?"

"汽车不就是四个轮子加三个沙发吗?这能值几个钱?可是,一台进口车,便宜的二十几万,贵的能够到几百万,莫非外国人造的汽车就比咱们的更省油?"韩伟昌信口胡扯着。

"外国人造的汽车,的确是比咱们的更省油。"刘智峰欲哭无泪地纠正着韩伟昌的说法。自家人知道自家事,就汽车这方面而言,进口车的品质的确是要更好一些的，这一点刘智峰不敢乱说。

不过，他也明白韩伟昌的意思，那就是说国外设备的报价里有些水分，相比之下，国货的价格就会显得比较良心。多工位汽车专用机床，以往国内企业造不出来，国外企业漫天要价是再正常不过的事情。现在临机集团把机床搞出来了，或者确切地说，他们已经有能力把机床搞出来了，而且价格只相当于进口机床的五成，这并不奇怪。

刘智峰还相信，如果临机集团的多工位汽车专用机床是真的，技术水平比国外差得不多，染野、海姆萨特等企业肯定会大幅度降低产品的价格，以保住在中国市场的份额。届时临机就不敢再放言价格只相当于进口的一半了，能够达到70%或者80%，已足以让刘智峰满意。

"这样吧，韩总，这件事我做不了主，我会把你们的情况汇报给集团总部，让他们来判断。你们有什么技术资料，也尽量给我，我让技术部那边好好研究一下，看看你们的技术方案是不是可信。"刘智峰说。

韩伟昌留下一堆技术资料便离开了，刘智峰不敢怠慢，带着资料便去见了分管技术和设备的集团副总经理莫静荣，向他汇报此事。

听说临机集团能够提供多工位机床，莫静荣也来了兴趣，与刘智峰一道来到技术部，请技术总监徐茂分析此事的真伪。

"从临机提供的资料来看，他们的确下了一些工夫，说他们能够造出和日本、德国类似的多工位机床，也是有可能的。"徐茂说道。

"那么质量呢？"莫静荣问。

徐茂说："质量方面，我想恐怕就不会太乐观了。染野、海姆萨特都是有几十年生产多工位机床经验的，临机在这之前完全没有做过这种机床，他们的质量怎么能和染野他们比？"

"临机还是很重视产品质量的。"刘智峰说，"20世纪80年代末到90年代初那段时间，临机当时还是临一机，厂领导班子管理混乱，产品质量的确是有些问题。后来机械部派了周衡和现在当了临机总经理的唐子风去临一机，扎扎实实地进行了整顿。自那之后，临一机的产品质量就非常可靠了。

"后来临一机兼并滕机，成立了临机集团。临机集团对产品质量和售后服务非常重视，在业内也是有口皆碑的。他们虽然过去没有搞过多工位机床，但既然他们敢拿出来销售，我想他们对于产品的质量应当是有数的。"

"老刘,你不能凭着印象说话。"徐茂不客气地呛声道。搞技术的人,大多是有些傲气的,总觉得搞销售和搞采购的这些人过于市侩,不如他们这些搞技术的人务实。他说道:"多工位机床不是传统机床,两者的差别大得很。临机就算在传统机床方面有些积累,也比较重视质量,现在要搞多工位机床,也是难免有些捉襟见肘的。"

"他们不一定是故意地忽略产品质量,我只怕他们自己都不知道多工位机床的质量如何控制。他们压根就没有过成功应用的经历,怎么可能知道这种机床会出什么样的问题呢?"

"那徐总的意思是什么呢?"刘智峰有些不高兴地问道。

这话倒把徐茂给问住了。他愣了一会,看着莫静荣问道:"莫总,集团的意思是什么呢?"

莫静荣倒没有回避,他说道:"临机方面声称他们的机床和染野的机床性能相仿,但价格能够比染野低五成。集团现在资金很紧张,如果枫美的这条生产线能够节省两三亿的资金,对于集团来说是非常重要的。"

"可是,如果临机的机床质量上有问题,或者性能上达不到他们声称的水平,未来影响了枫美汽车的生产,我们的损失会更大的。"徐茂提醒道。

刘智峰说:"徐总,你都没看过临机的设计,凭什么就觉得他们的质量会有问题呢?质量有没有问题,我们采购的时候也是可以检验出来的。同时,我们也可以和临机签订质量保障协议,如果未来他们的产品真的出现了质量问题,让他们赔偿我们的损失就是了。"

"真的出现这样的情况,咱们的损失可不是他们能够赔偿得起的。"徐茂执拗地说。

"临机也是有好几十年历史的老企业了,他们做事还是有分寸的。"

"我不相信什么分寸,我还是相信科学。"

"什么是科学?外国的机床就不会出问题?相信外国就是相信科学?"

"外国的产品的确更可靠,你不承认吗?"

"依你的意思,咱们浦汽生产的汽车也不可靠了?"

"……"

第四百六十三章　实在是丢不起这个人啊

"这个问题，不要争了。"

莫静荣毕竟是集团领导，当即制止了两位下属的争执。他想了想，说道："老刘，临机这边，你先不要给准话，就说集团还要考虑考虑，另外，如果他们的价格能够更低一些，集团会更倾向于他们……"

"莫总……"徐茂有些急了，忍不住就想插话。

莫静荣向他做了个手势，拦住了他后面的话，然后说道："老徐，你别急。你们技术部这边，也和临机方面接触一下，了解一下他们的产品性能和质量，给集团一个明确的结论。另外，染野那边，你们也要抓紧，尽快和他们敲定具体的产品设计。"

"莫总……"这回轮到刘智峰急了，他盯着莫静荣，表现与刚才的徐茂如出一辙。

"老刘，你也别急……"莫静荣叹了口气，跟这些人说话可真是累啊！怎么就没一个能理解领导意图的呢？

"老刘，技术方面的事情，老徐他们还是更有分寸的。临机过去没做过多工位机床，现在临时搞出一套来，性能到底怎么样，咱们谁也不敢打包票。枫美的那条生产线，要上一个新车型，这是万万不能出问题的。用染野的设备，可靠性能够保证，咱们当然还是要优先考虑的。"莫静荣说。

"集团不是觉得染野的价格太高吗？"刘智峰问。

莫静荣说："是啊，这就是我们的困难。染野的设备可靠，但价格超出了咱们的承受范围，这一段时间，集团不是让你们采购部想办法压一压染野的价格吗？"

"根本不可能压下去，"刘智峰说，"我和染野那边的销售部长谈过不下20次了，他一口咬定，说染野的价格是全球最低的，他们不可能再降价了。莫总，你是知道的,染野那个销售部长何继安,早先是从常宁机床厂出来的,是个实打实的汉奸……"

"老刘,'汉奸'这个词可不能乱用,人家只是维护本企业的利益,也够不上'汉奸'这个说法吧?"徐茂在一旁表示异议了。

何继安作为染野中国公司的销售部长,既与刘智峰谈产品价格问题,也与徐茂谈产品规格型号问题,所以徐茂也是认识他的。对何继安,徐茂的看法还挺不错,觉得他懂技术、有见识,是个不错的合作伙伴。听到刘智峰一张嘴就说何继安是汉奸,徐茂当然有些接受不了。

"就算不说他是汉奸,最起码也是个奸商吧?"刘智峰与何继安也没啥私仇,所谓汉奸一说,纯粹是因为谈判中受了何继安的气,觉得这厮身为中国人,却替外国公司与自己斤斤计较,实在让人生气。

其实,各为其主这个概念,刘智峰也是懂的。何继安是染野中国公司的雇员,当然要帮公司争取利益,这并不因公司的性质而改变。

"你说的事情我知道,"莫静荣不理会关于汉奸的话题,就着刘智峰此前的话说道,"染野方面的依据,就是市场上没有比他们更便宜的产品。但现在情况不同了,临机拿出了和他们相似的产品,价格只有他们的一半,你觉得染野还能咬住原来的价格不变吗?"

"莫总的意思是说,我们用临机的产品去压染野的价,最终还是要选染野的设备?"刘智峰听明白了。

莫静荣点点头:"就是这个意思。所以,老刘你要辛苦一下,尽量地压临机的价。临机的价越低,我们和染野谈判的时候就越有优势。适当的时候,你可以向那个何继安透露一下临机的报价,让他知道我们不是没有其他选择的。"

"可是我们压了临机的价,最后又不买他们的设备,以后大家见了面,有些不好说话了。"刘智峰说。

莫静荣呵呵一笑:"老刘,我不信你连这个问题都解决不了。采购的时候货比三家不是很正常的事情吗?临机降了价,可染野也降了价,所以我们最终还是选了染野的设备,临机有啥可说的?如果不服,他们可以再降价啊。真降到一台设备只相当于染野 1/3 的价格,我们也可以买他们的。"

"莫总,你说的是真的?"刘智峰问。

"什么真的?"

第四百六十三章　实在是丢不起这个人啊

"你说如果临机的设备价格只相当于染野的1/3,我们就买临机的设备。"

"这怎么可能!"

"你是说什么不可能?是说临机不可能降价,还是我们不可能购买?"

"……两个都不可能。"

"哦……"

刘智峰明白了。前一点,刘智峰也没信心,因为要把价格降至只相当于染野的1/3,就意味着临机一点利润都没有了。临机花费了这么多资金开发专用机床,如果产品销售中没有利润,拿什么来回收研发投入呢?

至于后一点,则是表明了浦汽集团的真实考虑,那就是绝对不会选择临机的产品,与临机谈判的目的,不过是为了压染野的价。

这种利用供应商之间的竞争来压价的方法,刘智峰并不陌生。做采购哪有不玩点心眼的?你不对供应商玩心眼,供应商也同样要对你玩心眼,这就叫无商不奸。

但是,在临机的报价只相当于染野一半的情况下,还要进一步地压临机的价,而实际上又早已决定了不买临机的设备,饶是刘智峰早已把良心喂了狗,此时也觉得有些不合适了。

临机如果上了当,真的把自己的设备价格再降下去,未来再想对其他客户涨价就很难了,这相当于把临机往死里坑。韩伟昌如果知道了真相,能不跟自己翻脸吗?

做奸商也是有底线的,这就正如成语里说的,盗亦有道。

想到此,刘智峰换了一个问题,对莫静荣问道:"莫总,如果临机这边降了价,但染野仍然不同意降价,我们还是不考虑临机吗?"

"这个……"莫静荣卡壳了。

染野此前的报价,超出了集团的承受能力,集团领导层已经觉得非常为难了。如果没有临机出来"搅局",集团在没办法的情况下,最终可能会捏着鼻子认了,但这样一大笔支出会给集团后续的工作带来很多麻烦。

现在有了临机这样一个选择,如果临机的产品还过得去,而染野又坚持不降价,集团领导层没准还真会动摇,把临机当成一个可选项。莫静荣是分管设备采购的,但这么大的一个决策,却不是他能够擅专的,现在就咬死说无论如何都不会买临机的产品,恐怕也不合适。

"我想,染野应当是会做出一些让步的吧?"莫静荣避实就虚地说,"老刘,你多和何继安谈一谈,必要的时候可以把话说得强硬一点,说如果他们坚持不降价,我们可能就要考虑临机了。"

"临机能够把价格报到只相当于染野的一半,就意味着染野的价格里是有很大空间的,我想染野不会冒着丢掉这个业务的风险,非要去争这点蝇头小利。"

话说到这个程度,刘智峰知道再问其他问题也是白搭了。染野会不会降价,目前还是一个未知数,现在非要逼着莫静荣表态也没必要。

莫静荣定下了原则,刘智峰就算有一肚子意见,也只能先照着这个原则去做。他给何继安去了电话,说关于设备采购的事情有一些变化,让他再到浦汽来一趟。

浦汽的这桩采购,是染野中国公司近期最重要的业务,已经跻身为染野中国公司销售部长的何继安这段时间就住在浦江,接到刘智峰的电话,他当天下午就赶过来了。

"何总,你看看这份材料。"

刘智峰没有绕弯子,直接把韩伟昌留给他的临机多工位机床的资料递到了何继安的手上。

何继安接过资料,只粗略看了几眼,就跳起来了:"什么?临机也在搞多工位机床?这怎么可能!"

"这是临机销售公司总经理韩伟昌给我的。对了,听说你和老韩过去也认识,还是经常在一块喝酒的朋友?"刘智峰笑呵呵地说道。

关于韩伟昌与何继安的关系,是有一次在酒席上韩伟昌自己向刘智峰说起的。不过,韩伟昌可没有说自己和何继安是什么朋友,相反,还讲了一大堆何继安的坏话,又讲了几件自己如何坑害何继安的得意往事。刘智峰此时向何继安提起此事,可绝对是没安好心的。

"老韩吗?没错,我们是多年的老朋友了。"何继安装出一副淡然的样子,可刘智峰分明听到他的牙齿咬得咯咯作响,估计如果此时韩伟昌出现在何继安面前,何继安能把韩伟昌给吃了。

"老韩这个人,别的方面都挺好,就是这个爱吹牛的毛病,始终都改不了。"何继安在经历了最初的愤怒之后,开始回归理性了,他说道,"这家伙原来搞技术的时候还过得去,后来不知道临一机那边哪个领导脑子进水,居然让他去做销售。好家伙,这可遂了他的意了。

"机床市场上,谁不知道临机的这位韩总是个大嘴巴?三分的事情,他能给吹成十二分,连打草稿都不用。说真的,刘总你如果不提起来,我都不好意思说我认识老韩,实在是丢不起这个人啊!"

第四百六十四章　货比三家

这俩人到底有多大的仇啊！

刘智峰在心里感叹。

韩伟昌在私底下贬损何继安的时候,便是什么话最脏就说什么话。现在轮到何继安贬损韩伟昌,同样是嘴上不积德。

韩伟昌喜欢吹牛,这一点刘智峰也知道。做销售的人吹吹牛,也不算是啥大事。可到了何继安的嘴里,就像是韩伟昌做了多丢人的事情一样,连熟人都不敢说自己和韩伟昌认识了。

"老韩的话,的确是有些虚多实少。"刘智峰先顺着何继安的话附和了一句,随即话锋一转,说道,"不过吧,他这回说的事情,还是有几分靠谱的。我们技术部已经分析过他们的资料了,认为他们的方案比较可靠,技术积累也是充足的。"

"怎么,你们打算考虑从临机采购多工位机床?"何继安试探着问道。

刘智峰笑着说:"货比三家嘛,这么大的一笔采购,我们当然是希望多几个选择了。"

"是这样?"何继安脑子有点乱,这个变故对他来说过于突然了,以至于他一下子不知道该如何应对才好。

临机在研发多工位机床的事情,何继安曾经听人说起过。毕竟他也是在机床行业里混了多年的人,在哪儿能没有几个朋友?临机研发多工位机床本身也不是什么保密的事情,何继安几乎是在饭桌上和人随便聊天的时候,就听到了这个消息。

乍听到这件事,何继安没有一丝的惊奇。国内汽车行业大发展,各家机床厂都盯上了汽车机床这块蛋糕,不,确切地说,是这家蛋糕房。各家企业都有自己的汽车机床研发计划,这是何继安早就知道的。

多工位机床是汽车机床中技术要求最高,同时也是利润最高的一类,像临机这样的大型机床企业着手研制多工位机床,也并不是什么奇怪的事。

依何继安的猜想,临机开发多工位机床,肯定是要循序渐进的。一开始开发最简单的,比如用于加工法兰盘的多头铣床,然后积累经验,逐步升级技术,花个三五十年,最终掌握汽车专用多工位机床的设计和制造技术。

照这样的节奏,何继安根本不用担心临机的研发计划会对他的业务构成什么影响。等到临机研制出足以与染野相竞争的机床,他何继安早就退休了,哪里还会在乎谁的产品更有竞争力?

可没承想,临机的动作这么快,距离何继安听说临机开发多工位机床的事情也不过大半年的时间,临机居然已经能够上门向浦汽推销自己的多工位机床了。从刘智峰拿给自己的资料上可以看出,临机掌握了多种多工位机床的技术,可以为浦汽提供一整套专用设备。

临机这是砸了多少钱进去搞研发啊?

临机那个年轻的总经理唐子风,可真是太有魄力了!

何继安在心里感慨着,脸上却不能表现出来。他装出一副平静的样子,说道:"刘总,多工位机床的技术,还是有一些门槛的。临机过去没搞过这种机床,现在仓促搞出来,浦汽就不担心他们的技术不够成熟吗?"

刘智峰说:"临机也是一家老厂子了,虽然过去没搞多工位机床,但机床和机床之间,很多原理还是相通的。我相信,临机既然敢上门来推销他们的多工位机床,就说明他们对自己的技术还是有信心的,我们也愿意给他们这样一个机会。"

"关键的原因不在这儿吧?"何继安盯着刘智峰的眼睛问道。

刘智峰呵呵一笑,说道:"何总真是快人快语,我们愿意考虑临机的机床,原因当然不止这一个。临机的机床价格比染野要低得多,这也是一个很大的优势。我过去就跟何总说过,在枫美这条生产线上,我们的投资很有限,如果照染野此前的报价,我们是肯定接受不了的。"

"现在临机给了我们一个新的选择,按照他们的报价,我们集团就没有啥压力了,所以集团领导对此还是很感兴趣的。"

"刘总的意思是说,如果我们染野的产品不能降价,你们就要选择临机的机床了?"何继安问道。

刘智峰笑而不语，显得很是矜持的样子。其实，他是没法回答何继安的问题，因为照莫静荣的意思，染野的产品即便不降价，浦汽也不会选择临机的机床。这个底牌，刘智峰是不可能告诉何继安的，但要让他说谎，他又不情愿，于是也就只能是笑一笑了。

"临机给你们的报价是多少呢？"何继安直截了当地问道。

这个问题听起来有些唐突，但何继安相信刘智峰是会回答他的。何继安看出来了，浦汽还是倾向于染野的，只是在产品价格上还有一些障碍。刘智峰向他说起临机的机床，最大的目的就是用这件事来压染野的价格，那么刘智峰就肯定要把临机的报价告诉何继安，以达到向何继安施压的目的。

听到何继安的问题，刘智峰假意地犹豫了一下，然后才伸出一个巴掌，说道："他们的底价，我不太方便向你透露。不过，我可以告诉你一点，他们的报价，不足染野的50%。而且这还仅仅是报价，实际成交价，他们应当还会给一些折扣。"

"这不可能！"何继安脱口而出，说完又赶紧补充了一句，"除非他们是疯了，愿意赔本赚吆喝。"

刘智峰说："何总，你这样说就没意思了。染野的机床利润有多高，大家心里都很明白。临机的报价就算只有你们的一半，也同样是有利润的。

"做企业，赚利润是天经地义的事情，但是，你们赚利润也要有点分寸。人家的产品性能和你们差不多，价格还不到你们的一半。你告诉我说你们的产品一分钱都降不下去，你觉得我会相信吗？就算我相信，你觉得我们集团领导能相信吗？"

"这不是相信不相信的问题。"何继安硬着头皮辩解说，"刘总，外企的利润计算方法，和咱们国内企业不一样，人家还要考虑股东利益，所以不能拿临机的成本水平来类比我们染野。

"再说，就算是临机，如果要生产和染野性能、质量都差不多的多工位机床，价格也绝对不可能降到只有染野的一半，这样做他们就是完全赔本了。

"我建议浦汽好好地核实一下临机的产品情况。我估计，他们这个价格只能做出简易版的多工位机床，性能和质量方面与染野机床绝对是不能比的。你们浦汽是大企业，使用的设备应当是性能可靠的，可千万别只图便宜，把自己给套住了。"

第四百六十四章 货比三家

刘智峰说："我们当然会好好地核实临机的产品,我们技术部已经安排人到临机去实地考察了,他们会调阅临机所有的技术资料,察看他们的生产现场,以确定临机能不能拿出符合我们要求的多工位机床。

"我提醒一句何总,如果我们到临机去核实的情况,证明临机的确有这样的技术实力,而临机的产品价格又非常优惠,那我们就很可能会选择临机的产品,届时染野就一点儿机会都没有了。"

何继安点点头,说："我明白了,我会把这个情况汇报给公司的。"

此前的谈判,面对着刘智峰提出的降价要求,何继安一向都是咬紧牙关,丝毫不松口,也不给刘智峰任何希望。但这一回,他不敢把话说死了。临机这个变数的影响,何继安一时还估计不出来。他需要再进行一些调查,才能确定临机到底是自己的威胁还是一场虚惊。

如果临机的威胁是真实存在的,那么从竞争角度来说,染野是需要考虑适当降价的。但这个决策也不是何继安有权力做的,他需要向染野中国公司的总经理请示才行。

存在这么多变数,何继安自然就不敢再像过去那样跩了。他就要在刘智峰这里留一点回旋余地,以免把染野逼到绝路上。

刘智峰当然听得出何继安口气的变化,同时也知道这种事情是不能操之过急的,需要给何继安一些了解情况以及向上司请示的时间。他说道："如果是这样,那就麻烦何总尽快向公司请示一下,看看你们的产品价格是不是还有一些下调余地。从我个人的角度来说,还是比较倾向于采购染野的产品的,但集团领导层有他们的考虑,大家对于价格这个问题,还是比较敏感的。"

"我明白了,我一定会尽快地给你们答复。"何继安点头允诺道。

何继安离开,刘智峰赶紧向莫静荣汇报这次谈判的情况。莫静荣听说何继安口风有所松动,大为兴奋,指示刘智峰要继续向何继安施压,同时还要稳住韩伟昌,让韩伟昌配合浦汽唱好这出双簧。

就在刘智峰抓耳挠腮不知如何诱骗韩伟昌给自己帮腔的时候,与他英雄所见略同的何继安却已经约上了韩伟昌,在浦江边一家颇为高档的饭馆里共进晚餐,畅谈往日情谊。

第四百六十五章　最后的忠诚员工

"哟,老韩,多年没见,你可发福了!"

"这不是何总吗?你的身材还是那么好啊!这小肚子长的,一看就是个男孩。"

"哈哈,老韩,你还是像过去那么幽默啊,难怪这些年临机的生意做得风生水起。"

"哪里哪里,你们染野的生意才是真的好呢,这三年光是主打产品就换了十几个吧?"

"这不都是被你老韩逼的吗?"

"可别这样说,这是何总你自己的功劳才是。"

……

何继安与韩伟昌的会面,一开始就充满了交锋。何继安表现得极其低调,而韩伟昌却毫不领情,专门挑何继安难受的地方捅。

韩伟昌说染野三年间换了十几个主打产品,实际上是在打染野的脸。这几年,临机等一些中国企业不断推出新产品,挤压染野等外资企业的市场空间。染野的许多传统产品都因性价比远远不及国内本土产品而惨遭淘汰,逼得染野的销售部门不得不经常更换所谓的"主打产品"。

何继安与韩伟昌已经有好几年没见过面了,但双方都知道对方的动态。很多次,何继安到某家客户那里去推销产品,听到的都是韩伟昌刚刚离开的消息。又有很多次,何继安前脚离开客户的办公室,韩伟昌后脚便到了,然后用他的三寸不烂之舌,生生把何继安已经谈下的业务撬到了自己的篮子里。

何继安对韩伟昌充满了怨念。但他心里也明白,自己斗不过韩伟昌,并不是自己的能力有问题,而是染野的竞争力的确大不如前了,尤其是在中低端机床市场上,国内机床厂商有着绝对的竞争实力。

第四百六十五章 最后的忠诚员工

机床和手机不同。后者既是一件工具，也是一件奢侈品，所以技术是否新潮对于销售的影响非常大。例如：单摄和双摄给人的体验完全不同，即使重量减少 20 克也能成为时尚人士们换机的理由。

而机床只是一件工具，虽说对于操作工来说，漂亮的外观和舒适的触屏控制也能带来一些愉悦感，但负责机床采购的人才不会考虑这些，他们在乎的就是性能、质量和价格。

工厂里的机加工要求是很稳定的，左右不过就是车一根轴，或者铣两个花键，常规机床再创新还能新到哪儿去？

过去中国的机床企业工艺水平差，生产的机床精度低、质量差，如染野这类外资机床企业的产品即便价格比国产机床高得多，用户捏着鼻子也得认。这些年，国内机床企业的工艺水平不断上升，机床的性能与质量与外资或者进口机床的差距已经不那么明显了，这时候大家比拼的就是价格了。

日本产品最初就是以价格优势打败欧美进而成就了"日本制造"的盛名。但当亚洲四小龙崛起之后，日本产品的价格优势就受到了挑战。再到中国开始发力，日本产品在用户心目中终于也变成他们自己最讨厌的样子：与过去的欧美产品一样，以价格虚高而著称。

何继安有在国企工作多年的经验，他对染野中国公司的成本构成认真研究之后，悲哀地发现如果要打价格战，染野无论如何也不是临机这类中国企业的对手。

日元升值之后，日本本土的用工成本大为提高，而这些成本是要由中国公司来帮助分摊的。染野中国公司有十几个从日本派来的高管和普通员工，他们的工资水平十倍于何继安等中国雇员的工资，而他们干的活却少得可怜。

除了用工成本，日企的日常管理成本也同样离谱。为了维持日资企业的高端形象，染野公司规定员工出差必须住五星级酒店，你想找个快捷酒店住几宿，帮公司省点差旅费，换来的绝对不是日本主管的表扬，而是一通斥责。

说得更明确一点，大家对待本职工作的态度就是把自己的责任撇得干干净净，一旦出了事，领导无法追究到自己头上，这就行了。有很多事情，明明是有利于公司业务发展的，但因为其中有个别细节不符合过去的规定，办事人员就会卡着不放，为此损失的商机不计其数。

何继安不爱染野，但他却很担心染野会完蛋。作为一家跨国企业的染野，当然不是那么容易完蛋的。但何继安是受雇于染野中国公司的。这只是染野的一家分公司，如果它无法在中国市场上为染野创造利润，染野总部迟早是会考虑撤销这家分公司的。

何继安已经是过了五十岁的人了，重新择业对他来说是非常困难的。他所希望的，就是染野中国公司能够多存在几年，最好能够一直拖到他退休之后再倒闭，那时候他就没啥牵挂了。

日本人的刻板也有一个好处，那就是在何继安不犯错误的情况下，染野中国公司是不会轻易解雇他的。所以，在何继安看来，他的命运是和染野绑在一起的，别人可以糊弄，他不能糊弄，他必须想方设法地为染野续命。

他是染野中国公司唯一的忠诚员工。

反观一脸坏笑地坐在何继安对面的韩伟昌，那心情却是如脸色一样灿烂。临机的业务蒸蒸日上，韩伟昌相当于坐在一艘乘风破浪的大船上，举目四望，海阔天空，没有任何的忧虑。

这一次到浦汽推销多工位机床，韩伟昌知道自己最大的竞争对手就是染野。他很想战胜染野，但同时也没有什么思想负担。胜自可喜，败亦无忧。如果这一次败了，说明临机还有技不如人之处，大不了接着砸钱搞研发就是了，时间是在临机一边的。

反之，如果临机赢了，那么就意味着市场天平永远向临机这边倾斜过来了。以往的经验表明，中国企业一旦在某个市场上打开了缺口，后续的发展就是不可遏制的。中国企业有强大的成本控制能力，能够在短时间内把一个产品做成白菜价，哪家国外企业能够挡得住这样的竞争？

韩伟昌听到何继安的邀请时，便毫不犹豫地接受，正是源于这样一种胜利者的心态。他今天来赴约，就是为了看何继安的难堪，为了在何继安面前炫耀自己的成功。

"老韩，你就别看兄弟我的笑话了。实不相瞒，兄弟我现在已经被你们逼得走投无路了，我今天约你老韩来，就是想请你看在往日的交情上，拉兄弟一把。"

何继安继续卖惨，一副落魄、潦倒的样子。

"何总这是什么话？你是国际大牌公司的销售部长，我就是一个小小的国企职工。我还想着啥时候我们临机不行了，能够投奔到你何总名下去当个推销员呢，你怎么反过来让我拉你一把？"韩伟昌嘴不饶人地说。

第四百六十五章 最后的忠诚员工

"老韩,咱们也别绕弯子了。浦汽那边联系我了,说他们看中了你们搞的多工位机床,不想要我们的产品了,是不是有这么回事?"何继安结束口水话,进入了正题。

韩伟昌得意地点着头,说道:"没错啊,我们的多工位机床,质量好,价格又便宜,而且售后服务也强,莫静荣除非脑袋被驴踢了,否则凭什么要你们染野的产品?"

"你们啥时候搞的多工位机床,我怎么没听说过?"

"我们搞多工位机床,啥时候需要向何总请示了?我告诉你吧,早在十年前,我们就已经在搞了。这前前后后,投了20多个亿呢。老何,你也是在国企待过的,你应该知道,20多个亿投进去会是什么样子。别说几台汽车机床,就算是造航母的机床,我们也能弄出来了。"

"投了20多个亿,你吹牛吧?"

"我吹什么牛了?你是不了解我们唐总,那是多大气魄的人啊。别的企业,像你们常宁那种,都是鼠目寸光,就知道盯着眼前那仨瓜俩枣的。我们唐总盯着的是国际市场。他说了,我们的目标就是要成为全世界排名第一的机床企业。20多个亿算什么,以后我们还要投100亿、1000亿呢!"

"有些东西,不是光投钱就够的吧?染野当年开发多工位机床,前后花了20多年时间,很多技术都是在生产过程中反复检验,不断修正的。你们到目前为止,还没有卖出过一台多工位机床吧?你们怎么就敢保证你们的机床没有问题?"

"谁说我们没有卖出过一台多工位机床?现在最火的大河无人机,你听说过没有?他们的四条生产线都是我们建的,一水的长缨牌多工位机床。大河无人机的价格从1万多一口气降到2000多,靠的就是我们提供的机床。"

"是吗?就算是这样,这可是无人机啊!汽车机床这方面,你们有过成功应用吗?"

"马上就有了,枫美这条生产线,铁定是我们的。"

第四百六十六章 何继安不会那么容易上当的

"你就这么肯定？我怎么觉得,刘智峰好像还在货比三家啊？"

"刘智峰就是个过路财神,他说的话能算吗？我们唐总已经找过浦汽的老总了,浦汽集团已经定了调子,要用我们的设备。老何,我跟你说,你还是赶紧买机票回去吧,这边的事情,没戏了。"

"我听刘智峰说,浦汽这边看中的,也就是你们的产品价格便宜,论性能和质量,你们的产品还差得远。你说浦汽集团已经定了调子,不会是你昨天晚上梦见的吧？"

"我们的产品性能和质量怎么就差得远了？刘智峰也就是个采购部长,他哪懂性能和质量？他说的话你也信？"

"你老韩是工艺科长出身吧？你倒是说说,你们的机床无障碍工作时间有多长？"

"8000小时。"

"你就吹吧,我们染野才敢说到6000小时,你们就敢吹8000小时,当我是外行？"

"我说是8000小时,就是8000小时,不信我可以跟你打赌。"

"镗孔精度呢？"

"500毫米偏差不超过3微米。"

"换刀节拍……"

……

两个人很快就杠上了。这俩人都是搞工艺出身,虽然后来都转行干了销售,说起工艺方面的概念还是非常熟悉的。何继安约韩伟昌出来,原本就是为了刺探临机的真实技术实力,他知道韩伟昌有好吹牛的习惯,于是便先采取一套先捧后贬的策略,激着韩伟昌爆料,以便获得自己想要的信息。

第四百六十六章 何继安不会那么容易上当的

何继安当然不会愚蠢到认为韩伟昌会毫无心机地把自己的底牌都报出来，韩伟昌如果真的这么蠢，唐子风也不可能把他安排在销售公司总经理这个位置上。

何继安事先估计韩伟昌会有几个表现：

如果韩伟昌一味低调，声称临机的产品不行，那么很大的可能性是扮猪吃老虎，目的在于麻痹他何继安，让他在与浦汽的谈判中寸土不让，给临机留出机会。

如果韩伟昌把自己的产品吹得天花乱坠，则说明临机的产品实际上存在着缺陷，韩伟昌是想吓唬他何继安，达到不战而胜的效果。

在这个过程中，何继安又要再分析韩伟昌的低调或者高调中间有多少真实的成分，以免韩伟昌猜出他的用意，反其道而行之。

这其中的分寸拿捏，是只可意会，不可言传的。老狐狸之间斗法，本就是虚虚实实、尔虞我诈，哪有什么定式可言？

最后何继安买了单，这当然是一开始就说好的。但韩伟昌吃干抹净便扬长而去，一副心安理得的模样，连句象征性的感谢都没说，这又让何继安心里很是不爽。

这个老狐狸凭什么就觉得吃我的、喝我的是理所应当的？

看着韩伟昌的背影消失在霓虹灯下，何继安愤愤地想到。

随后，他就把自己的负面情绪收起来了，一边缓步向地铁站走去，一边在心里像反刍一样琢磨与韩伟昌会谈中获得的信息。

这老东西吹牛了。他说的那些技术指标，虚多实少，没几个是真的。

这倒不是说临机不可能研制出达到这些性能指标的机床，而是如果临机真的做到了这些，韩伟昌压根就没必要和自己磨牙。以这样的性能指标，加上只相当于染野一半的价格，临机没理由拿不下浦汽的这个订单。

在这种情况下，韩伟昌很大可能是不会来赴约，直接无视自己的存在就行了。

韩伟昌把牛皮吹得很大，又装出了一副得意扬扬的样子，这恰恰反映出了他的心虚。他是在用这样的方法掩饰。

那么，韩伟昌有没有可能是故意给自己这种错觉呢？这就涉及韩伟昌所表现出来的分寸了。韩伟昌的表演有些过头了，这就叫过犹不及。在一个知根知底的老熟人面前,韩伟昌如此表现,就说明他压根不在乎自己演砸了,因为他已经没有了演戏的热情,这是一种失败者才有的情绪。

如果是这样,那么染野的策略应当是什么呢?

另一边,韩伟昌已经走到了浦江边,看看左右无人,他掏出手机,拨通了一个号码,在等待声音响起的时候,他已经把刚才那副骄横不可一世的表情切换成了十二分的谦恭。

"喂,唐总吗?我已经和何继安吃过饭了。"韩伟昌说道。

"呵呵,怎么样,何继安点了几个菜招待你?"电话那头的唐子风乐呵呵地调侃道。

"那小子可抠了,只点了三个菜,还都是最便宜的,然后还假惺惺地问我要不要再加几个。我可没客气,说这点菜够谁塞牙缝的?让服务员又上了三个菜,全是最贵的海鲜。唐总,我跟你说,你是没看到,何继安听到我加的菜,那脸黑得,就像是刚从煤窑里钻出来的那样。"韩伟昌哈哈笑着说。

其实这个桥段是他编出来的,他知道唐子风喜欢听这样的段子,也就投其所好了,反正唐子风也不可能找何继安去对质。

唐子风又岂是容易受骗的人?何继安请韩伟昌吃饭,用的也是染野的钱,怎么可能在乎菜贵不贵?不过,韩伟昌的这点小心思,唐子风也不会去揭穿,毕竟对方是为了迎合自己的恶趣味,算是拍领导马屁,领导在这个时候揭穿对方就没意思了。

咦,自己怎么会有这样的恶趣味呢?

自己难道不是一个心地善良的"五好"青年吗?

"唐总,让你猜着了,何继安的确是来探我的口风的。看起来,染野对于和咱们的竞争,也很不踏实呢。"

说完笑话,韩伟昌开始说正事了。扯淡要适可而止,不会扯淡的下属不招上司待见;但如果一个下属扯起淡来没完没了,上司会更讨厌他的。

"你是如何做的?"唐子风问。

"一切都照着你的吩咐,往死里吹,目的就是让何继安觉得咱们一无是处,对染野完全构不成威胁。"韩伟昌说道。

原来,早在接到何继安的邀请时,韩伟昌就已经向唐子风做了汇报,请示自己该不该去赴宴,如果去,又该如何表现。

第四百六十六章 何继安不会那么容易上当的

在电话里，唐子风向韩伟昌通报了一个消息，那就是据他在浦汽的内线透露，浦汽方面更倾向于选择染野的设备，只是在价格上难以承受。浦汽目前的策略是强迫临机降价，再用临机的价格来要挟染野，迫使染野降价，最终降到浦汽能够接受的水平。

鉴于此，临机要做的就是一方面顶住浦汽的降价要求，另一方面给染野制造一种错觉，觉得临机对染野构不成威胁，染野没有降价竞争的必要。

至于如何能够让染野形成这样的印象，唐子风只是做了一些原则性的指导，具体的做法，还得韩伟昌自己去做编剧和导演。

韩伟昌认真分析了何继安的心理，觉得如果自己示弱，何继安是不会相信的。反之，如果自己在何继安面前吹牛，何继安也会觉得自己是在反其道而行之，不相信自己的表演。最后，他决定采用虚虚实实的方式，让何继安摸不清他的路数，最终做出错误的判断。

"何继安不会那么容易上当的，估计下一步他会到临河来，找其他人探听咱们的虚实。"唐子风分析道。

"肯定的。"韩伟昌说，"这老小子一贯狡猾，而且被我收拾了几回以后，也长了教训，对我不会那么轻信了。他肯定会到临河去找人了解情况。唐总，集团这边要给有关部门下封口令，禁止知情人泄露咱们的真实技术水平。"

"这种事，靠封口令是封不住的，"唐子风说，"如果咱们下了封口令，何继安了解到这个情况，就更知道咱们的底牌了。我的考虑是，他要打听，就让他打听去，咱们给他提供几十个不同版本的消息，先把他绕晕了再说。"

"对对，唐总这个办法好。"韩伟昌连声附和，"何继安在行业里的朋友还是挺多的，咱们也不可能把大家的嘴都封上。干脆咱们来个不设防，真真假假的消息都透露给他，让这老东西自己分析去。"

"光这样还不够。老韩，你利用一下自己的渠道，编一套说法，就说浦汽想压供应商的价格，许下了高额的回扣。哪家供应商的销售员答应把价格降下来，浦汽就会根据降价的幅度给销售员回扣。

"这个消息，你要想办法让染野销售部的人听到。何继安当着销售部长，我就不信没有人眼红他的位置。到时候有人把这件事捅到染野中国公司的领导层去，何继安跳进黄河也洗不清。"

唐子风阴恻恻地说道。

"这也太狠了吧？"

隔着无线电波，唐子风都能听出韩伟昌笑得很开心。不过，他听不到韩伟昌内心的嘀咕：

"论阴险，我老韩是真不如这个小年轻啊！唉，幸好我是唐总的下属而不是他的对手……"

第四百六十七章 假作真时真亦假

正如唐子风与韩伟昌判断的那样,何继安并没有简单地根据自己与韩伟昌吃一顿饭得到的信息就断定临机的产品有竞争力或者没有竞争力。他悄悄来到临河,约见了几位自己过去认识的临机集团的工程师,向他们打听临机开发多工位机床的事情。

多工位机床是临机过去一年中最重要的研发项目,但也并非所有的工程师都参与了这个项目。有些工程师虽然参与了这个项目,但是只负责其中某一个技术细节,对于集团最终掌握了什么样的技术,了解得不深。

搞技术的人,多少都有点互相看不起。搞结构的,觉得搞材料的人太烂,拿不出符合自己要求的材料;搞材料的,说搞工艺的人无能,实现不了自己的设计;至于搞工艺的,当然就是抱怨搞结构的人没实践经验,设计出这么奇葩的东西,不是存心让工艺工程师为难吗?

唐子风早在一年前就暗地里安排人在集团里传播各种消息,说多工位机床这东西就是一个领导项目,华而不实。又说材料不过关,设计全是纰漏,机床只有外面的壳子是临机造的,里面的东西都是进口的……

唐子风这样做的目的很多,总体来说就是一句话:闷声发大财。

说自己技术差,受制于人,能够博得自己人的同情。说自己水平低,能够迷惑国外同行,避免他们向自己封锁技术,或者采取降价手段把自己的产品扼杀于摇篮之中。诋毁各项技术,还能够激发技术人员的上进心,让他们把工作做得精益求精。

如此有百利而无一害的事情,唐子风为什么不做呢?

何继安在临河听到的消息,就是如此。每一位被他请出来吃饭的同行,都声称自己搞的那部分研发已经达到了国际先进水平,但同时又声称别人搞的都是垃圾,集团所表彰的那些先进,其实都是唐子风、秦仲年等人的三姑四舅,所有的成绩都是吹出来的。

技术人员吐槽，当然不会局限于说什么"邻居家的二小子他岳父"之类的哏，而是会有理有据地进行证明，何继安多少能够听懂一些技术细节，对于这些熟人爆的料，自然也就会多相信几分。

当然，这也是因为何继安有些先入为主，他从韩伟昌的表现中推测临机的技术不实，同时在心里也盼望临机的技术的确是假的，所以一听这些人提供的证据，他就信了。

如果他的头脑能够清醒一点，其实是能够分辨出来的。这些人举的例子，都是"宽以律己、严以待人"的。比如说，一个热处理工艺搞了三个月都没有搞出来，这听起来是一个大问题，但认真想想，这也算不了啥呀，有些工艺研究本身就挺难的，耗上几个月并不奇怪。

"我的判断是，临机目前已经研发出了多工位机床的技术，但技术还很不成熟。如果浦汽接受了他们的产品，就会让他们获得一个实践的机会，从而能够在应用过程中完善技术。我们必须阻止这件事，坚决不能让临机获得这个机会。"

在向公司总经理冈田清三汇报的时候，何继安这样说道。

"何君，你觉得我们该怎么做呢？"冈田清三问道。

"目前浦汽有些举棋不定，他们是倾向于使用染野的产品的，主要的障碍就是价格问题。我了解过，浦汽这一次的投资资金有些紧张，我们的报价超出了他们的承受范围，所以双方的谈判一直处于僵持之中。

"现在多了临机这样一个变数，如果我们坚持原来的价格不变，而浦汽方面又无法克服资金方面的障碍，那么他们会有一定的可能转向临机。"何继安说。

"也就是说，你认为我们必须要降价？"

"我认为有这个必要。"

"但过去你说过即使我们不降价，浦汽最终也会选择我们。"

"那是过去的情况。过去浦汽没有其他选择，和海姆萨特相比，我们的价格是非常低廉的，他们只能接受我们。但现在，有了临机这样一个机会，他们就可以和我们讨价还价了。"

"可是，你又说临机的技术并不成熟。"

"是的，据我分析，临机的技术的确是不成熟的，和我们的技术相比，有很大的差距。"

"你认为浦汽会因为价格的原因，而选择技术不成熟的设备吗？"

"这一点……我不确信。"

何继安的确是有些吃不准。如果他得到的信息是临机拥有较为成熟的技术，那么他会很坚定地建议染野降价，消除临机所拥有的价格优势，再用自己的技术优势来赢得订单。

但现在，他相信临机的技术是不够成熟的，甚至韩伟昌也对自己的技术缺乏信心。在这种情况下，染野即使不降价，也有可能赢得订单，那么他又有什么理由说服冈田清三必须降价呢？

韩伟昌让人传播的谣言，何继安已经听说了。染野销售部的副部长一直觊觎何继安的位置，平日里无风都能掀起三尺浪，听到这种传言之后，岂有不到冈田清三面前去打小报告的道理。

冈田清三不是会轻信谣言的人，但谣言这种东西的可恶之处，就在于你明明不相信，还是多少会受到一些暗示。如果何继安能够拿出强有力的证据，说明降价的必要性，冈田清三倒也会采纳，现在何继安说出来的理由明显没有说服力，再结合有关浦汽给回扣的传言，冈田清三就不能不斟酌一二了。

这其中，还有一个原因，是冈田清三和何继安都知道的，那就是染野的日本总部给中国公司提出了业绩要求。如果浦汽的这个项目因为降价而减少了利润，那么中国公司就很难完成总部的要求了，而这又是影响到冈田清三位置的事情。

分公司的产品降价是需要向总部请示的，要请示就需要有充分的理由。如果理由不充分，总部非但不会同意分公司的要求，还会给分公司记上一笔，影响对分公司的业绩评价。

相比之下，不降价的选择就轻松得多。反正是已经确定好的价格，自己不横生枝节，总部也不会关心。至于因此而丢掉了一个订单，总部也不会知道，毕竟销售这种事情是有很多偶然性的，一个订单没拿下来能算什么事呢？

再说了，万一照着原价就拿下来了呢？

"要不，我再探探浦汽那边的口风吧？"

何继安屈服了，身处这种"不求有功、但求无过"的氛围中，不多事才是正道。尽管他爱染野，他怕染野完了，但染野爱他吗？

"何君,不要总是想着用价格战来战胜对手,我们是要靠实力说话的。"冈田清三傲慢地向何继安说。

我信你个大头鬼!

何继安在心里骂道,嘴上却答应道:

"总经理说得很对,我的确是要改变一下老观念,多考虑考虑用实力说话。不过,有些中国企业还是挺在乎价格的,有时候我们也要迁就一下他们的想法。浦汽这边,我会与他们保持接触,随时了解他们的想法。"

"这是你们销售部该考虑的事情。"冈田清三说,"浦汽这个项目,对于我们染野中国来说至关重要,你们无论如何也要拿下这个订单,否则我们今年的业绩就无法保证了。"

"呃……好吧,我会尽力的!"

何继安欲哭无泪。

可是,他也知道这是冈田清三的习惯,那就是成绩归他。

"拜托了,何君!"冈田清三象征性地向何继安点了点头,示意对方可以走了。

"应该的,应该的。"

何继安点着头离开了。

第四百六十八章　莫静荣的最后通牒

何继安和韩伟昌轮番对刘智峰发起了营销攻势，但让刘智峰感到郁闷的是，双方都坚决地拒绝了在原有基础上进一步降价的要求，而这恰恰是刘智峰最怕看到的情况。

何继安的理由是染野的产品价格是全球统一的，不可能为了浦汽一家而破坏价格的统一性。他还声称，染野的产品是成熟的，技术可靠，价格也极其良心，没有任何理由去与那些技术不成熟的产品打价格战。

韩伟昌则表示，临机的产品价格只相当于染野的一半，已经是微利了，再降价于理不合，临机也没有更多的利润空间可挤压。一半的价格优势，已经足以让浦汽做出决策了。至于临机的产品质量，当然是完全没问题的了，他老韩可以拿他的声誉做保证。

顺便说一下，这也是让刘智峰觉得最不踏实的地方——韩伟昌的声誉。

与此同时，徐茂的技术部也完成了对临机多工位机床的技术审核，认定临机已经具备了生产多工位机床的能力，临机的多工位机床在性能和质量方面略逊于染野，但差别不大。

平心而论，徐茂其实是存着要给临机找找茬的心态来做这项审核的，无奈临机产品没有什么明显的硬伤，一些不足之处充其量也只算是瑕疵，并不影响使用。

在技术部内部讨论的时候，曾有人提出是不是应当把临机产品的问题夸大一些，以便集团做决策的时候可以有所倾向。结果一位名叫董霄的女工程师站出来表示反对，说大家都是做技术的，应当尊重科学，不能违背自己的学术良知。她还表示，如果技术部最终做出的结论罔顾事实，她会向集团领导举报，甚至不惜向相关部门举报。

徐茂知道，董霄敢于提出反对意见的原因，一是她原本的确就是一位比较公正的技术人员;二是她读博士时期的室友肖文珺正是临机总经理唐子风的夫人。

徐茂知道董霄与临机集团有瓜葛,却无法以这个理由处分董霄或者把董霄调离目前的岗位。临机是浦汽重要的设备供应商,两家企业又都在国资委旗下,属于兄弟单位,谁说与兄弟单位的领导认识就是罪过的?

因为董霄的存在,徐茂想巧立名目地黑临机的技术也办不到,只能拿着一份基本客观的审核报告,去向莫静荣汇报了。

"也就是说,临机的设备是可以用的?"

莫静荣只看了摘要部分,便放下报告,向徐茂问道。

"如果临机提供的材料是真实的,那么的确是如此。"徐茂谨慎地回答道。

"临机提供的技术应当是可靠的。"刘智峰说道,"临机又不是那种捞一把就走的乡镇企业,怎么可能会向我们提供虚假的技术资料?如果最终能证明他们提供的资料不实,我们完全可以向国资委投诉。唐子风还很年轻,前途无量,他会拿自己的官帽来搞这种把戏吗?"

"染野那边,价格上就没有一点松动吗?"莫静荣又问道。

刘智峰摇摇头:"没有。我和何继安又谈了好几次,他跟我说,他们的日方经理坚决不同意降价,他也无可奈何。"

"你没有说如果他们不降价,我们就要考虑选择临机了?"莫静荣问。

刘智峰说:"我已经说过了,临机那边的报价,我也给他看过了。听说何继安私底下还接触过韩伟昌,具体谈了什么,我就不知道了。但我猜想,何继安是应当知道临机这件事的,可就是咬住了牙,不肯让步。"

"哼,染野还真的以为我们离了他们就造不出车了?"莫静荣恨恨地说道。

"莫总,染野的技术还是更可靠的。"徐茂赶紧劝道,听莫静荣的意思,好像是要改主意了,这让徐茂有些慌。

天地良心,徐茂反对采用临机的设备,没有一点私心在内。他只是打心眼里不相信国产设备,觉得还是进口设备用起来更踏实。

这些年,浦汽采购了不少国产机床,在使用中也没出什么大问题。但在徐茂看来,这只是因为这些机床都比较简单,属于中低端机床,国外机床企业不屑于做,所以选择国产机床也无妨。

多工位专用机床可不是一台简单的加工中心,而是十几台、几十台机床的组合,是技术含量很高的设备。这样的设备,让国内企业来提供,徐茂真的缺乏信心。他是技术部长,是要对未来生产的汽车负责的,如果生产线上都是国产设备,徐茂总觉得自己是走在钢丝绳上,战战兢兢。

"我也希望采用染野的设备,但现在这个情况,你让我怎么向集团汇报?"莫静荣满脸无奈地问道。

"临机提出的技术方案,看起来是可行的。但也有一个致命的问题,那就是临机到目前为止还没有过多工位机床成熟应用的案例。集团在选用主要设备方面,有过一个不成文的规定,那就是设备供应商必须有过成熟应用的经历,否则是不予考虑的。莫总,用这个理由向集团办公会汇报,是不是可以呢?"徐茂建议道。

"临机的多工位机床是有成功应用经历的。"刘智峰说,"老徐,你是亲自到渔源的大河无人机公司去考察过的。大河无人机公司的生产线,就是由临机建立的,其中包括了多种型号的多工位机床,有一些机床的工作模式和咱们所需要的机床基本一致。"

"大河无人机,使用的多数都是铝合金构件,而咱们的汽车使用的是碳素钢,这能是一回事吗?"徐茂反驳道。

刘智峰说:"这个问题,临机方面也回答过,他们说多工位机床设计的难点主要是在刀具的配合上,在这方面,加工铝合金构件的机床和加工碳素钢的机床,并没有明显的区别。"

徐茂道:"没有明显的区别,那也是有区别。再说,临机自己的解释,咱们也不能完全采信吧?我记得何继安就说过,加工的材质不同,刀具的振动强度就完全不同,这会影响到刀具间的配合关系。这就像咱们造车一样,汽车开100码和开200码,对结构的要求能是一回事吗?"

"……"刘智峰没词了。

术业有专攻,汽车企业对机床的确不精通,机床设计中有哪些门道,连徐茂都说不上来,更别提刘智峰这个只开过机床的采购部长。刘智峰明白徐茂是在强词夺理,但莫静荣是站在徐茂一边的,刘智峰又有什么办法?

"要不,老刘,你去给何继安下一个最后通牒,告诉他如果染野坚持不降价,我们就要选择临机的机床了。你把技术部的这份审核报告也拿给何继安看一眼,让他知道我们不是说着玩的。"莫静荣最后这样说。

"好吧……"刘智峰很勉强地答道,接着又多问了一句,"莫总,如果他们还是不降价,咱们真的打算用临机的机床吗?"

"这件事……你和何继安谈过再说吧。"莫静荣含糊地答道。

即便看到了浦汽技术部的审核报告,何继安还是有些将信将疑。浦汽技术部也是浦汽的部门,刘智峰为了压染野的价格,联合技术部出具一份假报告,也是完全可能的。不过,考虑到国企内部的机制,何继安对这份报告的真实性又有几分相信,口风终于有所松动,答应会再向公司请示一下,争取能够给浦汽降价几个百分点。

"文珺,唐总,你们可别掉以轻心,徐茂和莫静荣是一心想用染野的设备,只是卡在价格上,一时无法决断。如果染野真的降价了,你们可就没戏了。"

在浦江的一家麦当劳里,董霄笑嘻嘻地对唐子风和肖文珺说道。两个三岁多的孩子坐在他们旁边,兴高采烈地啃着炸鸡翅,其中一个是唐彦奇,另一个则是董霄的孩子。唐子风和肖文珺这次是带着孩子到浦江来玩的,好吧,至少对外的说法是这样。

"这些人心里都是怎么想的?各项技术指标明明白白地写在那里,他们也到大河无人机工厂去看过我们的设备,最后还是宁可多花钱也要买染野的设备,他们对国产设备就这么没信心?"肖文珺一边捡起唐彦奇掉下的一块鸡肉塞进自己嘴里,一边愤愤地说道。

"有这种想法的人,可不止是徐茂、莫静荣他们,我们技术部很多老人都是这种想法。"董霄说道,"相比之下,我们这些新进公司的人对国货的信心更足一些,毕竟,我知道临机的多工位机床是珺珺设计出来的。珺珺的水平,可丝毫也不比国外的那些工程师差呢。"

"没办法,主要是我们过去有些弱了,老一代人脑子里形成的印象,真不是三两天就能够扭转过来的。"唐子风叹道。

第四百六十九章　唐子风的秘密武器

关于国内企业不信任国产设备的问题，唐子风曾经和秦仲年探讨过。秦仲年表示，即便是他自己，内心也是更信任进口设备，而对国产设备存着几分疑虑的。

秦仲年有这种想法并不奇怪，在他这代人成长以及参加工作的那段时间里，国货的品质的确是存在一些问题的。

拿家电来说，20世纪八九十年代的时候，东芝、日立等国外品牌几乎就是高品质的象征，而国产家电非但外观上不如进口家电时尚，质量上更是差出一大截。

那个年代，买一台国产家电，在几年内出故障返修是再常见不过的事情。"实行三包"这样的承诺，对于现在的国人来说基本是无所谓的，但在当年却非常重要。消费者要认真地研究包换、包修的期限，因为见过太多产品质量低劣而又退换无门的例子了。

工业设备方面，国产机床和进口机床的区别就更明显。操作国产机床，你要同时变成一位机床维修工，因为各种各样让人哭笑不得的小故障会随时发生，如果自己不会解决，净等着机修工来帮助解决，你这一天就别指望干活了。

据一些老工人说，早期的国产数控机床，用起来比普通机床还累，故障多到让脾气好的老师傅都忍不住骂娘。

可以这样说，对于秦仲年这代人来说，这样认识国产设备并不是什么崇洋媚外的心理作祟，纯粹就是年轻时候留下的心理阴影。

相比而言，到了唐子风、肖文珺、董霄他们这一代，对国货的信心就充足得多了。从20世纪末到21世纪初，国产家电全面发力，质量大幅度提高，性能不比洋货差，功能上还能推陈出新，比洋货更为亲民，再加上低廉的价格，很快就把洋货从主流家电市场上挤出去了。

工业装备的品质也大有改善，国产机床的无故障工作时间大为提高，与进口机床相比也并不逊色，所以年轻一代的洋货情结也就没有那么强了。

具体到这一次临机向浦汽推销的多工位汽车专用机床，从多项技术性能指标来看，与染野的产品相差并不大，像董霄这样的年轻工程师是完全能够接受的，但徐茂、莫静荣等则出于心理惯性，总想找找毛病，以便让自己心安理得地选用染野的产品。

"临机的机床没有应用案例，这是你们的硬伤。虽说大河无人机公司使用了你们的多工位机床，但铝合金切削和合金钢切削毕竟还是有差异的，浦汽以这个为理由，拒绝使用你们的机床，也是有道理的。"董霄提醒道。

"照这个逻辑，我们的产品就永远都卖不出去了。"肖文珺不忿地说，"任何一项新产品，总有第一次应用的情况。如果没有过应用案例就不能接受，那么我们怎么才能有应用案例呢？"

董霄叹道："道理的确是这样的，但这个问题与浦汽无关。浦汽的想法就是不想当你们的实验品，至于其他企业是不是愿意当实验品，浦汽就管不着了。"

"这种事也不稀罕。"唐子风说，"站在浦汽的立场上，这样做的确是没问题的。"

"那你们打算怎么办？"董霄问。她也算是帮亲不帮理，因为与肖文珺的交情，她是很倾向于接受临机的。

"没事，我有我的秘密武器。你看，她已经来了。"唐子风抬起头看着店门，扬手示意了一下。

肖文珺和董霄同时扭头看去，只见一位30出头的女子像风一样地飘到了她们面前，不容分说就给了她们俩一人一个贴面礼。

"娜娜，你怎么来了！"

肖文珺和董霄同时热情地招呼着来人。

此人正是唐子风的师妹，同时也是肖文珺的资深闺密包娜娜。董霄因为与肖文珺的关系，也认识包娜娜。以包娜娜的性格，任何打过交道的人都能被她迅速发展成闺密或者所谓的"男闺密"。虽然她与董霄只见过几次面，却已经熟得可以做点暧昧动作了。

"饿死我了，飞机餐真不是人吃的！唐师兄真是个周扒皮，一点都不怜香惜玉，亏我还把他当成亲师兄。他催着我下了飞机就赶过来，你们看我这一脸憔

第四百六十九章 唐子风的秘密武器

悴的样子,真是没法见人了。奇奇,你这个鸡翅给阿姨吃好不好?阿姨一会还你一个吮指原味鸡。"

包娜娜一屁股坐下,喋喋不休地抱怨着,顺手就把唐彦奇面前的一个鸡翅拿在了手上,咔嚓咔嚓地啃了起来。唐彦奇抬头看看包娜娜,又转头看了看肖文珺,委屈地说道:"妈妈,这个阿姨骗人。"

"小奇奇,你怎么说话的,我怎么就骗人了?我是一个有节操的媒体人!"包娜娜像是被踩了尾巴的猫一样对着唐彦奇嚷道。

"麦当劳没有吮指原味鸡,肯德基才有。"唐彦奇说。

包娜娜一愕,旋即抬杠道:"没有怎么啦?没有就不能点了?我就要在麦当劳点吮指原味鸡,不行吗?"

唐彦奇很认真地说道:"你这叫砸场子。"

"什么?哈哈哈哈!"包娜娜大笑起来,随后用手指着唐子风说道,"师兄,这肯定是你教的吧?你瞧瞧你都教了你家孩子什么!"

"为什么你就认定是我教的呢?难道不能是文珺教的吗?"唐子风笑着问道。

包娜娜嘴里嚼着鸡肉,含含糊糊地说道:"这不可能,文珺是多老实的人啊,怎么可能会教孩子这种没品的话?"

一通闹腾过后,肖文珺起身去帮包娜娜叫了一份餐,唐子风这才说起了正题:

"娜娜,这次请你过来,是想让你安排一组报道,讨论一下浦汽采购多工位机床的事情。大致的情况,我在电话里已经跟你说过了。更详细的情况,你可以安排人采访一下各方面的人,比如董工,还有我们销售公司总经理韩伟昌。染野那边的人,我就没法替你引见了,需要你们想办法去接触。"

"我可先说好,我不泄露公司机密的。"董霄赶紧声明。

她知道包娜娜是开公关公司的,此次唐子风把包娜娜叫到浦江来,肯定是想通过包娜娜在媒体上炒作,以便给浦汽施压。

通过媒体炒作来达到某种商业目的,是时下很流行的做法。

董霄原本就倾向于临机,对唐子风请公关公司来相助这件事,董霄并不反感。不过,她毕竟是浦汽的人,把一些事情透露给唐子风夫妇,算是一种友情,要让她再把这些信息透露给媒体,她可就要掂量掂量了。

包娜娜知道董霄的心理,她摆摆手说:"霄霄,你不用担心,我们不会找你打听核心秘密的。我们报道的内容,都要说明来自'不愿意透露姓名的知情者',而且我们还会有报料人保护制度,会把一些信息进行无害化处理,让你们领导根本猜不出是谁透露了有关信息。"

"其实报道里不会出现你提供的信息。"唐子风向董霄解释道,"我和娜娜商量过报道方式,他们主要会采访临机和浦汽的相关职能部门,浦汽方面,会采访刘智峰、徐茂和莫静荣他们。请你帮忙,主要是想请你帮助指点一下,我们还能采访哪些人,又应当从哪些方面入手。"

董霄点点头,说:"这倒是可以。其实,关于枫美汽车公司这条生产线的设备采购问题,在我们集团内部有很多人都参与了。前一段时间,由我们技术部牵头,组织了一批工程师和一线工人分别到临机和染野去考察设备情况,涉及的人是非常多的。

"不过,我担心集团会下一个封口令,不让相关人员透露这些信息。如果真是这样,你们要采访他们,恐怕就有些困难了。"

包娜娜呵呵一笑,说道:"霄霄,你放心,我们有我们的办法。如果你们集团真的下了封口令,那我们就提出质疑,分析你们下封口令的原因,是不是有什么不可告人的秘密。

"我们还可以举几个其他企业的例子来类比,比如某企业领导收受外商的好处,从而在设备采购中故意偏袒外商。当然了,我们会强调我们绝对不相信浦汽的领导也会这样做。"

"你们也太损了吧!"董霄笑道,"如果你们真的这样说了,我们领导肯定得出来澄清,要不可就是平白被你们给冤枉了。我说你们这些搞新闻的,怎么心都这么……"

她说不下去了,后面的词实在有些不好听,这涉及对包娜娜的职业的评价,她不便说得太狠。

第四百七十章　我们就抓住这一条

《厚此薄彼为哪般?》；
《买贵的,不买对的,某汽车企业的奇怪逻辑》；
《"崇洋媚外"这种说法过时了吗?——从某汽车企业的设备采购说起》；
《某些国企领导心里的辫子啥时候才能剪掉?》；
……

不得不说,经过几年的磨砺,包娜娜的媒体炒作能力又上了一个新台阶。她安排几位记者对浦汽、临机和染野分别进行了采访,然后把各方的说法进行巧妙的拼接,同时呈现在新闻报道中,再加上一个煽情的题目以及几句点到为止的评论,一下子就把气氛成功地烘托起来了。

一家汽车企业采购设备,对于普通百姓来说是遥远的事情,因此这一轮报道并没有在网络上掀起什么风浪。但浦汽是有国资背景的,对于舆论极其敏感。在看到一家稍微有点影响的国家级媒体刊登出了质疑文章之后,浦汽的领导层就无法淡定了,莫静荣紧急召见了刘智峰,问他到底是谁把这件事捅到媒体上去的。

"肯定是临机啊,还能有谁?"

刘智峰也是一肚子气。

他比莫静荣更早地注意到了媒体上的报道,那时候还只是几家小报在报道此事。当时他就给韩伟昌打了电话,并撂下狠话,说临机如果这样搞,以后大家就没法做朋友了,浦汽采购设备就不会再考虑临机了。

韩伟昌在电话里向他叫苦,说这件事他毫不知情,是临机的公关部门弄出来的,他已经与公关部门的负责人吵过架了。此外,韩伟昌又透露,说公关部门也是奉了领导意图这样做的,至于这个"领导"是指谁,就是你知我知了。

刘智峰当然知道韩伟昌是在推卸责任,这种事情,他作为销售公司的负责人怎么可能会不知情？临机的公关部门是集团所属，但他们如此炒作，不也是为了促进销售吗？哪有不和销售公司打招呼的道理？

心知如此，刘智峰还真拿韩伟昌没啥办法。嘴长在人家身上，人家想怎么说，他刘智峰能管得了吗？

以日后不再采购临机设备相威胁，也就是说说而已。浦汽这一次叽叽歪歪地不肯接受临机的多工位机床，已经是不把临机当朋友了，他又有什么理由让人家拿他当朋友呢？临机此举，就是打算撕破脸了，其结果要么是浦汽让步，迫于舆论压力不得不购买临机的机床，要么就是临机炒作失败，以后彻底失去浦汽这样一个客户。

临机敢于这样做，显然是做好了最坏的打算的。浦汽是临机的大客户不假，但因为过去采购的都是普通机床，交易额不算太高，真的丢掉这个客户，临机也能承受得起。而万一真的能够逼着浦汽让步，拿下枫美那条汽车生产线上的多工位机床，可就是十几个亿的规模。而且一举打开了汽车专用机床这个市场，对于临机来说，意义又远非十几个亿能比。

一边是能够承受得起的损失，另一边是价值十几亿的收益，临机做出这样的举动，也就完全可以理解了。

可这样一来就把刘智峰架到火上烤了，一边烤还一边撒孜然的那种。

"这个唐子风想搞什么名堂？"莫静荣直接就恼了。都是国企领导，莫静荣和唐子风也是认识的，而且他早听说过唐子风的折腾能力，只是没想到这一回折腾到自己头上来了。

"临机的多工位机床研发，是唐子风力主上马的。听说当时在临机的集团办公会议上，有一些领导觉得步子迈得太大了，过于激进。最后，唐子风还是力排众议，投了五个多亿搞这个项目。

"现在好不容易搞出来，如果在咱们浦汽这里碰了钉子，唐子风的脸上就无光了。咱们都知道的，唐子风今年才30多岁，前途远大得很，如果落一个决策失误的评价，对他的发展可是影响很大的。"

刘智峰向莫静荣分析道。这番话，其实也是韩伟昌暗示他的，搁在体制内，还真算是一个很合理的答案。

"少年得志！"莫静荣恨恨地骂了一句，随后又说道，"这件事，你要和临机那边严正交涉一下。我们浦汽也不是好欺负的，他们想用这样的办法逼我们让步,只会适得其反。"

"这一点,我已经向临机的韩伟昌说过了。"刘智峰说。

"他是什么态度?"

"他说他没办法。"

"没办法是什么意思?"

"没办法就是……就是没办法啊。他说这件事是他们集团那边搞出来的,他只是销售公司的总经理,管不了集团的事情。还有就是我刚才说的,这件事和唐子风有关。圈子里的人都知道,韩伟昌在别的地方都敢嘚瑟,唯独在唐子风面前,连个屁都不敢放。"

"屁!唐子风有这么大的本事?"

"……"

刘智峰不吭声了。他原来也不知道唐子风有多大的本事,但这一回,他知道了。唐子风的管理水平如何,他不清楚,但至少有一点是别人都无法比的,那就是唐子风敢于砸锅。

说个简单的道理,莫静荣现在是浦汽的副总,说起来和唐子风没啥关系。但谁知道莫静荣有朝一日会不会调到上头去任职,届时他很可能就成了唐子风的顶头上司,你还能说和唐子风无关吗?

为了临机与浦汽的那点事,得罪了莫静荣,给自己在体制内树个敌人,埋一颗不知道啥时候会炸的雷,有必要吗?

可唐子风偏偏就敢这样做,你拿他怎么办?

以往,刘智峰只是在饭桌上听人说起过唐子风的事迹,包括他上任之初去金车催讨欠款的传说。这一回,唐子风直接把矛头指向了浦汽,刘智峰才知道传言不虚。

"你跟韩伟昌说,临机的设备,我们永远也不会考虑了。让他们死了这条心,别再瞎折腾了。"莫静荣说道。

刘智峰苦着脸:"莫总,可是这样一来,万一他们更肆无忌惮了怎么办?"

"他们凭什么肆无忌惮?我们都说了不考虑他们的产品,他们还有必要折腾吗?"莫静荣问。

刘智峰说:"如果韩伟昌能够说了算,估计听咱们这样一说,他也就收手了。可唐子风的脾气,咱们摸不透啊!刚才你也说了,他就是少年得志,这种人是最怕丢面子的。咱们让他折了面子,他不报复咱们才怪。"

"报复?怎么报复?就凭他们这样在报纸上造咱们的谣?信不信我们连理都不会理他一下?"

"……"

刘智峰再次沉默。

理都不会理,那你现在在这暴跳如雷干什么?谁不知道昨天集团办公会上大家都急眼了,都怕这一回的事情会影响到上头对浦汽领导层的看法。

唐子风也是体制内的人,他正是看中了这一点,所以才选择了用这种方法来向浦汽施压,你在这里色厉内荏,以为人家看不出来?

说得再阴谋论一点,唐子风这一次折腾,如果真的是为了掩盖自己的决策失误,那么浦汽以后是否采购临机的设备,对唐子风来说是无所谓的。他需要的是坐实浦汽的错误,让"上头"认为这件事情不是他唐子风的错,而是浦汽的错。

照这个思路,浦汽越是向临机发难,临机就越会进行疯狂反击,莫静荣的威胁是没有任何作用的。

"这件事,我们还是需要向媒体做一个澄清的。"果然,莫静荣自己先改口了,他说,"集团公关部已经联系了媒体。不过为了避免把事情闹大,我们就不采取开新闻发布会的形式了,我会安排几个记者到集团来采访,你也要准备接受采访。"

"我们也联系记者来采访?那我该说什么呢?"刘智峰诧异道。

莫静荣道:"这还不简单吗?临机向我们泼脏水,说我们是因为崇洋媚外,才不选择临机的设备。我们要做的,就是反驳这种言论。

"到时候,大家要统一口径,就说我们并没有歧视国产装备,不考虑临机的设备,只是因为客观原因。临机自己的设备质量不行,还想用舆论压力来迫使我们采购,我们坚决不屈服,也是对国家、对人民负责的表现。"

"可是,临机的设备质量没有啥问题啊。咱们这样说,临机也会反驳的。"刘智峰提醒道。

他是做采购的,知道产品质量好坏是有客观标准的,这不是谁随便说说就行的事情。如果浦汽一口咬定临机的设备质量有问题,临机是可以拿出各种证据来反击的。

第四百七十章 我们就抓住这一条

"质量有没有问题,大家各有各的理。可是,临机的设备没有应用案例,这一点他们否认不了吧?我们就抓住这一条,说我们作为一家中外合资企业,采购设备是要遵循国际规则的。没有应用案例的设备,我们绝对不能接受。我倒要看看,这个唐子风还能说啥。"

莫静荣自信满满地说道。

第四百七十一章　你给我交个底吧

"莫总,关于浦汽集团下属枫美汽车公司新生产线设备采购的事情,近日里出现了一些争议。我们注意到,浦汽集团采购部就此事做出了一个澄清,指出浦汽放弃临河机床集团提供的产品,主要是因为临机的多工位机床缺乏应用案例,请问是这样吗?"

"嗯,这个情况嘛,基本上是这样的。"

"换句话说,是不是浦汽方面认为临机的机床在品质上并没有什么硬伤?"

"这个……也不能这样说。'硬伤'这个概念,在工业上是不能这样讲的,在工业上,我们是要讲具体性能指标的。"

"那么,临机的机床在性能指标上存在什么问题吗?"

"问题肯定是会有的,人无完人嘛,更何况是技术呢?"

"那么,莫总能给我说说具体是什么问题吗?"

"呃……"

"我听说,浦汽的技术部曾经对临机的多工位机床进行过一次专门的技术考核,莫总能跟我说说技术部的考核结论是什么吗?"

"这个结论嘛……总体上说,还是可以的。"

"既然总体上说是可以的,为什么浦汽又做出了拒绝临机机床的决定呢?"

"主要问题还是你刚才讲过的,缺乏应用案例。我们是合资企业,做事情是要讲国际规则的,国际上通行的做法,就是不能采用没有应用案例的设备。"

"你确信吗?"

"基本上是这样的。"

"那么,我是不是可以这样理解,也就是浦汽认为临机的机床总体品质是过关的,唯一的障碍就是缺乏应用案例。换言之,如果没有这个障碍,那么浦汽是更倾向于选择临机的机床的。"

236

第四百七十一章 你给我交个底吧

"话也不能这样说……"

浦汽的反击并没有让外界的质疑消失,相反,"没有应用案例"这个理由反而带来了更多的质疑。不止一家媒体刊发了评论文章,指出这个理由其实是站不住脚的,尤其是声称这个理由是所谓国际规则,就更难以让人相信了,国外推出的那些新设备,都是谁先用的呢?

更有目光敏锐的人,直接就质疑这种做法其实是在歧视国货。众所周知,在工业化上中国是一个后起国家,许多工业装备的研发都滞后于发达国家。如果中国的企业坚持只有成熟装备才能应用,那么中国的装备制造企业就永远无法获得市场。

人民大学教授王梓杰就是对这种做法提出严厉批评的学者之一,他一连在媒体上发表了七八篇署名文章,又在好几个国家级的研讨会上大声疾呼,要求有关部门打击这种歧视国产设备的行为,一时间闹得沸沸扬扬。

记者向来都是敏感的,更何况这件事情里有这么多的新闻点。除了包娜娜请来的托儿之外,各家媒体都派出了财经口或者工业口的记者,前往浦汽进行采访,以便蹭上这个热点。莫静荣一天接待了十几拨记者,脑子被搅得晕晕乎乎。

他倒也想过要让秘书替自己挡驾,无奈有些记者的来头非常大,不是浦汽能够惹得起的。他今天敢拒绝记者的采访,明天记者就敢来几个"我们不禁要问"之类的猜测,让整个浦汽都下不来台。

"事情怎么会闹成这个样子?你们的工作都是怎么做的?"

送走当天的最后一拨记者,莫静荣终于爆发了,把徐茂和刘智峰喊到自己办公室,开始大发雷霆。他奈何不了那些无冕之王,还奈何不了自己的属下吗?

"莫总,这件事,真的不能怨我们啊!"刘智峰哭丧着脸辩解,"我们都是照着公司规定的口径和临机那边交涉的,是临机不按套路,找记者来造势,我们也没办法啊。"

"当初我们就不该惹上临机。"徐茂说,"我们如果从一开始就拒绝临机的设备,也不去对他们的设备进行考核,现在也就没这些事了。"

"那可未必!"刘智峰说。引入临机来压染野的价,是莫静荣的主意,但刘智峰没法拉莫静荣来背锅,所以这个锅是他刘智峰的,他必须要把事情说清楚才行。

"临机到咱们这里来推销设备,咱们没有理由不先看一看。如果我们连看都不看,临机就更有话说了,我们只怕会更被动。"

"可是,现在这个样子,咱们就不被动吗?"徐茂反问道。

刘智峰说:"现在这个样子,好歹咱们是有道理的,临机也说不出咱们有什么错。"

"报纸上一直在批'应用案例'这个提法。那个人民大学的王梓杰,我也听人说起过的,听说是一个很知名的教授。现在他出面来反对我们的做法,让咱们怎么回答?"徐茂说。

"老刘,我是搞生产出身的,对销售和采购不太了解。你给我说说,采购设备必须有成熟应用案例这一条,到底是不是国际惯例?"莫静荣问道。

刘智峰苦笑道:"莫总,这一条,可以说是国际惯例,也可以说不是国际惯例。国际上有很多大企业采购设备的时候是有这样一条要求的,他们会尽量避免使用没有应用经验的设备。但同时,也有一些企业并没有这样的规定。毕竟现在很多行业的技术更新速度很快,如果不采用新设备,企业自己就跟不上市场的需求了。"

"你这不是跟没说一样吗?"徐茂不满地呛声道。

刘智峰说:"市场上的事情本来就是这样的,公说公有理,婆说婆有理,是再正常不过的事情了。原本咱们用这个理由来拒绝临机,也是说得过去的。但现在的问题就是临机把事情捅到媒体上去了,还引来了一帮学者替他们说话,所以咱们就被动了。"

"那么现在咱们该怎么办?"莫静荣问。

"我觉得,咱们应当尽快和染野达成协议。等到我们和染野的协议签完了,临机再闹也没用,肯定就消停了。"徐茂献计道。

莫静荣看看刘智峰,问道:"老刘,我们有没有可能尽快和染野达成协议?"

刘智峰摇摇头,说:"这个还真不好说。我上次和何继安谈的时候,他还是不肯降价。日资企业办事很拖沓,就算他答应降价了,公司里层层审批下来,起码也得十天半个月的。这段时间里,临机估计还会继续炒作的。"

莫静荣黑着脸说:"你跟何继安说,现在事情闹大了,媒体给我们施加了很大的压力,我们已经扛不住了。如果染野不做出很大的让步,我们就不得不和临机去谈合作的事情了。何继安也是从国企出来的人,他应当知道事情的严重性。如果到了这个时候,他还在装腔作势,以后我们就真的不买他们的设备了。"

"其实,莫总,我觉得既然临机的设备没什么大问题,咱们就用临机的设备,是不是也可以呢?"刘智峰试探着问道。

莫静荣沉默了好一会,缓缓地点点头说:"这件事现在闹大了,如果染野坚持不让步,恐怕咱们就真的得考虑临机的设备了。不过,这是最后没办法的办法,但凡还有一点可能性,咱们还是要优先考虑染野。"

刘智峰说:"莫总,你给我交一个底吧,染野做出多大的让步,我们才能接受染野?我也不打算和何继安再费口舌了,到时候就给他一个底价,爱卖卖,不卖拉倒。"

"底价嘛……"莫静荣沉吟片刻,说道,"最低限度,在原来的基础上降价20%。现在舆论给我们这么大的压力,而且临机的价钱又比他们要低这么多,他们如果一点表示都没有,咱们也不忍了。"

徐茂急了:"莫总,我觉得……"

"老徐,你不用说了。你的意思我知道,但染野实在是欺人太甚了。咱们替他们顶了这么多的雷,他们连一点表示都没有,真把咱们当冤大头了?"莫静荣怒气冲冲地说道。

他倾向染野不假,但泥人也有个土性子,更何况他还是这么大一家企业的副总。现在可好,不管他如何说,染野都不答应降价,临机还弄了一堆媒体来为难他,他再不恼火就没道理了。

临机的设备能不能用?

搁在几天前,莫静荣肯定是觉得不能用的,但现在,他的立场出现了一些动摇,觉得临机的设备似乎也并没有那么不堪,最起码,技术部给出的考核意见还是比较中肯的。

至于说什么没有应用案例的设备不能采购,这其实也是自欺欺人的。浦汽哪里没有用过新设备?只不过浦汽过去采购的新设备是海姆萨特、染野这些国外大企业推出的,冠以"国际最新技术"的称号,浦汽也就欢天喜地地用了。

临机的设备,对于临机来说的确是第一次制造,但这些设备都是有国外成熟设备作为蓝本的,能有多大毛病?

刘智峰看出了莫静荣的心思,他点点头说道:"莫总,我明白了。这一次,我得跟何继安那老小子撕破脸了!"

第四百七十二章　聪明反被聪明误

"总经理,我们已经没有退路了!"染野公司,何继安神情严肃地向总经理冈田清三报告道,"浦汽的采购部长刘智峰向我发出了警告,说如果我们不能把设备价格下调20%,他们就将放弃从染野采购这批多工位机床,转而选择临机的机床。他还强调,这不是一个威胁,而是他们的最后决定。"

"在这之前,他不是也这样说过很多次了吗?"冈田清三提醒道。

"但这一次真的不一样。"何继安说,"临机找媒体曝光了这件事情,给浦汽造成了很大的压力。浦汽虽然是家合资企业,但一半以上的股权是国资持有,所以也相当于是国有企业。

"我是在国企工作过的,我知道国企领导最怕媒体曝光,因为一旦被媒体曝光,他们就需要向上级部门说明事情的原委,而这件事情里,浦汽的做法是存在一些瑕疵的。"

"什么瑕疵?"

"临机的产品价格比我们的低将近一半,性价比却比我们高得多。浦汽放弃临机的产品,选择我们的产品,如果没有充分的理由,他们是很难向国资委交代的。"

"你不是说,临机的产品品质完全不行吗?"

"我的确是这样说过……"何继安支吾起来。

他此前花了不少工夫去刺探临机的技术情况,得到的消息真假难辨,有说临机的技术还不错的,也有说其实只是吹牛的。出于业绩上的考虑,他最终采信了临机技术还不成熟这个结论,并向冈田清三做了汇报。冈田清三正是基于这一点,做出了不向浦汽降价的决定,以至于这桩交易陷入了僵持。

在后来的谈判中,刘智峰向何继安出示了浦汽技术部对临机机床的考核报告,其中对临机的多工位机床给予了较高的评价。何继安是懂行的人,再结合

第四百七十二章 聪明反被聪明误

浦汽方面的态度,他渐渐意识到,自己对临机的实力可能是做出了一些错误判断,临机的机床并没有自己想象的那样不堪。再考虑到媒体的压力,如果染野方面坚持不降价,浦汽倒向临机的可能性是很大的。

"临机的技术虽然不够成熟,但要满足一般的生产需求,还是能够做到的。就算他们的设备在使用过程中故障率高一点,或者出现一些意料之外的差错,只要浦汽给了他们使用的机会,他们就能够进行持续的改进,不断优化。

"所以,我们不能让临机获得任何机会,否则它就有可能会成为我们的一个强有力的竞争对手。总经理先生,为了我们在中国市场上的长远利益,我强烈建议公司考虑适当降低对浦汽的报价,以便确保这个订单不会落到临机的手上。"

"可是这样一来,咱们的利润就无法保障了……"冈田清三咕哝着,心里也开始犹豫起来了。

又经过了一番烦琐的手续,何继安终于得到了一个降价20%的授权。他兴冲冲地赶到浦江,准备与刘智峰再进行一轮讨价还价,争取把降价的幅度再压缩一些。谁承想,他刚刚报出一个降低10%的价格,刘智峰便没好气地呛了一句:

"何总,你别跟我兜圈子了。我告诉你,别说10%,就算是你们降价20%,我们也不可能考虑你们的产品了。除非你们价格下降35%,也就是相当于比临机高出30%左右,否则染野在我们这次设备招标中就注定出局了。"

"什么,降价35%?这是完全不可能的!"何继安跳了起来,"刘部长,你这也太狮子大开口了吧!降价35%,我们连支付成本都不够了,完全是赔本做买卖,这怎么可能!"

"我知道你们不可能,所以,这件事也就没啥谈的了。"刘智峰有些懒懒地说道。

在此之前,刘智峰也不止一次地在何继安面前说过类似的话,但态度都没有这样消极,让人知道他还是存着继续谈下去的愿望的。这一次,刘智峰的态度完全不同,有点想端茶送客的意思。

何继安看着刘智峰的表情,想从中找出一些破绽。刘智峰看了他一眼,呵呵冷笑道:"怎么,何总觉得我是在跟你玩心眼?我给你看份文件,你就知道了。"

说罢,他直接从桌上的一堆文件中抽出一份,递到了何继安的面前。

何继安接过文件,首先就被文件抬头的一串单位名称震住了:发改委、国资委、科委、工信部、商务部……作为一个曾在体制内工作多年的人,他太清楚这份文件的分量了,能够把这么多个重量级部门拢到一块联合发文,必然是有更大的来头,那是浦汽无法抗拒的一种力量。

再看文件的标题,何继安就更是傻眼了,那文件的标题赫然是:《关于确保国产首台(套)技术装备应用的若干意见》。

首台(套)这个说法,很早以前就有了,何继安对它并不陌生。前一段时间,临机找媒体炒作浦汽设备招标的事情,把这个词又翻出来,炒成了一个热词。何继安此时一看到这个词,就知道这份文件意味着什么了。

浦汽拒绝临机的设备,理由就是临机的设备没有应用案例,换言之,就是没有国内的"首台(套)"设备。作为首台(套)设备,肯定会存在着各种风险,用户不愿意成为生产厂商实验首台(套)设备的"小白鼠",因此拒绝接受首台(套)设备,这也是能够说得过去的。

在这个节骨眼上,几部委突然下发这样一个文件,明确提出要"确保国产首台(套)应用",这对浦汽以及染野来说,绝对是一记重击。何继安甚至可以想象得出,浦汽领导层看到这个文件时会有什么样的反应。

"这个文件是什么时候发下来的?"何继安问道。

"前天。"刘智峰说。

"前天?怎么会这么巧?这不会和临机有什么关系吧?"何继安说。

刘智峰叹道:"临机也就是一家小小的国企,哪有本事让这么多部委联合下文来给他们撑腰?这个文件当然不是专门为临机而下发的。其实,这个文件早在一年前就已经酝酿了,只是正好赶在这个时候出台罢了。我们分析过,如果没有这一次临机的炒作,这个文件的出台可能还会再晚几个月,因为要协调这么多部委同时行动,是很花时间的。

"这一次,临机调动了一大批媒体,还找了不少学者给他们站台。尤其是那个王梓杰,现在是国内知名的经济学家,他说了话,上头就有领导表态了,说要重视首台(套)问题。国资委和发改委那边手头正好有这样一个文件,可不就要趁着领导表态的机会赶紧发出来吗?"

"这个唐子风也太会投机钻营了,这样的机会他也能抓住!"何继安感慨不已。

刘智峰说:"老何,这也得怪你们太贪心了,这就叫聪明反被聪明误啊!"

"怎么讲?"何继安一时有些不明白。

他的确是个聪明人,但这一刻脑子有些不够用了,听不懂刘智峰的意思。

刘智峰说:"如果你们不是想捞得多一点,早点同意降价,我们也就和你们签约了。等这个文件下来的时候,木已成舟,我们也不可能因为这个文件就毁约。

"现在可好,你们前前后后拖了一个多月,死活就是不同意降价,让临机逮着机会炒作,把文件给催生出来了。事到如今,你们光是降价20%也已经不够了,因为你们降20%以后,还是比临机的设备贵出60%,我们放弃临机的设备去买你们的设备,对国资委那边交代不过去。

"过去我们一直是拿临机没有应用案例来作为托词,这个文件一出来,这个托词就用不上了。非但用不上,没有应用案例这件事,反而还成了临机的优势。国家出台文件鼓励首台(套)应用,我们浦汽作为国资控股的合资企业,需要带头响应国家号召,可以说是不买都不行了。

"我刚才说了,除非染野能够一口气降价35%,最终价格只比临机高出30%,否则我们是不可能考虑染野的。"

第四百七十三章　写到我们心坎里去了

上当了。

何继安猛地一拍脑袋。

这一刻，他明白了韩伟昌在他面前的各种做作，甚至也明白了自己到临河去刺探情报时所得到的那些真真假假的信息的来源。临机分明就是要给他制造一种错觉，让染野下不了降价的决心，从而为临机获得国家政策支持争取时间。

如果他早一点知道发改委、国资委正在酝酿这样一份有关首台（套）设备的文件，他是绝对不会拖延时间的，他会努力说服冈田清三答应给浦汽降价。他知道，浦汽一再要求染野降价的原因，在于预算不足。染野甚至不需要答应降价20%，只要降价10%，浦汽就会与染野签约了。

怪只怪冈田清三太贪心了，不肯放弃这10%的差价。而他何继安也心存侥幸，总觉得染野有技术优势，不怕浦汽不低头。

10%的差价，染野能不能接受呢？答案当然是肯定的。染野的多工位机床是成熟产品，研发投入早已摊销完了，利润空间是很大的。这不，在浦汽的压力之下，冈田清三甚至连20%的差价都能接受，如果早先愿意低头，只需要降10%就行，岂不是更好？

可是，在早先看来，10%的差价也是实实在在的利润，与冈田清三的业绩以及何继安的销售提成都是直接相关的。在还有希望的情况下，他们凭什么要放弃这些利润呢？

世上没有后悔药，到了这个时候，再怨天尤人也没用了，还是赶紧想办法补救吧。

"刘部长，现在还有什么办法吗？"何继安问道。

刘智峰看着何继安那一脸央求之色，心里别提多畅快了。

第四百七十三章 写到我们心坎里去了

打脸不嫌晚,让你何继安成天在我面前摆谱!

刘智峰毕竟也是有涵养的人,虽然心里这样想,但不可能把这种话当面说出来。他摇摇头,说道:"我估计是没什么办法了,除非你们像我刚才说的那样,答应降价35%。"

"这个……我们是真的办不到。"何继安苦着脸说。

"怎么就真的办不到了?"刘智峰反驳说,"机床的利润高得很,你别以为我们不知道。像你们染野,一台机床的利润高到50%也不奇怪,就算是降价35%,也还是有利润的,只是利润少一点而已。"

"你说的是毛利吧?"何继安说,"我们还有管理成本啊。再说,日本企业跑到中国来开个分公司,如果没有一点利润,人家凭什么做?再有了,就算我们降价35%,没准临机也会跟着降价,你们浦汽是不是存着看我们互相压价的心思,想从中渔利啊?"

这都让你看出来了?

刘智峰略有一些窘。其实他说出让染野降价35%的话,的确有些没安好心。韩伟昌已经向他表示过,染野如果敢降价,临机也会跟着降价。临机的生产成本比染野低得多,管理成本分摊得也少,要打价格战,临机还真不怕。

"既然你们不答应降价,那就没办法了。"刘智峰说。

何继安也没辙了,他与刘智峰又敷衍了几句,央求刘智峰先不要着急与临机签约,给他几天时间去想办法。刘智峰这边倒也的确没那么急,国资委的文件下来,浦汽要正式开始考虑选择临机的设备,也是需要有一段时间来认真谈判的。

在此期间,如果何继安真的能够整出一些新的幺蛾子,浦汽也不见得不会给他机会。

从浦汽出来,何继安先给冈田清三打了电话,向他通报这个变故。冈田清三一听就急了,先是劈头盖脸地训了何继安一顿,说都是因为何继安无能,才让煮熟的鸭子飞走了。接着,他便断然拒绝了何继安提出的进一步降价的要求,声明20%的降价幅度已经是极限,不可能再降了。

"何君,这件事关系到公司的生死,你是销售部长,你必须解决这个问题,否则你就干脆辞职吧,我会让能够解决问题的人来接替你的职位。"

冈田清三在电话里这样威胁道。

挂断电话，何继安的眉头便紧锁起来。他知道，冈田清三的威胁不是随便说说的，如果浦汽的这个订单拿不下来，今年染野销售部的业绩就非常难看了，而且未来的业绩也很难有起色，冈田清三因此而开除他，是完全有可能的。

可是，如何才能破局呢？

如果临机出点事，浦汽也可以考虑染野。那么，自己是不是可以真的让临机出点什么事呢？

要让临机出事，就必须是涉及临机声誉方面的事情，而且最好是能够和多工位机床相关的……

多年的销售生涯，让何继安拥有了搞各种阴谋的能力，他认真地思考了一会儿，一个想法逐渐成型了。

"齐教授，我是慕名来访的。我看到了您在报纸上发表的关于抨击国内伪自主创新的文章，觉得写到我们心坎里去了。我这趟到京城来，就是来向您爆料的。"

人民大学的一间办公室里，何继安满脸谦恭地向坐在自己对面的齐木登说道。

前一段时间，临机在媒体上炒作首台（套）的事情，王梓杰连发了七八篇重磅文章，大谈如何促进自主创新。齐木登是王梓杰的对头，看到王梓杰上蹿下跳，岂有不生气之理？

于是乎，齐木登也写了一系列文章，专门挑王梓杰的破绽，说自主创新是对的，但不能搞成超英赶美式的跃进，要脚踏实地。齐木登所定义的脚踏实地，就是中国企业不要想着与国外齐头并进，人家外国人能搞出来的东西，中国人不花上三五十年，怎么可能搞得出来？

照齐木登的观点，一切声称与国外没有代差的产品，必然都是吹出来的，要么是拿了外国人的东西来换个壳子，要么就是虚构性能指标，骗取国人的廉价喝彩。具体到临机与染野之争，齐木登将其形容为二踢脚与火箭的竞争，说虽然二者都能上天，但差距是无法想象的。

那段时间，何继安也一直在关注媒体上的动态，所以齐木登的文章他也是读过的。从内心来说，何继安觉得齐木登纯粹是胡说八道。

一个文科教授，谈论多工位机床的技术优劣，其中的破绽之多，让何继安这个前工艺工程师都不知道从哪开始吐槽才好了。

第四百七十三章 写到我们心坎里去了

但就是这样一个只会胡说八道的教授,现在却成了何继安的救命稻草。王梓杰的名气很大,说出来的话很有影响力,以何继安的社会地位,是不可能向王梓杰发起挑战的。

齐木登的情况就不同了,他也是著名教授,而且体制内也颇有一些人买他的账,觉得他"敢说真话"。至于在体制外,齐木登的拥趸就更多了,若干家财经媒体都给了他"资深评论员"的头衔,请他写专栏,吸引眼球,为报社赚来白花花的银子。

让这样一个人来对付王梓杰,或许是可行的。其实何继安也并不需要齐木登把王梓杰打败,只要能把水搅浑,让临机陷入舆论旋涡,浦汽就有理由对临机的产品提出质疑,再以设备采购刻不容缓为理由,选择染野的产品。

"你说你是染野的销售部长,你要向我爆什么料?"齐木登看着何继安问道。

"关于临机的多工位机床伪创新的事情。"何继安说。

"你了解临机的多工位机床?"齐木登谨慎地问道。

"那是当然。"何继安摆出一副坦然的样子,说道,"齐教授,我先向你自我介绍一下。我原来是明溪常宁机床厂的工艺科副科长,在机床行业已经工作了30年,对国内机床行业的事情不敢说是了如指掌,最起码也是略知一二。

"临机在这一次的多工位机床销售中,是我们染野最大的竞争对手,所以我也难免要对临机进行一些调查,掌握了不少第一手的资料。

"我可以负责任地对齐教授说,临机目前所推出来的多工位机床,技术全部都是从染野剽窃过去的,而且画虎不成反类犬,产品的性能和质量完全无法与染野原装的机床相比。

"现在临机就是凭着他们的成本优势,鼓动几部委发布了首台(套)支持政策,想用他们剽窃来的技术,把我们挤出中国市场。

"我也正是因为看不惯他们的作为,又无力对抗几部委的政策,所以才来找齐教授,请齐教授为我们说几句话。"

第四百七十四章 首台(套)变成"手抬套"

听到何继安的话,齐木登顿时就不困了,他盯着何继安,急切地问道:
"你说临机的产品是剽窃你们的技术,你有证据吗?"
"当然有。"何继安是有备而来,他拿出一份资料,递到齐木登面前,说道,"齐教授,你来看,我对比过染野多工位机床和临机多工位机床,列出了72项重大相似之处,机床行业里的人,都看得出这是赤裸裸的剽窃。"
齐木登接过何继安递过来的材料,翻开看了几眼,就完全蒙了,什么叫"旋转轴转角误差补偿"?什么叫"高强度大阻尼封闭框架"?这样一份材料,对于纯文科背景的齐木登来说,简直就是一本天书。别说判断其中的正误,就连何继安想表达的具体观点是什么,他都没找出来。
要说起来,这也怨不得何继安。何继安在准备这份材料的时候,是考虑过要照顾齐木登的理解能力的,整份材料写得图文并茂,很多概念也尽可能地使用了较为通俗的说法。可问题在于,汽车多工位机床是很高端的设备,何继安要指责临机剽窃染野技术,也不可能从一些低端概念入手。何继安如果要说临机剽窃了染野的低端技术,恐怕全天下的人都不会相信。要说高端技术,就必然要涉及一些复杂概念。能够让文科教授一看就懂的概念,再高端能高端到哪儿去?
"嗯,总结得非常好,有理有据,证据确凿,非常有价值!临河机床集团这种做法,是非常不符合商业伦理的,理当受到道德的谴责和法律的严惩!"
齐木登假模假式地看了好一会儿,这才用义愤填膺的语气总结道。他本想把话说得更有分量一点,无奈他什么也没看懂,想说点干货也说不出来,只能用这种万金油式的评价了。
"那么,齐教授,您看,您能不能在这件事情上替我们呼吁一下?"何继安怯生生地问道。对方是著名教授,他一时摸不清对方的脾气,便只能低声下气地说话了。

"我觉得,何经理,像这样的事情,你们不应当忍气吞声,而是应当诉诸法律嘛。你们既然有这样确凿的证据,我看哪家法院敢枉法包庇。"齐木登说道。

"这个……倒是有点困难。"何继安说,"临机的人非常狡猾,虽然剽窃我们的技术,但却绕过了我们拥有的专利,让我们无法从法律上对他们进行打击。我们即便是到法院去起诉,恐怕也很难起到什么作用。"

"你这份材料上,不是都写得清清楚楚吗?"齐木登诧异道。

"写是写了,不过光凭这些证据,在法律上可能有些分量不足。临机剽窃我们的,主要是一些设计思想,而设计思想这种东西,是不受专利保护的。"何继安解释道。

"哦,原来是这个意思。"

齐木登有些泄气。他虽然不懂机械,但好歹也是做过学术的人,知道所谓剽窃思想的说法多少都有些强词夺理。何继安整理出临机机床与染野机床的72项相似之处,说到最后都是设计思想,这就说明临机的机床恐怕真的没啥问题。

心里这样想,齐木登还得装出一副一切尽在掌握的样子,他点着头说:

"其实,这就是法律规定上的缺失了。要知道,设计思想才是最重要的技术核心,没有思想的技术是没有灵魂的。西方企业掌握的设计思想,都是经过几百年时间一代一代传承下来的,是刻在西方工程师的骨子里的。

"咱们国内有一些企业,不愿意花几百年时间去做积累,一天到晚就想走捷径,幻想通过模仿,甚至是剽窃的方法来获得技术。

"他们不知道,就算他们能够剽窃到一些表面的思想,也无法获得真正的思想内核。咱们国内技术与国外技术的差距这么大,就是因为我们缺乏这样的思想内核。"

"齐教授说得太对了!"

何继安一脸崇拜地赞道。

他心里却是另一番想法:什么狗屁车轱辘话!机床设计是靠理论指导的,掌握了这些理论,自然就掌握了设计思想,哪有什么表面、内核之类玄而又玄的东西?还说什么灵魂,你以为是你们文化人写文章博眼球呢?

"那么,齐教授,关于这件事,您能不能出来仗义执言,为我们讨回一个公道呢？"何继安问道。

"这个……"齐木登皱了皱眉头，说道，"这件事情的确是一个非常好的案例，值得深入地研究。不过，我现在手头有一个国家基金课题，马上要结项，而我现在手下的博士生和硕士生都在忙其他几个课题，所以这个课题只能是我亲自来做，时间上就有些紧张了……"

何继安说："这件事，不会耽误齐教授太多时间的。我们主要是希望齐教授能够帮我们写几篇文章，在媒体上发表出来。文章的初稿，我们可以先写出来，齐教授只需要稍微润色一下就行。"

"这怎么合适？"齐木登沉下脸说。

何继安赔着笑，说："齐教授，我们也是考虑到您的工作太忙，所以有些文案上的事情，我们就找人代您做了。不过，最后的把关，肯定是要您出手的。您放心，关于您的报酬……"

"说报酬就没有意思了，我写文章从来都不是为了报酬，我是那种会为五斗米折腰的人吗？"齐木登不满地斥道，没等何继安插嘴，他又大义凛然地补充了一句，"我如果想要赚钱，随便接个什么课题，十几万、几十万的费用也都有了，根本就不需要从你们企业那里不清不白地拿什么报酬。"

"明白明白！"何继安何其聪明，一下子就听出了齐木登话里的暗示，他赶紧说道，"齐教授，刚才是我说错了，其实是我们染野公司想请齐教授为我们做一个企业竞争力评价的项目，经费嘛……暂定为10万元，您看如何？"

齐木登微微颔首，说道："外资企业在中国市场上的竞争力评价，这倒是一个有意思的课题。经费多少无所谓，我就是觉得能够深入你们企业去实地研究一下，肯定会有很大的收获。要不，这件事咱们就先定下来，你们那边的文章，何经理可以先找人写个初稿，让我看看。如果我觉得可以，会发送给几家财经媒体，他们对于我发去的稿子，一向是比较感兴趣的。"

齐木登在这个问题上还真没有吹牛，几天后，国内一家小有名气的财经杂志上便登出了他的署名文章。标题写得很艺术，叫作《谨防首台（套）变成"手抬套"》。

在这篇文章里，齐木登首先勉为其难地肯定了国家刚刚出台的首台（套）促进政策，随即话锋一转，开始指责国内某些装备企业缺乏真正的创新，所谓的首台（套），其实是"手抬套"，也就是抬手从别人那里拿来东西，是没有灵魂的。

第四百七十四章　首台（套）变成"手抬套"

顺便说一下，"手抬套"这种俏皮的谐音哏，显然是出自齐木登之手，毕竟，他就是靠玩这种哏来吸引眼球的。

为了说明标题上的观点，文章举了某国有大型机床企业新推出的汽车用多工位机床的例子，指出该企业的产品大量模仿了一家外资企业的同类产品，虽说依据现有的法律，很难追究这家大型机床国企的侵权责任，但其做法却严重伤害了市场规则，破坏了正常的商业竞争，后患无穷，云云。

何继安给齐木登送来的初稿，其实是直接点了临机的名字的，但齐木登毕竟是一个老江湖，知道不能把事情做得太过，所以在发稿之前亲自动手把临机的名字改成了"某大型机床国企"，避免了直接点名可能带来的麻烦。

不过，时下国内企业制造多工位汽车机床的只有临机一家，而且这件事最近也一直都在媒体上报道，大家一看就知道文章的所指了。

"首台（套）政策是一本好经，但要防止被一些假和尚给念歪了。笔者认为，首台（套）政策的推行，应当慎之又慎，避免这个政策成为'手抬套'设计的保护伞，这样既损害了下游厂商的利益，又会挫伤那些真正创新者的积极性。"

在临机集团的总部会议室里，办公室副主任李佳念完齐木登文章上的最后一段话，放下了带着油墨香味的杂志。

"这家伙疯了吧？凭什么说咱们的设计是抄袭、模仿来的？他到底懂不懂机床设计啊？"分管生产的集团副总经理詹克勤愤愤地评论道。

"这个齐木登是个经济学教授，他哪懂什么机床设计。"销售公司总经理韩伟昌说，"这篇文章，如果我没猜错的话，应当是染野的何继安那小子找人替他写的，文章里那些术语，也是何继安列上去的。这老东西当年也是搞工艺出身，还有点技术底子。"

第四百七十五章　找到一个拒绝的理由

"齐木登的这篇文章,影响很大,很多网站都进行了转发,在有些网络论坛上还被置顶了,跟帖的人非常多。"

李佳向众人介绍着情况。她原来是临一机的厂报记者,被唐子风培养起来专门负责集团的舆情管理,现在已经很有经验了。临机集团的管理层大多数都是做技术或者搞生产出身,对于舆论宣传方面的事情完全是两眼一抹黑,所以这块业务便是由唐子风直接管理的。

"跟帖的那些人,主要是什么观点?"张建阳向李佳问道。

"支持齐木登和反对齐木登的都有,不过,总体看来,站在齐木登一边的人更多。很多人都觉得有关咱们集团的正面宣传不实,齐木登爆的料才是真相。"李佳说。

"这些人怎么会这样,这不是是非不分吗?"集团副总工程师郭代辉恼道,"齐木登这篇文章里写的那些,都是牵强附会的,稍有点工业常识的人也不会相信啊。"

唐子风笑呵呵地说道:"老郭,你对网民的要求太高了。稍有点工业常识的人,谁吃饱没事成天在网上泡着?会在网上起哄架秧子的,都是一些不懂的人。这些人宁可相信阴谋论,也不相信科学。齐木登能够这么火,就全仗着有这批人作为拥趸呢。"

"还有一些纸媒体也在推波助澜。除了齐木登之外,这些媒体还请了其他一些名气很大的学者来发表意见,基本上也是齐木登的那个腔调,认为国家在这个时候出台支持首台(套)应用的政策是一个面子工程。"李佳继续介绍道。

"这真是山雨欲来风满楼啊!"总工程师秦仲年感叹道,"我们投了五个亿进去搞研发,这些媒体连屁都没放一个。现在我们的成果出来了,他们就围在边上说三道四,到最后还要说不注重科研,没有创新精神。"

第四百七十五章　找到一个拒绝的理由

"国家怎么也不管管这些媒体，这不是给咱们这些企业添乱吗？"詹克勤嘟哝道。

唐子风说："这个问题，说起来就比较大了。舆论这种东西，堵不如疏，一味地不让人说话是不行的。尤其是在网络时代，你越是不让人说话，大家就越觉得里面有什么见不得人的事情。所以，最好的办法就是允许大家畅所欲言，最终让事实来教育群众。"

"畅所欲言是可以的，但现在却是西风压倒东风，齐木登这些人说的话，明明是错的，偏偏就有那么多人支持。同样是人民大学的王梓杰教授说的事情，明明是有道理的，可就是传播不起来。这算个什么事？"郭代辉说道。

唐子风说："这也正常，这其实就是我们必须经历的一个阶段。大家想想，假如时间往回倒退十年，甚至只是倒退五年，咱们有多少能够拿出来和国外竞争的技术？咱们难道不是跟在国外企业的屁股后面亦步亦趋地学习吗？

"经过这些年的积累，咱们赶上来了，开始有一些技术能够和国外分庭抗礼了。但普通百姓的观念哪有那么快就能够改变过来？看到咱们说临机的多工位机床可以和染野的机床平分秋色，大多数人的第一感觉就是不相信，觉得咱们是吹牛，是打肿脸充胖子。

"齐木登等人就是迎合了这样一种社会心理，装出代表社会良知的样子，跑出来揭露所谓的真相。大家觉得他们是大牌教授，肯定是掌握了内部信息的，他们出来否定我们的成绩，大家自然就相信他们所说的事情都是真的了。"

"这个倒是事实。"詹克勤点头道，"说实在话，如果不是唐总经常在咱们面前说一些要有自信的话，我也不太敢相信咱们的技术能够比得上国外。你们想想，人家国外搞了多少年工业，咱们从新中国成立开始到现在，满打满算不到60年，怎么跟人家比？

"可事情就怪在这里了，咱们临机这几年搞出来的新产品，还真的能够和海姆萨特、博泰、染野这些外国老牌子比。看起来，咱们的脑子也不比外国人差嘛。"

最后一句话，詹克勤是笑着说的，多少有些调侃的意思。秦仲年是老一代人，对于这种哏很是敏感，虽然知道詹克勤没有当真，他还是严肃地说道：

"咱们的脑子当然不比外国人差！过去咱们的技术不如国外，不外乎几个方面：一是缺乏技术积累；二是投入不足；三是实验条件和生产设备不如他们。

这几年，咱们做了大量的技术积累，集团又提出了技术优先的策略，实验室的条件和车间的设备也都升级换代了，在这种情况下，咱们搞出来的技术别说和国外差不多，就算是超过国外，也不是什么奇怪的事情。"

郭代辉附和道："没错，其实搞工业也没什么神秘的，基础理论咱们掌握了，再有足够的投入，怎么就做不出好东西来？倒是那些写文章的所谓的专家，张嘴闭嘴就是什么精神、传承、独立思考啥的，这不是把技术弄成巫术了吗？"

"可不就是把技术弄成巫术了吗？"唐子风笑着说，"我如果不是娶了一个搞技术的老婆，天天看着她设计图纸，我也会觉得搞设计和修仙是一样的，坐在那里意守丹田，憋上半天，突然就有一项发明了。"

"顿悟的事情，也是有的。"秦仲年把唐子风的话当真了，认真地解释着，"搞技术，有时候也的确需要一些灵感。不过，夸大灵感的作用，就是像小郭说的那样，把技术神秘化了。其实我们搞机床设计都是有一些规律的，照着这些规律去做，各种技术问题都能够迎刃而解。这和写诗不一样。写诗的确是完全靠灵感，没有灵感，坐在那里一年也写不出好诗来。"

"秦总工的话，我也有些不赞成。"韩伟昌抬杠道，"当年唐总提出迷你机床的设想，这算不算是灵感爆发的结果？如果不是唐总想出这样一个点子，光靠咱们这些工程师去想，恐怕想破脑袋也想不出这么好的创意吧？"

韩伟昌虽是销售公司总经理，但也是从临一机技术处出来的，有资格说"咱们这些工程师"这样的话。他把自己也代入工程师的角色里去，是为了避免因为拍唐子风马屁而给自己拉来仇恨。

秦仲年也笑了，说道："老韩说的也对。迷你机床嘛，的确是一个好点子！不过，据我所知，小唐也就是想到这样一个点子而已，具体到机床的设计，都是文珺完成的。文珺当时设计迷你机床，遵循的也是机床设计的一般原理，使用了一些最优化算法，这都是有规律可循的。"

韩伟昌有意再说点什么，唐子风扬起手，制止住了他，说道："刚才老韩说的事情跑题了。咱们还是商量一下，对于目前媒体上的这股歪风，咱们该怎么做。"

"我觉得不用管。"秦仲年说，"听蝲蝲蛄叫唤，咱们还不种地了吗？齐木登说的那些事情，网上那些小年轻不懂，浦汽的莫静荣、徐茂他们，能不懂吗？现在国家有了首台（套）政策，咱们的设备又比染野要便宜得多，浦汽没理由不买咱们的设备。

"浦汽这条生产线上，需要用到几百台设备，如果签了合同，咱们的生产压力也是非常大的。在这个时候，咱们不必分出精力去管什么媒体上的歪风。"

"秦总工，你又说错了。"韩伟昌是铁了心要和秦仲年抬杠了，他说，"媒体上的这股风，咱们还真不能不管。我用鼻子都能闻出来，齐木登发表的那篇文章，应当是染野的何继安写的。何继安花这么大的力气写文章，还挂着齐木登的名字去发表，肯定是有用意的，咱们绝对不能掉以轻心。"

"他会是什么用意？"秦仲年问。对于韩伟昌否定他的意见，秦仲年没有任何一点不满。他是个厚道人，涉及工作上的事情，别人直接顶撞他，他反而高兴。

韩伟昌说："其实，直到现在，浦汽还有一些领导是倾向于染野的，只是碍于国家的首台（套）政策，不得不转而与我们合作。如果舆论继续发酵，出现对咱们临机明显不利的倾向，浦汽就有理由提出暂缓考虑和咱们合作。这样一来，就会产生出许多变数了。"

"这种可能性是存在的。"张建阳说，"咱们先前用舆论向浦汽施压，现在染野反过来用舆论给浦汽撑腰，咱们光靠一个首台（套）政策就想拿下浦汽的这个订单，恐怕没那么容易。"

"居然还有这样的事情？"詹克勤惊诧道，"我还以为他们发这样一组稿子，就是为了恶心我们一下，不料想还有这样一手。"

"商人嘛，无利不起早。"唐子风淡淡地说，"染野出钱出力，请出了齐木登，买下了这么多纸媒体，还花钱雇了水军在网上炒作，如果仅仅是为了给我们添点恶心，那也太奢侈了。说穿了，他们的目的就是替浦汽找到一个拒绝我们的理由。"

第四百七十六章　有必要支持他们一下

作为当事一方的浦汽，也同样注意到了网络舆论的反转。事实上，即便浦汽的领导层过于迟钝，没发现这一轮新的舆情，背后的始作俑者何继安也会给予他们善意的提醒。毕竟，正如唐子风所说，商人是无利不起早的，何继安费心费力布下这样一个局，目的就是想挽回渐渐远去的多工位机床订单。

"染野指责临机抄袭了他们的技术，这种说法有依据没有？"

集团办公会上，总经理夏崇界向技术部长徐茂问道。在这之前，众人都浏览过了齐木登的那篇大作，并听取了集团办公室关于相关舆情的通报。

"这篇文章上的说法，是染野方面的一面之词。这个写文章的齐木登，听说是个经济学教授，对机床一窍不通，他在文章里说的很多话，都是非常外行的。"徐茂毫不客气地评论道。

尽管徐茂的内心是倾向于染野的，但他好歹也是一个技术人员，不能昧着良心去支持齐木登的胡言乱语。

"这么说，临机的机床没有抄袭染野的，并不存在侵权的问题？"夏崇界问。

徐茂说："我认真比较过临机的机床和染野的机床，有一些设计思路的确存在相似性，但这也并不奇怪。这就像咱们造车子，别人要搞流线型，我们也要搞流线型，这是空气动力学决定的，并不存在谁抄袭谁的问题。

"我们去临机考察的时候，临机的总工程师秦仲年跟我们介绍过，他们开发这个系列的专用机床，首次采用了全正向开发的思路，机床的总体设计完全是独立创新的，没有借鉴国外已有机床的设计思路。"

"全正向开发？他们真的是这样做的吗？"集团副总经理马海吃惊地问道，其他领导也同样用惊异的目光看着徐茂，等着听他的回答。

都是搞工业的，浦汽的领导们可太知道正向开发与逆向开发的差异了。中国的工业化比西方国家落后了100多年。20世纪50年代，依托苏联援建的156

第四百七十六章 有必要支持他们一下

项重点工程,中国建立了初步的工业化体系。

到了20世纪80年代,中国开始向西方引进技术,最初是购买西方的技术授权,实现进口装备的国产化,随后则是基于引进技术,对国外已有的产品进行改造、创新。说是创新,其实大多数时候都是根据国外已有的产品,逆向推测其设计思路,再在此基础上进行一些必要的修改,以规避知识产权上的障碍。

正向开发这种方式,对于所有的国内企业而言都极具挑战性。正向开发的难度不仅仅在于缺乏参照的目标,而且还在于必须绕开国外已经走过的路,探索出一条属于自己的新路。

要知道,国外工业发展在前,所有容易走的道路,别人都已经走过了。被别人放弃的那些道路,基本上也都是经过验证确认走不通的。作为一个后起国家,要想在工业上不和别人走重复的道路,何其困难。

浦汽是国内排名靠前的汽车企业,最早是通过与国外车企合资,引进国外车型进行生产而起家的。这些年,响应国家的自主创新的号召,浦汽也在探索开发自主知识产权的汽车产品。

在开发中,浦汽也面临着正向开发与逆向开发的选择。逆向开发就是仿照国外的车型,避开专利壁垒。这样设计出来的汽车虽然也可以被称为拥有自主知识产权,但明眼人一看就知道是模仿之作,是会被人低看三分的。

正向开发当然是更有价值的事情,但其难度比逆向开发高出十倍也不止。浦汽有几个项目组目前正在做正向开发的新车型,其进展只能用龟速来形容,而且屡屡出现大家讨论了半天最终仍然与国外已有技术"撞车"的情况。

听徐茂说临机声称自己的多工位机床是正向开发的结果,浦汽的一众领导岂有不震惊的道理?

"他们的确做到了。"徐茂带着几分醋意地说,"主持新型号开发的,是他们的集团总工程师秦仲年,但我听说在设计思想上贡献最大的,是清华大学机械学院的教授肖文珺。我们技术部的董霄和肖文珺是博士期间的同寝室同学,我向董霄了解过,她说肖文珺是清华大学出了名的才女,理论水平非常高,而且在本科的时候就独立完成过机床设计。

"大家或许不知道,现在市场上的木雕工艺品,绝大多数都是用她原先设计的木雕机床雕刻出来的。肖文珺设计木雕机床的时候,还是一个本科生。"

"这个肖文珺,就是临机总经理唐子风的夫人。"采购部长刘智峰给大家补充了一个信息。

"居然有这样的事情,那临机岂不成了唐子风家的夫妻店了?"夏崇界嘟哝道。他和唐子风也是认识的,但这个八卦却是第一次听说。

"依我看,临机的多工位机床,就算不是百分之百全正向开发的,至少也有一半正向开发的成分,另外一半借鉴国外已有产品,也不奇怪。染野说临机的机床剽窃了他们的设计思想,纯粹是想碰瓷。"徐茂说。

夏崇界说:"百分之百也好,百分之五十也好,甚至百分之零也好,染野说临机抄袭了他们,可以去法院打官司嘛。这样在网上雇水军炒作,有什么意义?咱们都是搞工业的,不说国内,就是国际上,抄袭设计思想这样的事情,有什么奇怪的?只要找不出侵权的证据,别人抄了也就抄了,在媒体上喊得再凶,也起不了什么作用。"

"夏总说得对,染野这样做,实在是有些下作了。"徐茂说道。

莫静荣插话道:"染野这样做,也是为了争多工位机床这个订单吧。其实咱们一直是倾向于采购染野设备的,但因为价格上的问题,我们迟迟没有做决定,结果就冒出来临机这样一个变数。

"这要是在过去,临机再怎么折腾,只要咱们对他们不感兴趣,他们也没办法。可现在呢?国资委出台了这个促进首台(套)的政策,一下子就把咱们给套住了。

"咱们如果没有一个合适的理由,要想推开临机、选择染野,就要冒很大的风险。以唐子风的德行,如果咱们真这样做了,他是真敢去告状的。

"染野整出这样一篇文章,其实是想帮咱们解套。不管临机的产品是不是抄袭染野的,有了这样一些非议,咱们不考虑临机的产品,也就有个说法了。到时候把官司打到上面去,咱们也不是一点理都占不着。"

"我倒是觉得,临机的设备如果是过关的,咱们就买临机的设备也无妨。如果照徐部长说的,临机这次是全正向开发的,这可是长了咱们中国企业的志气,咱们有必要支持他们一下。"马海说道。

另一位名叫贾洪廉的高管也附和道:"我支持老马的看法。染野的设备咱们用得比较熟了,性能和质量也都很可靠,但它的价钱也实在是太贵了。而且,从前几次老莫他们反馈回来的情况看,染野那边仗着有点技术,实在是没把咱们放在眼里。"

第四百七十六章　有必要支持他们一下

"都说顾客是上帝,咱们也算是染野的老客户了,让他们把设备价格降低一点点,他们死活都不同意。说穿了,不就是欺负咱们中国人自己造不了这些机床吗?

"现在临机把同样的机床开发出来了,价格还只有染野的一半,这可是替咱们出了一口恶气了。别说国家有这个支持首台(套)的政策,就算没有这个政策,我觉得咱们也应当大力支持自己的企业。爹有娘有,不如自己有,咱们自己掌握了技术,就不受那些小鬼子、洋鬼子的气了。"

莫静荣听着二人的话,面带苦笑,把头转向了夏崇界,等着听一把手的意见。

夏崇界把眉毛皱了一个疙瘩,说道:"这件事情,原本很简单,只是一个采购设备的性价比问题。其实咱们过去也没说绝对不采用临机的设备,只是把他和染野做一个综合比较。结果,临机那边不讲规矩,直接就把事情捅到媒体上去了,还上纲上线,说什么某汽车企业崇洋媚外。什么某汽车企业,这不就是指着咱们浦汽的鼻子骂街吗?"

"的确,临机这事办得不地道!"高管邵颖说,"大家都是国资委下面的企业,有什么事不能坐下来谈?一点小事也捅到报纸上去,这算个什么事儿?"

"这件事,你们采购部有责任。"夏崇界对刘智峰说,"你们和厂家那边是怎么沟通的?临机搞出这么大的动作,你们事先一点反应都没有。"

"这件事,是我们失职了。"

刘智峰欲哭无泪,也只能低头认错了。此前集团领导层的意见都是倾向于染野的,给他的指令就是与临机虚与委蛇,用临机来压染野的价。人家临机也不是傻瓜,岂能看不出浦汽是在耍人?反戈一击也是情理之中的。

现在可好,国家出台了文件,浦汽认栽了,又怪他刘智峰沟通不力,让他上哪儿说理去?

第四百七十七章 没见过像他们这样不要脸的

夏崇界当然也知道指责刘智峰是没道理的。他刚才那话，与其说是在批评刘智峰，不如说是在隔空抱怨临机。他没有继续纠缠于责任的问题，而是回归正题，向莫静荣问道："老莫，以你的看法，我们现在是应当坚持和临机合作，还是利用舆论上的这个机会，尽快和染野签订协议，彻底放弃临机？"

莫静荣看看众人，说道："我的看法是，染野搞的这一轮炒作，恐怕掀不起什么浪来。现在也就是网上有些人跟风起哄，国资委的领导是懂行的，知道齐木登是胡说八道。谢主任自己就是机械部二局出来的，又是唐子风的老领导，他还能不了解这其中的事情？

"如果没有国资委的首台（套）文件，咱们装个糊涂，和染野签了约，也就签了。现在文件已经下来了，咱们找这样的借口排斥临机，恐怕是过不了关的。"

"我也觉得，事到如今，咱们还想着和染野签约，实在有些没必要了。说难听点，就是记吃不记打，染野刁难咱们的时候，咱们难道都忘了吗？"马海评论道。

"但如果就这样和临机签约了，也太便宜他们了。"邵颖不忿地说，"他们用了这么多的阴谋，目的就是为了把染野赶出局，让咱们用他们的设备。如果咱们就这样认了，以后他们还不蹬鼻子上脸，没事就来恶心恶心咱们？"

"用哪家的设备是一码事，临机搞阴谋诡计损害咱们浦汽名誉的事情，是另一码事，两件事不要混在一起说。"夏崇界说，"大家先统一一下意见吧，看看到底是照着国资委的文件要求，优先采用临机的设备，还是照着稳妥的原则，用染野的设备。"

"我赞成用临机的设备。"贾洪廉率先表态，在所有的高管中，他是对染野印象最坏的，早就说过要和染野翻脸的话，此时有了国资委文件撑腰，他的态度就更坚决了。

第四百七十七章 没见过像他们这样不要脸的

马海也点点头，说道："我也觉得，用临机的设备是比较合适的。一来，这样比较符合国资委的要求；二来呢，临机的设备价格便宜，就算质量上不能和染野比，性价比应当是更高的。"

"赞成！"

"还是用临机的设备更合适。"

"也该给染野一点颜色看看了，让他们以后别拿咱们当冤大头。"

……

众人纷纷发声，局面倒是一边倒地支持使用临机的设备。其中，有人是认真权衡了使用两边设备的利弊，从而做出了判断，还有人就是从夏崇界的态度上琢磨出了风向，赶紧选择了正确的一方。

"好吧，那这件事就定下来了，老刘，你们采购部马上就可以和临机那边进行谈判，把价格和售后之类的问题确定下来，如果他们的条件合适，咱们这次枫美汽车公司的多工位机床，就选临机的产品了。"夏崇界向刘智峰吩咐道。

"我明白！"刘智峰点头应道。

"那么接下来就涉及第二个问题了，"夏崇界把脸一沉，依然是对着刘智峰说道，"老刘，你要代表集团，向临机方面提出严正交涉，就他们在过去这段时间损害浦汽名誉的事情，要让他们拿出一个解决方案。

"你要告诉他们，如果他们不能拿出一个让我们满意的解决方案，那我们就算违抗国资委的文件精神，也要取消和他们的合作。大家是合作伙伴，哪有这样在背后捅刀子的？"

"夏总，关于解决方案，临机那边已经提交过一个。"刘智峰说。

"什么？已经提交过一个？"夏崇界愣住了，"在哪呢？"

"我已经带来了。"刘智峰说。说着，他拉开自己的公文包，从里面取出一叠材料，递到了夏崇界的面前，然后解释道，"这份材料，是临机销售公司的韩伟昌给我的。他特地交代我说，这个方案只有在咱们浦汽同意和临机合作的时候才能拿出来，如果浦汽打算和染野合作，这个方案就没用了。"

"什么意思，他是想用这个来要挟我们吗？"邵颖恼了。她是一位40来岁的女高管，正处于情绪比较容易波动的年纪。

"不是的，邵总。"刘智峰赶紧解释，"主要是这个方案是基于我们和临机的合作而制订的，如果我们不和临机合作，这个方案就用不上了，韩伟昌说也就没必要再拿出来了。"

"夏总,临机拿出来的,是个什么方案?"

马海扭头向正在阅读那叠材料的夏崇界问道,会议室里的其他高管也都看着夏崇界,等着他给大家揭开谜底。

夏崇界抬起头,看了看众人,苦笑道:"这个方案,的确是只有在我们答应和临机合作的情况下,才能起作用。如果我们选择了和染野合作,这个方案就没意义了。临机提出来,如果我们双方签约,他们希望由两家联合举办一个规模比较大的签约仪式,请一些中央媒体来进行报道。"

"报道什么,报道他们赢了,我们输了?"马海没好气地呛道。他虽然支持和临机合作,但对此前临机搞的那些诡计,是很不满的,总觉得浦汽是被对方耍了。

夏崇界说:"当然不是报道签约本身,他们拟了一个通稿,说临机之所以能够研发出国内首台(套)汽车专用多工位机床,是浦汽倾力协助的结果。他们说,浦汽和临机早在一年前就达成了战略合作协议,共同开发汽车专用机床,还说在国内某些汽车企业盲目迷信进口设备的情况下,浦汽坚持高举自主创新的大旗,不拒绝国内的首台(套)设备……我呸!没见过像他们这样的!"

在刘智峰递给夏崇界的材料里,有临机预备的新闻通稿草稿,夏崇界是边看边向众人转述,念到最后的时候,他自己忍不住就骂了出来。

临机准备的这篇通稿,意思是非常明白的,那就是全盘否定他们自己此前让媒体炒作的消息,否认浦汽有歧视国产设备的行为,把浦汽捧成一个用实际行动支持首台(套)政策的高尚企业。

这样的话,如果由浦汽自己出来说,人们肯定是不信的。但如果临机愿意站出来,声称浦汽一直都是自己的好兄弟、好帮手,两家从来没红过脸,那么社会公众想质疑也找不出理由了。

至于说此前媒体上炒作了那么久,说某汽车企业歧视国产设备,其中不是没点浦汽的名字吗?既然没点名,而现在受害的一方又出来替浦汽正名,那就说明这个"某汽车企业"不是浦汽,绝对不是!完全不是!

这样做有效无效呢?夏崇界略一思考,就明白了,这的确是一个有效的方法。

在此前,夏崇界一直在琢磨用什么方法来弥补临机的公关炒作对浦汽的伤

第四百七十七章 没见过像他们这样不要脸的

害,这份方案却给出了一个最简单粗暴又最有效的方法。

临机提出这样一个方案,自然是为了向浦汽示好。他们通过媒体向浦汽施压,是一种坏规矩的行为。如果不想办法弥补,两家就算能够合作,关系也会是非常糟糕的。这种糟糕的关系,必然会对合作造成不利的影响,比如说浦汽会不断地找茬,让临机应接不暇,这当然不是临机希望看到的。

此外,正如大家都明白的,唐子风和夏崇界都是体制内的干部,大家无冤无仇,为了一桩业务的事情,一方把另一方往死里得罪,这是很不值当的。临机推出这样一个补救措施,让夏崇界在整件事中非但没有损失声誉,而且还得到了褒奖,这就是化干戈为玉帛了。

虽然明白临机的考虑,也知道临机此举是一番好意,但夏崇界还是觉得恶心难耐。自己说出来的话,自己再否认,你唐子风还要不要脸了?

还有,浦汽分明没有和临机共同开发多工位机床,临机生生地把功劳往浦汽身上推,说什么高举自主创新的大旗,这是把他夏崇界当成什么人了?你唐子风不要脸,我夏崇界还要脸呢!

"太无耻了!"

"这不会就是那个唐子风想出来的招吧!"

"除了他还能有谁?早就听说唐子风喜欢吹牛拍马,现在算是亲眼见识了!"

"了不起,了不起,难怪年纪轻轻就能当上总经理。这脸皮……"

"不服不行啊!"

众高管稍一错愕,便都反应过来了,一时间整个会议室像炸开了锅一样,议论纷纷,十个里倒有八个都在痛斥唐子风的无耻。

第四百七十八章 不会是你们安排的托儿吧

"夏总,请问你们是什么时候决定和临机联合开发汽车专用机床的?"

"夏总,是什么原因促使你们抛弃国外产品,转而采用并没有应用先例的国产设备?"

"夏总,此前有媒体报道国内某汽车企业在设备采购中拒绝使用国产设备,并有知情人士分析称这家企业可能就是浦汽,请问您对此有何评价?"

"夏总……"

在浦江汽车集团与临河机床集团联合举办的"国产长缨牌多工位汽车专用机床签约仪式"上,坐在主席台上的浦汽总经理夏崇界成了记者们关注的焦点,无数的"长枪短炮"对准了他。

在痛骂过唐子风的无耻之后,浦汽集团领导层最终还是决定接受临机提出的方案,由两家共同举办一个签约仪式,并在仪式上宣布临机的多工位机床是双方长期合作开发的,浦汽非但不存在歧视国产机床的问题,相反,还是国产机床研发的积极倡导者和支持者。

两家企业的公关部门各显神通,请来了十几家国家级媒体以及数十家地方媒体的记者,对签约仪式进行重点报道。浦汽这边请来的记者自不必说,临机那边请的记者也都得到指示,要求他们把报道的重心放在浦汽身上,务必要树立起浦汽的高大形象,一切以让浦汽满意为目标。

临机能够把事情做到这个程度,夏崇界、莫静荣等人也没法再生唐子风的气了。唐子风来到浦江参加签约仪式的时候,夏崇界还亲自会见了他,见面之后先是假意地斥责唐子风搞偷袭,然后便转嗔为喜,大夸唐子风年轻有为,头脑灵活,后浪胜过前浪。

签约仪式办得十分隆重,受邀前来的嘉宾包括全国各大汽车企业以及各大机床企业的技术人员和市场人员,此外还有国内以及国外若干所高校和研究所

第四百七十八章 不会是你们安排的托儿吧

的专家。在夏崇界和唐子风各自代表本企业在合同文本上签过字之后,会议的司仪向众人宣布了下一项议程:

由临机集团技术部向中外客户、同行以及专家介绍长缨牌多工位汽车专用机床的设计思想。

一身休闲装的肖文珺款款走上演讲席,开始侃侃而谈:

"各位专家、各位同行、各家汽车企业的客户朋友们,我叫肖文珺,供职于清华大学机械学院,同时也是临河机床集团公司技术部的特聘工程师。

"前段时间,关于临机集团开发的长缨牌多工位汽车专用机床,引发了一些议论。有人声称,长缨机床的设计思想是从国外同行那里剽窃而来,并且还罗列了一批似是而非的所谓证据,对临机集团以及长缨机床的声誉造成了一定的损害。

"为了反击这种荒诞的指责,还临机集团以清白,同时也是为了让广大客户以及同行更好地了解长缨机床的特点,我和我的同事将利用这个机会向大家详细介绍长缨牌多工位汽车专用机床的设计思路,其中最主要的部分,就是我们独创的利用系统工程方法进行机床总体设计的经验。首先我们有请在长缨机床总体设计过程中提供了核心算法的清华大学机械学院博士生于晓惠同学。"

在一片闪光灯的照耀下,身穿临机集团米黄色工作服的于晓惠走上台,来到肖文珺的身边。她看起来似乎是有一些怯场,脸色绯红,眼神也有些躲闪,不敢直视台下的听众。

"晓惠,别紧张,就照你给苍龙研究院的工程师们讲过的那样讲。"肖文珺拍了拍于晓惠的后背,对她鼓励道。

"各位专家、各位嘉宾,我,我,我……"

于晓惠前两句话说得还算利索,第三句开始就磕巴了。她支吾了几句也不知道该如何说下去,索性不再背讲稿了,而是转向眼前的笔记本电脑,移动鼠标点了一下,她身后的大屏幕上便现出了一页幻灯片。

于晓惠回头看了看幻灯片上的图形和算式,脑子渐渐冷静下来。她按开激光笔,指着大屏幕开始讲解起来:

"机床总体设计的目标,在于用最高效、廉价的方式,生产出指定精密度要求的零件。对于多工位机床而言,影响零件加工精度的因素有数百个,其中既包括静态因素,也包括动态因素。各个因素之间会发生复杂的联系,这就决定了我们在进行机床总体设计的时候，不能把这些因素看成孤立的因素，而是要用系统的方法进行统筹研究。

"基于多工位机床的加工要求，我们构造了这样一个因素矩阵，其中包括机床框架、刀具、夹具、零件装配精度、机床部件热变形……

"大家来看，这就是机床中铣削作业模块的模型，SC 是铣刀盘坐标系矩阵，SM 是辅助坐标系，SB 是刀盘安装倾角所形成的坐标系……"

大屏幕上闪过一个个的数学模型，台下的记者们早已听得面容呆滞了，但来自机床企业以及国内外科研机构的专家们却是目光闪烁，显然是从于晓惠的讲述中获得了大量的启示。

"太好了，于小姐，你提出的把热补偿、磨损补偿和装配精度补偿合并处理的思路，解决了困扰我很长时间的问题。我相信，利用你设计的模型，我们能够把机床的精度提高一倍以上，而机床的结构还可以大为简化，从而降低机床的整体造价！"

于晓惠讲完，一位高鼻梁的外国专家兴奋地站起来，大声地对着台上的于晓惠喊道。

"系统工程的方法，我们也曾经用过，但于小姐给我们提供了一个全新的视角，我现在才知道系统工程居然可以这样使用！"另外一位国外专家也跳起来称赞道。

"太棒了，谁说临机机床的设计思想是剽窃来的？"

"很明显，临机的机床是由他们自己独立设计，而且拥有非常独到的设计思想。"

"照这个思路，的确可以做到物美价廉啊！看来我们该关注一下临机的机床了。"

……

会场里的人都议论起来，记者们也重新活跃过来了，开始拿着话筒采访现场的技术人员，请他们解读于晓惠所介绍的情况。没办法，大家回去还需要写稿，没有通俗一点的解读，稿子也没法写啊。

"晓惠搞的这套东西，有这么神吗？刚才这俩老外，不会是你们安排的托儿吧？"

坐在会场后排的包娜娜忍不住向身边的唐子风问道，她觉得，以唐子风的

第四百七十八章 不会是你们安排的托儿吧

节操，雇几个洋托儿来造势的可能性是非常大的。

唐子风摇摇头，说道："没有，我们没有安排托儿。晓惠的这套方法，是她从航天部门那里学来的，你是知道的，中国航天部门搞系统工程的水平是连美国和俄罗斯都服气的。

"晓惠最早给苍龙研究院的那些工程师讲系统工程方法的时候，也是一下子就把大家给镇住了。原本我们的多工位机床设计都已经接近尾声了，秦总工硬是用晓惠做的模型，把整个设计全盘优化了一遍。

"我们这次能够打动浦汽，就是因为我们的机床的确有独到之处，就总体设计这一点来说，连染野都不及我们。我们的产品价格只有染野的一半，而加工精度和效率不亚于染野，除了劳动力成本低的原因之外，还有很大的一块就是我们的总体设计思想比染野更先进。"

"这么说，齐木登从设计思想上来质疑你们，是行不通的？"包娜娜笑着问道。

唐子风也笑着说："估计他也没想到吧。具体的技术问题，他弄不懂，设计思想这方面，可以发挥的余地就大得多，所以他就从这里入手了。"

"他如果听过晓惠讲的这些，估计他就不会觉得设计思想有可以发挥的余地了。晓惠讲的这些，我是一个字都听不懂。还有那些公式啥的，那个什么矩阵，师兄，你懂吗？"包娜娜问。

"我怎么会懂？"唐子风没好气地答道，"矩阵我倒是学过，可当年就没怎么学懂，现在就更不记得了。"

包娜娜想起一事，问道："对了，师兄，你们为了反击齐木登的文章，让晓惠来介绍这些设计思想，会不会泄露技术诀窍了？万一这些诀窍被别人学走了，你们不是可惜了吗？"

唐子风说："这件事，我问过文珺了。她说晓惠给大家讲的，只是一些入门的知识，最有价值的核心技术，她是不会讲出来的。系统工程方法也不是什么保密的方法，各家企业也都会用。晓惠真正厉害的地方，是她善于学习。"

"嘻嘻，"包娜娜笑道，接着又说，"虽然这样，但你唐子风的一些心思，可就被我发现了。"

"你发现什么了？"

"你找了这么多人来听晓惠做技术报告，是不是存了向他们推销多工位机床的意思？我看到那边那几位车企来的工程师，眼神都直了，估计下来就得向你们询问报价了。"

"废话！不为了推销产品，我搞这么大一个新闻发布会干什么？未来十年，是中国汽车业发展最快的十年，汽车机床这个市场，简直就是一个大金矿，我得赶紧把通往金矿的路守住，免得被外国人占了便宜。"

第四百七十九章　我们临机吃不下去

于晓惠介绍完机床的总体设计思想，接下来便是临机的副总工程师郭代辉上台讲机床的具体设计，包括机床的各项技术指标，等等。这场技术研讨，还要持续两天时间，其间会有负责各个子系统开发的技术人员介绍技术细节。为了体现出浦汽在这个项目中的作用，会议还专门安排了徐茂、董霄等浦汽的工程师从用户角度介绍多工位机床的需求以及对临机机床的评价。

记者们当然是听完前面这段的介绍就回去发稿了，技术研讨之类的事情与他们无关，他们也听不懂。媒体的受众也同样听不懂，这都是讲给临机的潜在客户们听的。

"好你个唐子风啊，说是新闻发布会，结果成了你们临机的产品推介会，我们浦汽出钱出力出场地，给你们临机做宣传，你真是打得一手好算盘啊！"

在当天晚上浦汽安排的酒会上，夏崇界端着一杯红酒走到唐子风的身边，笑呵呵地说道。

"哎呀，我那点小心思，居然被夏总看破了。我是不是太不含蓄了？"唐子风笑容可掬，并不否认自己的打算。

夏崇界笑道："你们把事情做得这么明显，我们如果看不出来，那也枉在商场上滚打这么多年了。唐子风，你说说看，你们占了这么大的便宜，打算怎么回报我们浦汽啊？"

"怎么也得在价格上再给我们打个八折吧。"跟着凑上前来的浦汽副总经理莫静荣说道。

唐子风苦着脸说："夏总、莫总，你们就别拿我们这家小企业打趣了，你们随便卖个100万辆车，就是两三千亿的产值，够我们干上十年的，你们还在乎这两折的差价吗？"

"哈哈，随便卖100万辆车，你以为是卖大白菜呢？"夏崇界笑着呛了一句，却也没有继续关于价格的话题,而是转向了另一方面,"子风,你们搞这个技术研讨会,请了这么多车企过来,我们好理解。可你们同时还请了这么多机床企业的同行过来,又是什么目的呢?你们就不怕泄露了技术秘密,人家抢你们的市场?"

"是啊,夏总和我都是百思不得其解啊。"莫静荣说。

唐子风说:"这不奇怪啊,我们机床行业里,大家一直都是相互协作的,我们有个叫作机二〇的机构,到现在还存在呢,我还是机二〇的秘书长呢。"

"这个我听说过,"夏崇界说,"那是十年前的事情了吧。我当时就跟行业里的很多人说,机床行业里搞的这个机二〇,非常了不起。你们当时的周厂长,还有你子风,都是非常了不起的人。大家都说同行是冤家,你们能够把同行团结起来形成一个联盟,这一点非常不容易,需要有大智慧啊。"

唐子风说:"夏总过奖了。机床行业的情况,和你们汽车行业不太一样。汽车行业有国家政策保护,进口车进不来,大家主要是'窝里斗'……呃,我没有贬低你们的意思哈。"

"哈哈,这是实话,你说得没错。"夏崇界倒没在意唐子风的这种叙述,因为汽车行业的内斗是公开的事情,"窝里斗"这样的说法,行业里开会的时候也会经常说到的,实在算不上是什么冒犯。

唐子风继续说:"我们机床行业面对的是国外机床厂商的压力,最糟糕的时候,国内的高端机床市场九成以上是被国外厂商占据的,中低端市场也有差不多一半在国外厂商手里。十年前,光是在国内淘金的韩国机床企业就有上百家,推销员会说一句'思密达'就能把我们这些大型国企的市场给抢了。

"你们说说看,这个时候如果我们这些国内企业还在内斗,把自己那点技术藏着掖着不肯和同行分享,最终会是什么结果?

"说句实在话,我们可真不是有什么大智慧,纯粹就是因为形势太严峻了,就像天气太冷了,所以大家不得不抱团取暖,否则中国的机床产业就全军覆没了。"

"能够看到这一点,就很难得了。"夏崇界赞道,"其实,现在我们汽车行业也开始面临这个问题了。国家的入世承诺里,对汽车业的保护是有期限的。国家也要求我们必须尽快掌握核心技术,以应对未来必然出现的进口汽车对国内市场的冲击。"

第四百七十九章 我们临机吃不下去

"是啊,我们最终都是要面临世界的嘛。"唐子风敷衍着答道。

作为一名穿越者,唐子风可知道,国内汽车行业真正感觉到危机,得是十几年以后了。当下正是国内汽车需求爆发的时候,每年增长十几个百分点,大家都忙着跑马圈地,谁在乎什么核心技术?

不过,这样的话,唐子风也没必要在夏崇界他们面前说了,这二位都是老资格,掌管着这样一家年销售额数千亿的大企业,哪会愿意听他这个小年轻唠叨?双方不久前还刚刚闹过纠葛,现在的关系还是很脆弱的,能不生事,最好还是不生事吧。

夏崇界也没打算就自己行业的事情多说什么,他继续问道:"那么,听子风你的意思,多工位汽车专用机床的技术,你也是准备拿出来和其他机床企业分享的?这会不会太可惜了?"

"我们临机吃不下去,"唐子风说,"今天会场上的情况,夏总和莫总也都看到了。就是现在,你们看看,那些车企的领导,也把我们的人给缠上了,这会儿肯定在谈引进我们的多工位机床的事情。

"这么多企业同时提出需求,我们一个小小的临机集团,哪里吃得下去?与其让染野、海姆萨特他们把市场占了,还不如我们把技术贡献出来,让国内企业把市场占住。"

"明白了,子风实在是太有魄力了。"夏崇界跷起一个大拇指赞道。

唐子风说:"夏总、莫总,让国内这些企业进入汽车机床这个市场,其实对于你们汽车企业也是有利的。"

"哈,这可不好说。"莫静荣说,"原本我们能够上全套的多工位机床,别家企业资金实力不够,上不了这样的设备。现在你们把门槛降低了,大家都能用得上,我们的竞争优势就没有了。所以,唐总,没说的,就冲着我们是第一家买你们设备的,你们也得给我们打个八折,要不我可不依你。"

唐子风自动地过滤掉了莫静荣的讹诈,他说道:"莫总,我说的好处,可不是指这个。多工位汽车机床,咱们国内是刚开始用,各种数据都是空白。如果只有你们浦汽一家用,积累数据的速度太慢了,很难支持我们做更新升级。

"现在各家车企都开始用,我们就可以把各家企业使用过程中的数据聚合起来,这样就能够不断地推陈出新。我们集团技术部已经向我打了包票,说只要有足够的数据,他们会保证每两年更新一代技术,十年之内,让咱们国家汽车

271

机床技术达到世界一流水平,甚至超过欧、美、日的那些大车企使用的技术。"

"当真?"夏崇界和莫静荣这回认真起来了,刚才他们与唐子风的交谈,其实不过是闲聊,目的只是拉近一下感情。而唐子风刚才说的这一点,却是与他们利益直接相关的。

现代工业发展,对于用户数据的依赖程度越来越高。浦汽作为汽车企业,其实也是一直都在搜集用户的使用数据,包括他们的使用习惯、主要的故障类型与原因、部件磨损情况等。基于这些数据,技术部门就能够对汽车设计进行优化,从而推出更有竞争力的车型。

机床的情况也是如此,有了用户数据的积累,机床企业就知道应当在哪些方面进行改进,从而能够使机床的品质和性能不断提高。

如果中国的机床企业能够做出达到世界先进水平的汽车机床,那么他们这些国内车企就有福了。汽车企业的竞争力是来自多个方面的,制造能力也是其中很重要的一方面。

浦汽此前之所以一直不愿意用临机的机床,也是觉得临机的机床不如染野的先进。现在想来,花一些时间把国内的机床产业扶持起来也是好事,最起码以后不会再被外国企业讹诈了。

第四百八十章　凡尔赛高手唐子风

"喂,李总,我刚刚听到一个消息,临机的唐总说打算向国内的机床企业转让多工位汽车机床的技术,您能赶紧到浦江来吗?"

"喂,张总吗?能不能请公司派一位领导过来,这边有很重要的机会。"

"喂喂,王总,天大的好消息,弄不好就是一个十几亿的大项目,我这小身板扛不住啊,您赶紧过来坐镇吧……"

会场的每一个角落里,都有人拿着手机在偷偷摸摸地往自家的公司打电话,呼唤公司领导到浦江来,抓住这样一个难得的机会。

刚才唐子风与夏崇界他们交谈的内容,也由韩伟昌、秦仲年等人通过各种渠道传播出去了。这一次来参加技术研讨会的,除了国内各家车企的人员之外,还包括了多家机床企业的人员。

这些机床企业的人员,有些是听到风声自己过来的,有些则干脆就是临机专门邀请来的。他们最初过来的目的,只是想听听临机的技术报告,看看能不能对本公司的研发提供一些启示。

汽车业的大发展,是所有的机床企业都看到的,大家都想从中分得一杯羹。无奈此前缺乏技术积累,在高附加值机床方面无力与国外厂商竞争,在这样一场盛宴中只能捡到一些残羹冷炙。

临机推出多工位机床,并且与染野打起了擂台,这件事在机床行业里尤其引人关注。大家都在等着看最终的结果,而且多数企业对此事并不看好,觉得临机是不自量力,没准儿最终会落个鸡飞蛋打的结果。

直到国资委的首台(套)政策出台,浦汽半推半就地接受了临机的机床,大家的眼睛都红了,内心充满了羡慕嫉妒恨。

所有的企业都明白,一旦临机的机床在浦汽试用成功,国内的汽车厂商必然会纷纷转向临机。临机就相当于挖开了一座金矿,未来十几二十年几乎可以躺着赚钱了。

看到临机的成功,各家机床企业的老总都向自己的技术部门下了死命令,要求他们以最快的速度攻克多工位机床的难关,务必不能错过这趟车。

可研发多工位机床又岂是随便下个死命令就能够做到的?有人专门去了解过了,知道临机早在若干年前就进行了技术积累,过去的一年又砸了5亿元巨资进去,可谓不惜成本地研发,这才拿出了足以与染野相媲美的技术。

能够拿出5亿元资金的机床企业当然并不止临机一家,但有魄力拿出5亿元去赌一项技术的,可就是绝无仅有了。就算是看到了临机的成功,各家企业在讨论投入的时候依然是犹豫不决,分明就是既想吃肉又不乐意掏钱的意思。

除了自己研发这条路,各企业当然也想过从临机引进技术的方案,只是不清楚临机对此事有何打算,因此不敢贸然上门,生怕会被临机抓住机会讹诈。

现在,临机主动放出了风声,说愿意与国内各家机床企业合作,共同开发多工位汽车专用机床,大家岂能不喜出望外?但这次到浦江来参加技术研讨的,多是各企业的技术人员,或者是销售人员,在企业合作的事情上做不了主,因此大家都忙不迭地给单位领导打电话通报此事,请他们速做决定。

"唐总,咱们又见面了。"

最先赶到的,是明溪丹彰机床公司的副总经理杨涛。他是在接到公司技术部长打回去的电话之后,让司机连夜开车送他到浦江来的。他到的时候是凌晨两点多,自然不便去找唐子风面谈,等到天亮之后,听手下人说唐子风已经下楼去用早餐了,他便直奔餐厅,端了个餐盘制造了一个与唐子风偶遇的机会。

"哦哦,是杨总,你啥时候来的?昨天浦汽的酒会上我没看到你啊?"

都是机床行业里的大佬,唐子风与杨涛也算是有过一些交往的,见面难免要寒暄两句。

"我是昨天晚上到的,因为到得比较晚了,怕打扰唐总休息,就没敢去拜访。"

"瞧杨总说的,你是老大哥,你到了这边,应当是我去拜访你才对。"

"我也就是岁数比唐总你大几岁,可要论搞企业经营的本事,唐总足够当我的老师了,我上门来拜访不是理所应当的吗?"

"杨总客气了,我在行业里是小字辈,你才是我的老师呢。"

"哈哈哈,唐总太谦虚了。"

第四百八十章 凡尔赛高手唐子风

"哈哈哈,杨总太客气了。"

……

大家各自打着哈哈取了一些吃食,找了一张餐桌坐下。杨涛的兴趣根本就不在早餐上,胡乱吃了两口,便假装不经意地问道:

"唐总,你们这回和浦汽签约,可算是开门红了。听说这一次的签约仪式上,来了不少国内车企的老总,对临机的多工位机床都感兴趣,唐总这一回的浦江之行,估计要满载而归了吧?"

"唉,别提什么满载而归了,我现在是严重超载,正担心碰上警察罚我的款呢。"唐子风笑呵呵地说道。

"这话咋讲?"杨涛明知故问。

唐子风说:"原先我们的想法,就是先把浦汽的这条生产线建起来,然后再开拓新的业务。谁知道,各家车企看到浦汽用了我们的产品,都觉得好。这不,就全都要求和我们签约,让我们给他们提供同样的机床。

"杨总是知道的,我们临机虽然有两三万人,但产品线分得很散,一时半会儿实在找不出这么多工人来完成这些订单。我昨天和我们销售公司的总经理老韩讨论了一下,要完成这些车企的订单,起码也要十年时间,这还只是开头,还有一些车企在观望,说不定什么时候也找上门来了。"

杨涛的牙咬得咯咯作响。订单多到十年都完不成,你唐子风还装出一副难受的样子,知道的人说你是在显摆,不知道的还以为你便秘呢。

心里嘀咕,杨涛脸上却要挤出一个笑容来,并用尽可能热情的口吻说道:

"行业里谁不知道唐总高瞻远瞩,提前就布局了多工位汽车机床。现在国内就你们一家,别无分号,大家要买国产汽车机床,就只能找到你们头上。唐总你现在是发愁订单做不完,我们可是发愁没有订单,你说,要是大家互相能够匀一匀,该有多好?"

"要匀一匀也不难啊,"唐子风接过杨涛的话头,"多工位汽车机床这个产品,我们也就是比同行早动手了一年而已。如果你们丹机有兴趣,我们可以把技术授权给你们,有业务大家一起做,也是挺好的。

"咱们毕竟都是机二〇的企业,原来就有过互相协作的约定,现在这个约定也还没有过期嘛。"

"唐总说的是真的?"杨涛盯着唐子风,认真地问道。他与唐子风兜这么大一个圈子,就是为了等这句话,现在听唐子风把这话说出来了,他哪敢怠慢?

唐子风点点头,说道:"汽车机床是个很大的市场,光靠我们临机一家是吃不下来的。如果不请兄弟企业一起来吃,难道还留给染野他们吗?"

"对对对,唐总说得对。咱们中国自己的机床市场,凭什么让给别人啊?"杨涛连声应道。只要唐子风答应共享技术,不管他说什么,杨涛都会坚决附和,绝无二话。

"西野地区的谭北汽车公司,准备上一条柴油发动机生产线,需要 200 台多工位机床。他们的老总和我谈了一下,希望我们临机能够接过去。他们需要的机床,核心部分和我们给浦汽提供的机床基本是一致的,但外部功能不同,要重新设计。我们现在的技术力量不够,所以……"

唐子风说到这里,拖了个长腔,就等着杨涛接话了。

"我们可以接。"杨涛没有让唐子风失望,直接就把事情揽过去了,"核心技术部分,我们没有积累,需要请临机为我们提供。外围部分,凭我们的技术力量完全能够拿下,生产方面就更不成问题了。"

"给你们提供核心技术,完全没有问题。"唐子风说,"不过,杨总,你也别介意,我们为了掌握多工位机床的核心技术,可是整整投了 10 个亿进去,所以……"

杨涛心知肚明,赶紧说道:"明白明白,在商言商嘛,我们怎么好意思白拿临机的技术呢?唐总,你说说看,临机为我们提供核心技术,需要收多少专利费?另外还有什么条件?"

唐子风笑道:"杨总真是爽快人。既然杨总说到这个地步了,那我也就不跟杨总客气了。其实,我们的条件也不多,一共三条,杨总觉得能接受就接受,如果觉得我们开出来的条件不合适,杨总也尽可直接拒绝,千万不用顾忌我的面子。"

"唐总说哪里的话?唐总提出来的条件,别说三条,就是三十条、三百条,那肯定也是很合理的,我们怎么会不接受呢?"

杨涛说着漂亮话,顺便还给唐子风刨了个坑。万一唐子风狮子大开口,提出什么不合理的条件,可就是坏了自己的名声了。

第四百八十一章　唐总有什么指示

"我们的第一个条件是，所有使用我们核心技术的机床，我们要收取一定的技术授权费。根据机床类型的不同，技术授权费的比例大约为机床销售额的 2.5%～5%。"唐子风说。

"这个完全没问题。"杨涛爽快地答应道。唐子风说的这个比例也是业内的惯例了，丹机使用国外专利授权的时候，交纳授权费比这个比例更高的也有。杨涛也不是幼儿园刚毕业，哪会奢望临机无偿地把技术拿出来分享。

"第二个条件是，使用我们核心技术生产的机床，需要同时冠上我们的'长缨'品牌。"唐子风继续说。

杨涛一怔："唐总的意思是说，我们生产的机床，只能算是给你们代工？"

可不是吗？丹机生产的机床，却要打上长缨的品牌，这不就成了代工了吗？丹机倒也不是没有给其他企业做过代工，但多工位机床这件事，如果临机给出的条件仅仅是让丹机代工，那丹机可没什么兴趣。

"当然不是代工。"唐子风说，"对了，我是不是没说清楚？我只是说，机床上要打出我们的长缨品牌。至于你们自己的丹凤品牌，也是要有的，甚至比我们的品牌大一点也可以。我们的长缨品牌，只要在机床上露个小脸就行了。"

"丹凤"正是丹彰机床公司产品的品牌，也有 50 多年的历史了，其名气不比临一机的"长缨"品牌小。杨涛听到唐子风这样说，在心里琢磨了一下，这才说道："唐总，机床上同时打两个品牌，没什么必要吧？我们也没听说过一台机床还打两个品牌的。"

唐子风笑道："机床上可能没有，但电脑上不是经常有'Intel inside'（因特尔内核）的标签吗？我们临机花了五个亿搞多工位机床技术，如果一声不吭就让大家拿去用了，以后谁还知道我们搞过这项技术？"

"这件事，我得向公司汇报一下才行。"杨涛说，"咱们这个情况和 Intel inside 不一样吧？人家 Intel（因特尔）是造芯片的，不造电脑，所以和电脑公司没有竞争关系。可咱们两家，好歹也算是竞争对手吧，哪有在自家的产品上给竞争对手打广告的？"

"那么，哪有把核心技术转给竞争对手去用的？"唐子风反驳道。

"这倒是……"杨涛无语了。临机愿意向国内其他机床厂商转让多工位机床技术，这也的确是很另类的做法。这样想来，临机要求其他机床厂商在产品上打"长缨"的 Logo（标识），也不算过分了。

"可是，唐总，这样一来，我们丹机可就是占了临机的两重便宜了。第一重当然是多工位机床的技术，第二重就是你们临机的品牌啊。这几年，你们的'长缨'品牌风头可是把我们这些兄弟单位都给盖过去了，我们用你们的品牌，吃亏的是你们临机呢。"杨涛换了一个角度说道。

唐子风顺水推舟地说："这一点，也是要包括在我们的第二个条件里的，那就是所有用了长缨品牌的机床，品控方面要有我们的人参与。"

"这个条件有点过分了吧？"杨涛的脸色有些难看了。

唐子风轻描淡写地说："这不算过分啊，我们要对使用了我们核心技术的产品负责。万一你们的品控没做好，产品出了质量问题，人家批评的可是所有的国产机床。如果客户那边说国产多工位机床质量不行，我们受影响是最大的。"

怕受影响，你别转让技术啊！

杨涛在心里骂了一句，可这样的话他是万万不敢说出来的。现在是丹机求着临机转让技术，他如果敢对唐子风龇牙，人家完全可以拂袖而去，不和丹机玩了。

说实在话，杨涛到现在都没有想明白临机为什么要向国内的机床厂家转让这项独门技术，不都说同行是冤家吗？

唐子风说国内需求太大，临机一家吃不下去，这一点杨涛是相信的。但临机吃不下去，让染野、海姆萨特这些国外厂家吃就是了，有必要便宜了像他们丹机这样的国内厂家吗？

在杨涛看来，国内厂家相互之间才能算得上是竞争对手，染野、海姆萨特这些厂家，对国内机床企业就是碾压般的存在，哪能算是竞争者？

国内很多企业的做法，都是宁可让国外厂家拿走业务，也不把业务留给国内厂家。因为国外厂家原本就很强大，多拿少拿几个业务，不会改变他们与国

第四百八十一章 唐总有什么指示

内厂家的力量对比。但同为国内厂家，其他家发展了，就相当于自己被削弱了，这是很多国内企业绝对不能容忍的。

可临机的做法偏偏就是反过来的，宁可让国内同行占便宜，也不让国外厂家拿到订单。莫非他们现在已经把国外厂家当成竞争对手了？

"我们现在的想法，就是咱们这些国内企业应当团结一致，要把国产机床当成一个统一的品牌来经营和维护。我们大家下一步肯定都是要面对国际市场的，咱们国内的厂家先不要考虑内斗。"

唐子风似乎是看出了杨涛的内心所想，直接抛出了自己的考虑。他放出风声让各家机床企业派人到浦江来洽谈技术转让的事情，其实用意就在于此。

"唐总果然有大魄力，这是我们丹机不敢想的事情。"杨涛讷讷地说道。他也不知道是唐子风过于狂妄，还是自己过于保守，在这个时候，还是先恭维一下唐子风再说吧。

唐子风笑着说："杨总是不是觉得我在说大话啊？其实这个苗头已经出现了，只是你们丹机可能还没有注意到而已。我打个比方说吧，杨总最近有没有买过什么家电？杨总买家电的时候，是买国产品牌，还是买东芝、夏普这些进口品牌？"

"家电吗？"杨涛认真想了一下，不禁哑然失笑，说道，"听唐总你这样一说，我才发现，这几年好像大家真的不怎么提东芝、夏普这些牌子了。我们年轻的时候，东芝的名气多大啊！还有那个广告，有一段时间我女儿天天跟着电视机唱。

"可最近几年，大家买家电的确是都考虑国产货，国产货质量不比进口的差，价格却低了一半，而且售后服务也好，谁不喜欢？像东芝、夏普这些牌子，已经不太受人欢迎了。"

"机床的情况也是如此啊。"唐子风说，"我相信，过不了十年，国内这些客户买机床的时候，也会像我们买家电一样，觉得买国产的比买进口的更划算，质量好、技术新、售后服务也方便。

"到了那个时候，在客户的心目中，国产产品会是一个统一的概念。任何一个牌子出了问题，大家都会说国货不行，受影响的可就不是一两家企业了。"

"唐总言之有理。"杨涛点头说，"既然是这样，那这件事我就先答应下来。不过，最终能不能达成，我一个人说了可不算，这是要上公司办公会议讨论的。"

"没问题,我们可以等。"唐子风说。

"那么,唐总的第三个条件呢?"杨涛问。

唐子风说:"我们的第三个条件,其实就是我刚才跟你说的这些,也就是咱们国内的机床企业,要联合起来,共同对外。"

"哈,当初周厂长和唐总发起机二〇的时候,好像就有这个目的吧?这么多年过去了,唐总这算是矢志不渝吗?"杨涛半是调侃地说道。

"这算是不忘初心吧。"唐子风用了一个后世流行的词,无奈杨涛是听不懂的。

"还是机二〇的那个目标,现在机二〇也还存在,唐总又把这一点提出来,当成一个条件,有什么特别的含义吗?"杨涛问。

唐子风说:"是的,其实这个目标和机二〇的目标没什么区别,只是时过境迁,原来机二〇有些名存实亡了。利用这次的机会,我们临机想邀请各家兄弟单位重新坐下来商讨一下共同对外的问题。

"相比机二〇建立的时候,咱们面对的形势已经大不相同了。当时我们主要是考虑自保,不能让外资企业把咱们的机床市场抢走。现在咱们要考虑的是出击,进军国外市场。要做到这一点,咱们得有一个计划才行。"

"唐总有什么具体的指示呢?"杨涛半开玩笑地问道。唐子风这话,已经有点领导派头了,所以杨涛直接就问他有什么指示了。

"杨总这是批评我呢。"唐子风也同样带着几分玩笑的口吻应道,"我们临机只是有一些初步的想法,想请各位同行老大哥指点一二。具体的细节,我回头会让我们集团的秦总工向杨总详细汇报,我这里只说一个要点,那就是我们希望各家企业能够有所分工,每家企业重点突破一两项核心技术,要力争达到国际一流水平,甚至超过国外的水平。

"咱们有20多家有实力的大型机床企业,如果每家企业都能够拥有一两项达到国际一流的技术,加起来就能够形成一个很强大的技术体系,那时国外想卡我们的脖子,也就没那么容易了。"

第四百八十二章　我们应当认真考虑一下

"这个唐子风,管得也太宽了吧？他把自己当谁了,难不成觉得自己是原来二局的局长？"

丹彰机床公司办公会议上,听杨涛介绍完唐子风开出的条件,一干公司领导都炸锅了,以脾气暴躁著称的公司副总经理崔勇超直接就骂开了。

其实他对唐子风也没多少意见,只是涉及两家公司之间的事情,每一个人都是要站在自己公司立场上的,骂一骂对方的老总,也是一种政治正确。

"是啊,小杨,我觉得这个唐子风未免太自以为是了吧。几项技术,他们愿意转让,收点授权费也就罢了,凭什么干涉咱们的发展战略？难不成觉得他们临机规模大,就能够对咱们丹机指手画脚了？"总会计师曹丽娟略带不满地附和道。

杨涛苦笑道:"曹姐,唐子风跟我说这些的时候,倒也没说是一定要咱们照办,他的话说得挺客气的,就说是想借这个机会,促成一下各家企业之间的合作。"

"合作可以啊,要咱们在机床上打他们的长缨标志,咱们也认了。可说到这个突破一两项核心技术,还要达到国际一流水平,这算不算是给咱们提要求了？咱们有没有世界一流水平的技术,关他们临机什么事？"曹丽娟说。

"就是嘛！"崔勇超说,"临机舍得花钱搞研发,这在行业里都是出了名的。咱们丹机没有他们那么舍得花钱,可也不是成天混吃等死吧？老廖,咱们丹机这几年搞出来的成果,是不是也拿了好几个国家创新奖,他们临机有什么资格对咱们说三道四的？"

被崔勇超点名的是丹彰的总工程师廖鹏翔,他摇摇头说道:"老崔,说实在话,咱们丹机这几年搞出来的成果,和临机真的没法比。咱们是光想着填补咱们自己的空白,临机搞出来的技术,可都是填补国内空白的。"

"前年科工委搞'备胎计划',临机下面的临一机和滕机是出力最多的。听说他们搞出来的十几种机床,都已经达到了进口设备的水平。相比之下,咱们缺的课还挺多呢。"

"这个……"崔勇超有些语塞了。廖鹏翔说的这个情况,崔勇超也知道一些。临机旗下两家大企业,分别是过去的临一机和滕机,与丹彰机床厂是同一级别的企业,建厂时间差不多,都是老机械部下面的"十八罗汉"。

同样的基础,临机在技术研发方面却走在了前面,把丹机甩出去不止一条街了。崔勇超本有心说丹机不追求这些虚名,转念一想,好像实惠方面丹机也没占到多少。临机靠着技术上的领先,拿到不少大订单,利润水平在行业里也是遥遥领先的,公司里建的职工宿舍也比丹机要漂亮得多,丹机可以说没有任何一个方面是能够与临机相比的。

"唐子风是个人才。"总经理陈俊宇说话了,"临机这些年的经营思路很明确,那就是技术优先,用技术带业务。像这一次搞多工位机床,他们一口气投入了五个亿,算是一场赌博了。可偏偏他们就赌赢了,光是浦汽的这个订单,起码能够给他们带来两个亿的利润。再接一个同样的订单,当初的研发投入就全收回了,再往下就是净赚钱。

"咱们丹机也考虑过要搞多工位机床的事情,后来一算投入,就被吓回去了。现在回过头来想,是我这个当一把手的太缺乏魄力了。如果当时我能够下决心,不一定要投五个亿,哪怕是投入两三个亿,现在起码也能分到一口肉吃吧?"

"陈总你这话说的……"杨涛赶紧给陈俊宇圆场子,说道,"这件事当时也是通过了集团办公会议的,咱们大家都不敢下这个决心。就像你刚才说的,临机这样做,也是一场赌博,赌赢了自然没啥可说的,万一他们赌输了呢?到时候怎么向国资委交代?"

崔勇超说:"我看,就是这个唐子风太想出成绩了,所以才敢拿着企业的钱来赌博。赌赢了,就是他的功劳,赌输了,也是企业吃亏,他找个人来承担责任就行了。

"对了,我听说他们那个常务副总张建阳对唐子风死心塌地,到时候唐子风让他出来扛雷,估计他也不会拒绝的。"

陈俊宇摆摆手,说道:"老崔,其他企业的是非,咱们就不要妄加评论了。唐

第四百八十二章 我们应当认真考虑一下

子风其人，本事还是有的。虽说他的很多决策有风险，但每一次他都赢了，这就不能不让人服气了。"

"赢也好，输也好，在临机那一亩三分地上，他愿意怎么做都行，但别管到咱们头上来啊。"曹丽娟依然没好气地说。

"这件事，我在浦江的时候，和其他几家公司的领导也聊过。听宜洋的陈总说，上头好像有意要调唐子风到国资委去任职呢，唐子风现在这样做，是不是已经在提前进入国资委的角色了？"杨涛向众人爆了一个猛料。

"唐子风要去国资委？任什么职务？"曹丽娟好奇地问道。

"应当会升一级吧？"杨涛说道。

"升一级，那不就是要当副主任了吗？"曹丽娟惊讶地说道。

唐子风现在的职务是临机集团的总经理，如果是平调到国资委去，职务应当是某个司的司长。不过，如果只是当个司长，那么唐子风估计是不会去的。

照这个逻辑去推测，如果唐子风真的要去国资委，那么必然会晋升，而晋升的职务，就是国资委的副主任了。

"不会吧，唐子风今年有40岁没有？这个年龄当副主任，太不可思议了吧？"有人开始质疑道。

陈俊宇说："杨涛说的事情，我也听人说过。许老一直对唐子风很看好，据说也向上面推荐过唐子风。不过，唐子风的年龄的确是个硬伤，他今年好像才36岁，这个年龄去当副主任，也不符合干部任用的规定，所以是不太可能的。"

"也就是说，如果唐子风年龄再大一点，一个副主任的职务是跑不了的？"崔勇超听出了另外的意思。

陈俊宇微微点了点头，说道："他虽然现在还没当上副主任，但像杨涛说的那样，已经提前进入角色了。他向我们提出希望各家企业有所分工，各自突破一两项核心技术，这应当是国资委的意思，只是借了他的口说出来而已。"

"那么，咱们听不听呢？"崔勇超问。

陈俊宇说："我琢磨了一下，觉得唐子风的建议还是不错的。前一段时间，领导同志提出一个概念，说中国要打造一些'撒手锏'技术，以便在面对国际竞争的时候，不至于完全处于被动挨打的地位，而是有一些反击的能力。

"唐子风说的事情，应当是在响应领导同志的这个提法。咱们机床行业的撒手锏，就是拥有有自主知识产权同时达到世界领先水平的机床。

"有了这样的撒手锏,一旦我们遭遇国外的制裁,也可以用我们的技术来制裁别人,形成一个互相牵制的格局,迫使对方取消制裁。"

"陈总,制裁这种事情,是不是有点冷战思维了?"曹丽娟提醒道。

陈俊宇淡淡一笑,说道:咱们手里如果有一两项达到国际一流水平的技术,假如再遇到像这次一样的合作机会,最起码咱们也有资本去和对方谈判了,不至于被人拿捏着。"

廖鹏翔插话说:"陈总说得对,咱们现在也有这个实力,大家努努力,搞出几项过硬的技术,应当是有把握的。如果我们真的有一些过硬的技术,可以拿出来和临机交换,就不用去看他们的脸色了。"

"哈,如果要搞过硬的技术,那可就全是你们技术部的活了,你老廖能扛得住吗?"崔勇超笑道。

廖鹏翔拍着瘦弱的胸脯说道:"这个完全没问题。不瞒大家说,我们技术部那些中青年工程师,早就憋着一股劲儿,想做几项过瘾的技术了。"

第四百八十三章　这应当是你最好的选择

和丹机一样，国内其他七八家大型机床公司在经过一番激烈或者不激烈的思想斗争之后，也都半推半就地接受了临机提出的三项条件，然后依托临机转让的多工位机床核心技术，为国内各家汽车企业量身定制所需的汽车机床。

毕竟，从头开始研制这项技术费时费力，直接接收临机转让的技术就容易多了。这几年国内汽车行业正处于大发展期，需要新建和更新生产线的车企多得很，错过这个机会可就太可惜了。

临机所提出的希望各家企业分工研制尖端机床产品的动议，其实与各家企业的发展战略并不冲突。看到国际市场机会的，也并不只有唐子风一人，国内稍有远见的企业家都能意识到这一点，只是大多数人的信心不如唐子风那样坚定，魄力也稍逊一筹。

现在临机把这一点当成一个条件，逼着大家去搞研发，大家还是愿意接受的。每家企业专注于研发一个方向，未来所有的中国企业以一个统一的策略面向国际市场，这对各家企业来说都是有利的。

国内各家机床企业都在欢天喜地地瓜分汽车机床这块大蛋糕，自然也就有人觉得郁闷。在日资染野机床中国公司的总经理办公室里，何继安正在接受着总经理冈田清三的呵斥：

"何部长，我希望你给公司一个明确的交代。我给了你充分的授权，甚至答应了你提出的把产品价格最多降低20%的要求，为什么我们还是失去了浦汽的这个订单？而且未来还会丢失掉整个中国区的汽车机床市场？"

"总经理先生，这件事完全是一个意外。"何继安满头大汗，垂着头，半躬着身子向冈田清三解释着，"临机采取了很卑鄙的竞争手段，他们一开始对我们进行了欺骗，接着又运用媒体造势，用爱国主义绑架了浦汽的决策层，最后，他们从上面要到了政策……"

"你说的这些,我都知道。"冈田清三不耐烦地打断了何继安的话,说道,"我要问的是,你说临机对我们进行了欺骗,他们进行的是什么样的欺骗?而你何君,作为一名资深的机床营销人员,同时也是一位在中国企业里工作了多年的资深业内人士,为什么这么容易受到欺骗?"

"这个……"何继安语塞了。

临机的内部情况是他亲自去临河刺探来的。向他提供情报的那些人都信誓旦旦地声称临机的多工位机床技术不过关,只是一个幌子。于是他深信浦汽不可能采用临机的产品,从而拒绝了浦汽提出的让染野降低产品价格的要求。

现在想来,如果当时他知道临机的技术已经与染野相差无几,完全有可能构成对染野的威胁,他就不会坚持原来的价格,而是会给浦汽一些甜头,也许就能诱使浦汽与染野签约。

那么,自己当时为什么会那样轻信所听到的传言呢?

或许在自己的心目中,从来就没有觉得国内厂家能够与国外厂家一争高低吧,没想到国内厂家的进步竟然有这么快。

"你不用解释,这一次销售的失败,完全是由于你的错误。我有理由怀疑你在这件事情里夹杂了私利,从而误导公司做出了错误的决策,以至于丢失了一个对公司而言至关重要的商业机会。"冈田清三蛮横地说道。

"不不,总经理先生,这是绝对不可能的!"何继安急了。冈田清三甩过来的锅实在是太大了,他这小身板背不起啊。

"总经理先生,我对公司一向是忠心耿耿的。为了浦汽的这个订单,我先后去了十几趟浦江,而且还专门去京城请到了齐木登教授来为我们提供帮助……"

"对了,你说到齐木登教授,我还想起另外一件事来。当初你向公司申请,说为了请齐木登教授在报纸上发表一篇有利于我们的文章,公司要以资助研究的名义向他支付10万元。这笔钱是作为浦汽项目的营销费用列支的,但事实上浦汽项目并没有成功,所以公司不能同意支出这笔费用。你要负责说服齐木登,让他退回已经收到的5万元款项,并且放弃尚未支付的那5万元。"

"这怎么可能!"何继安几欲撞墙,"总经理,关于这笔支出,我是向公司提交了正式申请的,您也已经签过字了。公司和齐木登教授是签了合同的,而齐木登也的确利用他的影响力发表了文章。在这种情况下要求他放弃这笔费用,他

第四百八十三章 这应当是你最好的选择

是绝对不可能答应的。"

"这就是你的事情了。"冈田清三冷冷地说道。

"可是,如果我们拒绝付款,齐木登教授是可以到法院去起诉我们的,因为我们和他是签了合同的。"何继安提醒道。

冈田清三说:"花费 10 万元,仅仅是为了请一位教授在报纸上发表一篇文章,这样的支出在总部也是无法通过的。如果浦汽的项目能够拿下来,那么这样一笔费用作为营销成本的一部分,也可以交代。现在浦汽项目已经丢掉了,我们用什么理由让总部同意我们支出这笔钱呢?"

"……"何继安再度无语。在染野待了六七年,他对于染野的内部决策机制已经非常熟悉了。冈田清三说的情况是真实的,浦汽项目没有谈成,中国公司这边将承受来自日本总部的巨大压力,而这笔 10 万元的支出必然会被总部要求追回。

"或许……我们可以按照合同要求,让齐木登向我们提交一份研究成果,然后再以研究成果达不到要求的名义,让他退回全部资助款。"何继安讷讷地说道。

染野出 10 万元请齐木登帮忙造势,合同上当然不能这样写,只能是写聘请齐木登为染野做一项企业咨询,这是惯常的套路了。现在染野要毁约,合同上写的这句废话,就有了作用。

何继安可以让齐木登照着合同要求提交一份研究成果,然后在其中巧立名目地找茬,直到齐木登不胜其烦。届时让他退还款项,他也只能照办了。

但这样一来,何继安和齐木登之间的仇,可就结得大了。这件事一旦传出去,他何继安的名声也就彻底臭了,以后谁还敢和他合作?

明知这是一杯鸩酒,可何继安也只能喝下去了。

"很好,这件事就交给你去处理吧。"冈田清三说道,"未来两星期,你就不用再管公司里的其他事情了,专注于把这件事情做好。如果你不能按期收回这笔款项,那么你将无法拿到公司付给你的离职补偿金。"

"离职补偿金?"何继安眼睛瞪得滚圆,"冈田先生,你是说,我把齐木登的这笔钱收回来之后,就要从公司离职了吗?"

"我想,这应当是你最好的选择。"冈田清三说道,"事实证明,你已经不适合销售部长这个职务。你在到公司应聘时所声称的人脉关系,并不能帮助公司在业务上获得发展，所以公司决定要求你辞职。

"不过，我为你争取到了两个星期的时间。你可以利用这两星期时间，把齐木登的事情解决掉，这样公司才能够向你支付规定的离职补偿金。"

"啊！"

何继安彻底地傻眼了。

得知何继安被染野像扔一块抹布一样地赶出公司，韩伟昌笑得血压都高了，还专门跑到了唐子风的办公室去向他报告这个消息。

"哈哈，唐总，我告诉你，这个乐子可太大了！"

韩伟昌边说边笑，话都说不利落了。

"什么事情啊，怎么让咱们韩总高兴成这样？"

唐子风招呼着韩伟昌在沙发上坐下，还亲自给他沏了杯茶，然后坐在旁边问道。

"谢谢唐总，谢谢唐总。我老韩最大的幸运，就是在火车上遇到了唐总，要不我今天也和何继安一个下场了。"韩伟昌双手接过唐子风递过来的茶杯，夸张地说道。

唐子风笑道："老韩你太自谦了，以你老韩的能耐，如果不是被临机这点小业务耽误了，没准现在也是身家几十亿的大老板呢。你看苏化，不就是一飞冲天了吗？"

"我可没有苏化那么大的本事。我老韩有自知之明，只有在唐总你的领导下，才有我老韩的成绩。对了，唐总，你还不知道吧？何继安那老小子，被染野开除了。"韩伟昌赶紧把话头引回了正题。

"是吗？"唐子风一愣。有关何继安的其人其事，他更多的是从韩伟昌那里听到的，而且也知道韩伟昌与何继安的那点恩怨。现在听说何继安被染野开除了，他倒是能明白韩伟昌为什么会这么高兴。

"就因为浦汽的项目没有拿下来，染野就把何继安开除了，这个处分也太重了吧？"唐子风随口评论了一句，旋即便反应过来，说道，"我明白了，他应当是当了替罪羊吧？染野丢了中国的汽车机床市场，这是一件很大的事情，公司负责人必须是要找一个人来顶包的，这也是日本企业的常规操作了。"

第四百八十四章　销售公司要成为开路先锋

聊完何继安的八卦，二人的话题回到了公司业务上。唐子风说道："老韩，下一步你们销售公司还要继续扩大战果。另外一方面，就是集团办公会上决定的事情，我们要开始关注国际市场了。你们销售公司要成为开路先锋，整个集团就是你们的后盾。"

"这件事，我们已经在着手安排。"韩伟昌信心满满地说，"自从唐总上次到我们销售公司做了指示之后，我们就把培养外向型人才的事情放到了公司工作的重心上。我们已经先后安排了 30 多名有经验的销售人员到临河机床学院去进修外语，有学英语的，也有学德语、日语、俄语的。

"另外，我们还在临河机床学院物色了 20 多名学生，这些人专业功底都不错，性格活泼，外语水平也很高。我已经安排了一些老业务员带他们去做销售，准备好好培养一下之后，就让他们去接触国际业务。"

"你们也真够投机取巧的，直接从临机机床学院招人，怎么不考虑从其他学校也招一些进来？"唐子风半开玩笑地问道。

韩伟昌有些尴尬地解释道："国内的其他大学，我们也去做过校园招聘，不过愿意到我们销售公司来应聘的学生很少。我们的招聘标准很高，要求懂机床、精通外语，品德方面也要过关，同时满足这些条件的学生本来就不多，而且成绩特别好的那些，一般也不愿意做销售，他们更愿意去做技术。没办法，我们就只好先从临河机床学院招人了。"

"机床学院的学生愿意去做销售吗？"唐子风问。

"有，而且还不少。"韩伟昌说，"机床学院的学生一直都在咱们集团下面的各个公司里实习，对集团的情况很了解，他们都听说过唐总你的事迹，都是把唐总当成榜样的。我跟他们说，唐总是一个业务高手，做成了很多很经典的业务，所以就有很多学生愿意到销售公司来了。"

临河机床学院是由临河集团与东叶大学合办的一家独立学院。最初唐子风想给它起名为苍龙机械学院，后来临河市政府也入了一股，而学院的专业设置也主要集中于机床专业，最终学院的名字便改成了临河机床学院。

国内大学下属的独立学院，地位往往都是不及本部的，但临河机床学院的情况却恰恰相反，它在东叶省内的地位超过了东叶大学，是东叶省乃至周围几省考生颇为青睐的一家学院。

出现这种情况的原因，在于临河机床集团承诺机床学院的毕业生可以优先到集团工作，同时还拿出了一笔不菲的资金，从国外招聘了一批资深教授到学院来任教，极大地提高了学院的教学水平和学术水平。

经过20世纪90年代末期的高校扩招之后，国内大学生的数量猛增。学生在报考大学的时候，越来越把就业前景当成了择校的重要标准。

临机集团这些年的经营蒸蒸日上，俨然成为东叶省内排得上号的好单位之一。在机床学院就读，能够有更多的机会进入临机集团工作，这无疑成为机床学院的一大招生优势，从而吸引了许多优秀学生。

东叶大学对于临河机床学院也给予了特殊政策，允许学院实行开门办学的方针，学生每年至少有两个月时间在临机集团实习，大四学生的毕业设计索性就在集团技术部、苍龙研究院或者各个生产车间里进行。

临机集团拥有一大批国内顶尖的机床工程师，机床学院的学生能够得到这些人的耳提面命，理论功底不逊色于国内一流大学机械学院的学生，实践能力更是超出了那些同龄人很大一截。

有了这样的水准，机床学院的学生就业就不成问题了，临机集团先前做出的承诺反而成了多余。国内许多机床企业都闻风而来，争抢临河机床学院的毕业生，以至于临机集团不得不三天两头派人去学院给学生们进行宣传，给他们灌输临机集团才是最佳雇主的观念。

几年前插下的柳枝，如今已经绿树成荫，这让唐子风也觉得很有一些成就感。

"国际业务这方面，你们现在就可以做起来，可以在销售公司下面专门成立一个国际业务部，实行特殊政策。弗罗洛夫他们现在在东欧市场上做得非常不错，你们可以派一些业务员过去，常驻在东欧，逐渐摸索向西欧扩展业务的途径。"唐子风又交代道。

第四百八十四章 销售公司要成为开路先锋

弗罗洛夫是俄罗斯喀山彼得罗夫机床厂的厂长,此前曾打算从临机贩一批机床到东欧去贴牌销售,被唐子风识破之后,他索性带着厂子一起加入了临机,成为临机在俄罗斯的一家控股子公司。

弗罗洛夫答应与临机合作的初衷,是想借临机的技术重振自己的企业,但经过一番周折之后,他发现与其在俄罗斯恢复生产,还不如踏踏实实地给临机当代理商,利用彼得罗夫机床厂过去在苏联和东欧地区形成的影响力,把临机的机床销售到这一带去。

这两年,弗罗洛夫带着一个团队专注于在东欧开拓,原来厂子里的工人则转型成了临机机床的售后服务人员,负责临机机床的安装、维护和修理,赚的钱比过去多出了好几倍,大家都干得热火朝天。

在成功占领了东欧市场之后,弗罗洛夫的目光便投向了西欧,并向唐子风提交了一份雄心勃勃的报告,希望唐子风能够给他更多的授权,让他成为临机在西欧市场上的代理。

时下中国机床在海外的主要市场还是集中在发展中国家,在欧美和日本等发达国家没有什么影响力。弗罗洛夫主动提出要帮临机开拓西欧市场,临机集团的不少领导都颇为心动,提出可以答应弗罗洛夫的要求。

但唐子风却拦住了大家,他的理由不是集团不要西欧市场,而是认为西欧市场是一块大肥肉,不能交给弗罗洛夫这个饕餮。不过,鉴于弗罗洛夫在东欧市场上做得风生水起,唐子风觉得可以利用一下这个利好,把东欧作为进军西欧市场的桥头堡。

"这件事情,我们已经在做了。"韩伟昌说,"我们已经派了几批人到东欧那边去,名义上是对客户进行回访,实际上是了解弗罗洛夫他们的销售情况,学习他们的经验。"

"怎么,老弗没看出你们的用意吗?"唐子风笑着问道。

韩伟昌也笑道:"老弗可是一条老狐狸,他哪能看不出我们的用意。不过,你驳回他开拓西欧市场的申请之后,他就知道我们不希望他染指西欧市场了,所以对我们派去的人非常热情,主动地带他们去和客户接触,还给他们介绍了不少西欧那边的情况。"

"对了,他还对咱们派去的人放了一句话,说他也是临机的一员,临机未来要开拓西欧市场,他会给我们做好后勤保障。"

"这是个聪明人啊。"唐子风评论道。

对于弗罗洛夫来说,能够拿到临机在西欧的代理权,当然是最好不过的。但意识到临机不愿意放弃这块肥肉之后,他能够迅速调整心态,甘当人梯,这就属于识时务、知进退了。

未来集团在西欧市场上的销售业绩做得好,不可能不记得他所做的贡献,这样他在东欧市场上的利益也就有保障了。

当初唐子风主动向弗罗洛夫伸出橄榄枝,接收他成为临机的合作伙伴,也正是看中了弗罗洛夫的这种聪明劲。

"你跟老弗说,咱们开发出了一系列精密机床,现在俄罗斯想必是用得着这类机床的,让他利用他的老关系,在俄罗斯替咱们推销一下。

"不过,你要跟他说清楚,这些机床的销售要严格控制范围,卖给哪些客户,需要事先经过我们确认。另外,这些机床的销售提成要降5个百分点,这些机床是我们花了很大成本开发出来的,我们得有更高的利润才能收回这些研发投入。"唐子风说。

"好的,我回去之后马上和老弗联系。"韩伟昌点头应道,接着又感慨地说,"我听秦总工说了,咱们开发出来的这批机床,水平已经不逊色于博泰了。唉,想当年,博泰机床对于咱们来说,那可是高不可攀的,我老韩好歹也是做技术出身,我可从来没想过咱们临机还能搞出和博泰不相上下的机床。"

"这件事情里,晓惠的功劳最大,集团准备对她给予重奖了。"唐子风说。

"晓惠这孩子,是我看着长大的。"韩伟昌觍着脸说。其实虽然于晓惠是临一机子弟,韩伟昌此前与她并不熟,只是后来因为知道她与唐子风的关系密切,才注意到这个姑娘。这些看着长大之类的话,也就是韩伟昌自己给自己加戏了。

"咱们老临一机的职工,谁不说晓惠是遇到贵人了,如果不是唐总和肖教授帮她,她哪有今天啊?"

韩伟昌做出一副感动的样子说道。

第四百八十五章　走出一条属于我们自己的新路

"我爸爸说,唐总和肖教授是我的贵人,我不能忘恩。"

坐在唐子风的办公室里,于晓惠认真地说道。

"啥年月了,还讲这种感恩报德的话,老于真是个老封建。"唐子风装出一副不屑的样子说道。

"可是,我也是这样想的。没有你和文珺姐,就没有我的今天。"于晓惠嘻嘻笑着说。她表情虽然轻松,说出来的话却是很认真的。

唐子风板起脸,训道:"这是什么话!晓惠,你是个新时代的青年,可不能学你爸那种封建思想。你能够有今天的成就,全都是因为你的天资,还有就是你的勤奋。对了,你如果要感谢,就感谢我们这个伟大的时代好了。"

于晓惠笑道:"要感谢时代的,是苏化。他说过,你跟他讲过一句话,说今天这个时代是一个创业的好时代,在这个风口上,一只猪都能够飞上天。至于我,我知道我很笨的,如果不是文珺姐给我辅导功课,还有唐叔叔你给我买的参考资料,我肯定考不上清华。"

"外因都是次要的,内因才是主要的。你看子妍不就没考上清华吗?她才是真的笨。"唐子风说,顺便把妹妹唐子妍拉出来贬了一番。

关于感恩这样的话,于晓惠以及她父亲于可新都曾在唐子风夫妇面前说过很多回。唐子风与肖文珺闲聊的时候,也曾聊起过这个话题,最后得出的结论是,如果当初临一机的经营状况没有得到改善,于晓惠家的经济状况就会一直很窘迫,她在中学阶段或许无法安心学习。如果没有肖文珺对她的指导,她即便能够考上大学,也到不了清华这样的顶级名校。

从这个意义上说,于可新称唐子风夫妇是于晓惠的贵人,倒也不算是恭维。不过,恩情这样的事情,倒也没必要天天放在嘴上念叨,毕竟大家都是年轻人,动辄说这种感恩之类的话,唐子风自己也觉得挺别扭的。

"对了,晓惠,今天叫你来,是要跟你谈谈对你的安置问题。"

说完前面那些口水话,唐子风回到了正题:"你在82厂的工作,得到了科工委和集团的共同肯定。你在机床系统集成上的造诣,秦总工和你文珺姐都给予了高度的评价,说你已经能够跻身于国内一流机床专家的行列了。"

"哪有嘛……"于晓惠顿时就忸怩起来了,"其实我只是跟在82厂跟赵总工学了一点系统工程的皮毛,真正理解还差得远呢。我们研制出来的那几型机床,主要工作都是项目组里的老工程师们做的,我也就是帮他们跑跑腿、画画图纸啥的。"

"谦虚是一种美德,但过度谦虚就是一种恶习。"唐子风说道,"文珺说,清华机械学院希望你能够留下,她也很看好你在学术上的发展潜力。"

"我跟文珺姐说过了,我不想留校,我想回集团。"于晓惠答道。

"为什么呢?"唐子风问,"人往高处走,水往低处流,清华大学无论是地位还是发展机会,都比集团要强得多,别人想进都进不了,你为什么不愿意留下呢?"

于晓惠嫣然一笑,说道:"唐叔叔,如果我说我在10年前就想好了将来要回集团工作,你信不信?"

"我不信。"唐子风断然地摇头。

"为什么?"于晓惠诧异道。

唐子风说:"因为那时候临机集团还没有成立,只有临一机,你即便是有这样的想法,也是想回临一机工作,而不是回集团工作。"

"……"于晓惠被噎住了。她想说的重点分明不是集团,而是回来,至于是回临一机还是回临机集团,这并不重要。可唐子风驳斥得如此义正词严,让她一时都不知道该如何说才好了。

唐子风当然只是和于晓惠开个玩笑,类似于这样的玩笑,在当年于晓惠给他当钟点工的时候,他就和于晓惠开过许多回。无奈于晓惠是个没啥幽默感的老实孩子,每次遇到唐子风一本正经地说些无厘头的话,于晓惠就只能抓狂,不知道该如何回击才好。

"你回集团来,倒也好,秦总工和郭总工都盼着你回来挑大梁呢。"唐子风话锋一转,又说回到原题上来了。

关于于晓惠想回集团工作的事情,他已经不是第一次听于晓惠说了,刚才那些话,也只是最后再确认一下于晓惠的想法,既然于晓惠决心已定,唐子风当

第四百八十五章 走出一条属于我们自己的新路

然也不会拒绝她的要求。

"我是想回来好好学习的,"于晓惠说,"我觉得我自己的经验还很不够,想回来向秦总工、郭总工他们多学一点。"

"学习是肯定要学习的,不过大梁也得挑起来。集团办公会议已经确定了,你回集团之后,任命你为集团副总工程师,负责集团所有新型号机床的研发工作。"唐子风说。

"什么,副总工程师?不不不,我不行的!"于晓惠惊了,连声地推托着。

此前,唐子风和秦仲年都向于晓惠透露过集团要重用她的口风,于晓惠自忖学识和能力都不错,觉得自己回来之后担任一个项目负责人应当是没啥问题的。

可她万万没有想到,唐子风说的重用,居然是直接任命她为集团副总工程师,这可就是集团里技术系统最顶尖的职位了,以她一个才26岁的博士毕业生的资历,怎么敢接受这样的委任?

"秦总工马上就要退休了,郭副总工要被提拔为总工,这样就空出了一个副总工的位置。集团里有几位老工程师,资历倒是够了,但知识结构有些老化,让他们来负责新型号的研发,恐怕有些力不从心。年轻一代里,也有几个合适的,不过大家评估了一下,觉得论综合能力以及实践经验,你都比他们要强出不少,所以集团决定破格任命你为副总工。"唐子风解释道。

"可是,我这么年轻,别人恐怕会不服气的。"于晓惠讷讷地说道。这会工夫,她已经在脑子里把集团里年轻一代的优秀工程师都回忆了一遍,发现这些人的水平似乎的确不如她高,或许她还真的有资格坐上集团副总工的这个位置。

唐子风笑道:"在别的单位,大家或许会有点论资排辈的心态,在咱们集团,可没人敢说论资排辈这句话,你知道是为什么吗?"

"当然知道。"于晓惠抿着嘴直乐,"因为唐叔叔你就很年轻,你到临一机来当厂长助理的时候,才……才……"

"我那时候才23岁。"唐子风替于晓惠把答案说出来了。晚辈对于长辈的年龄往往有些弄不清楚,于晓惠光知道唐子风当年很年轻,但具体是多少岁,就说不出来了。

"对,那年我才13岁,唐叔叔你比我大10岁,应当就是23岁了。"于晓惠用另一种方法算出了答案,然后用崇拜的口吻说道,"我记得当时我爸爸就在家里说过,说唐叔叔这么年轻就这么能干,有唐叔叔在,我们临一机肯定会有希望的。"

"哈哈,老于还说过这话呢?"唐子风笑道。

"其实我爸爸也不老,今年才刚过50岁呢。"于晓惠也笑着说。

"那么,集团的这个任命,你敢不敢接受呢?"唐子风问。

于晓惠点点头,说道:"既然唐叔叔信任我,那我就接受。唐叔叔你放心,我就算是拼出命去,也不会给你丢脸的。"

"拼命就没必要了。"唐子风摇着头说,"集团现在的发展态势很好。新型号的研发,主要是着眼于长远,是用来参与国际竞争的,但也不急于一时。集团任命你来负责这方面的工作,是希望你能够发挥自己的特长,从机床的总体设计开始,摆脱我们一味跟随西方脚步的研发路线,走出一条属于我们自己的新路。

"我给你的要求是,十年之后,能够拿出完全超越西方的新型号机床,让西方那些传统的机床巨头跟在咱们后面学习。要做到这一点,需要的不是你的拼命精神,而是一种韧性,你懂吗?"

"我懂了。"于晓惠点头不迭。她也知道,唐子风让她不要拼命,而是要有韧性,其实是给她压了更重的担子。而唐子风提出来的完全超越西方的目标,又让她觉得兴奋,她几乎忍不住现在就想进入角色了。

"工作要做,生活方面也不能忽略。你和苏化已经领了证,下一步就该考虑生孩子的事情了。估计过几年,国家就该放开二胎政策了,你和苏化还可以要个二胎,那是多美好的事情啊。"唐子风说着,脸上露出了老父亲一般的慈爱笑容。

"才不要呢!"于晓惠的脸彻底地红了。她和苏化刚刚领证不久,还没到能够把生孩子这样的事情说得风轻云淡的程度。

"好吧,这事我就不操心了。"唐子风也没有继续深究下去,他看了看腕上的手表,说道,"已经下班了,你那只风口上的猪,还在东区菜场那边等着我们去吃烧烤呢。"

第四百八十六章　一个纯粹的人

临一机东区菜场,对于年轻一代的临河人来说,已经是一个陌生的概念了。

这些年,临一机的家属区经历了几轮改造,原来那些20世纪六七十年代建的简易单元楼已经被悉数推平,代之以极具现代风格的新式小高层板楼。家属院的院墙也被拆除了,换成了中间有通道的绿篱,形成一个颇为开放的格局。

原来的东区菜场,现在成了一个小型商业广场,拥有超市、专卖店、饭馆、电影院等各种设施。其中,最醒目的便是黄丽婷起家的东区商店,现在挂的牌子是丽佳超市临一机分店。与十年前相比,现在这家丽佳超市的规模大出了五倍都不止,在丽佳超市的几百家连锁店中也是规模排在最前面的。

东区菜场的夜市倒是一直都保留下来了,这其中有多少是因为唐子风格外青睐这处夜市的原因,外人就不得而知了。作为一处存了十几年的夜市,东区菜场夜市在整个临河市拥有偌大的名声,每天晚上来这里吃东西休闲的市民如过江之鲫,生意之火爆,让市里其他地方的夜市经营者都眼红不已。

在夜市一角的一家露天烧烤店外,有一处被树木巧妙隔开的空间,此时正围坐着七八位男女宾客,看上去岁数都不算大。店家流水一般地把烤好的肉串送到众人面前的小桌子上,临了还不忘了向其中一位30来岁的男子点头招呼:

"唐总,你们慢用,缺啥了招呼一声……"

"谢谢老常,你的烧烤手艺真是越来越好了,这个烧烤店,怎么也算得上是日进斗金吧?你看老常你的肚腩,比我上次看到的又大了好几圈了。"

唐子风呵呵笑着,向那店老板调侃着。

这位老板名叫常关宝,当年曾是临一机厂办小招待所的所长。周衡当厂长的时候,在厂里搞机构改革,小招待所也被推向了市场,常关宝竞争承包权失利,被安排到劳动服务公司待岗,一度也是牢骚满腹,说些厂子卸磨杀驴之类的话。

在唐子风推动的创业风潮中，常关宝在东区菜场夜市租了个门面，做起了烧烤，不料竟然做出了点小名气，已经成了临河市的一家名店。

过去十年里，常关宝到底赚了多少钱，没人能说得清楚。有好事者粗略计算了一下，说他起码赚到了100万。常关宝对于这种传闻一向不予置评，只用与日俱增的大肚腩回应着大家的好奇心。

赚到了钱，常关宝对唐子风的怨气就荡然无存了，相反还觉得自己过去待在小招待所当个所长是虚度了光阴，如果早点下海，没准这会也能在临河市区买下几个单元的房子了。

"这都多亏唐总给我们临一机带来了新生啊。"常关宝脸上满是谄媚的笑容，说道，"我们老临一机的同事坐在一起聊天的时候，谁不说唐总有点石成金的神通。当年临一机都快破产了，就是唐总你力挽狂澜，生生让这个厂子又起死回生了。现在公司发展得这么大，咱们就不说了。就算是我们这些过去只能搞搞行政的废物，也都托唐总的福，找到了一个不错的饭碗呢。"

"哈，常老板这话可就太低调了，你如果算是废物，那整个临一机还有能干的人吗？看你这家店的生意多火，我这些朋友可都是从京城慕名赶来的。还有胖子两口子，那也是专程从井南赶回来的，就想着要吃你家的烧烤呢。"唐子风夸大其词地说。反正恭维话也不花钱，多说几句又有何妨。

常关宝脸上骄傲与惶恐之色混杂，说道："我这个小烧烤摊，也就是小打小闹，不算数的。黄总办的丽佳超市，那才是大手笔，现在京城、浦江都有连锁店了，上次还上了电视，说是领导同志去视察。我们厂里的老同事都看了电视，当时大家就说，黄总当年也就是一个家属工，她老公老蔡是个三棒子打不出一个屁来的闷葫芦，如果不是唐总给她指路，她哪有现在这样的风光。"

"言重了，言重了。黄总是个商业天才，迟早是能够一鸣惊人的，我还真没做什么。"唐子风谦虚道。

"除了黄总，还有汪总，现在也是市里排得上号的企业家了。上次她在我这里请客户吃夜宵，还专门说起来，说要找时间好好地请唐总吃一顿，感谢唐总当年对她的教诲。"

常关宝谈兴不减，还真对得起当年那个小招待所所长的职务。

唐子风笑了，常关宝说的这位汪总，大名叫汪盈，当年可是临一机的一个刺头。周衡和唐子风在临一机搞精兵简政，分流车间的冗员，汪盈也在被分流之列。她跑到厂部去闹事，被唐子风一顿吓唬，倒是服气了。

再往后，汪盈在厂劳动服务公司的支持下开起了一家搬家公司，经过这些年的发展，已经成为临河市排名第一的物流企业，她本人也成了市里有名的企业家。位置变了，人的心态也就不同了，回想起当年在厂里无理取闹的日子，汪盈越发感激唐子风对她的当头棒喝。

这些话，其实也用不着常关宝来传递，汪盈自己也曾到集团去向唐子风当面道过谢。当然，她去集团的目的可不仅仅是为了道谢，而是因为临机集团的许多产品现在也是委托她名下的物流公司代为运输的。

常关宝啰唆了几句之后便离开了，唐子风转回头，见伙伴们都在用狡黠的眼神看着他。

"怎么，你们不觉得我很像雷叔叔吗？"唐子风向众人卖萌道。

这一群吃烧烤的人，正是唐子风的传统班底，包括了宁默、张蓓蓓夫妇，苏化、于晓惠夫妇，包娜娜、梁子乐夫妇，唐子风自己的夫人肖文珺，还有挂单的李可佳和王梓杰。

李可佳已经是有家有娃的人了，不过她老公葛亚飞是个技术宅男，一向融不进唐子风他们这个文科生圈子，所以李可佳到临河来玩，便没有把他带来。

至于王梓杰，早在若干年前就彻底放飞自己了，至今尚未结婚，倒是不时会传出一些绯闻。

不知从什么时候起，在临一机东区菜场夜市吃烧烤，就成了唐子风和小伙伴们一个重要的聚会节目。虽然大家平时也会有各种见面的机会，但一年下来没有在东区菜场夜市吃过一回烧烤，大家就会觉得缺了点什么。

这一群人现在最少的也有几千万身家，却热衷于跑到这样一个露天大排档来吃烧烤，这就只能用情怀来解释了。

"要说我最佩服子风的一点，就是他总是能够在不经意间做出很多好事。我倒不是说这个社会上没有喜欢做好事的人，但别人做好事都是很刻意的，是出于一种觉悟。唯有子风，做好事就像吃饭喝水一样随便，不需要刻意为之。"

李可佳优雅地从签子上叼下一片羊肉，抿到嘴里一边嚼着，一边对唐子风评头论足。

"师姐的意思是说，我这个人没有做好事的觉悟？"唐子风问道。

李可佳嗤了一声，说道："你有没有一点理解能力啊？我分明是夸你好不好？我是说你这个人觉悟比别人高。别人做好事还要先想一想,你做好事是一种本能举动,这就叫一个高尚的人,一个纯粹的人,一个脱离了低级趣味的人。"

"嗯嗯,其实我知道,我就是想让师姐亲口夸一夸我。"唐子风恬不知耻地说道。

"文珺,你看看你家子风,这脸皮都是怎么磨出来的。"李可佳佯装愤怒地对肖文珺说道。

肖文珺笑道:"这我就不知道了。听子风说,他这脸皮是上大学的时候练出来的,他大学是在哪念的来着?"

"我知道,是人民大学!"宁默赶紧抢答。

"胖子,你少说一句会死啊!"张蓓蓓揪了一下宁默的耳朵,训斥道。

李可佳是唐子风的师姐,肖文珺说唐子风的脸皮是在大学里磨炼出来的,就相当于把李可佳、王梓杰、包娜娜这一群人大校友都给贬了。这种玩笑,讲究的就是一个心照不宣,宁默卖弄知识,非要把这一点说出来,反而有些焚琴煮鹤的感觉了。

"本来就是嘛!"宁默不知道自己错在哪,他嘟哝着,捡起一串肉串,递给了身边的苏化,说道,"来来来,咱们吃串,不跟这些人计较。"

苏化接过肉串,向宁默道了声谢,然后把头转向李可佳,说道:"李总,我听说图奥撤销了他们的中国办事处,下一步他们的美国总部也可能要裁员,这应当都是拜你们所赐吧。

"我们大河无人机现在已经进入了美国市场,马上就要和美国的几家无人机公司展开竞争了,在这方面,李总有什么好的经验能够和我们分享一下吗?"

第四百八十七章 搅局者

图奥是被新经纬公司拖垮的。

在做出撤销中国办事处的决定之前，图奥的高层无论如何也不相信自己居然会被一家草芥一般的中国企业拖垮。但当公司的收入连续两年呈断崖式下降，财务报表上的利润已经由正变负的时候，图奥的管理层才不得不承认，自己大意了……

新经纬公司用以挑战图奥霸权的手段只有一个，那就是开源。

在新经纬公司之前，工业软件市场上已经有过十几个开源软件，但都未对整个市场产生什么看得见的影响。这些开源软件，功能较为单一，也缺乏良好的售后服务。对于囊中羞涩的学生们来说，使用这样的软件做点课程作业之类，倒是无所谓的，企业则不会因为贪图免费而采用这种软件，因为在使用过程中所耽误的时间价值远超过购买一款商业软件的支出了。

新经纬公司在开源市场上投放的华夏CAD，是一个功能十分齐全的软件，具备了替代图奥等商业软件的能力。最关键的是，新经纬公司做开源，并非一锤子买卖，而是持续不断地发布新的模块。这些新模块的功能很强大，用户如果要向图奥购买同样的模块，需要花费上万美元，而新经纬公司却把它们放到了免费平台上，这就让用户无法拒绝了。

从一开始，图奥就没觉得新经纬会是一个强劲的对手，他们认为新经纬只是因为竞争无望，才发动了这样一场自杀式的冲锋，目的只是为了泄愤。图奥降低了一部分软件的价格，还向用户免费赠送了一些功能模块，用于抵消华夏CAD开源带来的影响。

以图奥管理层的想法，新经纬公司根本无力维持开源的模式，更无法在毫无收益的情况下推出更多的功能模块，只要图奥稳住自己的业务，新经纬把钱折腾完了，自然也就破产了。届时图奥再找些名目把产品价格提起来，弥补上这段时间的亏空，则依然还能成为工业软件市场上的霸主。

让图奥没有料到的是，新经纬公司的韧性极强，丝毫看不出资金耗竭的迹象。随着网络平台上华夏CAD的资源越来越丰富，许多外部的程序员也加入了为华夏CAD开发功能模块的行列。要知道，这些人可都是"自带干粮"义务干活的，他们所图的只是编程的快感以及自己编制的模块被人下载所带来的成就感。

一个开源软件一旦进入这样的状态，就拥有了一个良性的循环，再往下就会越做越好，让市场上的商业软件都没有立足之地了。

图奥不知道的是，新经纬公司之所以敢和它打擂台，是因为背后有两个强大的支柱，一是中国各大高校和科研院所的人才资源，二是以科工委为首的一干实务部门的支持。

唐子风在给新经纬公司开出开源这个药方的同时，便联络上了教育部、科委等部门，从他们那里讨到一纸政策，即为开源软件贡献模块可以作为科研人员的成果，纳入职称晋升的条件之中。

职称在科研系统里是硬通货，而这种硬通货又是没有成本的。无数的科研人员正是被职称晋升的蛋糕所诱惑，不遗余力地投身于开发专用模块的事业。为了让自己的成果与同行拉开距离，这些人通读文献，把业内最新的研究成果都融汇到软件模块中去，其响应速度，是图奥技术部那些人拍马也追不上的。

科工委等部门在新经纬公司的开源中获得了看得见的好处。许多部门原来需要花费大量人手去开发专用软件模块，现在很多模块都被志愿者开发出来了，他们只需要做一些小的改动，就能够用到设计实践中去，节省下来的人力财力不可胜数。

图奥为了打击新经纬，降低了一部分软件的价格，这也让国内不少企业省下了大笔的软件采购支出。在唐子风的游说之下，一些部委同意向新经纬公司下达研发订单，其实就是拿出自己省下来的一部分钱，资助新经纬公司把开源事业维持下去。

图奥的管理层每天都在盼着新经纬破产，而新经纬却是越活越欢实，丝毫看不出一点颓势。

时间就在望眼欲穿中度过了，图奥的客户不断流失，勉强留下来的那些客户，也向图奥提出了强硬的要求，声称图奥如果不能降低软件和服务的价格，他们就要考虑从网上找个开源软件来用了。

面对严峻的形势，图奥对自己的产品接连进行了几轮降价，终于把自己带到了严重亏损的境地。市场部提交的报告也让图奥的高层心惊，报告上称，华夏CAD在全球市场上的市场份额已经逼近了图奥，最终超过图奥只是时间问题。

图奥采取了一系列的自救措施，包括向一些国际贸易组织投诉新经纬公司进行不正当竞争，以及加大向客户让利的力度，但所有这些措施都没能挽回图奥的衰退。

"图奥落到今天这个地步，可真不怪我们。"李可佳笑盈盈地说道，"是他们自己太贪心了，软件价格一年一涨，配套模块的价格高到超出常理。我们新经纬搞开源的时候，很多客户都私下里跟我们说，支持我们打垮图奥，不能再让图奥趴在他们身上吸血了。"

"其实，图奥最早起家的时候，也是很谦逊的。"梁子乐插话道，他是学工商管理的，对于这些事情比较了解，"那时候，有些工业企业是自己开发设计软件，市场上还有大量的小型软件公司，能够为这些企业提供较为廉价的设计软件。图奥靠的是低价格以及优质的服务，逐渐淘汰了那些小型软件公司，同时也改变了工业企业的使用习惯，使这些企业对图奥的软件形成了依赖。

"在此之后，图奥就开始攫取垄断利益了。因为市场上已经没有了能够与它竞争的同类公司，所以它的软件即便价格比较高，用户也只能接受。

"图奥宁可把赚来的利润用于广告宣传以及渠道推广，也不愿意降低价格给客户让利。而客户在图奥的宣传影响下，也认可了它的高价位，并且觉得高价位代表着高品质，这就是商业洗脑的效果了。"

肖文珺说："其实我们这些搞设计的都知道，图奥的软件值不了那么多钱，它的价格里起码有七成是虚的。"

"也就是唐师兄说的智商税吧？"包娜娜笑着评论道。

肖文珺笑道："要这样说也可以。不过，图奥软件的确比华夏CAD好用，这也是必须承认的，只是它的这些优点，并不值这个差价。如果是我自己掏钱买软件，恐怕我是舍不得去买图奥软件的。"

王梓杰说："肖教授说到点子上了，正因为买软件的钱不是由工程师自己花的，所以他们并不在乎软件的性价比。对于那些一年营业额好几十亿甚至上百亿的大型企业来说，几千美元的一套软件，是不值得一提的。加上技术部门在企业里往往也有比较大的发言权，图奥软件价格畸高的问题，也就无所谓了。"

李可佳说："梓杰说的无所谓，是建立在图奥没有竞争对手的前提下的。我们一搞开源，大家就有了对比。几千美元的软件，企业可以不在乎。几万美元的一个插件，企业可就要掂量掂量了。

"图奥收人家几万美元，而我们这里是免费提供，客户不可能没有一些想法的。时间长了，大家就会觉得图奥做事不地道，而一旦有了这种想法，客户的忠诚度就下降了。"

梁子乐说："所以我看到西方有一些文章，说中国是国际市场上的搅局者。当然，这些文章不是针对图奥这件事的，而是针对中国许多工业制成品在西方市场上打败了本土的同行，让他们要么破产，要么严重亏损，这在过去是不曾有过的事情。"

"我们现在就面临这个问题呢。"苏化说，"美国市场上的家用级无人机，一台的价格最低也有3000美元，相当于25000人民币。而我们的无人机，性能甚至比他们还好，一台的价格才3000多人民币。

"我们刚刚进入美国市场的时候，美国用户都不相信我们的产品，觉得这么便宜的无人机，质量肯定非常差。但有一些人用过之后，就发现我们的产品质量一点也不比美国本土的产品差，于是大家都过来买我们的产品了。

"前一段时间，美国的几家无人机公司联合对我们提出起诉，说我们搞倾销，用的说法也是说我们是搅局者。

"说真的，无人机的成本其实是很透明的，我们的无人机就算是卖3000人民币，也还有很高的利润。我真不知道美国那些无人机企业怎么敢把价格标到3000美元，这真的就是包师姐刚才说的，是在收美国消费者的智商税呢。"

第四百八十八章　我们并没有做错什么

唐子风接过苏化的话头说道:"无人机是有钱人的玩具,所以美国厂家收的也是美国百姓的智商税。但像机床这种生产设备,相当大的一部分市场是在发展中国家,尤其是在中国。西方国家利用工业装备赚我们的钱,赚得才算狠呢。

"铣床依然是那个铣床,人家一下子就能砍掉 2/3 的价格,你们想想看,他们在这之前赚了我们多少倍的利润?"

"唐总,你们真了不起!"张蓓蓓在一旁向唐子风跷了个大拇指。

唐子风笑着说:"嫂夫人可夸错人了,滕机攻克钢轨铣床的难题,主要功劳是晓惠的。"

张蓓蓓看看于晓惠,笑着说:"晓惠了不起,唐总也了不起,晓惠是在唐总的领导下了不起的,所以这个功劳也要算在唐总身上。"

于晓惠冲张蓓蓓撇了一下嘴,说道:"胖婶才了不起呢,我听苏化说,大河无人机能卖得这么好,主要功劳是胖婶的。"

一句胖婶,立马让张蓓蓓脸色晴转阴了,当然,她也只是假装不高兴而已。她唾了一口,说道:"呸,什么胖婶,我这一年多东奔西走,累得都成瘦婶了。大河无人机卖得好,功劳主要是你们家苏化的。他开发的产品好,物美价廉,自然就卖得好了。"

梁子乐认真地说:"这倒不是,酒香也怕巷子深。如果光有产品,没有好的营销,产品也是销售不出去的。现代市场上,产品更新换代速度极快,产品性能的差异已经不是影响销售的主要因素,营销的作用越来越大。在这一点上,张姐的贡献是不可忽略的。"

"的确是这样。"苏化点头说,"我原来觉得自己也算有一点点营销能力,可是和蓓蓓姐比起来,真是差得太远了。蓓蓓姐设计的营销方案,堪称是天才,大河无人机能够这么快打开局面,蓓蓓姐的贡献是最大的。"

"你们两口子,一个叫我胖婶,一个叫我蓓蓓姐,我都弄不清辈分了。"张蓓蓓笑呵呵地挑剔着苏化和于晓惠的用词,把关于她的贡献问题给绕过去了。

苏化最初决定开无人机公司,就是听了张蓓蓓的建议。当时因为苏化自己的资金不够,张蓓蓓便入了一股,成为无人机公司的创始股东之一。

公司的第一代产品投产之后,销售一度不太景气,积压了不少产品。张蓓蓓索性不管自家的机床维修店,甚至把两个孩子也交给了宁默看管,自己走南闯北地推销无人机。她胆子大,也不在乎别人的白眼,硬着头皮与大商场、摄影器材店等单位交涉,居然很快就打开了局面。

苏化一开始没觉得张蓓蓓有什么本事,他与张蓓蓓、宁默夫妇合作,一方面是因为自己资金不足,需要有一个投资者,另一方面就是知道宁默与唐子风关系密切,觉得拉上宁默入伙,遇到麻烦的时候唐子风肯定不会袖手旁观。

谁曾想,这位在苏化眼里不过是个家庭妇女的合伙人,居然是一个做销售的好手,做出来的业绩比苏化自己要强得多。苏化于是也就把销售全交给了张蓓蓓,自己一心做研发,二人分工明确,配合默契,无人机公司的业务也蒸蒸日上,赚到的利润早就超过了最初的投入。

唐子风是知道这件事情的,心里不免感慨宁默果然是傻人有傻福,路边上随便捡个媳妇,居然也如此能干。

关于张蓓蓓的话题,大家倒也是点到为止,毕竟相互之间都是很熟悉的朋友了,没必要一直说这种恭维话。王梓杰接过刚才唐子风的话题,说道:

"子风刚才说的情况,我们也研究过。中国的发展,的确已经对西方国家经济带来了明显的影响。这种影响,未来还会越来越大。

"20世纪90年代的时候,中国的产业结构以劳动密集型为主,出口商品主要是一些袜子、衬衫之类的轻纺产品,与西方国家的产业结构是互补的。

"那时候,西方国家对于中国制造是一种欢迎的态度,因为我们的产品附加值低,用句通俗的话来说,就是单纯地打工。他们用一架飞机,就能够换我们几亿件衬衫,他们是乐于见到这种分工模式的。

"进入21世纪以来,咱们除了保持原有的在劳动密集型产业上的优势之外,在资金密集型产业和技术密集型产业方面也开始发力,这就动了西方的蛋糕了。

"在过去60年里,西方国家都是凭借他们在技术上的优势,在国际市场上

第四百八十八章 我们并没有做错什么

攫取超额利润,以维持福利国家的巨额支出。正如子风刚才说的,一台明明只值 100 万的机床,他们可以卖到 300 万,这中间的差价,就是西方国家高福利的基础。

"现在中国产品开始进入这个市场,我看到一个说法,说任何技术只要在中国实现了突破,中国企业就能够把这种产品做成白菜价。这样一来,西方的利润就大幅度缩水了。这种影响,目前已经能够看到一些端倪了。西方各国这些年的财政赤字都在迅速增加,出现债务危机的风险已经非常大了。"

"出现债务危机会怎么样?"于晓惠问道。

梁子乐替王梓杰回答道:"欧洲有些政府都在举债度日,屡屡是借新债还旧债,而且新债的规模远比旧债要大得多。一旦市场对政府的偿债能力失去信心,政府将无法借到新债,届时各种社会福利都无以为继。造成的结果将是失业率骤升,市场需求大幅萎缩,大量贫民生计受到威胁……"

"也就是我们中学时候学过的经济危机吧?"包娜娜说道。

"是的,就是经济危机。"梁子乐说。

"可是,这和我们有什么关系?"于晓惠说道,"他们原来的高福利,是靠着技术上的垄断,把很简单的东西卖出一个高价,赚全世界的利润。我们做的事情,不过是让价格回到正常水平上而已,我们又没有做错什么。"

唐子风呵呵笑道:"晓惠说的没错,我们并没有做错什么。"

正聊到这,梁子乐兜里的手机响了起来。他掏出手机凑到耳边听了几句,然后挂断电话,看着唐子风和王梓杰,神情凝重地说道:

"唐师兄,王师兄,还真让你们说着了。我在美国的同学告诉我,就在刚才,美国房地产投资信托公司,也就是 AHM,遣散了几乎所有员工,并关闭了大多数部门,向法庭提交了破产保护申请。受此消息影响,美国股市出现空前暴跌。"

"这件事很大吗?"包娜娜诧异地问道。

梁子乐点点头,说:"今年以来,美国次级贷市场危机频发,专家已经多次发出预警。AHM 的破产,将会成为倒下的第一块多米诺骨牌,预计美国的金融市场将出现全面的崩溃。这将是一次席卷全球的金融危机,其规模有可能超过过去 40 年任何一次危机。"

王梓杰愣了一下,旋即看着唐子风,呵呵笑道:"老唐,你的乌鸦嘴还真是挺灵的,我估计,这应当就是你一直在等待的机会吧?"

"王教授,造谣是要负法律责任的!"

唐子风看着王梓杰,一脸不满的样子,眼睛里却分明带着幸灾乐祸的笑意,他说道:

"各位,全球金融危机来了,西方那些大企业已经自身难保了,现在该是我们出去大展身手的时候了。"